Hauptmann Schneewittchen

Hauptmann Schneewittchen

Roman

Daniel Ludwig

LOKWORT

Der Verlag bedankt sich für die finanziellen Beiträge bei:

Kultur Stadt Bern
SWISSLOS/Kultur Kanton Bern
Burgergemeinde Bern
Fachstelle Kultur Kanton Zürich

Lektorat: Monika Künzi Schneider
Gestaltung: arsnova, Horw
Druck: CPI – Clausen & Bosse, Leck

© 2015 Buchverlag Lokwort, Bern
Abdruckrechte nach Rücksprache mit dem Verlag

ISBN 978-3-906806-00-6
www.lokwort.ch

Prolog

Am 1. März 1954 morgens um 06.45 Uhr Lokalzeit detoniert auf dem winzigen Naamu-Reef inmitten des Bikini-Atolls im westlichen Pazifik auf einer künstlich errichteten, knapp zwei Meter über dem Meeresspiegel schwebenden Plattform ein über zehn Tonnen wiegender, viereinhalb Meter langer und eineinhalb Meter breiter Stahlzylinder. Die Explosion führt innerhalb einer einzigen Sekunde zur Entstehung eines sieben Kilometer breiten Feuerballs, reisst einen achtzig Meter tiefen Krater von zwei Kilometern Durchmesser in das umliegende Meeresgestein und lässt, zusammen mit Milliarden Hektolitern Salzwasser, sämtliche Organismen, Meerestiere und Fische auf der Stelle zu einer heissen Masse verkochen, verschmelzen, verdampfen – von der Putzergarnele über die Muräne, den Zackenbarsch und die Caretta-Schildkröte bis zum Mantarochen, dem Delphin und dem Weissspitzen-Hochseehai. Die Korallenriffe werden pulverisiert und verglühen. Möwen, Seeschwalben, Tölpel und die grossen Reiher, die im lauen Passatwind über dem Naamu-Reef auf Nahrungssuche kreischend ihre Runden ziehen, verbrennen noch in der Luft. Algen, Schwämme, Gorgonien, Stein- und Weichkorallenblöcke, Felsen, Pflanzen, Gebüsche, Wurzeln, Palmen und Abermillionen Tonnen feinsten, weissen Quarzsandes verschmelzen in Sekundenbruchteilen zu einer glühenden Mixtur. Es entsteht kein Wellengang, keine Brandung, keine Gischt. Das Meer ist verdampft, wegexplodiert, es ist nicht mehr da.

Über dem Krater entsteht ein sich bis auf vierzehn Kilometer Höhe auftürmender, elf Kilometer breiter, von grellweiss über tiefrot bis ins Dunkelviolette sich verfärbender Wolkenturm. Wenige Augenblicke später reckt sich der irrlichternde

Pilz majestätisch und unaufhaltsam bis auf eine Höhe von vierzig Kilometern empor, dehnt sich mit einer Geschwindigkeit von mehr als hundert Metern pro Sekunde auf eine Breite von annähernd hundertzwanzig Kilometern aus.

Danach steht die Zeit still. Alles erstarrt, verharrt. Der Augenblick dauert Jahrmillionen oder auch nur ein paar wenige Millisekunden. Es ist ein Time-out globalen, ja stellaren Ausmasses.

Nur widerwillig kriecht nach diesem Ausfall der Zeit der flüssigzähe Materiebrei in den riesigen Meereskrater zurück. Daselbst fängt es nun emsig an zu köcheln, allenthalben dampft, sprudelt und grollt es. Das Meer – zurück auf dem Weg in sein angestammtes Bett – schäumt wie auf den Bildern alter Meister, brodelt wie Flüssigschokolade vor dem Siedepunkt. Gelbbrauner Schaum breitet sich in konzentrischen, riesigen Schlieren auf der Wasseroberfläche aus, den Himmel ziert ein unentschlossenes, schmutziges Ei-Gelb, die Sonne ist ein böser, grellweisser Stern. Es braucht Tage, bis die übriggebliebenen Schwebeteilchen aus toten Organismen, Gesteinsbrei und Korallenmehl – die gesamte bei dieser Explosion verglühte Biomasse – allmählich auf den Meeresboden sedimentiert haben und der Pazifische Ozean beim Bikini-Atoll sein ursprüngliches, für die Tropen so typisch friedliches Türkisblau wieder einnehmen darf.

Daraufhin scheint die Zeit zögernd in die Gänge zu kommen, das Brodeln verebbt, es tritt eine lähmende Stille ein – die Ruhe nach dem grossen Sturm. Das Meer verflacht, erstarrt zu einer leblos anmutenden, unbeweglichen Pfütze, überzogen von einer quecksilberfarbigen, aalglatten Patina. Kein Lüftchen regt sich, kein Windstoss zerrt am standhaften Strandgras, kein noch so filigranes Wolkengebilde wagt, sich unauffällig vor die wiederauferstandene, seltsam gelbstichige Sonne zu schieben.

Kein Vogelgeschrei ist zu hören, kein Brandungslärm, nicht ein Laut. Auch nicht das leise Schwappen einer noch so kleinen Welle unterbricht die gellende Stille.

Nur ab und zu würde ein anwesendes Ohr das sonore Dröhnen von den Kolbenmotoren der Propellerflugzeuge wahrnehmen, die, weit über dem Atoll ihre Kreise ziehend, die Folgen der Explosion für Militär und Wissenschaft begutachten und Messungen vornehmen.

Angerichtet hat dieses Inferno die von Menschenhand konstruierte, thermonukleare Wasserstoffbombe «Bravo», die grösste von den amerikanischen Streitkräften je getestete nukleare Waffe. Sie entwickelte bei der Detonation am 1. Februar 1954 eine Sprengkraft von 15 Megatonnen – eine tausendmal stärkere Explosionskraft als die beiden Atombomben auf Hiroshima und Nagasaki neuneinhalb Jahre zuvor.

Rund hundert Kilometer nördlich des nunmehr pulverisierten Naamu-Atolls starrt der Hauptmann aus dem kleinen Land durch das zerkratzte Cockpitfenster einer amerikanischen Transportmaschine auf den majestätisch in sich zusammenfallenden Wolkenpilz. Er kehrt nach seinem halbjährigen Einsatz als Offizier der Neutralen Überwachungskommission in Korea nach Hause.

Frühling 1953

«Name?»
Er nennt seinen Namen.
«Geburtsdatum?»
Er erwähnt Tag, Monat und Jahr seiner Geburt.
«Rang?»
«Hauptmann.»
«Truppengattung?»
«Gebirgsinfanterie.»
«Einheit?»
Er gibt seine Einheit an.
«Zivilstand?»
«Ledig.»
«Angehörige?»
«Mutter und Tante.»
«Vater?»
«Tot.»
«Wann ist Ihr Vater gestorben?»
«1935.»
«Woran?»
Er schweigt, blickt kurz an die Decke mit den Leuchtröhren und meint darauf: «Er war krank.» «Was für eine Krankheit?» Die Stimme des Majors ist fordernd. Er zögert. «Es war etwas mit dem Bauch», entgegnet er. «Mit dem Bauch?» Der Major spricht langsam und gedehnt. Er runzelt die Stirn und erwidert: «Muss ich darüber reden?» Der Major schweigt, hebt den Kopf und starrt ihn an. «Hören Sie, Herr Hauptmann, Sie bewerben sich hier für eine schwierige, sechsmonatige Mission am anderen Ende der Welt, in Korea.» Der Major betont jede Silbe. «Ko-re-a. Das ist nicht um die Ecke. Da wütete bis vor kurzem ein abscheulicher Krieg. Es wird vermutet, dass weit

über drei Millionen Menschen in diesem Krieg krepierten. Es gab ungezählte Massaker, auf beiden Seiten. Die Geschützmündungen rauchen noch, es stinkt nach Verwesung, überall liegen Minen und die Schlitzaugen können jederzeit wieder aufeinander losgehen. Der Waffenstillstand ist brüchig. So wurde mir die Lage rapportiert. Kapiert?» Der Hauptmann nickt.

«Sie haben sich freiwillig gemeldet als Mitglied der Neutralen Überwachungskommission in Korea, der NNSC – der ‹Neutral Nations Supervisory Commission›, fährt der Major fort. «Wir brauchen dort körperlich wie auch mental möglichst robuste Leute. Leute, die so manches aushalten können und uns beim Selektionsgespräch keine Märchen erzählen. Wenn Sie uns also etwas verschweigen, Hauptmann, eine Krankheit oder sonst ein gravierendes familiäres Problem, dann sind Sie für uns ein Risiko.»

«Es war Krebs», erwidert er rasch. «Krebs.» Der Major mustert ihn, der Blick bleibt starr auf des Hauptmanns Augen gerichtet. «Was für ein Krebs?» «Ich weiss es nicht.» Der Hauptmann zögert. «Ich war dreizehn Jahre alt.» Der Major schüttelt den Kopf und stiert auf seine Papiere. Es entsteht eine lange Pause. Dann, nach einer Weile, blickt der Major auf. «Also Krebs.» Der Hauptmann nickt. Danach schweigen sie wieder. Der Major notiert etwas auf seinem Fragebogen. «Eigentlich wäre somit alles erledigt. Sie werden aller Voraussicht nach für die zweite Welle mit Abflug ab Mitte September aufgeboten. Vorher werden Sie ungefähr acht Tage in der Kaserne sein. Wir melden uns, Sie kriegen den endgültigen Marschbefehl per Post.»

«Wo genau wird die Reise durchgehen?», fragt der Hauptmann. Der Major schiebt seinen Papierberg zur Seite. «Es gibt keinen exakten Reiseplan. Die erste Welle im Juli soll über Frankfurt, die Azoren, die USA nach San Francisco, von dort weiter über den Pazifik nach Hawaii, Tokio und Seoul reisen. Die Vorausabteilung und Ihr Kommandant benutzten jedenfalls ungefähr diese Route. Aber so genau weiss ich das nicht. Lang wird die Reise auf jeden Fall. Über eine Woche sicherlich.» Der Hauptmann richtet sich auf. «Werden Sie auch nach Korea gehen, Herr Major?» Der Major schweigt lange. «Ich muss noch mit meiner Frau reden. Haben Sie das schon hinter sich?» «Ich habe keine Frau.» Der Major nickt. «Freundin?» Der Hauptmann verneint. «Auch gut. Dann bleibt Ihnen das erspart.»

Sie starren sich an. Irgendwann, viel zu früh, blickt er weg. Er würde am liebsten aufstehen und von dannen gehen, aber etwas hindert ihn daran. Der Major kritzelt wiederum etwas in sein Heftlein, dabei bricht die Mine seines Bleistiftes. Er flucht leise, öffnet die Schublade, nimmt ein silbernes Taschenmesser heraus und spitzt damit sorgfältig sein Schreibutensil; die Späne fallen auf den grauen Linoleumboden. Der Hauptmann starrt durchs Fenster hinaus auf den Stamm einer alten Linde. Wie alt die wohl sein mochte? Zweihundert, dreihundert Jahre?

Der Major nimmt ein Blatt aus einer weiteren Schublade. «So, Herr Hauptmann. Nägel mit Köpfen. Sie rücken ein zum Schlussrapport in der Kaserne am 8. September. Programm: Begrüssung durch einen Oberstdivisionär, dann Referat über Kameradenhilfe, Hygiene und Verhaltensmassnahmen. Dazu gehört eine ausführliche Aufklärung über Geschlechtskrankheiten.» Der Major lacht. «Als geistiges Kontrastprogramm zur Syphilis-Vorlesung spricht dann vor dem Mittagessen irgendein Pfaff zu euch. Nachmittags Materialfragen, Pässe abgeben wegen Einreise USA und Vertragsangelegenheiten. Am 9. September Abgabe der persönlichen Ausrüstung im Zeughaus plus Verpacken, Abgabe der Uniform in der kriegstechnischen

Abteilung und ebenfalls Verpacken. Dann am 10. September – das ist ein Donnerstag – Soldverteilung plus Administratives. Daraufhin gehts zum Schiessstand für Pistolenkenntnis.» Der Major kritzelt etwas auf sein Blatt. «Danach Abgabe der Dienstpässe, der Impfausweise und letzte Instruktionen. Kurz nochmal nach Hause zu Mama, Papa, Frau oder Freundin an die Brust. Am 12. September nachmittags Abflug. Klar?» Er gibt dem Hauptmann den Zettel. «Klar», antwortet der Hauptmann.

«Lust auf ein Bier?», fragt der Major mit hochgezogenen Brauen. Er zögert. Er will nicht. «Ja, gerne», antwortet er. Der Major steht auf und nimmt seine Mütze von einem hölzernen Ständer. «Auf gehts, Herr Hauptmann.»

Sommer 1982

Er greift nach dem Serviettenring und hebt ihn an. Der Ring ist nicht kreisrund, sondern oval geformt und an die zwei Daumenbreiten hoch, eine Kinderhand würde bequem durchpassen. Es ist ein klassisch geformter Serviettenring aus massivem Silber, die Oberfläche glänzt fett und reflektiert das fahle Tageslicht, das vom Balkon her das Esszimmer aufhellt. Auf seiner Oberfläche weist der Ring dunkel schillernde, mit Fingerabdrücken verzierte Flecken auf. Es scheint eine Weile her zu sein, dass der Serviettenring mit dem scharf riechenden, milchigen Reinigungsmittel blank poliert wurde.

Er hebt den Ring zum Mund. Kühl fühlt sich der Silberrand an seinen Lippen an. An der Daumeninnenfläche spürt er die Vertiefungen und die Kanten der Gravur. Seine Zeigefingerkuppe ertastet das fein ziselierte Familienwappen mit den stilisierten Lilien und den Initialen. Er kippt den Ring vorsichtig gegen seine Nasenspitze, neigt gleichzeitig den Kopf zurück, touchiert mit leicht geschürzten Lippen den Rand des Rings, saugt vorsichtig, doch hörbar Luft an und verharrt – auf dass die vertraute Flüssigkeit die Zunge berühren und danach in den Rachen fliessen möge.

Doch nichts passiert. Er hält inne. Was ist los? Er kann sich erinnern, dass er etwas trinken wollte. Tee, Kaffee, Wasser? Mineralwasser? Was wird an seinen Lippen vorbeifliessen? Wird es sich als heiss, lauwarm oder kalt erweisen? Wie wird es schmecken? Fett, sauer, süss? Er gibt sich einen Ruck. Was wollte er zu sich nehmen? Milch? Er sinniert. Nein, Wasser. Mineralwasser. Er wollte Mineralwasser trinken. Kaltes Mineralwasser mit Kohlensäure. Letztere veredelt das Wasser. Mineralwasser ist von Menschenhand optimiert – es ist das bessere Wasser. Das Leitungswas-

ser in der Küche oder im Bad, selbst das klare Brunnenwasser in der Altstadt schmeckt nach nichts. Das Wasser in den Bergen, das man aus Brunnenröhren an Kuhtrögen trinkt, schmeckt allerdings immer gut. Es mundet noch besser, wenn man richtig Durst hat, wenn die Zunge sich trocken und pelzig anfühlt, wenn die Feldflasche leer ist, der ganze Körper sich nach Flüssigkeit sehnt und das Wasser wie ein Schwamm begierig einsaugt. Dann schmeckt es herrlich. Logisch, schliesslich stammt es von einer Quelle im Berg, das Wasser ist nicht allzu weit gewandert, musste nicht durch lange Rohrleitungen von fern her zur Stadt fliessen, auch nicht mühsam durch verdreckte Bodenschichten sickern, um als Grundwasser dann nach oben gepumpt, gereinigt, gefiltert, sozusagen domestiziert zu werden. Das Wasser in der Stadt lernt zu viele Leitungen kennen. Es wird zu lange in rostigen Zisternen gelagert, durchläuft zu viele verwitterte, bleihaltige Röhrensysteme, es ist sauber und klar, gewiss, aber es schmeckt nicht. Frisches Mineralwasser hingegen riecht nach Fels, Gneis, Mergel und Granit, auch nach Kalk. Oft auch nach Erde, Pflanzen und seinen geliebten Pilzen. So ein Wasser hat Charakter.

Mineralwasser also. Er kippt den Ring ein paar Grad mehr Richtung Lippen. Werden nun endlich die feinen Bläschen an seinem Mund zerspringen, zur Nase hochsprühen und ihn kitzeln? Der Silberrand schmeckt metallisch, er berührt ihn mit der Zunge, der Geschmack ist ungewohnt kühl und hart, er erinnert ihn an den metallenen Geschmack von alten Weissweinbechern aus Zink oder Messing.

Wollte er vielleicht Weisswein trinken? Nein, sicherlich nicht, es ist Mittag. Wein gibt es nur am Sonntag, und dann wäre es Rotwein. Den Rotwein würde er niemals aus einem Wasserglas trinken, das machen nur Barbaren, Bauern oder Amerikaner. Weisswein trinkt er abends, mit Freunden, Bekannten und Kollegen, und zwar aus den kleinen, kompakten, häufig mit dem Kan-

tonswappen oder dem Emblem des Gesangs- und Heimatvereins geschmückten Weissweingläschen aus Messing oder Glas.

Jetzt ist er allerdings zuhause, die Familie ist am ovalen Holztisch mit den schönen, geschnitzten Tischbeinen versammelt. Die Tischdecke ist wie immer blütenweiss und geglättet. Es ist Mittag, sie haben gegessen. Alle schauen ihn an. Er fühlt in seinen Gedärmen Verzweiflung aufsteigen, es kräuselt unangenehm in seinem Gemächte, die Schläfen brennen. Er überlegt. Wollte er vielleicht etwas anderes trinken? Milch? Ja, natürlich, Milch hatte er gewollt. Milch! Er hatte es vergessen. Milch, kalte Milch. Er züngelt unauffällig am Serviettenringrand, neigt den Kopf wieder leicht nach hinten, versucht zu schlucken, doch es kommt nichts Flüssiges. Nur Luft strömt kühl an seinen Lippen vorbei, füllt den Mundraum, sodass sich der Gaumen sofort etwas trockener anfühlt. Luft, kein Wasser, keine Milch, kein Wein, kein Tee, nur Luft. Er trinkt Luft. Er hat versucht, aus dem Nichts zu trinken, aus einem Loch! Wieso tue ich das, denkt er. Man trinkt keine Luft, man trinkt nicht nichts, man tut auch nicht, als ob man tränke, das wäre lächerlich. Allmählich dämmert es ihm, er senkt unauffällig den Blick und sieht nach.

Es ist kein Glas, das er da benutzt, es ist der schwere, silberne Serviettenring. Ihm wird unvermittelt kalt. Zugegeben, er war schon immer etwas zerstreut gewesen, aber diese Verwechslung hier, das kennt er nicht, das ist vollkommen neu. Was ist los mit mir, fragt er sich. Er starrt unsicher auf den Ring, versucht zu verstehen, doch die Innenwand seines Schädels fühlt sich wund an, gereizt, das Denken schmerzt. Er würde jetzt nur zu gerne das Hirn sorgfältig aus seinem Schädel ans Licht heben, wie der Käser den zitternden Frischkäse aus dem hölzernen Bottich. Er würde danach diese schmerzende, schwabbelige Masse im eiskalten Bergbach auf glatt polierte Granitplatten legen und unter dem blubbernden Wasserfall reinigen. Er würde sein eigenes Hirn spülen, wie man eine gefangene Forelle im kalten Bachwasser reinigt von Hautschleim, überflüssigem Blut und Gedärmen.

Er schaudert und starrt aus dem Balkonfenster. Über dem Waldsaum kreist ruhig ein Greifvogel. Auf der Kreuzung unter dem Haus kracht es urplötzlich. Die Familienmitglieder stürzen auf den Balkon, der ältere Sohn schlendert zum Telefon, hebt den Hörer ab und spricht zur Polizei. Wohl wieder ein Unfall da unten, denkt er und schmunzelt spöttisch. Er späht hinaus. Der Raubvogel ist verschwunden.

Frühling 1953

Sie sitzen seit längerem in der Gartenbeiz, unweit der Kaserne. Hinter dem Rücken des Hauptmanns ragt der Stamm einer riesigen Kastanie empor. Am Boden liegt Kies. Der Tisch ist dunkelrot und besteht aus leicht gewelltem, teils rostigem Blech, das an manchen Stellen abblättert. Sie prosten sich zu. Das Bier schmeckt frisch und bitter.

«Wo waren Sie im Krieg stationiert, Herr Hauptmann?», fragt der Major. «Im Jura.» «Wo genau?» «Westlich von Basel, direkt an der Grenze.» «Als Gebirgsinfanterist an der Grenze?» «Ja. Ich war abverdienender Leutnant und kommandierte einen Zug Füsiliere.» «An der Nordgrenze, im Jura? Hatten wir da überhaupt Truppen?» Der Major lacht lauthals. «Wir waren dort, ja», antwortet der Hauptmann und lächelt zum ersten Mal. «Komisch. Die meisten waren ja hinter der Limmatlinie stationiert oder hausten später, als die Franzosen auf den Sack gekriegt hatten, in ihren Bunkern in den Bergen», entgegnet der Major spöttisch. «Und Sie armer Kerl mussten an der Grenze ausharren, ausgerechnet dort, wo man die Naziarmee am ehesten erwartete? Da wären die Schwaben wie durch Butter marschiert. Sie wären bereits in den ersten Minuten massakriert worden, mein Lieber. Reinstes Kanonenfutter.» Er nickt. «Das ist gut möglich», erwidert der Hauptmann höflich.

Der Major hatte recht. Bei einem deutschen Angriff hätte man als Soldat so nahe an der Grenze wohl kaum überlebt. Sie hatten ja nichts gehabt, verglichen mit dem formidablen Arsenal an Waffen, das den Deutschen nach einhelliger und bewundernder Meinung höherer Offiziere zur Verfügung stand. In seiner Einheit besassen sie nur ein paar alte Minenwerfer, ein Dutzend Mörser, ein paar Hundert Handgranaten und viele vorsintflutliche Karabiner mit Holzschaft und Einzelschussvorrichtung. Gegen die deutschen Schnellfeuergewehre war damit kein Staat zu machen. Sie verfügten in seiner Einheit beispielsweise nur über ein einziges, funktionierendes Maschinengewehr.

Der Major blickt ihn neugierig an. «Was haben Sie den ganzen Tag so getrieben an der Nordgrenze?» Er schreckt auf und überlegt kurz. «Eigentlich schaufelten wir nur. Schützengräben, Erdhöhlen, Unterstände. Selten übten wir Panzerabwehr und Mörserbeschuss oder schossen mit dem Maschinengewehr. Wir warfen scharfe Granaten mit Kriegsmantel. Dies alles allerdings im Hinterland.» «Wieso?» «Es hiess, wir sollten die Deutschen nicht provozieren.» Der Major lacht. «Das hiess es auch bei uns. Nachdem unsere Luftwaffe ein paar deutsche Jagdflugzeuge und einen Bomber über dem Jura und anderswo abschiessen konnten, hat es uns der General verboten, dieser Hasenfuss.» Der Hauptmann erschrickt, holt tief Luft, doch der Major fährt fort: «Verzeihen Sie mir die Bemerkung, ich nehme an, Sie vergöttern den General wie alle andern, aber wir dachten damals so. Unsere Luftwaffe durfte in sechs Jahren ganze zehn Tage – und zwar Anfang Juni 1940 – auf eindringende deutsche Flugzeuge ballern. Vorher und danach eskortierten wir angeschossene Bomber, deutsche oder alliierte, zwangen sie zu landen, internierten die Besatzungen, spielten Karten, reinigten und ölten die Motoren, wechselten die Kerzen oder versuchten, Mädchen in die Hangare oder ins Kantonnement zu locken.»

Sie schweigen lange, kauen auf den Lippen. Der Hauptmann gibt sich einen Ruck, lächelt höflich und fragt: «Sie waren also Pilot?» «Nein. Aber ich war bei der Luftwaffe. Bei der Aufklärung. Mehr kann ich nicht sagen.» Der Major nimmt einen Schluck. «Haben Sie die deutschen Truppen ennet der Grenze gesehen?», fragt er kurz danach und rülpst. «Jeden Tag. Wir sprachen sogar mit ihnen. Durch einen Zaun. Oder über einen Bach hinweg.» «Wie haben Sie denn mit den Nazis rumgeschwatzt, Sie sind doch ein Welscher?» Der Major runzelt die Stirn. Der Hauptmann lächelt. «Ja, aber wie Sie hören, bin ich des Hochdeutschen durchaus mächtig.» Der Major schüttelt amüsiert den Kopf. Der Hauptmann fährt fort: «Die Deutschen baten uns manchmal um Käse. Oder um Schokolade. Ich erinnere mich an einen Offizier. Er war kultiviert und höflich. Sprach exzellentes Französisch. Ich offerierte ihm eine unserer Armeezigaretten, eine viereckige, filterlose Parisienne. Er rauchte sie, kriegte einen Hustenanfall und ein rotes Gesicht. Ich sagte ihm darauf, so würden wir einen Angriff auf unser Land verhindern, wir würden der Wehrmacht tonnenweise Parisiennes liefern, sodass die Deutschen an ihren Hustenanfällen erstickten. Daraufhin musste er lachen und hustete noch mehr, ich dachte, der erstickt gleich.» Der Major lacht. «Erzählen Sie mehr.» Der Hauptmann überlegt kurz. «Wir beobachteten die Deutschen durch den Feldstecher. Sie spielten Karten, kochten, rasierten und wuschen sich, wir hörten sie lachen oder Befehle schreien. Oft machten sie Leibesübungen in ihren Unterhemden und kurzen Hosen. Sie hörten Musik in der Nacht. Meist volkstümliche Musik, Schlager, einmal hörten wir Klarinettenjazz. Wir wunderten uns. Amerikanische Musik? Wir konnten uns kaum vorstellen, auf die zu schiessen, wenn sie denn kämen.»

Danach starren Major und Hauptmann stumm in den grauen Himmel. Eine Krähe landet zeternd auf dem Ast, der über ihnen hängt. Durch die ausladenden Äste, weit über dem Kasernengelände, sieht der Hauptmann einen kreisenden Raubvogel. Der Schwanz ist stark gegabelt. Ein Rotmilan, denkt der Hauptmann – deswegen ist die Krähe da oben so nervös. Danach redet er weiter: «Normalerweise putzten die Deutschen ihre Waffen oder spritzten einen Lastwagen ab.

Manchmal pissten oder schissen sie ins Gebüsch, ganz nahe, wir sahen im Dunkeln ihre weissen Hintern leuchten, wie bei Rehen in der Dämmerung. Sie wussten, dass wir sie sahen, aber das war normal. Sie waren eigentlich wie wir.» «Nur haben sie im Unterschied zu uns die halbe Welt angegriffen und Millionen umgebracht», antwortet der Major trocken.

Daraufhin herrscht Stille. Später fragt der Major: «Gab es Menschen, die die Grenze überquerten?» «Dort, wo wir stationiert waren, nicht», antwortet der Hauptmann zögernd. «Aber ein paar Kilometer weiter westlich gab es am Fluss eine Brücke, da war eine Art Übergang ohne Stacheldraht. Da gingen Leute durch.» «Militär?» «Nein. Nur Zivilisten, also Familien, Kinder, Männer, Frauen.» «In welche Richtung gingen diese Zivilisten?» Der Major blickt ihm direkt in die Augen. «Sie verliessen die Schweiz.» Der Major runzelt die Stirn. «Es kam nie jemand von Deutschland?» Der Hauptmann überlegt. «Bei uns nicht. Aber es gab Soldaten, die hatten weiter weg Menschen gesehen, die ins Land gekommen waren. Sie sagten, sie hätten sie aufgegabelt und den Behörden übergeben.» «Wer hat diese Leute, die von uns rübergingen, drüben in Deutschland in Empfang genommen?» Er blickt den Major erstaunt an. «Die Deutschen natürlich.» Der Major schüttelt ärgerlich den Kopf. «Ja, das ist klar. Aber was für Deutsche waren es? Zivilisten, Zöllner, Soldaten, Wehrmacht, SS?»

Er ist unsicher. Was will dieser Major bloss von ihm? Er fährt zögernd fort. «Es waren Soldaten darunter, ja, auch Offiziere. Wehrmacht? Keine Ahnung. Wir wussten damals sehr wenig.» Der Major scheint zu überlegen. «Waren diese Zivilisten Flüchtlinge?» Er hält kurz inne. «Die meisten sahen nicht wie Flüchtlinge aus. Sie gingen ruhig hinüber, wirkten unauffällig. So, wie man halt über eine Grenze geht. Ruhig, ohne Hektik. Sie hatten Koffer dabei, viele Taschen, Kartons,

Pakete.» «Waren Juden darunter?» Der Major zieht die Augenbrauen hoch. Er überlegt. «Ich weiss nicht, wie Juden spezifisch aussehen. Vielleicht hatte es welche darunter, ja. Es schienen jedenfalls normale Leute zu sein.»

Sie schweigen eine Weile, dann fährt der Major fort. «Zurück zu unserer Mission. Es ist schwierig, fähige Leute für Korea zu finden; besonders ältere höhere Offiziere. Bei den Jungen haben wir keine Rekrutierungsprobleme. Es gibt halt kein präzises Anforderungsprofil. Es ist Neuland für die Armeeführung und unsere zivilen politischen Behörden. Wir haben das noch nie gemacht. Es ist der erste Auslandseinsatz seit der Niederlage in Marignano 1515, wenn Sie so wollen.» Der Major lacht. «Vorher schickten wir Söldnerheere nach ganz Europa, die im Auftrag von Herzögen oder Königen oder Despoten töteten. Diesmal schicken wir Leute, die ebendieses Töten verhindern sollen. Wir brauchen ergo gute Leute, auf die wir uns verlassen können, keine Haudrauf-Typen. Sie werden dort unser Land und unsere Armee repräsentieren, die Demokratie, die Neutralität, den Frieden, das ganze Brimborium.» Der Hauptmann nickt. «Das ist mir klar.» Der Major richtet sich auf und kratzt sich am Nacken. «Unser Land hat keinen besonders guten Ruf zurzeit, wir haben im Ausland nicht das selbstbeschworene, tolle Image der tapferen Bergnation, die als kampfbereiter Igel dem Bösen mutig getrotzt hat. Wir waren keine Igel, wir waren opportunistische Hasen. Wir mussten uns anpassen und haben Kompromisse gemacht. Es ging wohl nicht anders. Umso wichtiger ist es, dass wir mit unserem Korea-Einsatz diese Scharte einigermassen auswetzen können. Das ist unsere Chance, das Bild unseres Landes bei den Amerikanern und den Engländern etwas zu verbessern; bei vielen von denen gelten wir nach wie vor als Kriegsgewinnler.» Der Hauptmann begreift und stimmt nickend zu.

Der Major lehnt sich zurück. «Diese Mission ist kein braver Dienst in den Alpen mit ein bisschen Schiessen, ein paar halbbatzigen Übungen, Käse und Brot im Tornister, das Fläschchen Weisswein oder den Flachmann mit Schnaps in der Uniformtasche. Da werden Sie nicht als verwöhnter Nachkriegsschweizer übers Wochenende im warmen, elektrifizierten Zug heim zu Mama oder zur lieben Frau fahren können, um die Wäsche abzugeben, sich an den reich gedeckten Tisch zu setzen und sich dann der Fortpflanzung zu widmen.» Der Hauptmann lächelt höflich. «Waren Sie überhaupt schon mal im Ausland, Herr Hauptmann?»

Er hatte gehofft, nicht auf diese Frage antworten zu müssen. Er war noch nie im Ausland gewesen. «In Frankreich, ja. Und auch woanders. Ist Auslandserfahrung Voraussetzung?» Der Major kratzt sich am Kinn. «Es ist sicherlich kein Nachteil, wenn man mal sein Schneckenhäuschen verlassen hat, um zu realisieren, dass es noch etwas anderes gibt als die heimische Tapete.» Der Hauptmann hebt den Kopf. «Ich wäre gerne weiter gereist, auch mal nach Übersee. Aber das war zu teuer. Mein Vater starb in meiner Jugend. Danach mussten wir jeden Franken umdrehen.»

Der Major denkt nach und blickt auf. «Was wissen Sie eigentlich über Korea, Herr Hauptmann?» Er richtet sich auf, beisst kurz auf die Unterlippe, holt tief Luft und antwortet: «Ich weiss, dass uns Südkorea, die Amerikaner und die UNO gebeten haben, als neutraler Staat in dieser Kommission mitzuwirken. Wir sollen den Westen, also die Amerikaner und die UNO, repräsentieren, aber neutral bleiben. Die anderen Neutralen würden die Kommunisten stellen; ich habe gelesen, dass es die Tschechoslowaken und die Polen sein werden. Die Chinesen, Russen und Nordkoreaner wollten uns zuerst nicht, die Südkoreaner auch nicht. Die sollen einen Präsidenten haben, der – wie ich gelesen habe – den Norden am liebsten gleich wieder angreifen möchte. Wie auch umgekehrt, übrigens. Beide Seiten haben hohe Verluste erlitten. Auch die Amerikaner sind froh, sie hätten ja nur noch verteidigt die letzten zwei Jahre. Nun sind alle mit dem Waffenstillstand einverstanden. Unser Parlament hat sich mit all dem befasst und diese Mission abgesegnet.»

Der Major blickt ihn direkt an. «Ihr Motiv, Herr Hauptmann?» Er ist verblüfft und überlegt, danach hebt er den Kopf. «Ich will nach Korea, weil ich mich im Beruf und im Privatleben etwas langweile, weil ich keine Familie habe, weil ich noch jung bin und etwas erleben will.» «Auf Kosten der Armee?», ergänzt der Major süffisant. «Wenn Sie so wollen, ja», erwidert der Hauptmann trocken. «Aber ich biete schliesslich auch was an. Meine Fähigkeiten. Aber das müssen Sie beurteilen.»

Hernach schweigen sie wieder und starren sich an. Er ergreift diesmal als Erster das Wort. «Und Sie, Herr Major? Haben Sie keine Lust, nach Korea zu gehen?» Der Major überlegt lange. «Es kann durchaus sein, dass wir uns dort treffen, eventuell schon bei der Hinreise. Ich muss noch überlegen. Lust hätte ich. Aus denselben Gründen wie Sie, Herr Hauptmann.» Er nickt. «Man hat mich mehrmals angefragt. Aber ich habe Familie. Zwei Kinder. Meine Frau ist komplett dagegen. Sie hingegen sind jung und ungebunden.» Beide trinken ihr Bierglas aus und starren nachdenklich in die durch die Äste der Kastanie unvermutet scheinende bleiche Sonne.

Später setzt der Major entschlossen seine Mütze auf. «So. Das wars, Herr Hauptmann. Abtreten. Das Bier übernehme ich.» Der Hauptmann steht auf, salutiert, bedankt sich, der Major tippt mit seinem rechten Zeigefinger an den Mützenrand, nickt kurz und ruft, als der Hauptmann schon fast an der

Kastanie beim Ausgang steht: «Annyonghi gaseyo!» Der Hauptmann blickt fragend zurück. «Koreanisch! Heisst: Auf Wiedersehen! Präventiv gelernt!» Der Major lacht. «Auf Wiedersehen!», ruft der Hauptmann, salutiert nochmals, öffnet das schmiedeeiserne Gartentor und tritt hinaus auf das Trottoir.

Sommer 1982

Am Vortag hatte er das benutzte Geschirr ins Schlafzimmer getragen, das Tablett auf das Bett gelegt, war mit einem seltsamen Lächeln im Gesicht aus dem Schlafzimmer an den Tisch zurückgekehrt und hatte sich wieder auf seinen Stuhl gesetzt. Sie lachten alle laut. Er hatte gestutzt, doch als er allmählich begriff, was er gerade getan hatte, lachte auch er. Was hatte er getan? Das verschmutzte Geschirr ins Schlafzimmer gebracht statt in die Küche? Wie lachhaft, wie kann man nur so abwesend, so unkonzentriert sein? Er war grinsend und kopfschüttelnd wieder aufgestanden und hatte das Tablett vom Schlafzimmer in die Küche transportiert, wo es hingehörte.

Danach hatten sie geredet. Der älteste Sohn hatte den Witz erzählt vom zerstreuten Professor, der zuhause nach dem Mittagstisch eine Zigarre raucht, diese sorgfältig auf das Sofa legt und sich selber im Aschenbecher zerdrückt. Und seine Tochter hatte ihn gestupst und daran erinnert, wie er Wochen zuvor mit seiner Aktenmappe unter dem Arm und dem blechernen Kehrichtkübel in der Hand wie immer die Haustüre öffnete, sich verabschiedete, seiner Frau einen Kuss gab, die Treppe hinunterstieg, durch die grosse Glastüre aus dem Hause schritt, am Strassenrand bei der streng geschnittenen Hecke neben den andern Kehrichtkübeln seine Aktenmappe sorgfältig deponierte und mit dem vollen, stinkenden Kehrichtkübel per Bus ins Büro fuhr. Niemand hatte ihn im Bus beachtet, eine Dame hatte zwar kurz die Nase gerümpft, ihn leicht missbilligend und etwas länger als normal angestarrt. Er hatte unsicher zurückgelächelt. Er konnte sich erinnern, dass sie ihrerseits stark nach Parfum roch.

Ihm ging ein Ereignis durch den Kopf, das Jahre zuvor stattge-

funden hatte: Er war kurz nach seinem Aufbruch ins Büro, das damals noch in einer pittoresken Seitengasse der Altstadt lag, schon nach einer halben Stunde kreidebleich wieder nach Hause gekehrt. Seine Frau, die an besagtem Tag zuhause geblieben war – sie arbeitete sonst als Chefsekretärin der Psychiatrischen Universitätsklinik –, erschrak und fragte besorgt, was denn mit ihm los sei, er solle sich sofort hinlegen, und ob sie einen Arzt herbeiholen solle. Nein, beschwichtigte er sie, es sei alles sehr harmlos, sie solle sich beileibe keine Sorgen machen, er sei im überfüllten Bus neben einer stark parfümierten Frau gestanden, er habe versucht, sich abzuwenden und wegzudrehen, er habe es sogar geschafft, sich in der zusammengepressten Menschentraube von besagter Dame einen halben Meter wegzuarbeiten, aber sie habe immer noch so intensiv vor sich hingeduftet, dass ihm übel geworden sei und er bei der nächsten Station habe aussteigen müssen. Danach sei er erleichtert, wenn auch leicht wankend an der frischen Luft wieder nach Hause marschiert. Nun müsse er sich ein wenig hinlegen, da habe sie recht, eine Art Schwindel sei noch da.

Doch die jetzige Verwechslung mit dem Kehrichtkübel fuhr ihm gewaltig in die Knochen. Erst während des Eintretens – direkt im Eingangsbereich des Verwaltungsgebäudes, wo er arbeitete – bemerkte er den Irrtum, weil der Kehrichtkübel am Aluminiumrahmen der Drehtür schepperte und nicht wie die Ledermappe bei Berührung, wie es manchmal passierte, ein weiches, fast schnalzendes Geräusch von sich gab. Daraufhin starrte er verständnislos hinunter auf den Kehrichtkübel in seiner rechten Hand. Ob man ihn wohl gesehen hatte, ihn, den Beamten und Familienvater, mit dem Kehrichtkübel zur Arbeit fahren, in sein Büro in die Stadt? Er spürte heisse Scham aufsteigen. Danach war er einfach zurückgefahren, wieder mit dem Bus natürlich, er hatte den Kehrichtkübel während der Fahrt in eine Ecke und sich schützend davorgestellt. Er war rasch zum Wohnblock gelaufen, hatte den Kehrichtkübel unauffällig da hingestellt, wo er auch hingehörte, nämlich auf den altvertrauten Abstellplatz bei der Hecke. Seine Mappe stand noch da, mit all den Sitzungsakten drin, mit dem schwarzen, teuren Füllfederhalter – einem Geschenk seiner Abteilung –, einer Lesebrille, einem Taschentuch, einem Apfel und der noch ungelesenen Tageszeitung. Kurz darauf nahm er wieder den Bus in die Stadt, doch er ging nicht arbeiten; er lief durch die Gassen, bis er wieder einen klaren Kopf hatte und das Schamgefühl verebbt war. Es war gut gegangen, niemand hatte etwas bemerkt.

Aber er hatte seiner Familie diese peinliche Episode während des Abendessens erzählen müssen, sie hatte ihn zu stark aufgewühlt. Frau und Kinder hatten daraufhin viel gelacht, der Kleinste sogar Tränen. Letzterer hatte ihn daran erinnert, wie er kürzlich kurz vor dem Ende des Sonntagsfrühstücks gefragt worden war, ob er noch warme Milch wolle. «Milch? Ja», hatte er geantwortet. Kurz darauf hatte er erneut gefragt: «Milch? Ach so, nein, lieber nicht, danke.» Und wieder gleich danach: «Wie bitte, sagtest du Milch? Verzeihung, ja, natürlich Milch, aber nur wenig, bitte. Moment! Halt! Was sagtest du genau? Milch? Ach so, Milch! Ja, jetzt versteh ich! Nein, keine Milch. Natürlich nicht.» Dann senkte er den Kopf und las ungerührt in der Zeitung weiter.

Spätsommer 1953

An einem Samstag im Spätsommer des Jahres 1953 steht der Hauptmann der Gebirgsinfanterie im Hauptflughafen des kleinen Landes in Anwesenheit von Militärs und Politikern mit über achtzig Offizieren, Unteroffizieren und Soldaten in einer Schlange vor einer Douglas DC-4 Skymaster des amerikanischen Military Air Transport Service. Er fröstelt. Es ist kurz nach elf Uhr vormittags. Der Himmel ist etwas wolkenverhangen, ein leichter Wind weht aus Südwest.

Dicht neben seinem Kopf, knapp vor der Flügelvorderkante der Maschine, glänzt das scharfgeschnittene Blatt eines Propellers. Der Hauptmann streicht mit dem Zeigefinger über die mit winzigen Einbuchtungen versehene Aussenkante. Danach legt er seine Hand auf das Propellerblatt. Der geschliffene Stahl fühlt sich kühl an und mächtig. Er stellt sich vor, wie das riesige Blatt rotieren wird, zuerst langsam, dann immer schneller, angetrieben von gewaltiger, kontrollierter Kraft. Es wird dich in die Lüfte schrauben, dieses Blatt, zu den Wolken hochwirbeln, in die Zukunft schleudern wird es dich, Hauptmann. Das Bald hat zum Jetzt mutiert, es hat dich eingeholt, es starrt dich an, Hauptmann, kalt und gleichgültig wie dieser stählerne Propeller. Nun bist du dran, Hauptmann, fertig ist die Träumerei.

Er blickt zu Boden, atmet tief Luft ein, blickt danach in den Himmel. Weit oben sieht er einen Raubvogel. Dieser gleitet und schreit bisweilen. Er blinzelt gegen die Sonne, der grosse Vogel schwebt nun westwärts. Der Schwanz ist gegabelt, die Flügelunterseite teilweise weisslich, wie auch der Kopf. Ein Rotmilan. Sie sind perfekte Segler, nutzen jedes Lüftchen, gleiten schwerelos, sie sind elegant und lautlos bei der Jagd, denkt der Hauptmann. Schwarzmilane hingegen kämpfen um jeden Meter Höhe, wirken schwerfälliger und verfügen nicht über die stupende Eleganz und Leichtigkeit des Rotmilans. Schwarzmilane gibt es auf der ganzen Welt, denkt der Hauptmann, von Marokko bis Kamtschatka, vom Nordkap bis nach Kenia. Auch in Korea leben Schwarzmilane, das wusste er. Rotmilane hausten hingegen nur in zentraleuropäischen Revieren.

Der Rotmilan verschwindet nun Richtung Wald, verfolgt von einer Rotte zeternder Saatkrähen. Er dreht ein paar waghalsige Kurven, steht kurz in der Luft, flattert, lässt sich fallen, beschleunigt im Gleitflug mit angewinkelten Flügeln, kippt abrupt und virtuos in vollem Flug über den rechten Flügel steil in die Tiefe, vollzieht dann eine enge Kurve und steigt nach oben, bis die trägeren Krähen resignierend von ihm lassen. Der Hauptmann lächelt. Ein Könner.

Die Sonne blendet, er schaut kurz weg. Dann merkt er, dass er sich die ganze Zeit am Propeller festgehalten hat. Er verspürt Schwindel. Ein unter dem Flügel mit einem öligen Schlauch hantierender Mann im dunkelblauen Overall winkt und schreit etwas. Der Hauptmann erschrickt, lässt den Propeller los. Er lächelt den Mann an, macht mit der rechten Hand eine ungeschickt wirkende, entschuldigende Geste, dreht sich weg, hustet und würgt zähen Speichel den Rachen hinunter. Darauf blickt er auf seine Füsse und atmet noch einmal aus. Er hustet stark.

Seine Offiziersmütze fällt unvermutet auf den Boden und rollt über den Asphalt. Die obere, ovale Fläche der Mütze ist angefeuchtet. Er hebt sie auf, reibt am schwarzglänzenden Schirm etwas Dreck weg, haucht darauf, reibt erneut, setzt die Mütze entschlossen wieder auf, blickt verlegen lächelnd umher und reiht sich wieder in die Warteschlange ein. Sein Vordermann setzt nun den Fuss auf die erste Stufe der Gangway, die

Schlange bewegt sich, rückt vor, langsam, stetig. Jetzt, Hauptmann, jetzt. Er erklimmt die steile stählerne Treppe, bis er oben auf der Plattform steht. Die Schlange vor dem Eingang stockt, er schaut umher. Noch einmal die Berge, die Voralpen, die gestaffelten Wolken, der Kontrollturm, die neuen Anlagen, die Zuschauer auf der Besucherterrasse. Dazu Wald und Wolken. Die Schlange rückt vor.

Auf einmal fasst ihn jemand von hinten am Ärmel. Er dreht sich um: Es ist der Major aus dem Rekrutierungsbüro. Der Major reicht ihm die Hand und nickt. «Da sieht man sich wieder. Wünsche guten Flug.» Der Hauptmann lächelt und entgegnet: «Freut mich. Hat Ihre Frau Sie gehen lassen?» Der Major hält sich an der Reling fest. «Ich sagte zu ihr: ‹Wenn du die nächsten sechs Monate einen fernwehkranken, schlecht gelaunten Gatten in der Wohnung haben willst, dann bleib ich.›»

Der Hauptmann nickt, beugt leicht den Kopf, tritt durch die ovale Öffnung in den kargen Bauch des Flugzeuges und begibt sich zögernd zum nächstbesten Sitz. Er verstaut die Tasche in einer Ablage an der Rumpfwand, platziert seine Mütze mit den drei dünnen goldenen Streifen sorgsam unter den Sitz. Er setzt sich, das Polster ist abgewetzt. Er ordnet daraufhin die beigefarbenen Gurten auf seinem Schoss, überlegt kurz, führt entschlossen das ausgefranste Gurtenende in eine Lasche ein und zieht leicht an. Ein junger Amerikaner in einer sandfarbenen Khakiuniform geht an ihm vorbei, blickt kontrollierend auf seine Gurtschnalle und nickt zustimmend. Der Hauptmann lächelt, wartet. Sein Fenster ist gross, das Glas leicht verschmutzt und weist Kratzer auf. Es riecht nach Flugbenzin und heissem Metall. Auch der vertraut muffige Geruch von altem Leder steigt dem Hauptmann in die Nase. Ich stürze nach vorn, sagt sich der Hauptmann, was für eine Kraft. Ich stürze in eine Art Glück. Ich bin ein Offizier aus dem kleinen

Land und ich fliege in Bälde um mehr als den halben Erdball Richtung Westen nach Fernost.

Bald sind alle Plätze von uniformierten Männern besetzt. Durch einen Lautsprecher schnarrt eine Stimme. Schmatzend schliessen die Türen, sie werden von überraschend jungen, ruhig hantierenden Männern verriegelt. Daraufhin springen die Motoren an, zunächst der linke, innere. Danach der rechte innere, daraufhin der linke aussen und zuallerletzt der rechte aussen. Bräunlicher Rauch hüllt die startenden Motoren ein, der Wind zerzaust sie sogleich wieder, die Schwaden fliegen weg, lösen sich auf. Die Propeller drehen vorerst träge, ächzen seltsam lustlos, rotieren jedoch immer schneller und sausen schliesslich gleichmässig auf ihren ölgesättigten Lagern und Wellen. Die nach hinten gewirbelte Luft raut die glatten Pfützen auf dem Flugfeld auf. Der Rumpf vibriert. Dampf stiebt empor. Rotblaue Funken sprühen aus den Verkleidungen der sich immer ärgerlicher schüttelnden Motoren. Tiefschwarzer Rauch quillt nun plötzlich aus den Auspuffen und jagt quer über die feuchtglänzenden Flügel. Das Flugzeug zittert und ächzt. Metallklappen gleiten kreischend aus den Tragflächen, in Blau gekleidete Männer entfernen die Bremskeile am Fahrwerk, andere winken eilfertig mit orangefarbenen Signalkellen. Das Flugzeug bäumt sich leicht auf, der Pilot hat die Bremsen gelöst. Der Hauptmann späht schräg nach vorne ins offene Cockpit. Ein bereits etwas älterer Pilot mit Kopfhörern, das faltig-derbe Gesicht braungebrannt, lehnt aus dem Fenster, tippt an seine zerfleckte Mütze, hebt den Daumen und schiebt das Cockpitfenster zu. Das Flugzeug vibriert nochmals, ruckelt und setzt sich schlussendlich in Bewegung.

Sie rollen zusammen mit zwei Douglas C-47 Dakota zur Piste, die Motoren singen nun gleichmässig im Chor. Kurz darauf rumpeln sie über geteerte Wege, unverständliche Zeichen und Zahlen und Signale hinweg, bis die Skymaster wendet, bremst und hält. Die beiden Dakotas reihen sich hinten ein. Unter dem Flügel erspäht der Hauptmann eine weisse, auf der Piste aufgemalte Zahl. Dann Beton, Grasbüschel, Krähenschwärme, der Waldrand, ein Zaun. Dahinter, in ihre Richtung schauend, ein Mann mit einem neben ihm sitzenden schwarzen und einem herumtollenden weissen, kleinen Hund. Hoch über dem Wald kreist der Rotmilan. Das Tier verliert kaum an Höhe, hält seine Schwingen bewegungslos, nur die Schwanzfedern zucken hin und her, balancierend, stabilisierend. Dann fliegt der Vogel leicht nach rechts auf eine hohe Tanne zu, breitet seine Schwingen aus, steht kurz flatternd in der Luft, den Kopf nach vorne gereckt, fällt und krallt sich an einem Querast fest. Er ordnet kurz seine Federn, wendet den Kopf nach links, nach rechts, zuallerletzt nach vorn, den Blick direkt auf ihn gerichtet, den Hauptmann im grossen, metallenen Vogel.

Die Motoren heulen urplötzlich auf, Singen mutiert zu Kreischen, Brüllen, Dröhnen. Die Maschine beschleunigt und jagt unwiderstehlich nach vorn. Was für ein Gefühl! Der Tannenwald verschwindet, mit ihm der Rotmilan, der nun von der Tannenspitze startet und Richtung Westen, der Sonne nach, wegfliegt. Wasser wirbelt unter dem Flugzeugbauch auf, Rinnsale sausen schräg über die Scheiben, die Augen des Hauptmanns weiten sich, er hält sich am Vordersitz fest, seine Knöchel glänzen weiss. Der neben ihm sitzende Major mit den weissen Schläfen, eine Ledermappe mit der linken Hand auf den Knien festhaltend, klammert sich ebenfalls an die Sitzstrebe und lacht. Die Landschaft rast vorbei.

Dann hebt die Skymaster träge ab, die Piste kippt nach unten wie ein nasses, graues Putztuch, der Hauptmann hält die Luft an. Ich stürze hoch, ich stürze weg von allem, denkt er. Ihm schwindelt vor Begeisterung. Es ist ihm, als ob er nach oben gedrückt würde, in die Höhe gedrängt, wehrlos den Elementen ausgeliefert in dieser Röhre voller Menschen. Der Hauptmann fliegt. Es ist sein erster Gang in die Luft. Über sein Gesicht huscht kurz das Glück. «Airborne», murmelt der Major und lächelt. «Schon mal geflogen, Hauptmann?»

Knapp über dem Waldsaum schwanken die Flieger leicht, die Räder verschwinden rumpelnd in den Flügeln. Die Skymaster und die beiden Dakotas steigen stetig, drehen bald darauf träge nach links, zeichnen mit den aus ihren Motoren dräuenden Rauchfahnen ein russiges Abschiedsmuster in den Nachmittagshimmel und verschwinden allmählich in den Wolkenfetzen. Eine Zeitlang ist nur noch das immer leisere, sonore Brummen der acht Kolbenmotoren zu hören, bis auch dies schliesslich verebbt. Vor dem Kontrollturm setzt sich eine Schar Krähen auf den Beton. Die den Flugzeugen nachwinkenden Zuschauer verlassen die Besucherterrasse. Die Politiker und Offiziere, die die Delegation auf dem Flugfeld offiziell verabschiedet hatten, besteigen eilig ihre Dienstautos und fahren davon. Auf dem Flugplatz herrscht wiederum Stille. Vor dem Kontrollturm setzt sich eine Krähenschar nieder.

Sommer 1982

Er hält den Serviettenring in der rechten Hand und starrt hinunter auf das Trinkglas neben der Serviette. Es ist halbvoll mit Mineralwasser. Das Wasser an der Oberfläche sprudelt verhalten und er glaubt, ein leises Zischen zu hören. Sein Gehör war schon immer gut gewesen. Er überlegt. Hatte er nicht die ganze Zeit das Gefühl gehabt, ein Trinkglas in den Händen zu halten? Natürlich, keine Frage. Aber er hatte aus dem Serviettenring getrunken, nicht aus dem Trinkglas, das war ein Fakt. Eiseskälte steigt in seiner Brust auf, wandert zum Hals, in den Hinterkopf hinauf, hoch an die Innenseite seines Schädels, dahin, wo die Muskeln vom Nacken ihren Ansatz finden. Was ist mit meinem Kopf? Er legt den Serviettenring auf den Tisch und überlegt. Die Tochter nimmt sachte seine rechte Hand und führt sie zum Glas. Er berührt das Glas, umfasst es, hebt es. Sie lässt sanft seine Hand los. Er führt das Glas zu den Lippen. Er trinkt.

Wasser. Mineralwasser. Es ist alles in Ordnung. Langsam schluckt er das sprudelnde Nass, verschluckt sich, rülpst daraufhin leise, blickt mit leicht verzerrtem Lächeln entschuldigend umher, alle lächeln sie zurück, grinsen sogar. Er presst die Serviette auf den Mund. Der älteste Sohn lacht. Er zieht die Augenbrauen etwas hoch, es bilden sich breite Falten auf seiner Stirn, er streicht flüchtig mit dem rechten Zeigefinger über die Nasenspitze, was er immer tut, wenn er verlegen ist. Dann legt er wiederum seine Hände auf den Tisch. Sie sind weiss, schmal, die Adern schimmern bläulich. Eine silberne Haarsträhne hängt über dem Verband an seiner rechten Schläfe herunter. Seine Frau streicht sie zurück mit einer Geste, die alle kennen. Er lächelt nun ausgiebig, selbst die untere Reihe seiner Zähne ist zu sehen, daraufhin schüttelt er den Kopf und schiebt den Serviettenring unauffällig zu der kleinen, blumenbemalten Holzschale.

Er weiss, der Ring gehört normalerweise in diese Schale. Er betrachtet sie. Mein Gott, denkt er, diese Schale ist so vertraut und doch so hässlich. Sie ist schlecht bemalt, es ist Amateur- oder Kinderarbeit. Wahrscheinlich hatte eines seiner Kinder diese Scheusslichkeit im Werkunterricht gebastelt und er hatte es zum Geburtstag erhalten oder zu Weihnachten. Sicherlich hatte er dazu gelächelt, sich eifrig bedankt, das Kind gelobt und es geschafft, diese Schale während wenigen Sekundenbruchteilen schön und einzigartig zu finden.

Er möchte den Ring in die Schale legen, aber es will ihm nicht gelingen. Seine Hand führt nicht aus, was der Kopf will. Er blickt erschrocken auf. Der älteste Sohn fasst den Ring, stupst den Vater demonstrativ am Ellbogen und lässt den Ring in die Schale fallen. Der Ton ist trocken und hart. Sie schauen ihn erneut prüfend an. Er spürt leichten Schwindel. Doch er lächelt. Danach steht er auf und wankt. Der zweitälteste Sohn packt seinen Arm mit einer blitzschnellen, unaufgeregten Bewegung. Er nickt dankend, stützt sich kurz mit beiden Händen auf den Tischrand, hebt den Kopf, atmet durch, lächelt entschuldigend. Danach fasst er entschlossen mit beiden Händen das mit Geschirr beladene Tablett, stemmt es sachte empor, sodass kein Besteck herunterfällt, und schreitet langsam und überlegt in die Küche, das rechte Bein unmerklich nachziehend. Er stellt das Tablett auf den Spültrog, wendet den Kopf nach rechts und sieht, dass alle noch am Tisch sitzen und ihn von dort aus beobachten, freundlich und ernst. Er hat es geschafft, er fühlt Stolz.

Spätsommer 1953

Die Skymaster pflügt sich dröhnend durch die Lüfte. Es gibt kein Zurück, Hauptmann. Du bist gefangen und frei. Er lehnt sich zurück. Eine Mischung aus Motorengrollen, Stimmen, Bewegungen, Gerüchen, Befehlen und Gelächter belebt und betäubt ihn gleichzeitig. Das Jetzt ist herrlich, unbarmherzig und wahr. Der Hauptmann fühlt Hitze im Kopf und Fieber unter der Haut. Schweiss rinnt die Wirbelsäule hinunter, hinter den Augäpfeln brennt es, die Stirn ist eine Eisfläche, die Schläfen hämmern unablässig.

Eine lästige Sommergrippe, denkt der Hauptmann, vielleicht eine schwere Erkältung – bloss keine Lungenentzündung! Dann würde er einen Arzt konsultieren müssen, es wäre das Ende seiner grossen Reise und würde bedeuten: mit der Eisenbahn zurück ins kleine Land, in die Stadt am grossen See, zur Mutter und Tante, zu Arbeits- und Wohnungssuche, zu den wenigen Freunden und Verwandten, allen Bescheid sagen müssen, man sei krankheitshalber zurückspediert. Zurück dahin, wo man doch schon weg war.

Seit Wochen denkt der Hauptmann nur noch an die grosse Reise. Bei der Rekrutierung und der drauffolgenden medizinischen Untersuchung hatte er es geschickt verstanden, die teilweise starken Schmerzen in seinem linken Knie zu verbergen. Er wusste, dass sein Knie aus ärztlicher Sicht ein Ablehnungsgrund war. Ein befreundeter Arzt – auch ein Hauptmann – hatte etwas von einem angerissenen Meniskus gemunkelt, er käme wohl nicht um das Messer herum. Das Knie bereitete ihm schon länger Probleme. Zu viele Gewaltmärsche, zu viele Bergtouren, zu viele steile Abstiege. Aber er hatte gelernt, mit seinem Gelenk zu leben, hatte einen knieschonenden und äusserlich unauffälligen Gang entwickelt. Es ist jedoch nicht leicht, bei einem angerissenen Meniskus oder einem Knorpelschaden jegliches Hinken zu vermeiden. Es schmerzt, bei jedem Schritt, auch im Stehen, selbst im Schlaf, sogar im Traum. Aber er hatte es geschafft. Er hatte geübt, hatte die Kontrolle behalten, seinen Gang so geschickt getarnt wie während eines Manövers eine Maschinengewehrstellung im herbstlichen Bergwald.

Dann stieg er auf dem Weg zum Truppenarzt eines Tages aus der Strassenbahn, es knackte trocken im Knie, ein Blitz von Schmerz durchfuhr sein Hirn. Ihm schien, als zerspränge in seinem Schädel eine straffgespannte Geigensaite. Er schrie auf, Tränen fluteten seine Augen, ein kurzer, greller Schmerzlaut entfloh seiner Kehle, Passagiere starrten ihn erschrocken an, Menschen auf dem Trottoir blickten sich um. Ein schreiender Offizier, mitten in der Stadt – wie peinlich. «Kann ich Ihnen helfen?», fragte eine ältere, rothaarige und üppig geschminkte Frau. Sie roch nach teurem Parfum. Der Hauptmann lächelte gequält. «Danke, Madame. Alles in Ordnung, nur ein kleiner Misstritt.» Die Dame trippelte davon, er lüftete die Offiziersmütze, schaute ihr kurz nach. Nach wenigen Sekunden verschwand der Schmerz im Knie. Der Hauptmann stakste ein paar Schritte vorwärts, vollführte wie beim Fechten einen vorsichtigen Ausfallschritt nach vorn, belastete und beugte sein Knie, tastete es ab und drückte schlussendlich mit dem rechten Daumen dezidiert in die Delle beim Gelenkspalt. Nichts. Der Schmerz war wie weggeblasen und kam nie wieder.

Er atmete nach dem Zwischenfall mit seinem Knie erleichtert auf und marschierte beschwingt und schmerzfrei zur Kaserne. Es wartete die medizinische Voruntersuchung auf ihn, letztes mögliches Hindernis auf dem Weg zum grossen Einsatz. Der Arzt, ein älterer, grauer Herr mit Glatze und Hornbrille, untersuchte den Hauptmann oberflächlich, mass Puls und Blutdruck, horchte mit seinem kalten Stethoskop an Brust und Rücken seine Lunge nach verdächtigen Geräuschen ab, murmelte etwas Unverständliches, leuchtete mit einer sehr hellen Lampe in Mund, Augen und Ohren hinein, inspizierte kurz und routiniert sein Geschlechtsteil, hinterliess hämmernd einen Stempel in seinem Dienstbüchlein, unterschrieb schwungvoll und scheuchte ihn winkend zur Tür, ohne ihm, dem Hauptmann, ein einziges Mal in die Augen geschaut zu haben. Darauf rief er mit dünner Stimme: «Der Nächste.»

Der Hauptmann blickt in der Kabine umher. Auf Bildern in Illustrierten oder modernen Magazinen hatte er gesehen, dass insbesondere in amerikanischen Militärmaschinen die Soldaten und Offiziere mit dem Rücken zur Rumpfwand sassen, also seitlich. Hier aber sass er wie in einem Bus. Es gab nur weissbetuchte Sitzreihen, die nach vorne ausgerichtet waren, wie in der Eisenbahn. Und doch schien die Skymaster eine Militärmaschine zu sein. Sie hatten Tausende von solchen Maschinen gebaut, die Amerikaner. Maschinen wie die seine hatten Millionen von Soldaten über den Atlantik nach Europa gegen die Deutschen und über den Pazifik gegen die Japaner transportiert. Sie wussten, was zu tun war, die Amerikaner. Es war der grosse Krieg gewesen, der Weltkrieg. Wenn er bedachte, dass er mit seiner Kompanie – wenn sie denn mobilisiert waren, ab und an durften sie ja nach Hause – den Krieg praktisch untätig abgesessen hatte, die Amerikaner hingegen die Welt von den faschistischen Achsenmächten befreit und dafür Hunderttausende Soldaten und Offiziere auf dem Land, in der Luft und zur See geopfert hatten, dann empfand er vor den Amerikanern tiefe Achtung und Respekt – und auch etwas Scham.

Er war begeistert in die Armee eingetreten, euphorisch, es war Krieg, es gab nichts anderes. Die Offiziersschule war unglaublich hart gewesen, preussisch, unmenschlich, ungerecht. Er hatte das Hassen gelernt. Insbesondere das Hassen von denjenigen Menschen, die aufgrund eines höheren Grades sich befähigt, ja berufen fühlten, Menschen systematisch und grundlos zu erniedrigen. Er hatte durchgehalten, geduldig, demütig, lernbegierig. Die Armee hatte es ihm verdankt. Er war rasch und diskussionslos befördert worden, bis zum Hauptmann. Ein Rang, der ihn nunmehr befähigte, in seinen Bergen eine ganze Kompanie, gegen zweihundert Männer, zu befehligen. Bei Letzteren hatte er sich im grossen Krieg wohler gefühlt als bei den teils intriganten und strebsamen Kollegen von der Steuerverwaltung, wo er bis vor kurzem beruflich tätig gewesen war. Seine Soldaten verkörperten seine innere Heimat, verschafften ihm ein Zuhause, einen Ort, wo militärische Grade paradoxerweise keine Rolle mehr spielten, und wo er Wärme spürte, Anteilnahme, Verantwortung, Liebe zuweilen.

«Bei uns heissen Sie nur noch Schneewittchen, Herr Hauptmann», hatte ihm einst beim Aufräumen nach einem ausgiebigen Gelage im Saal eines Berghotels ein angetrunkener Korporal zugeraunt. Schneewittchen? Er dachte nach. Mutter der Kompanie nannte man ihn manchmal – und jetzt das. Schneewittchen war sanft, schön, nachgiebig, lieb und wurde bewundert von sieben Zwergen. Sie war ein gutes Mädchen. Das war er nun sicherlich nicht. Was bezweckten die damit? Verspotteten sie ihn heimlich? Oder wurde er deshalb so getauft, weil er grosse, dunkle Augen hatte, ein bleiches, schmales Gesicht, weil er oft schüchtern wirkte, zurückhaltend, meist sogar scheu? Weiblich, gar? Vielleicht nannten sie ihn deswegen Schneewittchen? So ein Blödsinn. «Blanche-Neige, quelle connerie.» Er schüttelte den Kopf, war kurz irritiert, verdrängte es und gewöhnte sich allmählich an den Terminus.

Die Motoren der Skymaster singen sonor, draussen paradieren Wolkentürme. Die Maschine ächzt und rüttelt. Ist wohl die Luft generell so unruhig, sind es der Wind, die Wolken oder fliegt es sich immer so? Der Hauptmann weiss es nicht, er fliegt zum ersten Mal. Er entspannt sich, blickt umher, ein Lächeln huscht über sein Gesicht. Die meisten seiner Kameraden haben mittlerweile ein Buch aus ihrer Tasche gekramt oder eine Zeitung auseinandergefaltet. Schräg gegenüber nickt ihm ein Oberst mit drei dicken gelben Streifen auf der Mütze zu. Der Hauptmann grüsst zurück. Er schwitzt stark und hofft, dass es nicht auffällt – insbesondere nicht einem unerkannt mitreisenden Truppenarzt. Er zieht seinerseits eine zerknitterte Zeitung aus der Seitentasche seines Rucksackes hervor und schlägt die erste Seite auf. Der bekannte amerikanische Senator John Kennedy heiratet seine Verlobte Jacqueline Bouvier. Der Hauptmann starrt auf das Titelfoto. Die Frau ist hübsch, sehr schlank, fast mager und schlicht, aber äusserst elegant gekleidet. «Ich mag keine Mageren», hatte er einst einem Studienfreund verschämt gebeichtet. Der hatte schallend gelacht und entgegnet, er selber bevorzuge gertenschlanke Kost, er wolle sich doch nicht durch Berge von Fett zum Wesentlichen durchwühlen. Der Hauptmann hatte danach betreten geschwiegen, er war es nicht gewohnt, in solch despektierlicher Art über Frauen zu reden, geschweige denn über all die zarten Dinge, die sich zwischen Mann und Frau zutrugen. Er hasste es, wenn betrunkene Offiziere im Kantonnement nach einem freien Wochenende detailliert und kein anatomisches Detail auslassend von ihren Zusammenkünften mit der Freundin, der Zufallsbekanntschaft, der Kellnerin oder der Frau des Chefs berichteten. Er errötete immer wieder bei diesen drastischen Schilderungen, doch niemand schien es zu bemerken. Zumeist begnügte er sich in geselliger, ausgelassener Runde mit einem wissenden Kennerlächeln, wenn die Offizierskollegen, ihn erwartungsvoll anstarrend, eine Reaktion auf ihre derben Schilderungen erwarteten. Diese Haltung führte dazu, dass alle den jungen, fast mädchenhaften Hauptmann für einen Kavalier hielten, der «geniesst und schweigt». Gerade diejenigen seien wohl die Schlimmsten, meinte einst ein Offizierskollege augenzwinkernd zu ihm.

Der Hauptmann blättert weiter, ohne die weiteren Schlagzeilen zu beachten oder auf einen Artikel näher einzugehen. Er sieht Bilder, Buchstaben, Illustrationen, die immer mehr verschwimmen, er blickt und denkt sich durch die Zeilen hindurch. Bald darauf faltet er die Zeitung wieder sorgfältig zusammen und steckt sie zurück in seinen Rucksack. Er späht seitwärts aus dem Fenster und sieht durch Wolkenbänke auf grünes, sattes Land hinab. Dörfer, Wälder und Flussläufe ziehen vorbei und gelegentlich sieht man ein Schloss, eine Burg oder ein Kraftwerk mit einer Dampffahne. Die Motoren singen in verschiedensten Tonlagen. Der Hauptmann beginnt mitzusummen. Er findet einen passenden, adäquaten Ton, nicht zu hoch, nicht zu tief und begleitet das Geräusch der Motoren. Bald durchströmt ihn eine wohlige Harmonie, sein Kopf mutiert zum Resonanzraum, Kehlkopf und Brust vibrieren, in Rachen und Hals kribbelt es angenehm. Es fühlt sich an, als streichelten er und das Flugzeug zusammen seine etwas mitgenommene Seele. Er blickt aus dem Fenster. Das Fliegen ist weit schöner als erwartet, denkt der Hauptmann. Fliegen ist erhaben. Fliegen ist Ruhe. Fliegen hält die Zeit an. Nur die Landschaft zergeht unter dem Flügel, fliesst und verwandelt sich. Er blickt hinunter. Im grossen Fluss unter dem Flugzeug spiegelt sich eine riesige Wolke, ein Lastkahn stampft unter einer Brücke durch, seine Bugwelle ist braun.

Der Hauptmann ist eingedöst, doch kurz danach schreckt er auf. Sein Hemd klebt und er verspürt ein Brennen in den

Augen. Salziger Schweiss rinnt über seine Stirn. Er klaubt sein baumwollenes Taschentuch aus der Uniformtasche, entfaltet es, wischt sich ein paar Mal die Stirne ab, betupft seine Mundwinkel, faltet das Tuch sorgfältig wieder zusammen und verstaut es. Der Major neben ihm döst. Das Flugzeug sackt etwas durch, es beginnt zu sinken. Der Hauptmann spürt einen wachsenden, etwas unangenehmen Druck auf dem Trommelfell. Ein dumpfes, wattiges Gefühl im Innenohr stellt sich ein. Er klemmt mit Daumen und Zeigefinger die Nasenflügel zu, schliesst den Mund, atmet ein und presst vorsichtig etwas Luft in die Backen. Es pfeift und knackt in seinem Schädel.

Dieses Zuklemmen der Nase hatte er beim Eintauchen ins grünlich schimmernde, meist klare Wasser des grossen Sees gelernt. Vom höchsten Brett des Sprungturms sprangen sie, auch von der niedrigeren Kaimauer, manchmal sogar verbotenerweise vom Bug oder vom Heck der Jachten und Motorschiffe, die im Hafen ankerten. Am liebsten warfen sie sich ins Wasser, wenn die grossen Raddampfer mit den gelben Schornsteinen vorbeiparadierten. Ihr scharfer Bug schnitt das Wasser entzwei und ihr Heck schlug hohe, schäumende Wellen in den flachen See. Oft zog sie der Sog des Schiffsrades ein wenig in die Tiefe. Sie liessen sich dann geschickt bis auf den Grund sinken – mehr als vier Meter waren es selten –, stiessen sich darauf kräftig vom Seeboden ab und tauchten nassglänzend auf wie die nach Mücken schnellenden, silbernen Seeforellen. Der Kapitän auf der Kommandobrücke des Raddampfers verwarf gestenreich die Hände, die Matrosen fluchten ihnen lauthals hinterher und drohten mit der Polizei.

Sein Freund hatte diese Technik, den Schmerz in den Ohren zum Verschwinden zu bringen, Druckausgleich genannt. Ein Physiker namens Valsalva hätte diesen Trick erfunden, schwadronierte er eifrig. Das Manöver sei lebenswichtig, sonst platze etwas in den Ohren und das kalte Wasser ströme dann ungehindert durch das Loch in den Schädel und man wisse nicht mehr, was oben und unten sei, gerate in Panik und ersaufe. Das Gesicht seines Freundes hatte geglänzt vor Stolz. Er hatte bewundernd zugehört und fortan fleissig das Ausgleichsmanöver geübt. Es funktionierte bestens. Manchmal weilte er eine Minute oder sogar länger auf dem grünlich braunen, mit grossen Steinblöcken oder Felsen übersäten Grund des Sees, rupfte an glitschigen, dunkelgrünen Algen, hob alte, im Schlick festgeklebte Autoreifen an, beobachtete die frisch geschlüpften, fast durchsichtigen Seeforellen, wie sie unter Steinen zitternd Schutz suchten. Er sah Bänke von schimmernden Jungbarschen dicht vor seinen Augen vorbeizuckeln, exakt wie die Makrelenschwärme im grossen Fotobuch über das Meer, das er zuhause wie einen Schatz hütete. Das, was er auf dem Grund des Sees sah, war allerdings weit aufregender als im Buch. Das Erlebte gab sich hier in Farbe und nicht schwarzweiss, war echt, authentisch, selbst erlebt. Die sehr seltene Begegnung mit einem ausgewachsenen Hecht war wohl nicht weniger aufregend als eine Rencontre im Meer mit einem Hai oder einem Wal. Das Pendant der tropischen Korallenstöcke im Buch waren im heimischen See die algenübersäten, zernarbten Felsblöcke, rostige Anker, Rüfen und Rillen im Schlamm des naheliegenden Seeufers, kleine und runde Kiesel, darunter versteckt die kleinen Gründelfische, die Elritzen und die Groppen. Das war sein Meer.

Oft legte sich er sich auf dem Seegrund auf den Rücken, hielt sich mit gestreckten Armen an rostigen, in einem Betonblock eingegossenen Eisenringen fest, kämpfte mit immer vollkommenerer Atemtechnik und Muskelarbeit gegen den Auftrieb, starrte zur lichtdurchfluteten, gekräuselten Oberfläche hoch und fühlte Glück. Am liebsten pirschte er sich an die gutgetarnten Junghechte im halbhohen Seegras heran. Es gelang ihm meist, sich Letzteren mit dem geringstmöglichen Aufwand zu nähern, er hielt die Luft an, bewegte kaum merklich Hände oder Füsse. Die Hechtlein liessen ihn gnädig gewähren und sich bis auf einen Meter nähern, flitzten dann aber frech mit einer einzigen, kräftigen Schwanzbewegung weg. Oder er erschreckte an der Seeoberfläche schwimmende Mädchen, in dem er sich von unten an sie heranschlich, danach sachte mit den Fingern über ihre wassergebleichten, verschrumpelten Fusssohlen strich und sofort nach unten wegtauchte. Er glaubte, das darauffolgende hysterische Kreischen noch in der Tiefe zu hören.

Ein paar Monate später – es war ein sonniger Frühlingstag, der See noch kalt – wurde der Freund, der ihm das Valsalva-Manöver beigebracht hatte, auf dem See von einem Schwan angegriffen. Er selber stand auf dem Sprungturm und sah weit draussen aufgewirbelte Gischt. Er wusste, dass dort, etwas mehr als zweihundert Meter weg, sein Freund am Schwimmen war. Jetzt erblickte er den im aufgepeitschten Wasser mit den Flügeln wild schlagenden Schwan, hörte seinen Freund schreien, sah ihn verzweifelt winken und nach wenigen Sekunden im Wasser verschwinden. Er begann auf dem Sprungturm laut zu schreien. Am Ufer brach Hektik aus, alle starrten aufs Wasser, doch niemand schwamm hinaus. Er war darauf vom Turm ins Wasser gesprungen, schlug hart auf, tauchte auf und schwamm verzweifelt in Richtung seines Freundes und des Schwans. Dort angelangt, hatte er versucht, wenige Meter vom erbosten, die Flügel weit spreizenden Schwan entfernt hinunterzutauchen, um seinen Freund hochzuziehen, doch er sah nichts als gähnende, grünliche Tiefe, der See war an dieser Stelle bereits tief. Er tauchte völlig erschöpft an der Oberfläche auf, prustete, schluckte, schrie und winkte. Er war ausser sich. Zwei Männer kamen mit einem kleinen, rot-weissen Holzboot hastig herangerudert, riefen ihm zu, er solle sofort zum Ufer schwimmen, doch er klammerte sich am Bootsrand fest, weinend und tobend. Die Männer beliessen ihn dort und suchten derweilen, im wackeligen Boot stehend, den See mit zusammengekniffenen Augen ab und starrten danach, vornübergebeugt und sich am Bootsrand haltend, minutenlang ins tiefe Wasser. Ewigkeiten später brauste mit schäumender Bugwelle das allseits bekannte, kleine, blau-weisse Motorboot der Seepolizei heran und übernahm die Suche. Der Schwan hatte sich in der Zwischenzeit beruhigt und schwamm langsam weg, als ob nichts geschehen wäre. Seine Flügel hielt er jedoch noch halb gespreizt, fächerförmig, drohend, das Tier blieb auf der Hut. Er kletterte danach auf das Rettungsboot und kauerte weinend auf dem nassen Bootsboden. Anschliessend wurde er von der Polizei ausgiebig befragt und darauf nach Hause gebracht. Sein Freund wurde nie gefunden.

Er drückt noch einmal vorsichtig Luft in die Backen. Beim ersten Versuch hatte es nicht ganz geklappt, er ist wohl zu krank, die Eustachische Röhre – Verbindung zwischen Rachen und Mittelohr – ist verstopft und geschwollen. Er atmet noch einmal ein, füllt die Backen und drückt kräftiger. Es pfeift zwischen Rachen und Ohr, daraufhin knackt es hässlich und das bisher als angenehm empfundene Dröhnen der Motoren dringt jetzt penetrant in sein Mittelohr, explodiert im Schädelgewölbe wie ein pompöser Orgeleinsatz in der Kirche. Er spürt nun eine merkwürdige Freiheit in der Ohrengegend, eine Art Ausdehnung, die sich ins Kopfinnere fortsetzt und von seinem ganzen Körper Besitz nimmt. Er entspannt sich, atmet auf und lehnt sich zurück. Draussen fegen graue, regenschwere Wolkenfetzen vorbei, darunter erblickt er nasse Strassen, Fabriken, Schornsteine, in Reih und Glied gepflanzte Nadelbäume, Felder, Strassen, Automobile und Menschen. Der Major neben ihm erwacht, wischt sich Stirn und Mund und starrt an ihm vorbei durchs Fenster. Das Flugzeug schlingert leicht und sackt etwas durch, die Motorleistung geht hörbar zurück, er sieht Teile des Flügels nach unten klappen, eine graue Piste taucht alsbald unter dem Fenster auf, das Flugzeug berührt den Boden, hopst und schleudert, die Reifen quietschen. «Frankfurt am Main», sagt der Major neben ihm.

Der Hauptmann nickt bestätigend. Auf der Militärbasis steigen alle Offiziere und Soldaten aus und begeben sich zu Fuss direkt zu einem anderen Transportflugzeug, es sind diesmal nur zwei Maschinen, jedoch beide mit je vier Motoren ausgestattet. Der Major steigt neben dem Hauptmann ein und bemerkt: «Das ist die Militärversion der Douglas DC-6. Die ist stärker und schneller als die unsrige hierher, sie hat auch eine höhere Reichweite. Die US-Air-Force nennt sie Starlifter. Wir haben die Ehre, denselben Flugzeugtyp zu fliegen, den Präsident Truman benutzt hatte und der dem jetzigen Präsidenten Eisenhower als Airforce One dient. Nur sind diese Kisten wohl etwas komfortabler ausgerüstet. Mit Betten und Bädern, mit Ess- und Konferenztischen. Und wohl auch mit einer gutbestückten Bar.» Der Hauptmann nickt beeindruckt. Knapp eine halbe Stunde später heben sie wieder ab und fliegen danach, wie ihm der Major erklärt, über den Fluss Shannon in Irland zur amerikanischen Luftwaffenbasis Lajes auf der Azoreninsel Terceira, mitten im Atlantik. Er spricht die Worte lautlos aus, schmeckt, kostet und wälzt sie im Gaumen. Lajes. Terceira. Açores. Atlantique. Wie verheissungsvoll die Welt auf den Lippen schmeckt, denkt er.

Über dem Ärmelkanal liegt Nebel – ein endlos scheinender Watteteppich mit verwehten Fransen, Dellen und Wellentälern, weit unter der dahinbrummenden Maschine akkurat hindrapiert. Er hätte nie erwartet, etwas so vollkommen Durchgearbeitetes und gleichzeitig Poetisches in der Natur zu sehen. Dieses Arrangement ist ein Kunstwerk, denkt der Hauptmann und erinnert sich: Er hatte einst im Malunterricht protestiert, als ihr Lehrer, ein ausnehmend netter, bemühter und regional bekannter Amateurmaler, mit viel Inbrunst deklarierte, dass nur die Natur die schönsten Kunstwerke vollbrächte. Er hatte daraufhin, ohne zum Reden aufgefordert worden zu sein, die Hand aufgestreckt und in einer eifrig vorgetragenen Suada argumentiert, nur der Mensch sei fähig, Kunstwerke, also Verwandlungen der Realität, zu vollbringen. Die Natur ihrerseits brächte in dieser Hinsicht nichts zustande, sie sei dazu nicht in der Lage, weil ihr das Bewusstsein dazu fehle, dass es sie gäbe, weil sie einfach sei und nicht in Absicht agiere. Die Natur könne keine Kunst produzieren. Sie sei es. Die Klassenkameraden hatten ihn mit offenen Mündern angestarrt, der Lehrer ihn nachdenklich gemustert, sodass er sich urplötzlich für seine vehement vorgetragene Meinung schämte. Doch der Lehrer hatte sich bei ihm vor der gesamten Klasse artig bedankt und sich fortan gewissenhafter seiner malerischen und zeichnerischen Entwicklung gewidmet.

Besagter Lehrer hatte wenig später im Auftrag der Kunstkommission der Stadt das Kuppeldach der Bahnhofshalle seiner kleinen Stadt mit einem Landschaftspanorama schmücken dürfen. Das Bild war aus der Perspektive eines Betrachters gemalt, der sich auf dem Berg über der Stadt befand und bei guter Sicht über den ganzen See, den Jura, die nahen Alpen und weit bis nach Frankreich hinein sehen konnte. Er war nach der feierlichen Einweihung der Bahnhofshalle, kurz bevor die Lichter gelöscht wurden und der letzte Zug abgefahren war, vollkommen allein in der Halle zurückgeblieben und hatte im abendlichen Zwielicht das Werk seines Lehrers betrachtet.

Er war enttäuscht. Das hätte er weit besser gekonnt, dachte

er kühn. Das Landschaftsbild hatte keine Tiefe, war viel zu genau und zu akribisch hingepinselt worden. Die detailliert gemalten Tannen, das Chalet am Berghang oder das Segelboot auf dem See waren zu nahe am Betrachter, zu aufdringlich, zu präsent. Der Maler hatte sich in seine Objekte verliebt und nicht das Gesamtbild berücksichtigt. Im Wunsch, möglichst realistisch zu wirken, hatte sein Lehrer sich in Details verloren und dadurch die Atmosphäre, die Stimmung, das Sinnliche einer Landschaft ignoriert. Er hatte sich entschieden, mit brillantem Naturalismus zu glänzen, und zerstörte darob die persönliche Vision. Er hatte eine Postkarte gemalt.

Das Flugzeug ächzt in den Turbulenzen, ab und an öffnet sich das Wolkenmeer, durch die Löcher kann der Hauptmann das Meer jedoch nur erahnen. Doch jetzt über dem Atlantik sieht der Hauptmann zum ersten Mal in seinem Leben das Meer. La Mer! Der Atlantik. Er ist grau und gross.

Sie reisen in ungefähr sechstausend Metern Höhe, so hatte es ihm der Major erklärt. Ihr Flugzeug habe diesmal eine Druckkabine. Sie fliegen jedoch nicht ganz über dem Wetter, die Maschine schwankt des Öftern, immer wieder sackt sie durch, der Magen hüpft und drängt gegen Hals und Kehlkopf. Die Mehrheit der Kameraden des Hauptmanns erbleichen nach und nach, sitzend schweigend oder kauern vornübergebeugt auf ihren Sitzen. Nach weiteren heftigen Sinkbewegungen des Transporters fangen die Ersten an zu erbrechen und benutzen emsig die vom amerikanischen Militärpersonal hastig verteilten Papiersäcklein. Der hohe Offizier schräg gegenüber – derjenige mit den drei dicken Streifen am Hut – verlässt seinen Sitz, taumelt zu einer Tür, auf der «Closet» steht, ein amerikanischer Soldat hält ihn auf und beordert ihn mit einer dezidierten Geste zurück auf den Sitz. «Sir! Please! Sit down and fasten your seat belts! We have turbulences!» Der hohe Offizier ist aschfahl im Gesicht. Er zögert, blickt resigniert vor sich auf den Boden, setzt sich ächzend, beugt sich, wühlt im Behälter nach einem Papierbeutel, faltet ihn mühsam auseinander, blickt mit leicht verzerrtem Gesicht hilfesuchend herum, würgt urplötzlich und erbricht in den Beutel. Der neben dem Obersten sitzende Oberleutnant tupft mit einem Papiertüchlein die Spritzer von der gebügelten Hose des Nachbarn weg, nimmt ihm den Papierbeutel aus der Hand und übergibt ihn einem Soldaten, der bereitwillig mit einem Kübel herumläuft und stoisch das Erbrochene einsammelt. Danach hilft der Oberleutnant dem luftkranken Obersten, dessen Gurte wieder zu schliessen.

Der Hauptmann wendet höflich den Kopf ab und schaut in eine andere Richtung. Die Bewegungen in der Luft machen ihm nichts aus. Das Einzige, was ihm zunehmend ein flaues Gefühl im Magen beschert, ist der in der Kabine herumwandernde säuerliche Geruch nach Erbrochenem. Er ist froh, nie bewegungskrank gewesen zu sein; dies hatte er den Genen und Veranlagungen seines Vater zu verdanken, denn seine Mutter erbrach oft im Zug, selbst auf gerader Strecke und bei geöffnetem Fenster. Der Vater hatte ihm von stürmischen Überfahrten übers Mittelmeer berichtet, wo er am Schluss der einzige Passagier war, der mit den seefesten Schiffsoffizieren an der Bar Whisky trank.

Der Hauptmann lehnt den Kopf an die Innenwand, blickt an die Decke und nickt bald darauf ein. Er wacht eine Stunde später auf, reibt sich kurz die Augen, gähnt und späht aus dem Fenster. Er sieht Schaumkronen über dem Wasser und rollende Wellenberge. Mitten darin krängt ein grosses Schiff mit schäumender Bugwelle. Später erblickt er einen Frachter mit Kränen auf dem Oberdeck und vielen Rohren und Leitungen – ist es ein Tanker oder ein Gastransporter? Hinter dem Schiff macht er einen riesigen Möwenschwarm aus. Das schäumende

Kielwasser zieht sich bis an den Horizont, der nahtlos in den Himmel übergeht. Er wischt sich den Schweiss von der Stirn und streckt die Beine, die Hände. Er starrt hinaus, fasziniert. Kleine Inseln tauchen auf, dann eine hohe, zerklüftete Felsküste, unterbrochen von halbrunden, schwarzen Sandstränden. «Lava-Sand», meint der Major, der nach seiner Feldflasche fasst, einen Schluck Wasser daraus trinkt und über des Hauptmanns Schultern aus dem Fenster linst. «Die Azoren sind vulkanischen Ursprungs und bestehen aus uraltem, erodiertem Gestein. Da, schauen Sie, Hauptmann, dort, der Krater. Als solcher allerdings nur noch undeutlich zu erkennen.» Der Hauptmann bestätigt mit einem Kopfnicken und blickt auf die unten vorbeiziehende Landschaft. Giftgrüne Felder, Hügel, Zäune und Hecken, unzählige Schafe und Feldwege. Dann wiederum Steilküste, ein Seelein, eine Grasfläche, ein paar Hütten, ein alter Traktor inmitten von aufgehäuftem Schrott. Gleich darauf taucht eine breite, graue Piste unter ihnen auf. Der Flieger schaukelt ein letztes Mal und landet sanft. Später öffnen sich schnalzend die Türen. Warme, nach Salz und Algen riechende Luft strömt herein. Der Hauptmann zieht genüsslich die Luft durch seine Nase, er schliesst die Augen. Was für ein Duft! Er ist zum ersten Mal in seinem Leben unterwegs, irgendwohin. So riecht die Fremde, so schmeckt die Welt, sagt sich der Hauptmann. Er balanciert beschwingt die Fahrgasttreppe hinunter, das Abendlicht ist golden, die Luft warm. Sie streichelt sanft seine Haut.

Das üppige Buffet in der Militärkantine des US-Airforce-Stützpunktes Lajes ist für den Hauptmann eine neue kulinarische Erfahrung. Viele verschiedene Salate, Gemüse, Plätzchen, Fleischstücke, Eier, Kartoffeln, Teigwaren, Eingemachtes und Süssigkeiten sind auf einem riesigen, nicht enden wollenden Regal aufgereiht. Die Reisenden stehen alle in einer Reihe an, strikt getrennt nach Graden. Der Hauptmann verzichtet auf Fleisch und Eierspeisen, er begnügt sich mit etwas Reis und Huhn, nimmt dazu Salat und eine kleine, auf den ersten Blick ihm optisch zusagende, doch beim drauffolgenden Kosten unidentifizierbare Süssigkeit. Ein amerikanischer Offizier gesellt sich beim abschliessenden, etwas gar dünnen Kaffee zu der Delegation und bittet sie, es sich auf der Terrasse des Militärkasinos bequem zu machen; aufgrund eines Reifenwechsels bei der neuen Maschine verzögere sich der Abflug in die USA um zwei Stunden.

Der Major nickt kurz zum Hauptmann und bedeutet ihm, mitzukommen. Der Hauptmann steht auf und sie schlendern neben das Flughafengebäude in eine hölzerne Baracke mit Blechdach und der Leuchtschrift PX. «PX-Shops, Post Exchange Stores», sagt der Major beim Eintreten. «An die würde ich mich gewöhnen, Herr Hauptmann. Da gibts alles, was das Herz begehrt: Schnaps, Zigaretten, Papier, Schreibzeug, Shampoo, Seife, Präservative – alles zu äusserst günstigen Konditionen. Nur zu, schauen Sie sich um.» Der Hauptmann kauft Zigaretten der Marke Camel, einen Satz Taschentücher, Aspirintabletten und zwei weisse, baumwollene Unterhemden. Er zahlt mit Dollars, die er vor dem Abflug am Bahnhof seiner Heimatstadt aufgeregt erworben hatte. Er ist froh um den Einkauf. Als sie aus dem Laden treten, geht die Sonne unter, ein letzter Strahl bleibt am Kontrollturm des Flugplatzes hängen und bestreicht die höher liegende, sattgrüne Flanke des sich dahinter emporwölbenden Vulkankegels.

Zwei Stunden nach der ursprünglich geplanten Abflugzeit besteigen die beiden Militärdelegationen des kleinen Landes die Douglas C-118. Die Maschine riecht anders als diejenige, die sie von Frankfurt auf die Azoren brachte. Der Sitz des Hauptmanns ist diesmal etwas breiter und weicher, die Gurten sind aus Leder und riechen neu. Der Major taucht vor dem Hauptmann auf und fragt: «Ist es erlaubt?» Er setzt sich, ohne die Antwort des Hauptmanns abzuwarten, neben ihn. «Kurs West-Nordwest», sagt er und verstaut seine Tasche. «Wohl an die acht bis zehn Stunden werden wir brauchen. Die Maschine fliegt mit ungefähr 450 Stundenkilometern, wobei wir wohl Gegenwind haben. Über dem Atlantik ist Richtung USA meist mit Gegenwind zu rechnen – das verdanken wir der Corioliskraft auf der Nordhemisphäre.» Darauf meint er – mit explizitem Blick zum luftkranken Obersten – etwas lauter: «Es wird wohl wieder schütteln!» Der angesprochene Oberst, bleich und müde wirkend, lächelt zurück. Sie starten, die Maschine schwankt und steigt. Die Azoreninsel verschwindet kurz darauf unter den stählernen Flügeln der Douglas. Es ist dunkel geworden, der Mond legt einen bleichen, gespenstisch anmutenden Lichtteppich auf das sich nunmehr bis an den Horizont erstreckende Wolkenmeer.

Zwei Stunden später, nordwestlich der Azoren, fängt die Maschine unvermutet an zu stampfen. Der Hauptmann erwacht aus seinem Dämmerschlaf und wischt sich den Schweiss von Stirn und Wangen. Er fröstelt und blickt hinaus in die Nacht, er sieht Wolkenwände vorbeihuschen. In gelben und orangeblauen Farben schillernde Blitze erhellen dramatisch die Wolkenkulissen, reissen nie zuvor gesehene Räume und Schauplätze auf. Im Nu klatschen schwere Wassertropfen an die Scheiben. Die Maschine sackt abrupt durch, ein paar Männer schreien auf, halb belustigt, halb verängstigt. Die Besatzung taucht alsbald auf und verteilt eiligst orange Schwimmwesten. Die Offiziere und Soldaten aus dem kleinen Land tauschen bedeutungsschwangere Blicke. Die Mutigeren lachen und ziehen die Westen unter kundiger Anleitung der amerikanischen Soldaten an, andere blicken zögernd auf ihre

Schwimmwesten, schütteln den Kopf, ein Offizier flucht lauthals. Nur nach mehrmaliger, harscher Aufforderung eines jungen Airforce-Offiziers schlüpfen auch die letzten Renitenten demonstrativ unwillig in ihre Schwimmwesten. Daraufhin demonstriert derselbe junge Airforce-Offizier gestenreich die exakte Handhabung der Weste im Falle einer Notwasserung im Atlantik und die technischen Möglichkeiten der Rettungswesten. Die Männer sind beeindruckt. Sobald die Westen mit Wasser in Berührung kämen, würden sie sich selber aufblasen, eine chemische Substanz sei dafür verantwortlich, erklärt der junge Amerikaner. Ausserdem würde ein besonderes Präparat sich ringsum im Wasser ausbreiten. Eines dieser Präparate diene den Rettern zur Erkennung aus der Luft oder aus der Ferne, das Wasser färbe sich nämlich rot oder gelb. Das andere Präparat solle aggressive Haie verjagen, der Amerikaner betont verschmitzt das Wort «soll». Es sei noch nicht wirklich getestet worden, aber man hoffe, dass es wirke. Die meisten Offiziere und Soldaten lächeln tapfer, andere blicken sich zweifelnd an. Der Hauptmann bleibt stumm und blickt mit grossen Augen auf das Geschehen. Der junge Amerikaner demonstriert danach, wie die Ersatzpatrone im Falle eines Versagens der automatischen Luftauffüllung funktioniert, sowie später das Handhaben der Trillerpfeife, der Notlampe, der Signalrakete und des Notventils, um allenfalls die Weste mit dem Mund aufzublasen, falls alles andere versagen sollte. Wer von den Reisenden nicht genau hinschaut, wird in nachdrücklichem Ton von den assistierenden Mitgliedern der Besatzung ermahnt, denn bei einem Notfall – und der könne durchaus eintreten, versichert der junge Amerikaner ernsthaft – bestehe keine Zeit, jedem Einzelnen nochmal geduldig zu erklären, wie diese hochentwickelte Schwimmweste funktioniere. Alles klar? Der junge Mann blickt in die Runde. Die Mitglieder der Delegation des kleinen Landes nicken allesamt pflichtschuldig, schauen sich gegenseitig nachdenklich an und nesteln scheu an ihren Schwimmwesten.

Der Hauptmann erwacht. Die vier gewaltigen Kolbenmotoren dröhnen beruhigend gleichmässig und sonor. Die Offiziere und Soldaten aus dem kleinen Land hängen und liegen abgeschlafft in ihren Gurten und Schwimmwesten, schlafen oder dösen mit teils offenen Mündern, einige schnarchen in den verschiedensten Tonlagen. Brillen hängen schräg im Gesicht, Speichelflüsse glänzen an Backen und Kinn, Mützen hängen schief von den Köpfen, nur des Hauptmanns Nachbar, der Major, sitzt aufrecht in seinem Stuhl, hält eine fahl brennende Armeetaschenlampe in der linken Hand und liest unerschütterlich in einem Magazin über Geografie. Die Nacht ist der Morgendämmerung gewichen, der Flugzeugflügel schneidet zart watteweisse Wolkenfransen an, es rüttelt ab und zu, aber nur sanft, nicht bockig und böse wie in der Nacht zuvor. Das Meer ist nach wie vor aufgewühlt, etwas weniger grau, latent bräunlich ist es geworden, durchsetzt mit helleren, milchigen Streifen. Kleine, gischtumrandete Felseninseln tauchen auf, ein selbst aus ihrer Höhe imposant wirkender Leuchtturm mit rot-weissen Mustern taucht aus den Fluten auf, das Wasser grünt an manchen Stellen – man nähert sich wohl einer Küste, denkt der Hauptmann. Der Major schaut über dessen Schultern kurz aus dem Fenster, versorgt sein Heft in der braunen Ledermappe und zieht daraus eine Landkarte. Er faltet sie sorgfältig auf, die Knickstellen sind noch frisch, die Karte ist neu. «Das war eventuell der Leuchtturm von Neufundland», meint der Major. «Aber ich bin nicht sicher.» Sie starren beide aufs Meer und schweigen.

Eine Stunde später sinkt die Tonart der Motoren merklich um ein paar Halbtöne nach unten, die Douglas C-118 sackt leicht durch, die Offiziere, die dem Hauptmann gegenübersitzen, zucken zusammen, erwachen und blicken mit glasigen Augen umher. Der Oberst gegenüber gähnt fortdauernd, kratzt sich am Hals und grinst verschämt den Hauptmann an. Letzterer lächelt schüchtern zurück, blickt nach vorne und sieht am schmutzigen Vorhänglein vorbei den Piloten auf dem linken Sitz im Cockpit die vier metallenen Hebel mit der rechten Hand leicht zurückziehen. Das ist wohl das Gaspedal, denkt der Hauptmann. Die Motoren ändern nochmals die Tonart, sie grollen nun eine ganze Oktave tiefer. Der sehr junge Kopilot auf dem rechten Sitz betätigt Schalter und Knöpfe und spricht ununterbrochen in ein Mikrofon. Der Hauptmann versteht nur die Wörter «Altitude», «Speed» und «Miles». Er dreht sich wieder nach rechts, schaut aus dem Fenster und sieht auf einen Schlag eine ganze Armada von kleinen Schiffen, die wie Flaschenkorken hilflos auf den mächtigen Wogen auf und ab rollen. Grössere Frachter und Fischerboote pflügen sich durchs braune Wasser, und etwas weiter entfernt meint der Hauptmann im Dunst ein graues Kriegsschiff mit grossen Geschützen auf dem Deck auszumachen. Gleich darauf taucht unter dem Flügel eine lange, steinerne, gischtumrandete Pier auf, im Innern der Bucht wieseln unzählige Barkassen und Schlepper mit schwarzen Gummikissen am Bug. Der Hauptmann erspäht Hafenanlagen, Kräne, Schienen und mächtige Lagerhäuser. Eine riesige Stadt taucht dahinter unvermittelt auf – plötzlich, nahtlos, grossartig. Der Hauptmann hält den Atem an, erspäht breite, mehrspurige Strassen mit regem Autoverkehr, zahllose hohe Backsteinhäuser, rauchende Kamine, im Morgenlicht blitzende Wolkenkratzer aus Glas und Stahl, einen kleineren Hafen; daselbst ein grosses Segelschiff mit schwarzweiss gestrichenem Rumpf, wohl ein Viermaster; der Hauptmann verrenkt seinen Nacken, um einen letzten Blick darauf zu erhaschen. Danach tauchen weitere Barkassen unter dem Flügel der Douglas auf, später wiederum Kriegsschiffe, Rumpf an Rumpf aneinandergebunden.

«Boston», meint der Major, sein Sitznachbar. «Ostküste USA. Hätte eigentlich die Hauptstadt Amerikas werden sollen. Viele Universitäten, reger Handel, sehr angenehme Stadt. War schon zweimal da. Wir fliegen weiter nach Springfield, Massachusetts. Das habe ich von dem Jungen dort drüben.» Er zeigt auf einen Steward und blickt auf seine Uhr. «Wir landen dort in circa zwanzig Minuten. Und zwar auf der Westover Air Force Base, das sei der grösste Stützpunkt der Amerikaner für den militärischen Atlantikverkehr. Von dort gehe es weiter über Oklahoma City nach Travis. «Travis, wo liegt das?», fragt der Hauptmann nach einer Weile. «Travis Air Force Base», antwortet der Major und zeigt auf die auf seinen Knien ausgebreitete Karte von Amerika. «Das ist eine Luftwaffenbasis der Amerikaner nördlich von San Francisco, Richtung Sacramento. Dort sollen wir zum ersten Mal übernachten. Wir werden aber kaum Zeit haben, uns San Francisco anzuschauen. Vielleicht erlauben sie uns einen Sprung nach Vallejo oder Oakland, das liegt in der Nähe. Ein paar Tortillas essen plus ein Bierchen, mehr liegt wahrscheinlich nicht drin. Wenn das Wetter gut ist und die Winde einigermassen günstig für den Abflug Richtung Meer, sehen wir vielleicht die Golden Gate Bridge und die Gefängnisinsel Alcatraz beim Abflug nach Hawaii.» Er faltet seine Karte wieder zusammen und steckt sie in seine Ledermappe.

«Woher wissen Sie das alles?», fragt der Hauptmann. Der Major antwortet: «Ich war ein paarmal in den USA. Geschäftlich. Ich arbeite im Zivilleben für unsere nationale Fluggesellschaft.» Der Hauptmann nickt und schweigt. Der Major winkt den jungen Steward herbei. «So, erzählen Sie mal, junger

Mann, wann kommen wir genau an?» Der Steward – ein jungenhaft wirkender Mann mit wirren, roten Haaren, grünlichen, freundlich dreinblickenden Augen, das Gesicht voller Sommersprossen – lächelt pflichtbewusst. «In exakt zwanzig Minuten, Sir. Hatten Sie einen guten Flug?» «Yes Sir. Prächtig. Nur ist Ihre Kiste, diese Douglas, einfach zu langsam, eine lahme Ente. Warum fliegen wir nicht die Globemaster II? Die wäre doch viel schneller!» Der Steward lächelt höflich und hält sich, da die Douglas kurz durchsackt, an einem von der Decke hängenden Riemen fest. «Die Globemaster II wird praktisch nur für den Pazifik eingesetzt, Sir. Sie werden sicherlich mit ihr fliegen, wie ich hörte. Ein Riesending. Und sehr komfortabel. Wahrscheinlich benutzen Sie sie von Hawaii nach Tokio und weiter nach Korea, aber so genau weiss ich das nicht. Aber unsere Douglas ist ja auch ganz nett, oder?» Er lächelt sie unverwandt an und klopft zärtlich mit seiner linken Hand an den Rumpf der Maschine. Der Hauptmann lächelt nickend zurück. «Wie gross ist eigentlich Ihre Besatzung hier an Bord?» «Wir sind meistens ein Kommandant, zwei Kopiloten, zwei Navigatoren, zwei Planingenieure, zwei Radiofachleute und zwei Stewards oder Stewardessen. Ich entschuldige mich jedoch im Namen des Kommandanten, dass auf diesem Flug leider nur männliche Stewards tätig sind.» Der Major grinst und nickt. «Kein Problem, junger Mann. Sie machen das gut. Frauen haben wir zuhause genug, oder?» Er drückt ein paar Mal mit seinem Ellbogen in die Flanke des Hauptmanns, jener lächelt unsicher zurück. Der Major lacht laut und fährt fort: «Und wie viel müssen Sie arbeiten, wie lange dauert so ein Einsatz für Sie?» Der Steward erwidert: «Wir arbeiten unter normalen Verhältnissen – das heisst, wenn der Fahrplan eingehalten werden kann – so an die sechsunddreissig Stunden am Stück. Dann haben wir eine Ruhezeit von zweiundsiebzig Stunden. Doch das wird fast nie eingehalten.» Er presst seine Lippen zu einem dünnen Strich zusammen, doch unmittelbar danach hellt sich sein Gesicht auf, er strahlt sogar. «Dafür können wir als Kompensation meist frei mit der MATS in den USA rumfliegen, wohin wir wollen.» Er blickt nach vorne. «Ich denke, ich muss Sie verlassen. Wir landen gleich. Es war mir ein Vergnügen, Sie kennengelernt zu haben, Officers.» Er hält inne, dreht sich nochmal zu den beiden Offizieren. «Was genau werden Sie in Korea tun, wenn ich fragen darf?» Der Hauptmann atmet ein und setzt zu einer Antwort an – wie gerne möchte er sein Englisch nun anwenden –, doch der Major kommt ihm zuvor. «Wir sind Teil einer neutralen Militärkommission, die in Korea den Waffenstillstand überwachen soll. Aber so genau ist unser Pflichtenheft – wohl im Gegensatz zu dem Ihrigen – nicht.» Der Major lacht erneut. «Faktisch wissen wir eigentlich nichts Präzises, aber ich gehe stark davon aus, dass sich das an Ort ändern wird.» Der Steward grinst. «Oh, Sie sind Friedensengel, das ist gut. Ich wünsche Ihnen eine erfolgreiche Mission und weiterhin eine gute Reise.»

Der Steward eilt nach vorne, die Nase der Maschine senkt sich, die Motorenleistung geht hörbar zurück, Klappen gleiten aus ihren Schächten, das Fahrwerk fährt rumpelnd aus, hektisch eilen die anderen Offiziere zu ihren Sitzen, die beiden Offiziere schnallen sich an. «So ein höflicher junger Mann», meint der Major, schliesst seinen Gurt und blickt dem Steward nach. «Diese Jungs können was, das sage ich Ihnen. Diese US-Boys sind hervorragend ausgebildet, gut erzogen, gut geschult. Amerika ist voll von solch höflichen, kompetenten jungen Menschen. Wir werden das zu spüren bekommen, später, irgendwann mal, glauben Sie mir. Die Amerikaner sind eine aggressive, hocheffiziente Pioniernation. Wir in Europa sind nur ein müder Abklatsch. Wir hocken auf unseren Traditionen, sind wertkonservativ, permanent ängstlich, zetteln dauernd Konflikte an, dienen uns dubiosen Ideologien an und die Amis müssen dann wieder intervenieren und Hunderttausende von ihren Jungs opfern. Ich sage nur Normandie und die Ardennen. 1944. Europa ist ein faulender Kontinent. Wenn wir nicht aufpassen, fressen uns die Russen noch vor dem Frühstück, das kann ich Ihnen garantieren. Wir sind der Wurmfortsatz Eurasiens und der wird bald entfernt sein, wenn wir nicht aufpassen.» Sein Blick zum Hauptmann ist ernst. Daraufhin setzt der Major seine Mütze auf, atmet hörbar aus, blickt den Hauptmann nochmals lange an und lehnt sich dann seufzend zurück. Die Maschine setzt alsbald auf, überraschend sanft. Der Hauptmann blickt hinaus, der Himmel ist mittlerweile stahlblau und er sieht Hunderte von chromblitzenden Flugzeugen vor Hangaren stehen. In der Ferne erspäht er einen riesigen Kontrollturm. Oder ist es ein Wasserturm?

Nach endloser Fahrt auf den riesigen Betonflächen hält der Flieger, die Motoren verstummen. «Amerika! Zum ersten Mal hier, Herr Hauptmann, oder? Gratuliere!» «Danke, Herr Major», antwortet der Hauptmann. Der Major steht auf, streckt stöhnend seine Glieder und klaubt seine Gepäckstücke zusammen. Die Luft, die durch die geöffneten Türen der Maschine hereinströmt, ist warm, feucht und riecht nach Gras, verbranntem Gummi und Petrol.

Herbst 1981

Es ist ein langanhaltender, gellender Schrei, ähnlich wie der von geschürzten Lippen geformte Pfiff. Unnachgiebig schrill widerhallt der Ton in seinem Schädelsaal. Er öffnet die Augen. Er sieht zunächst einen Grashalm, dann ein blaues Blümchen mit gelben Streifen auf der Blüte. Eine fette, schwarzrote Hummel umschwirrt Letztere. Vergissmeinnicht? Arnika? Enzian? Er späht um sich. Er liegt im Gras, am Boden. Am Himmel hängen ein paar Wolken, makellos weiss, wie an die Himmelswand gepinnt. Er blinzelt in die Sonne. Schweiss rinnt in seine Augen, er schliesst sie, doch sein Körpersalz brennt weiter im Augapfel. Rot dringt durch die Lider, er sieht sein eigenes Blut. Seine Halsschlagader pocht wild, der Kopf schmerzt, die Schläfe glüht.

Urplötzlich spürt er etwas Schleimiges und Drängendes auf seiner Backe. Eine Schnecke, eine Eidechse, eine Schlange? Er erschrickt. Dann wiederum der Schrei. Durchdringend und sehr nahe. Er schlägt mit der Hand über sein nasses Gesicht hinweg, seine Hand trifft etwas Weiches, Felliges. Ein Jaulen ertönt. Seine Hündin! Wie hatte er sie vergessen können! Er schlägt seine Hündin, er hat sie am Hals getroffen, sie hatte ihm das Gesicht abgeleckt. Sie steht nun auf ihren vier Läufen über ihm, schaut auf ihn hinunter, der Kopf schräg und fragend, die Augen braun und sanft. Von ihren Lefzen tropft Schleim auf seinen Hals. Er streichelt und krault das Tier hinter den Ohren. Die Hündin setzt sich, schmiegt sich an ihn, starrt ihn an, jault leise, legt ihm die rechte Pfote auf seine Brust und will ihm das Gesicht abschlecken. Er erhebt sich stöhnend, an seinem Hemdärmel und an den Ellbogen klebt mit staubiger Erde vermengtes Gras. Er stützt sich auf den Ellbogen und blickt umher.

Ein Schatten gleitet über ihn, der Schrei ertönt erneut. Er blickt hoch, blinzelt ins Sonnenlicht und sieht das Tier. Der Vogel hat einen weisslichen Kopf, eine rostbraune Brust, sein Schwanz ist klar gegabelt, er zählt die dunklen Handschwingen, die äussersten Federn an den Flügelenden. Es sind deren fünf. Ein Rotmilan.

Der Vogel steigt hoch in die Lüfte und verschwindet hinter der gezackten Silhouette des Bergtannenwalds. Es ist still. Dann erhebt sich ein Zirpen. Zikade, Grille, Heuschrecke? Er schaut um sich, der Nacken schmerzt. Er liegt neben einem Pfad auf einem Grashügel. Der Weg ist ein kleiner, steiler Bergwanderweg, hellbraun, staubig, trocken – es hatte lange nicht geregnet –, keinen halben Meter breit und dicht von scharfkantigen, flachen Gesteinssplittern übersät. Eine knorrige Bergtanne versperrt die Sicht ins Tal, über ihr türmen sich schroffe, nackte Felsen, recken sich beinah sehnsüchtig gen Himmel. Rechts, etwas weiter oben, gähnt eine rostbraune Geröllhalde die Sonne an. Die Luft flimmert. Es riecht nach Kräutern, Steinen, frischen Tannzapfen und trockenem Gras. Unter ihm erstreckt sich eine Magerwiese, vollgesprenkelt mit allerlei bunten Bergblumen und Gräsern. Wieder schreit der Rotmilan. Er schaut umher, doch er erblickt das Tier nicht.

Was ist passiert? Er ist aufgewacht. Hat er geschlafen? Nein. Er ist nur aufgewacht, neben dem steilen Weg, mitten in den Bergen. Wovon aufgewacht? Was war vorher? War er eingedöst, eingeschlafen, hatte er Rast gemacht? Die Hündin schleckt seine Hand und winselt, er zieht sie rasch zurück, packt ein Taschentuch aus seiner Brusttasche, trocknet nacheinander Stirn, Mund, Schläfe und zuletzt die feuchtglänzende Handoberfläche.

Er muss gestürzt sein. Einfach gestürzt. Wo war er gestartet? Er versucht, sich zu erinnern, es ist anstrengend, sein Hirn fühlt sich entzündet an, fast wie wundgedacht. Bilder steigen in ihm hoch. Ein gelbes Postauto. Kurven. Eine dickliche Bäuerin mit Korb, sie steigt aus, spricht noch kurz mit dem Fahrer und lacht. Bäume, die Strasse, das Postauto, das melodiöse Hupen. Tüütaataa, Tüütaataa. Danach klafft ein Erinnerungsloch. Wo war er jetzt? In den Bergen? Natürlich, er war gewandert. Er wanderte gern mit der Hündin. Meist alleine, die Kinder sind grösstenteils ausser Haus und wandern kaum mehr. Er setzt sich wieder auf einen grossen, flechtenübersäten Stein am Wegrand, er denkt nach, der Schweiss rinnt über seine Backen, ein paar Tropfen davon fallen auf ein flaches Stück weisslichen Gesteins, das zwischen seinen ledernen Bergschuhen verstreut liegt. Die Tropfen verdampfen sofort, hinterlassen einen feinen salzigen Rand. Er fühlt aufkommende Übelkeit. Ihm schwindelt. Hatte er getrunken? Nein, in der Flasche ist Tee, Schwarztee, mit etwas Milch und Zucker. Er nimmt einen Schluck. Der Tee ist lauwarm und schmeckt bitter. Er legt seinen Kopf auf die auf den Knien verschränkten Arme und döst.

Die Hündin bellt. Er wacht auf und blickt erschrocken um sich. Ihre braunen Augen schauen bittend. Gehen wir? Er richtet sich auf. Schon wieder war er eingedöst, zusammengekauert auf einem Stein, neben dem staubigen Bergwanderweg. Warum? Er war doch nicht müde gewesen, nicht erschöpft, er hatte sich gut gefühlt, seine Kondition war ebenfalls in Ordnung, er war nicht gestolpert, war stetig und ruhig nach oben gewandert, hinauf zu diesem Berg mit der auffallenden felsigen Nase. Er hatte den Pass in einer anständigen Zeit erreicht, ass dort kurz ein paar Nüsse, trank einen Schluck Tee, schaute zufrieden in die Weite. Dann schritt er bedächtig weiter, wie immer. Ja, jetzt erinnerte er sich, messerscharf, der Grat war etwas ausgesetzt, das machte ihm nichts aus, er war es gewohnt, dann kam der lange Hang, gesäumt mit kleinen Bergtannen, oben warteten die Felszacken. Durch jene hindurch hätte er sich dann kraxelnd geschlängelt, mit Händen und Füssen, es gab dort stählerne, halb verrostete Festhalteketten, er hätte den Hund dort angebunden, wäre kurz auf den Gipfel geklettert und wieder zurückgekehrt. Er sah alles ganz klar.

Spätsommer 1953

Felder, Felder, Felder – bis an den Horizont. Das hat der Hauptmann noch nie gesehen. Diese Weite ist ungeheuerlich, denkt er. Dabei ist ihm die Weite auf den hohen und schneebedeckten Gipfeln der Alpen vertraut. Er kennt den ungestörten Blick ins Tal, er kennt das sich unter einem gähnend Öffnende, das Schweifen des Auges zu den andern Gipfeln und zu fernen Kämmen, er kennt diese Räume, die sich aufreissen, entblössen, immer eingerahmt von Bergen, von Hügeln, von Tiefe. Und immer ist da Begrenzung im kleinen Land, Bezug, Referenz – alles Faktoren, die die Tiefe erst ermöglichen. Das konnte ein Schrund sein, ein Spalt, ein Abgrund, eine Schlucht, eine Klus oder ein Tal, ein See, dann die Ebene, wiederum gesäumt von Hügeln, Bergen. Es kommt immer etwas dazwischen im kleinen Land. Die Räume stapeln sich; je höher man steigt, desto freier fühlt man sich, umso mehr weitet sich die Welt.

In seinem kleinen Land ist alles im Rahmen, wörtlich und sinnbildlich, denkt der Hauptmann belustigt. Aber das hier ist eine andere Dimension. Ich überfliege den mittleren Westen der USA, wie es der Major unlängst ihm gegenüber bekräftigte. Der unter dem Flugzeug sich dahinschiebende, grünbraun gesprenkelte Bodenteppich hat ein anderes Kaliber, kennt andere Normen und Dimensionen als mein kleines Land. Das ist Amerika. Es ist die Weite, in der du dich als Betrachter alsogleich verlierst. Es ist die Weite, in der du Winzling Grösse fühlst, weil du eben so nichtig scheinst, chancenlos. Es ist die Weite, die alles wegspült, die das «Ich» oder das «Ego» verkleinert, relativiert – und dadurch eine nie erlebte Erleichterung verschafft. Man implodiert, sodass es die Brust dehnt, das ureigene Wesen darf sich erweitern. Ich dehne mich aus, denkt der Hauptmann, es zieht wohltuend in der Seele.

Er kann sich nicht sattsehen. Es gibt nebst den quadratischen auch kreisrunde Felder, die sich in allen möglichen Varianten von Grün über Ocker bis Erdbraun erstrecken, dicht aneinandergereiht, sich im Horizont und im Dunst verlierend. Sie fliegen so tief, dass man den Strahl aus den Bewässerungsrohren sieht, den Schleier des Wassers, die dunkle Erde. Rinnen, Furchen, Spuren. Riesige Traktoren und gelbe, mit grossen Walzen und Schleudern versehene Dreschmaschinen. Dann wiederum sind es rechteckige, langgezogene Felder in tiefstem Braun, die den Blick des Hauptmanns bannen – sauber und geradlinig gepflügte oder geeggte Erde, klare, kantige Muster, die stetig unter dem Flugzeugflügel wegfliessen, sich perspektivisch in der Weite verlieren und erst an der Horizontlinie zusammenfinden. Kurz darauf erblickt er ein Meer aus Gelb. Raps? Sonnenblumen?

Sie fliegen wieder in einer Douglas Skymaster, der Flieger hüpft, manchmal hebt es den einen, manchmal den andern Flügel. Oftmals giert das Flugzeug auch um seine Hochachse, die Nase schwenkt nach rechts oder links – ein ähnliches Gefühl wie im überfüllten Bus in der Hauptstadt, wenn man vor lauter Leibern nicht nach vorne blicken kann und der Fahrer etwas gar schnell die Kurve nimmt. Immer wieder fällt der Flieger ansatzlos in die Tiefe, fängt sich auf, bäumt sich gegen die Turbulenzen, gleitet kurz auf einer Woge, ja auf einem Kamm aus fester Luft, kippt hernach wieder ab und sinkt stark. Ein paar Offiziere fluchen und wischen sich den verschütteten Kaffee von ihren Uniformhosen. Andere – fast drei Viertel aller Passagiere stammen aus dem kleinen Land – erbrechen wiederum in ihre Papiersäcklein.

«Middle West», sagt der Major. Er kaut ungerührt ein Käsebrötchen und starrt neben der Schulter des Hauptmanns durch das ovale Fenster hinaus ins weite Land. «Bundesstaat Indiana. Mais und Weizen. Davon lebt die Welt, Hauptmann. Denken Sie nur ja nicht, dass das Mehl ihres heimischen Brötchens aus dem netten Bäckerladen immer ein lokales Produkt ist. Es wächst ziemlich sicher da unten, ihr Brötchen.» Der Major zückt seine Kamera, doch kaum hat er seinen Apparat für eine Aufnahme justiert, taucht ein junger Steward auf und bedeutet ihm in höflichem, aber unmissverständlichem Ton, bis San Francisco jegliches Fotografieren zu unterlassen. Der Major blickt kurz auf, murrt und quittiert auf leicht übertriebene Weise salutierend den Befehl des jungen Amerikaners. Letzterer salutiert zurück, zwinkert kurz dem Hauptmann zu und entfernt sich wiederum nach vorne. «Was soll das?», zischt der Major zum Hauptmann hinüber. «Meinen die, wir verscherbeln die Aufnahmen ihrer Autobahnen, Fabriken und Maisfelder an die Sowjets?»

Der Hauptmann blickt erneut durchs Fenster. Ein Fluss, breiter als jeder grosse See in seinem kleinen Land, erstreckt sich bis an den dunstigen Rand des Horizonts. Eine riesige Hängebrücke führt über den Strom. Braune Wassermassen fliessen träge um die Brückenpfeiler herum, an den Ufern erstrecken sich ausgedehnte Sümpfe. Kleine Inselchen dümpeln in der Strömung, ein langer Frachtkahn treibt im Fluss wie ein Zündholz auf flüssiger Milchschokolade. «Mississippi», sagt der Major neben ihm und öffnet seine Karte. «Danach kommen die Ozark Mountains, und dann – so hat es mir der freche Junge dort angekündigt – Tankstopp auf der Tinker Airforce Base, das ist bei Oklahoma City, also exakt hier.» Er starrt auf die Karte, räuspert sich, zieht einen dicken, roten Zimmermannsbleistift aus seiner Mappe und zeichnet die bisherige Flugroute auf der Karte nach.

«Sandwich?», fragt ihn der Major und streckt ihm ein in fettiges Papier eingewickeltes belegtes Brot hin. Zwischen den

Broträndern lugt hellrotes Fleisch hervor, an dessen Rande weisslich glänzendes Fett hängt. Der Hauptmann verneint höflich. Er verspürt keinen Hunger, das Frühstück auf der Westover Airforce Base bei Boston war üppig gewesen: Speck, Eier, Würste, dazu fettes, glitschig-gelbes Brot. In Plastikschälchen hatte sich gelbe, ranzig aussehende Butter und synthetisch riechende Margarine gefläzt. Frittierte Ringe, gebacken aus einer geschmacklich undefinierbaren Teigmasse, lagerten schlaff auf einem Holzbrett. Grosse, durchsichtige Krüge aus Glas mit heissem, äusserst fad schmeckendem Kaffee wurden serviert. Er bevorzugte Toast, Honig und Marmelade, dazu Tee. Die Amerikaner schienen merkwürdige Essensgewohnheiten zu haben; die seinigen waren es nicht.

Der Hauptmann liegt neben dem Sanitätsgebäude der Luftwaffenbasis Tinker Airforce Base in Oklahoma auf einer langgestreckten Holzbank, raucht eine Camel-Zigarette, isst etwas Zwieback und trinkt in kleinen Schlucken heissen Schwarztee. Er fühlt bleierne Müdigkeit, sein Kopf scheint Tonnen zu wiegen, die Glieder schmerzen und wollen kaum mehr der Schwerkraft trotzen. Er stellt die Teetasse beiseite, räkelt sich ächzend auf der Bank, legt sich daraufhin seitwärts, winkelt den einen Ellbogen an und platziert seinen Kopf in die filzige Kuhle, die der Jackenärmel mit seiner Uniformjacke formt. Kaum hat er es geschafft, in einen kurzen, oberflächlichen Erschöpfungsschlaf abzugleiten, hört er laute Stimmen. Er öffnet die Augen. Ein amerikanischer Pilot mit vier Kapitänsstreifen auf den Ärmeln steht auf dem grauen Tarmac vor ihnen und fordert alle auf, die nächste Maschine zu besteigen. Es gehe weiter, und zwar nach San Francisco, ans Meer, an den Pazifik! Ein paar Uniformierte johlen zustimmend. Der Hauptmann nimmt sein Gepäck auf und begibt sich zur Maschine. Im Innern des Flugzeugs werfen sich die Stewards Gepäckstücke, schwere Kartons und Postsäcke zu, ein amerikanischer Offizier steht daneben und scheint alles zu notieren, was in den Bauch des Fliegers hereinkommt. Das muss wohl der Lademeister sein, sinniert der Hauptmann; der Major hatte ihm über dem Atlantik die Bedeutung und Berechnung von Gewicht, Geschwindigkeit und Schwerpunkt bei Flugzeugen erklärt. Es war sehr aufschlussreich gewesen und er hatte begonnen, die komplizierte Physik des Fliegens etwas zu begreifen.

Frühling 1982

«*Darf ich offen sein?*» *Der Arzt legte die Brille weg und blickte ihn und seine neben ihm aufrecht sitzende Frau aufmerksam an. Beide nickten.* «*Das ist gut, wir kennen uns nun schon lange, ich gehöre ja fast zur Familie.*» *Sie lächelten alle drei. Der Arzt sprach weiter.* «*Ihre Frau hat mir berichtet, Sie wären in letzter Zeit des Öftern beim Wandern neben dem Weg aufgewacht. Ist das richtig?*» *Er nickte.* «*Dazu würden Sie vieles verwechseln und offenbar auch Selbstverständliches – wie zum Beispiel Namen oder Begriffe – nicht mehr unmittelbar abrufen können, stimmt dies auch?*» *Er nickte wiederum.* «*Ausserdem hätten Sie letzthin Ihre Frau massiv beschimpft, was Ihnen sonst in Ihrer Ehe nie passierte.*» *Er wandte sich der Frau zu.* «*Insbesondere dieser Umstand hat Sie bewegt, Madame, mich zu konsultieren, oder? Sie sagten mir – korrigieren Sie mich bitte –, das sei einfach nicht Ihr Mann.*» *Sie bejahte. Der Arzt blickte daraufhin wieder zu ihm, fasste seine rechte Hand. Sie war warm und weich.* «*Können Sie sich an diese Schimpfworte erinnern? Wissen Sie, was Sie Ihrer Frau gesagt haben und in welchem Kontext?*» *Er verneinte. Der Arzt nickte und schrieb etwas auf. Es entstand eine längere Pause. Der Arzt hob den Kopf und sagte:* «*Ich bin Allgemeinpraktiker, wissen Sie. Mir ist ja nicht ganz unbekannt, dass Sie zeitweilig sehr zerstreut sein können. Das ist weiter nicht schlimm. Diese Symptome mögen eine Alterserscheinung sein. Aber der Umstand, dass Sie Ihrer Frau gegenüber plötzlich grundlos böse wurden und grobe Ausdrücke gebrauchten, die nicht zu Ihrer Persönlichkeit passen – das macht mir etwas Sorgen und fällt ein wenig aus meinem Aufgabenbereich. Verstehen Sie?*» *Seine Frau nickte. Der Arzt fuhr fort:* «*Vielleicht hat es nichts zu bedeuten. Aber ich schlage zur Sicherheit vor, dass Sie zu einem Neurologen gehen, zwecks genauerer*

Abklärung.» Seine Frau hob den Kopf. «Was kann ein Neurologe denn machen?» Sie blickte zu ihm und fasste seine Hand.

Er wandte den Kopf, starrte aus dem Fenster auf den grossen Parkplatz, rechts vor der Hecke stand ihr neuer, brauner Ford. Beim alten Auto war er am Steuer gewesen, als sie den Unfall gehabt hatten, auf der Fahrt nach Frankreich. Er wusste nur noch, dass später die Polizei mit heulenden Sirenen ankam und ihr Auto auf dem Rücken lag und es aus dem Motor rauchte. Eine Windböe hatte ihr Auto richtiggehend weggefegt, sie hatten ein anderes Auto gestreift und Letzteres in die Leitplanken gedrückt. Doch alle entstiegen sie ihren demolierten Autos unverletzt.

«Du warst abwesend. Ich merkte das, weil du mit dem Zeigefinger dauernd deine Nase berührt hast, das machst du immer, wenn du unsicher bist. Dann passierte es. Ein Windstoss. Und dann hast du das Steuer herumgerissen», sagte ihm seine Frau ein paar Tage später, als sie zuhause einen Tee tranken und die Versicherungspapiere ausfüllten. Er hatte geschwiegen. Er konnte sich an nichts erinnern, nur an ein unbedeutendes Detail. Auf der Autobahn hatte er kurz nach links auf die Berge ennet dem See in Frankreich geschaut und sinniert, ob der mächtige, beschneite Gipfel schon der Montblanc sei oder vielleicht nur die oberste Kuppe der näherliegenden Dent d'Oche. Der Schnee hatte die Sonnenstrahlen reflektiert und er musste blinzeln. Dann kam die Böe. Und dann krachte es. Jetzt wusste er es. Es musste bereits der Montblanc gewesen sein, die Dent d'Oche war weit niedriger. Eine Frage der Perspektive.

Der Arzt drückte sanft seine Hand. «Ich nehme an, der Neurologe wird Tests mit Ihnen machen und eventuell eine Tomografie des Hirns veranlassen.» «Was wollen Sie mit ihm machen?», fragte seine Frau und starrte ihren Mann mit demonstrativ offenen Augen an, mit dem Zweck, ihn zum Zuhören zu bewegen. «Ich will Sie nicht beunruhigen, es ist nur eine Tomografie. Man foto-

grafiert mit Röntgenstrahlen schichtweise ein Organ, in Ihrem Falle das Hirn. Man macht ganz einfach Schnittbilder, quer durch das Organ. Keine grosse Sache. Das erlaubt dem Neurologen, die Struktur des Hirns und allfällige pathologische Veränderungen rasch zu erkennen», beschwichtigte der Arzt. «Es ist eine reine Vorsichtsmassnahme. Sollte Ihr Mann irgendetwas Störendes im Kopf haben, wäre es vital, frühzeitig reagieren zu können.» «Sie meinen, er könnte einen Tumor im Kopf haben?» Seine Frau blickte den Arzt herausfordernd an. Dieser schüttelte den Kopf. «Wir wollen doch nicht gleich das Schlimmste denken.» Sie fuhr fort: «Hat er denn Symptome, die in diese Richtung deuten?» Der Arzt hob die Hände. «Es könnte sein, dass da etwas ist im Hirn, das diese Störungen generiert. Es kann aber auch etwas völlig Harmloses sein. Eine kleine Verkrustung nach einer Blutung, eine Verkalkung, was auch immer. Eine Schichtfotografie ist gut, dann haben wir Gewissheit. Man wird sicherlich nichts Ernstes finden, glaube ich. Dann wären wir freier bei meiner Untersuchung und bei einer eventuellen Medikation plus Therapie, eventuell auch bei einem Psychiater. Ich denke, Ihr Mann hat Marotten, die sich vielleicht etwas überentwickelt haben. Wir kriegen das in den Griff, keine Angst.» Er lächelte aufmunternd. Daraufhin schwiegen alle drei eine Weile und blickten auf die Tischplatte.

«Dann darf ich Sie anmelden für eine Hirntomografie?» Der Arzt blickte sie offen an. Sie nickten beide, standen auf, drückten dem Arzt die Hände und verliessen die Praxis. Sie näherten sich dem Auto, seine Frau fingerte bereits den Zündschlüssel aus der Handtasche. Da hörten sie auf einmal einen schrillen Schrei, direkt über ihnen. Sie blickten beide hoch. Seine Augen leuchteten. «Schau», meinte er begeistert. «Ein Rotmilan. Un Milan royal.» Das grosse, elegante Tier kreiste ruhig über ihnen, ohne Flügelschlag, vom heissen Teer des Parkplatzes stieg offenbar genug warme Luft empor, um lokale Thermik zu bilden, die der Milan

geschickt nutzte. Der nach innen gegabelte Schwanz bewegte sich nur unmerklich, an den starr ausgebreiteten Flügeln bog sich nicht eine Feder. Nur der mit weissen Flecken gesprenkelte Kopf bewegte sich fleissig in alle Richtungen. Die auffällig gelblich weissen Augen mit den schwarzen Pupillen zuckten hin und her und suchten emsig die Gegend ab.

Er hob die rechte Hand, um seine Augen vor den Sonnenstrahlen abzuschirmen, und verfolgte den grossen Raubvogel, bis jener urplötzlich hinter den Pappeln, die den Parkplatz säumten, ansatzlos mit angewinkelten Flügeln nach unten stürzte, sich kurz vor Erreichen des Bodens aufrichtete, dann – immer noch elegant fliegend – auf den Schollen des Ackers mit seinen nach vorn gestreckten Fängen blitzschnell etwas packte und schliesslich mit kräftigen Flügelschlägen Richtung Wald davonflog. In den Fängen des Milans zappelte etwas Graues. «Er hat eine Maus erwischt», sagte der Hauptmann und blickte dem Raubvogel nach. «Eine grosse Feldmaus oder sogar eine Ratte. Das gibt ein schönes Mittagessen für das Tier.» «Richtig, steig ein», sprach seine Frau zu ihm. «Ich muss auch noch kochen, die Kinder warten schon.» Er grinste und setzte sich auf den Beifahrersitz. Sie blickte ihn ernst an, drehte den Schlüssel und startete den Motor.

Spätsommer 1953

Der Hauptmann schlägt mit dem Kopf auf und erwacht. Es ist vollkommen dunkel im Flugzeug, Blitze zucken von aussen durch die Fenster, erhellen schlagartig den Innenraum. Alle Offiziere aus dem kleinen Land hasten zu ihren Plätzen, nesteln an den Gurten, zurren sich fest, Rufe schallen durch den Flugzeugrumpf. Der blonde Steward mit der runden Hornbrille schreitet zackig den Gang entlang und schreit: «No toilet! No walking!» Die Cockpittüre zu den Piloten ist mittlerweile geschlossen. Das Flugzeug schlingert stark, sinkt unvermittelt, die Motoren heulen gequält auf, werden plötzlich leiser, beschleunigen wieder. Man sieht kaum die Flügel der Maschine, die Skymaster tanzt durch dichte, grauschwarze Wolken. Starker Regen prasselt an die Scheiben, Streifen von Wasser ziehen schräg darüber hinweg, der Hauptmann setzt sich auf einen Sitz, schnallt sich hastig an und drückt seine Nase ans feuchte Plexiglas. Die Wolken reissen kurz auf, die Querruder am Aussenende des stählernen Flügels bewegen sich nervös auf und ab. Ein gewaltiger, gleissend heller Blitz flammt vor seinen Augen auf, füllt die Kabine mit weisslichem Licht, er erblindet kurz, blinzelt, öffnet die Augen und erblickt unter dem Flügel schneebedeckte Bergspitzen, Felsen und Abgründe. Er erspäht auch einen kleineren Gletscher, der, umrahmt von einer schwärzlichen Moräne, schlängelnd in einen grauen See mündet. Dieser Anblick ist ihm hochvertraut. Berge, wie zuhause. Les montagnes que j'aime. Das Flugzeug schiesst empor, als werde es von einer Riesenfaust gepackt. Ein paar Offiziere johlen, weniger aus Freude, mehr vor Schreck. Eine schwere Ledertasche fällt aus einem Netz, Blechtassen und Gamellen scheppern über den Boden, der Oberst gegenüber erbricht wiederum in sein Papiersäcklein. «Rocky Mountains», schreit der Major dem Hauptmann ins Ohr. «Da ist es fast immer so! Über dem Pazifik stauen sich noch ganz andere Kräfte! Taifune! Die haben schon weit schwerere Maschinen als die unsrige beschädigt oder auseinandergenommen!»

Wieder ein Blitz. Die Maschine heult auf, er muss sich festhalten, die Skymaster geht in den freien Fall. Alle Passagiere verharren, versteifen sich, warten, halten den Atem an. Der Sturz scheint eine Ewigkeit zu dauern. Dann gerät die gebeutelte Maschine plötzlich aus den Fallwinden heraus und schlägt auf einer Luftschicht auf, der ganze metallene Rumpf schreit, stöhnt, windet und verformt sich. Der Hauptmann hält sich an einer Strebe fest, er spürt den Schweiss von der Stirne rinnen, es tropft auf das ohnehin nasse Hemd und auf seine Knie. Er fühlt unendliche Erschöpfung, kann sich kaum mehr stemmen gegen die Bockssprünge, die das Flugzeug vollführt, gegen die vollkommene Unberechenbarkeit dieses stählernen Raums, der stürzt und doch schützt.

Die Gewalten, die Gewitter auslösen können, kennt er nur zu gut, wenn auch nicht aus dieser ungewohnten, dreidimensionalen Perspektive. Berggewitter hatten ihn und seine Männer bei Manövern oder Übungen in den Alpen des Öftern überrascht. Die Gewitter kamen meist unvermutet, dräuten, versteckten und sammelten sich unauffällig hinter Gipfeln, Graten oder einer Bergflanke, warteten den günstigsten Moment ab, schlugen urplötzlich zu, stürzten sich roh auf Mensch und Tier, erschlugen, verbrannten und ersäuften alles, was sich ihnen ängstlich, mutig oder zuweilen auch nur unwissend in den Weg stellte. Manchmal zogen die Gewitter auch einfach vorbei. Sie grollten ein paar Mal, fast ein wenig beleidigt oder düpiert, hinterliessen ein hohl nachklingendes Echo und bei den Menschen Erleichterung, oft auch leise Enttäuschung. Es war eine Frage der Perspektive, kam es doch immer darauf an, wo man sich befand, wenn die Wettergötter losschlugen. Kauerte man in einer gut geschützten Hütte oder in einer sicheren Felsnische, konnte man die Wettergewalten allenfalls sogar geniessen; befand man sich auf einer offenen Geröllhalde oder unter einer knorrigen Bergfichte an einem ungeschützten Berghang, verspürte man ob der latenten Blitzeinschlagsgefahr weiche Kniekehlen. Man entledigte sich dann am besten aller metallenen Gegenstände, machte sich klein, betete und harrte der Dinge, die da kommen würden, und wünschte sich woandershin. Bis es aufklarte und der Himmel freundlich blaute.

An Gewitter passt man sich an, denkt der Hauptmann. Man weicht Naturgewalten aus oder man geht mit ihnen, begleitet sie, gibt sich hin, fatalistisch, devot. Nie sollte man sich den Urkräften entgegenstemmen. Das beherzigten diese Piloten sicherlich. Es sind Amerikaner, denkt der Hauptmann. Furchtlos und voller Vertrauen in ihre Fähigkeiten und in ihre technischen Möglichkeiten. Sie sind mit modernstem Material ausgestattet und wissen es zu handhaben. Sie haben den grossen Krieg gewonnen, sie wissen, was Schwierigkeiten sind und wie man sie überwindet. Sie haben Unfassbares, Unbegreifliches bewerkstelligt, die Japaner und die Deutschen besiegt, haben Südostasien und Europa befreit und kurz danach die beiden Nationen eiligst beim Wiederaufbau mit Tatkraft und enorm viel Kapital unterstützt. Sie haben die ganz bösen Jungen aufgehängt, viele andere umerzogen und den beiden Ländern die Demokratie gebracht. Dazu bauten sie Düsenjäger und formschöne Autos, erfanden die unmöglichsten Alltagsgegenstände, Werkzeuge und Produkte und drehten wunderbare Filme.

Der Hauptmann liebt die neuen amerikanischen Trickfilme. Was für Zeichner und Maler die Amerikaner hatten! Was für revolutionäre Techniken sie benutzten! Es war völlig neuartig, was sie kreierten. Es berührt ihn, ihre Werke sprechen ihn an, er fühlt eine Art innere Verwandtschaft, sobald er selbige Elaborate im Kino, in einem Heft oder Magazin sieht. Er selber malt und zeichnet ebenfalls und ist gut darin. Im zeichnerischen Gestalten und im Malen ist er immer und überall der Beste gewesen.

Ein paar Monate vor Ende des Krieges hatte er als blutjunger Leutnant die Gelegenheit gehabt, temporär im Generalstab eine untergeordnete Funktion zu übernehmen. Der General hauste mit seinem Stab in einem schönen Schloss unweit der Hauptstadt des kleinen Landes. Er selber wohnte in einem feuchten, nur notdürftig geheizten Nebentrakt mit den Subalternoffizieren. Er hatte dadurch den General, diese mythische Person, die die Schweiz bisher unbeugsam und unerschütterlich durch die Irrungen des Krieges geleitet hatte, kennenlernen dürfen. Später hatte er vom General spontan ein Porträt gezeichnet, Halbprofil von links, und zwar vollständig aus dem Gedächtnis, in etwa einer Stunde nur. Dies im Kantonnement, abends auf dem Bett, mit einem Bleistift, den er häufig mit seinem alten Taschenmesser nachspitzen musste, und einer auf dem Kopfkissen installierten Taschenlampe. Die Offizierskollegen, sonst meist lauthals und angetrunken über Frauen und Vorgesetzte lästernd, horchten eines Abends auf den energischen Zuruf seines Bettnachbarn auf, stiegen aus den Betten, schlurften daher und scharten sich um des Leutnants eisernes Feldbett. Sie besahen das gezeichnete Porträt ihres Generals, furchten die Stirn, tauschten anerkennende, ja bewundernde Blicke und schwiegen.

Wie sein ausdrucksstarkes Porträt schlussendlich in die Hände ebenjenes Generals gelangte, hatte er nie herausgefunden. Er hatte die Zeichnung in seinem Spind liegen lassen. Vielleicht hatte ein pfiffiger Kollege die Skizze daraus stibitzt und im Generalstab herumgezeigt. Ein Korpskommandant, wohlvertraut mit dem General, hatte Letzterem das Porträt in einer Kaffeepause unter die Nase gehalten. Daraufhin wurde er, der junge Leutnant, auf den nächsten Tag ins Büro des Generals aufgeboten. Er wartete in Unkenntnis der Lage nervös vor einer riesigen, geschnitzten Holztür darauf, was da kommen möge, bis ein schmallippiger Adjutant ihn schroff hereinbat. Der General sass entspannt in einem grossen Ledersessel und rauchte eine Zigarre. Seine mit Girlanden geschmückte Mütze lag zusammen mit ausgefalteten Generalstabskarten auf dem grossen Schreibtisch. Der General schaute den jungen Leutnant aufmerksam an, lächelte und meinte verschmitzt, er gratuliere ihm, dem jungen Leutnant der Gebirgsinfanterie, zu seiner zeichnerischen Studie. Seine grosse Begabung sei nicht von der Hand zu weisen, so markant hübsch wie auf der Zeichnung sei er, der General, in natura aber leider nicht. Der Krieg – obwohl augenscheinlich dem Ende zugehend – zehre an den Nerven und zum Schlafen käme man als Oberbefehlshaber in diesem kleinen, mitten im kriegerischen Europa liegenden Land selten. Auch verfüge er leider nicht wie seinerzeit Le Roi Soleil – Louis XIV – über einen Etat zur Beschäftigung von Hof- und Porträtmalern, aber wenn er könnte, würde er ihn, den jungen Leutnant, tout de suite engagieren. Ob er das Porträt behalten dürfe? Der Leutnant bejahte scheu und salutierte. Mit einem Wink und einem Lächeln entliess der General den bleichen Leutnant. Der arrogante Adjutant öffnete die Tür und liess ihn durch. Das in schöner, geschwungener Schnürschrift überraschend persönlich gehaltene Dankesschreiben des Generals, das einige Tage später in seinem Brieffach lag, trug er nun ständig auf sich und hütete es wie ein junges Kätzchen vor einem Rudel wilder Hunde.

«Hauptmann! Aufwachen! Ich muss Ihnen was zeigen!» Er schreckt auf und hebt den Kopf. Der Major rüttelt an seiner Schulter. «Da! Schauen Sie runter!», raunt der Major. «Las Vegas! Wir haben vor ungefähr zehn Minuten im Mondlicht in etwa viertausend Metern Höhe den Hoover-Damm überquert, das war grandios, ich habe den Lake Mead im Mondlicht flimmern sehen.» Der Hauptmann nickt dem Major kurz zu und späht hinaus in die von Lichtern gesprenkelte Nacht. Bis an den Horizont erstreckt sich ein Lichtermeer in allen möglichen Farben und Strukturen. Lichtstrassen und Lichterketten überschneiden, begleiten, kreuzen sich, meist im rechten Winkel. Bizarre Gebäude in allen möglichen Farben tauchen unter ihnen auf, dazwischen schimmert tiefes Türkisblau aus mannigfaltig geformten Schwimmbecken. Er sieht die Umrisse und die schrägen Schatten von Palmen auf makellos gemähten Rasenflächen, eingerahmt von den mächtigen Schatten langgestreckter, kahler Gebirgszüge. Über allem wacht ein runder, gelber, riesiger Mond. Er lehnt seinen Kopf an die Fensterumrandung, blinzelt und schaut sich in der Kabine um. Ein trübes, rotes Licht leuchtet an der Decke, vorne im Cockpit sieht er die schimmernden Instrumente und die blinkenden Lämpchen. Ein Steward verteilt Essen an die Piloten, den Flugingenieur und den Navigator, es riecht nach gekochtem Mais und Fleisch. Das Flugzeug fliegt nun wie auf Schienen ... wie zuhause in der Eisenbahn, denkt er, man kommt rasch vorwärts und ruht gleichzeitig auf festem Untergrund. «So ruhig wird es wohl nie mehr sein», meint der Major. «Wir fliegen über einer ausgedehnten, trockenen Wüste. Die endet bei Sacramento, wo wir landen, dann gibt es nur noch Wasser bis Tokio. Weiss der Teufel, wo wir zwischenlanden werden. Sicher in Hawaii, aber dann? Auf den Marshalls? Okinawa? Marianen? Guam? Wake?»

Der Major löffelt seine Suppe. Auch der Hauptmann isst zum ersten Mal mit Appetit. Die fette Brühe füllt warm seinen Magen, ein wohliges Gefühl durchströmt ihn, er glaubt zu spüren, wie die salzige Flüssigkeit seinen durch übermässiges Schwitzen aus den Fugen geratenen Mineralienhaushalt ausgleicht. Er holt sich eine zweite Schale Brühe aus dem massiven Stahlbehälter, wankt zurück und schaut sich gleichzeitig um. Auf Säcken, Taschen und Kleiderhaufen, an Kisten oder an die Bordwand gelehnt, essen, schlafen oder dösen die Offiziere aus dem kleinen Land. Alle sind sie nur noch im Hemd, sie sind kaum mehr an ihren auf den Achselpatten prangenden Rangabzeichen zu unterscheiden. Manche schlafen mit offenem Mund, viele haben sich eingegraben und mit Kleidungsstücken ihren Kopf vermummt. Es ist ein ruhiges, friedliches Bild, das sich dem Hauptmann bietet. Die Zeit scheint stillzustehen in der hoch über den kalifornischen Küstengebirgen dahinziehenden Transportmaschine. Der Hauptmann setzt sich und wirft einen Blick aus dem Kabinenfenster. Tief unten, eingebettet in langgezogene Täler, liegt ein zartweisser Dunstteppich.

Sommer 1982

Das leise Knirschen, das Rütteln, die Vibrationen des feinen Bohrers, der an seiner rechten Schläfe in nur wenigen Sekunden durch die Schädelwand ein kleines, perfektes Loch ausfräste – all dies war das Unerträglichste, was er je in seinem Leben hatte erdulden müssen. Es fühlte sich sogar schlimmer an als das Wissen um den eventuell unausweichlichen Tod, beziehungsweise die Gefühle, die dabei aufkamen. Der Bohrer war des Todes Diener, sein drängender, schreiender Vorbote. Er verabscheute ihn.

Danach dachte er an die Ärzte. Diese weiss gekleideten Halbgötter mit ihrem fulminanten Wissen, mit ihren Nettigkeiten und ihrer bestens kaschierten Hilflosigkeit – wieso bemühten sie sich? Er würde so oder so sterben. Er wusste es, sie wussten es. Wieso quälten sie ihn, bohrten ihn an, rupften lebendes Gewebe, kleine Stückchen zuckenden Hirns aus seinem Kopf? Warum? Sein Kopf vibrierte. Ein Stahlbolzen, Knochen wegraspelnd, drang durch seine schützende Knochenschale geradewegs hinein ins ureigenste Mark.

Dann hörte das Knirschen ganz plötzlich auf. Er fühlte nichts mehr. Er weinte aus geschlossenen Augen, die Anästhesieärztin wischte die Tränen unauffällig mit einem Wattebausch weg. Er öffnete die Augen und blickte in die ihrigen. Sie waren braun und sanft, die Iris goldgerahmt, die Pupille schwarz. Die Augen der Ärztin waren wie diejenigen seiner Frau. Er fühlte Vertrautheit, Trost, Erleichterung. Der danebenstehende junge Arzt blickte ihn kurz an, lächelte, nickte und führte daraufhin äusserst sorgsam einen sehr dünnen, metallischen Stab ins Innere seines Schädels, verharrte kurz und entnahm – wie man ihm im Vorfeld der Hirnbiopsie sorgfältig und geduldig erklärt hatte – seiner vom Geschwulst befallenen Hirnmasse eine winzige Probe, ein kleines Stückchen seiner selbst, einen Fetzen Denksubstanz, und legte es sorgfältig auf eine nierenförmige Blechschale. Sie wurde weitergereicht an einen Mann mit Maske, der die Schale sorgfältig davontrug und den Raum verliess.

Davon sah er allerdings nichts mehr. Das Knirschen war vorbei, das Bohren und Rütteln. Er fühlte kurz die Gnade, dann kam der Dunst. Alles, was kam, war nun gut. Er war weggedämmert, ein schützendes Dunkel umfing ihn, er flog durch nächtliche Wolken, es war still wie nie zuvor. Es war die Ruhe. Er wachte später in seinem Spitalbett auf. An seiner Schläfe klebte ein dicker Verband, in seinem Arm steckte die Infusion.

Morgens noch war er mit dem ältesten Sohn in die nahe Quartierbeiz gelaufen. Was heisst gelaufen: Er war an der Krücke gekrochen, der Sohn hatte ihn gestützt und die Hündin trottete vor ihnen her – es war wie immer. Sie gingen Schritt für Schritt auf festem Teer, langsam, stetig, sie hatten den halben Tag zur Verfügung, besassen Zeit, die üppig vor ihnen lag und doch mitleidlos zerrann. Ab und zu drehte sich die Hündin um, blickte die beiden Männer mit ihren dunkelbraunen Augen gleichgültig an, drehte den Kopf erneut in Laufrichtung, schnüffelte routiniert an einem Busch, pisste oder schiss, sich grotesk krümmend, auf einer überschaubaren Gras- oder Betonfläche. Sie brauchte immer den Überblick, hatte seit jeher Angst, beim Scheissen angegriffen zu werden, am liebsten mochte die Hündin leere Parkplätze oder verwaiste Strassenkreuzungen, um rechtzeitig potenzielle Angreifer zu erkennen, ein uraltes Schutzprogramm. Sie blieben jeweils stehen und schauten ihr beim Geschäft zu, wussten um der Hündin Gewohnheiten, nickten und lächelten stumm. Als sie fertig war, schlurften sie weiter. Und als das Tier besonders lange und intensiv an einem Laternenpfahl roch, sagte der Sohn: «Sie liest die Schlagzeilen der Revierzeitung, die Hundenachrichten.» Er lachte. Wenn sein Sohn lachte, dann lachte er auch. Er hatte den Sinn des Satzes verstanden, und darob war er froh. Und sie warteten geduldig, jeder in sich gekehrt, bis die Hündin des Schnüffelns müde wurde, an der Leine zog und sie wieder hinter ihr hergingen, langsam, bedächtig.

Es war wie in den Bergen. Statt des langsamen Ganges in die Höhe war es jetzt derjenige in die Weite, auf städtischem, nacktem, flachem Teer. «Stetes Treten höhlt den Berg», pflegte er zu flachsen, hatte er doch in jungen Jahren vom Vater gelernt, dass Emporhasten in den Bergen unnütz, ja kontraproduktiv ist. Bedächtig und stetig, dachte er. Mit wenigen Pausen, mit einem sich einpendelnden Schritt- und Atemrhythmus liess sich der steilste Berg bezwingen. Die Hochkeuchenden, die einen hastig überholten, sah man dann später meist völlig erschöpft auf einem Stein sitzen, schweissnass, schwer atmend, während man freundlich grüssend an ihnen vorbeizog.

In der Beiz las der Sohn dem Vater aus der Zeitung. Sie bestellten meist ein Sodawasser oder einen Kaffee, der Hund lag unter dem Tisch und döste vor sich hin. Manchmal furzte das Tier, dann blickten sie einander gespielt ernst und anklagend an, schauten unter den Tisch, rümpften die Nasen, wedelten mit der Hand und grinsten verschwörerisch. Oft sprachen sie Belangloses, häufig schwiegen sie auch. Manchmal unterbrach die Kellnerin ihr Schweigen und fragte, ob die Herren noch was wünschten. Der Vater nippte an seinem Glas, blickte umher und lächelte. Die Kellnerin trug eine blütenweisse Bluse.

Er erinnerte sich plötzlich glasklar. Seine Frau hatte ihn unlängst ins Spital gefahren, es war ein Hochhaus mit unzähligen Eingängen, Trakten und Liften. Zuoberst auf dem Dach, wo der Name des weitum bekannten Spitals in Neongrün prangte, landete unter lautem Getöse ein roter Helikopter. Er starrte eine Weile hoch, bis seine Frau ihn sanft beim Haupteingang durch die Drehtür zog. Sie waren danach langsam durch unzählige Gänge gelaufen, hatten – nachdem seine Frau an einem Schalter Erkundigun-

gen eingezogen hatte – mehrere Lifte nehmen müssen. Nicht nach oben, wie das letzte Mal, sondern ganze zwei Stockwerke hinunter in die Erde. Er spürte ein stechendes Klopfen in der Brust, ihm war schlecht vor Angst. Der Tod gibt sich weiss, dachte er, blendend weiss und unschuldig wie Schnee, wie eine Schönwetterwolke. Wie dieses gnadenlos weisse Licht im sinkenden Lift. Wie diese nackte Weisswand im Wartezimmer. Wie sein eigenes weisses Hemd.

Dann wurde er vorbereitet auf einem weissen Bett, er war halbnackt, sein Spitalhemd war hinten offen, er schämte sich und versuchte, mit einem Teil des ungewohnt steifen und rauen Spitalhemdes sein nacktes Gesäss abzudecken. Seine Frau verstand die Geste und half ihm. Die Krankenschwestern hantierten geschickt an ihm herum, er wusste kaum, wie ihm geschah. Ein Arzt erschien, überraschend jugendlich, sympathisch auf Anhieb, mit einem schönen, singenden Akzent, er stammte wohl aus einem südlichen Land. Er erklärte ihm eindringlich und eifrig die einzelnen Schritte und Prozeduren, die ihm nun bevorstehen würden. Der junge Arzt tat es mit grossem Ernst und in einer Art, in der sich Anteilnahme und Arbeitsroutine merkwürdig vermischten. Seine Frau sass daneben, hellwach, aufmerksam. Sie stellte Fragen, wenn sie spürte, dass er etwas nicht ganz erfasst hatte. Ab und zu ergriff sie seine Hand, lächelte, nickte, streichelte seine Schulter, strich durch sein dichtes, schlohweisses Haar und ordnete mit einer zärtlichen Geste die meist wirre Frisur. Es war immer dieselbe, widerspenstige Haarsträhne, die ihm in die Stirn fiel. Wenn seine Frau Letzteres tat, dieses Hochstreichen der Strähne, blickte der junge Arzt kurz weg.

Irgendwann hörte er nicht mehr zu, er gab sich nicht mehr die Mühe, seine Gegenüber zu verstehen, die Wörter und Sätze einzuordnen, sie zu begreifen und daraus Schlüsse zu ziehen. Er war erschöpft, sein Hirn schmerzte wie ein Muskel, der zu viel hatte leisten müssen, dessen Fasern oder Fibrillen überdehnt oder angerissen waren. Sein Hirn schwappte schmerzhaft in der Wanne sei-

nes Schädels hin und her. Es war wundgescheuert, wundgedacht, wundgefühlt. Er war am Ende.

Er hatte kaum mehr verstanden, was der junge, weiss gekleidete Mann ihm eindringlich und gestenreich zu erklären versucht hatte; er konnte sich nach wenigen Sekunden auch nicht erinnern, was ihm gerade mitgeteilt worden war, weder von seiner Frau noch von jemand anderem. Er fühlte paradoxerweise eine immense Erleichterung, dass er keine Entscheidungen zu fällen, keine Anweisungen mehr zu geben hatte. Das schmerzhafte Denken würde entfallen. Er war froh und erleichtert, dass er zu all diesen Prozeduren nichts mehr beizutragen hatte. Er nahm zwar wahr, was ihm Ohren und Augen und Sinne zu Gemüte führten; er spürte, dass man sich intensiv um ihn kümmerte, dass man ihn liebte, dass es Gründe gab, ihn sorgenvoll anzustarren, zärtliche Gesten zu vollziehen, ihn zu streicheln oder auch nur ruhig, ernst und eindringlich auf ihn einzureden – aber es liess ihn kalt. Wenn er auf seine weissen Hände mit den bläulichen Adern starrte, kamen sie ihm fremd vor. «Sind das meine Hände?», fragte er sich. «Es könnten meine Hände sein, ja, aber ich bin nicht sicher.» Im selben Augenblick vergass er, was genau er hatte wissen wollen. Schon vor deren Beantwortung vergass er die Fragen. Zwischendurch drängte sich Helligkeit in seine Wahrnehmung, ein intensives Weiss, er blinzelte. Spitalweiss, Arztweiss, Leintuchweiss, Nachthemdweiss, Lampenweiss, Medizinschrankweiss, Neonlichtweiss, Todesweiss. Wolkenweiss.

Wolken. Wie liebte er sie, hoch oben, mit den scharfen Rändern an ihrem weich anmutenden Saum, die grauen Schatten in den Wattetürmen, Letztere rasch nahend und sich wieder entfernend, vorbeischwebend, lichtdurchflutet, zartgrau und dunkelweiss, sich alsbald auflösend, doch erneut dräuend, sich emportürmend und seine Seele, sein ganzes Wesen streichelnd, die Brust erweiternd. Und dann: Zwischen dem Wolkenweiss dieses unfassbar zärtliche, tiefe, unerreichbar scheinende Blau. Sein ganz persönliches Sehnsuchtsblau. Ich möchte in dieses Blau hineinstürzen, dachte er oft, hineintauchen und darin aufgehen. Dann das Fallen, das Fliegen, die Freiheit. Und unten plötzlich das grüne, das riesige Meer. Schaum und Wellen, wogendes Leben! Salzgeruch, Rauschen, Dröhnen der Brandung, wütender Wind und peitschende Gischt! La Mer!

Spätsommer 1953

Der Hauptmann liegt wach. Ein schwaches, graues Licht diffundiert durch die plastifizierten Vorhänge. Er starrt an die Decke. Das Täferholz ist weiss gestrichen, die Farbe blättert an manchen Stellen ab, ein riesiger Ventilator hängt unbeweglich über seinem Gesicht, an den vier Propellerflügeln kleben tote Fliegen und Dreck. Eine Spinnwebe verbindet den einen Flügel mit dem schrägen, weiss bemalten Dachbalken. Er hat das Gefühl zu schweben, der Raum bewegt sich, seine Gesässmuskeln scheinen nicht vorhandenene Schwankungen zu kompensieren, er fühlt eine merkwürdige Art von Trunkenheit, die Wände des Zimmers wandern.

Es ist die erste, kurze Nacht, die die Delegation aus dem kleinen Land schlafend in der Unterkunft auf der Travis Airforce Base unweit der Millionenstadt San Francisco verbringt. Es ist der 14. September 1953, die Delegation ist um 01.25 Ortszeit gelandet, nunmehr ist es kurz vor 07.00 Uhr morgens, draussen graut ein neuer Morgen, doch das zuhause so vertraute Vogelkonzert fehlt hier gänzlich. Nebenan auf dem eisernen Militärbett schnarcht der Major. Er hatte die ganze Nacht praktisch durchgeschnarcht. Es war immer dasselbe Prozedere gewesen: Der Hauptmann schnalzte mit der Zunge, der Major verschluckte sich, murmelte etwas Unverständliches und schnarchte weiter. Der Hauptmann klatschte daraufhin kurz und heftig in die Hände, der Major stoppte das Schnarchen, stöhnte, murrte und hustete. Darauf blieb es ein paar gnädige Minuten still, bis aus einem kaum hörbaren Röcheln, einem nachfolgenden Schnarren das altvertraute Schnarchen des Majors den Raum wiederum füllte.

Der Hauptmann ist komplett durchnässt. Auf seiner Stirn klebt schleimiger Schweiss. Sein weisses, ärmelloses Unterhemd riecht muffig und säuerlich. Das Fieber muss weg; wenn er nur wüsste, wie. Seine Fiebertabletten sind längst aufgebraucht. Er hat keine Minute durchgeschlafen, diese betäubende Wachheit ist ihm fremd, es ist sicherlich die Zeitverschiebung, von der alle geredet haben, sein Körper ist verwirrt, wehrt sich, will nicht, ergibt sich zeitweilig und begehrt wieder auf. Stimmen erklingen von draussen – gutturale, fremde, unverständliche Laute. Das ist nicht das Englisch, das er in der Schule gelernt hat. Es sind die Stimmen junger Männer in einem seltsamen, mit spanischen oder italienischen Wörter gespickten englischen Dialekt, die Männer scheinen zu streiten.

Dieser neue Morgen graut ihm. Er möchte liegen bleiben, wegdämmern, wegschweben und in etwas Warmes, in weichste Watte sich hineinlegen und schlafen, fliehen, verschwinden. Er hat das nicht erwartet, diesen Zustand. Dieses hämische, kalte Jetzt. Dabei hatte er schon vor Wochen innerlich Anlauf genommen für die Reise, war in seiner kleinen Wohnung im Industriequartier der Hauptstadt dem Unerwarteten träumerisch vorausgeeilt, bei einer Zigarette auf dem winzigen Balkon, er hatte in den Himmel gestarrt, nach Westen, Richtung Amerika. Dann hatte er seinen Blick noch weiter gezwungen, dorthin, wo die Sonne aufging und wo er hinreisen würde, zum Unbekannten, nach Asien, um mehr als den halben Planeten herum. Er hatte sich noch Unerlebtes ausgemalt, ausgedacht. Er träumte und reiste antizipierend, flog, sah und staunte. Er hatte die Vorfreude gespürt, die oft stärker ist als die eigentliche Freude beim Ankommen in der konkreten Realität.

Er würde nun am liebsten losheulen, nur gehört sich das hier nicht. Er muss sich zusammennehmen, er ist schliesslich Offizier. Und doch sässe er nun liebend gern in der Küche bei seiner kleinen Tante in der Wohnung am grossen See, bei einem Milchkaffee, bei Brot und Käse, dicht über den beiden Gleisen sitzend, die am Hause vorbeiführten nach Süden, nach Italien. Ein Schnellzug rast vorbei, vertraut kreischend, stakkatoartig ins Trommelfell hämmernd und metallisch in den Ohren nachklingend. Danach führt er mit der kleinen Tante ein belangloses Gespräch, streicht wie üblich ein Quäntchen zu viel Marmelade auf seine Brotscheibe, die Tante mustert ihn missbilligend, versetzt ihm unter dem Tisch einen liebevollen Tritt ans Bein. Die Mutter schläft wie immer am Nachmittag ein Stündchen auf dem Sofa. Die grau getigerte Katze schleicht um seine Beine herum und schnurrt, er streichelt ihr über den samtweichen Rücken und die Tante fragt, wie es in der Arbeit gehe.

Er liebte seine Tante. Seine Mutter liebte er auch, gewiss, aber anders. Die Tante wohnte in seinem Herzen, die Mutter im Vorhof. Es war schwierig, diese verschiedenen Zuneigungen zu definieren, aber er konnte es mit den Jahren immer besser. Er fühlte mehr Nähe zur Tante, sie hatte ihn immer verstanden, sie hatte immer alles akzeptiert, jede Untat, jeden Fehler, den er beging, sie war immer zu ihm gestanden, hatte ihn verteidigt, gestützt, gestreichelt, getröstet, ermutigt. Sie arbeitete hart im Haushalt, entlastete die Mutter von profaner Hausarbeit, nähte und strickte im Auftrag und half tatkräftig mit, nach dem Tod des Vaters die kleine Familie in diesen schlimmen Jahren irgendwie durchzubringen. Die Tante war ihm schlicht näher. Sie streichelte seine Seele. Seine Mutter hatte zuweilen etwas Strenges, Kühles, Unnahbares an sich. Sie litt darunter, nicht zur besseren Gesellschaft der Stadt zu gehören, insbesondere nach dem fürchterlichen Tod ihres Mannes und dem sozialen Absturz, der unweigerlich darauf gefolgt war. Sie hätte ihren Sohn gerne an eine Universität geschickt, ihn zum Mitglied des hiesigen Jachtklubs gemacht. Ihr Mann und die beiden Söhne waren aber nur Mitglieder des lokalen Bergwanderervereins, zum Segeln zog sie nichts, schon der Jahresbeitrag im Segelverein entsprach damals fast einem Monatseinkommen – nicht zu reden vom möglichen Erwerb der bescheidensten hölzernen Jolle. Sie waren keine Wasser-, sondern Bergmenschen. Sie gingen oft zu Fuss hinauf ins Berghaus des Klubs, mit Stock und Rucksack und Proviant für mehrere Tage. Dort oben absolvierten sie Touren in den Alpen, sammelten Pilze, bestimmten Vögel, Bäume, Büsche und Blumen, lernten die Alpengipfel auswendig und waren glücklich. Dazwischen schauten sie auf der steinernen Terrasse des Chalets hinunter auf den riesigen See, spielten Schach und schwiegen. Mit seinem Vater konnte man gut schweigen, dachte der Hauptmann, es ergab sich nie ein Gefühl von Leere oder Peinlichkeit. Mit der Mutter war das anders. Sie hatte ständig Fragen auf Lager zu seinen beruflichen Erfahrungen und Aussichten, zu seiner Gesundheit und zu möglichen Freundinnen oder zukünftigen Ehegattinnen. Seine Mutter gierte meist nach Informationen, nach Neuigkeiten, für sie bedeutete Schweigen ein Affront, man hatte sich wohl nichts zu sagen?

Sie kam fast nie in die Berge mit. Sie mochte diesen Ort mit dem Chalet nicht. Man hatte kaum Rückzugsmöglichkeiten, überall waren Menschen, Kinder und Besucher, es herrschte immer Betrieb, Fröhlichkeit und Lärm. Auch wurde immerzu gegrillt und oft sah sich die Familie gezwungen, im Massenlager zu übernachten, weil die Privatzimmer bereits reserviert waren. Diese stinkenden, uralten Wolldecken mit dem weissen Kreuz auf roten Streifen! Oft war es kalt, man musste heizen, aber die Mutter verabscheute es, zusammen mit geschwätzigen Damen und Kindern in dicke Jacken eingewickelt am Holzofen auf besseres Wetter zu warten. Ausserdem fürchtete sie sich vor den im Sommer häufig ausbrechenden Berggewittern. Immerzu musste man, wenn ein selbiges nächtlicherweise zu toben drohte, seine Sachen zusammenpacken und bereit sein zum sofortigen Verlassen des Chalets, falls es von einem Blitz getroffen und danach brennen würde, was allerdings nie geschah. Diese meist etwas einfacheren Menschen gingen ihr auf die Nerven, besonders wenn man ihnen nicht ausweichen konnte, wenn man sie immerzu sehen, hören, riechen musste und man aufeinander angewiesen war. Doch sie hielt sich keinesfalls für einen besseren Menschen. Eine Aristokratin wäre sie sicherlich gerne gewesen, jemand Distinguiertes, quelqu'un de bien, nicht übermässig reich, nein, aber doch einigermassen wohlhabend und anerkannt. Am liebsten sass sie im altehrwürdigen Café des Städtchens, trank geräucherten Tee, grüsste die lokale Prominenz und diskutierte emsig mit ihren Freundinnen.

Seine Blase schmerzt, er steht hastig auf seine Beine, seine Knie zittern, die Unterwäsche klebt auf seiner Haut, er fröstelt. Er muss sich kurz am eisernen Bettrand festklammern. Danach streckt er sich vorsichtig und tastet sich zur Toilette, die hinter einer Holzwand eingerichtet und überraschenderweise nicht abschliessbar ist. Sein Körper ist noch im Flugzeug, sein Gleichgewichtssinn auf die Bewegungen der Maschine geeicht. Er setzt sich auf die WC-Brille, sie fühlt sich rau und kühl an. Sein Blick geht nach oben. Die Toilette ist nach oben offen, er sieht den Lüftungspropeller aus einer anderen Perspektive. Das Teil musste mal ein echter Propeller gewesen sein, denn er sieht winzige Kerben an der Vorderkante, Unregelmässigkeiten im Stahl, kleine Löcher, welche sicherlich nicht von der eintönigen Dreharbeit in diesem Zimmer stammten. Die Propeller hier hatten wohl mal ein echtes Flugzeug durch die Luft gezogen.

Er uriniert lange und vorsichtig an den unteren Rand des Porzellanbeckens, wo sich gelber Urinstein in dicken Schichten gebildet hat. Er will den Major nicht wecken. Sein Urin ist dunkelbraun, er muss unbedingt mehr trinken. Danach wäscht er sich leise die Hände, das Wasser riecht nach Chlor, das riesige Seifenstück entfernt nach Zitrone. Er schlüpft zurück unter das dünne, gelbliche Tuch, streckt seinen Körper aus, verschränkt die Arme in seinem Nacken und starrt zur Decke. Es ist ein hölzerner Plafond und die Maler hatten sich nicht besonders Mühe gegeben, sauber zu arbeiten, er bemerkt rohes, unbemaltes und mit feiner Maserung versehenes Holz, das an den Rändern und an den Ecken hervorlugt. Im Zimmer riecht es nach Schweiss und Seife, ab und zu schwebt eine an menschliche Ausscheidungen gemahnende Duftwolke vorbei. Der schnarchende Major hat seiner aufgestauten Luft im Darm wohl lautlos Freigang gewährt. Er hält kurz den Atem an und wedelt mit der rechten Hand vor seinem Gesicht. Dieser Fäkalduft ist ihm aus dem Militär wohlvertraut und erinnert ihn unerwarteterweise an eine weit zurückliegende Begebenheit: damals, als sie die Kinder befreien wollten.

Es war ebenfalls ein Holzsaal gewesen. In den kleinen Betten sassen verschreckte Knaben mit grossen Augen und geschorenen Köpfchen, eingekleidet in blau-weiss gestreifte, von allzu vielen Waschgängen ausgebleichte Nachthemdchen. Brüllend hatten sie die Tür aufgestossen und waren in besagtes Zimmer hineingestürzt, sie hatten ihre Waffen geschwungen, mit Schwertern und Speeren auf die weiss lackierten Metallstreben der Bettchen gehämmert. Die Knaben schrien erschreckt auf, kauerten oder versteckten sich unter den Wolldecken oder sprangen aus ihren Betten, rannten in Richtung Toiletten, drängten sich dort ängstlich in eine Ecke. Die Toiletten waren jedoch eine Sackgasse. Es herrschte Chaos. Er war an der Spitze seiner Truppe gestanden, hatte als Allererster das Zimmer der eingesperrten Kinder betreten und brüllend sein Holzschwert geschwungen. Er hatte die Waffe vortags penibel aus dem Holz einer am See wachsenden Ulme geschnitzt.

Nun standen sie da, etwas ratlos, allmählich Angst ob ihres Tuns verspürend, sie fühlten die eigenen Herzschläge im Hals und in der Schläfe pochen, rochen die intensiven, dumpfen und scharfen Gerüche der im Raum oder in der Toilette weinend verharrenden Knaben. Sie waren die Düfte gewohnt, die in den selbstgebauten Aborts oder Toiletten in Lagern, der Schule oder bei mehrtätigen Schulreisen durch die Luft wanderten, aber das hier war ein neuer Geruch – beissender, ätzender, drängender. Es war der Geruch von frischem Kot. Einige Knaben in ihren Bettchen hatten wohl vor Schreck in die Hose gemacht. Nun standen sie da und wussten nicht weiter.

Wann er von seinen kleinen Freunden vernommen hatte, dass auf einem Hügel über der Stadt in einem mehrstöckigen Holzhaus Kinder hinter Gittern und in Zellen eingesperrt dahinvegetieren mussten, hatte er vergessen. Er wollte handeln und hatte seine Freunde zusammengetrommelt. Jetzt sassen sie am See, im kleinen, pittoresken Hafen, zusammengerückt in einem steinernen, nach Urin und Kot stinkenden Badehäuschen. Der Himmel war grau, der See roch faul nach Algen, Abfall und Fäkalien, auf dem Kiesstrand wurden grüne Flaschen und vom Sand bleichgeschliffene Holzreste von den heranschwappenden Wellen hin und her geworfen. Es war kühl, sie rückten eng aneinander, steckten die Köpfe zusammen und besprachen sich. Sein Gesicht war ernst, diejenigen seiner kleinen Freunde waren offen, erwartungsvoll und neugierig. Sie bangten darauf, was er, ihr Anführer, wohl im Sinne hatte angesichts der Tatsache, dass unweit von hier ungerechtfertigterweise Kinder brutal von Erwachsenen eingesperrt worden waren. Ein Kindergefängnis in ihrer Nähe! Es existierten auch Gerüchte, wonach die Kinder als Sklaven verkauft und über den See nach Amerika verschifft werden sollten, in Ketten und nur bei Brot und Wasser. Sie waren entsetzt. Man musste diese Kinder befreien, unbedingt, es war ihre heilige Pflicht.

Er überlegte lange, danach sprach er: «Wir brauchen einen Plan. Als Sitting Bull diesen weissen Feigling, den General Custer, in Little Big Horn besiegte, hatte er das vorher besprochen, und zwar mit den Häuptlingen Crazy Horse und Big Foot. Die waren auch Sioux.» Sein Freund rechterhand warf korrigierend ein: «Sitting Bull war ein Lakota, Crazy Horse ein Arapahoe und Big Foot ein Cheyenne. Aber die meisten der kämpfenden Indianer waren Lakota, das stimmt.» «Ist ja egal», erwiderte er und fuhr fort: «Die Indianer hatten einen Plan gemacht, wer von wo angreifen würde und wann und natürlich wie. Dann machten sie alles wie besprochen und gewannen dank des Plans die Schlacht. Sie schlugen viele Weisse tot, erstachen oder erschossen sie. Wir müssen einen Plan haben und dabei bleiben.»

Seine Freunde nickten begeistert. Sie einigten sich darauf, dass sie zuerst Waffen für die Befreiung der Kinder basteln müssten. Am besten Holzschwerter, da hatte man gegen die Erwachsenen wohl am ehesten eine Chance. Andere schlugen vor, Speere aus Bambus zu basteln. Beide Waffen wurden genehmigt, auch wenn man Bambus in einem Laden für Gartenartikel kaufen oder in den Schrebergärten hinter der Stadt stehlen musste; diese Hölzer waren beliebt, um die Tomatenpflanzen aufrecht zu halten und anzubinden – und dementsprechend teuer. Bambus war hochelastisch und Splitter davon konnten sehr scharf sein, beinahe wie Stahl. Sie einigten sich, dass sie in zwei Tagen angreifen würden, dann sei Sonntag, die meisten Eltern würden ausschlafen, sie könnten sich sehr früh treffen und so tun, als ob sie am See Barsche fischen gingen – was sie normalerweise auch taten. Sie würden losmarschieren, ausgerüstet mit Fischruten – einfachen, biegsamen Weidenruten oder Bambusstäben mit Angelschnur und Haken –, dazu in kleinen Plastikbehältern selbstausgegrabene Würmer und Larven. Die Fischruten wären aber verkappte Speere und in ihren Kleidern oder unter Jutesäcken würden sie die hölzernen Schwerter verstecken. Die müssten allerdings bis morgen unbedingt geschnitzt werden, meinte er ernst zu den andern, die Schneidekante so scharf und das Holz so hart wie möglich. Kein Fichten- oder Tannenholz, sondern am besten Esche, Buche oder Kirsche. Er empfahl auch, dass man das Haus vorher beobachten sollte, um herauszufinden, wann das erwachsene Wachpersonal am Essen war, wie die Raumverhältnisse exakt waren und wo die möglichen Fluchtwege. Sie einigten sich auf den nächsten Tag, nach der Schule.

Nur drei konnten es sich leisten, mitzukommen, zwei mussten Strafaufgaben machen und im Schulzimmer bleiben, drei andere hatten die Eltern abgeholt, um Verwandte zu besuchen, zum Schulzahnarzt zu gehen oder dem Vater zu helfen, den Holzschuppen hinter dem Schrebergartenhäuschen aufzuräumen. So waren sie also nur zu dritt, lagen stundenlang oberhalb der kleinen Stadt im Gras und beobachteten das Haus, merkten sich die Angewohnheiten der Erwachsenen und die räumlichen Verhältnisse, bis es Zeit war, nach Hause an den Esstisch zu sitzen. Danach trafen sie sich wieder und schmiedeten aufgrund ihrer Erkenntnisse einen Angriffsplan. Sie würden demnach – wie die Indianer in Little Big Horn – im Morgengrauen angreifen.

Doch es kam alles anders, auch wenn ihr ausgetüftelter Plan vom Losmarschieren in der Morgendämmerung, vom Stellung-Beziehen, vom Beobachten des Gebäudes, vom Losstürmen bis zum Eindringen in die Gemächer der eingesperrten Kinder vorzüglich funktioniert hatte. Aber dann kamen die

Erwachsenen. Sie waren viel zu rasch zur Stelle und benahmen sich weitaus resoluter, als die Knaben sich das je vorgestellt hatten. Der Feind schien vorbereitet. Es waren Frauen in Schürzen und Hauben und zwei kräftige Männer mit Baskenmützen dabei, einer hielt einen Stock in der Hand, der andere eine Schaufel. Sie schrien die geschockten Eindringlinge an und drängten sie in eine Ecke, einem kleinen Kollegen lief vor Angst Urin aus den Hosenbeinen. Sie fielen nieder, der grosse Mann schlug mit dem Stock auf sie ein, sie hoben die Hände über ihre Köpfe, schützten sich verzweifelt und schrien durcheinander. Daraufhin kauerten sie still in einer Ecke und weinten hemmungslos. Die Erwachsenen standen um sie herum, blickten böse auf sie herab. Sie durften keinen Mucks machen, nicht mal den Kopf zu heben wurde ihnen erlaubt. Wenig später kam die Polizei mit einem dunkelblauen Kastenwagen die steile Strasse zum Haus heraufgekeucht, die Luft aus dem Auspuff war russig, die schwarze Wolke schwebte noch in der Luft, als die beiden Polizisten bereits das Haus über die Veranda betraten. Gleich darauf stand ein Beamter direkt vor ihm, er war gross und dünn, hatte riesige Lachfalten, doch sein Blick war ernst, beinahe düster.

Der Polizist fragte ruhig, warum um Gottes willen sie hier wie eine Truppe wilder, unberechenbarer Jungstiere und dazu mit Waffen an einem friedlichen Sonntag in dieses Haus eingedrungen wären, ob sie nicht ganz bei Trost seien? Er sass vor seinen weinenden Freunden auf dem Boden und schwieg. Er hatte vor Angst gezittert, aber nicht, weil die Erwachsenen sie an den Haaren fassten, teilweise ohrfeigten, mit dem Stock auf sie einschlugen und das ganze Grüppchen in besagte Ecke gedrängt hatten, nein, Angst hatte er gekriegt, als er hörte, dass die Polizei kommen würde. Er empfand fürchterliche Angst vor der Polizei. Er hatte unlängst in der Stadt gesehen, wie Polizisten einen davonrennenden, abgerissen erscheinenden Mann verfolgt, mit ihm gekämpft, ihn zu Boden geworfen, mit einer Pistole in Schach gehalten und ihn dann in Handschellen abgeführt hatten.

Nun standen ähnliche Polizisten vor ihm, der eine war gross und dürr, der andere dicklich, mit rotgeäderten Backen und Schweiss auf der Stirn. Sein Herz schlug wie verrückt, doch er stand auf und sagte: «Wir sind hier, um die Kinder zu befreien.» Der grosse Polizist blickte staunend auf ihn herunter und erwiderte: «Befreien? Wieso?» «Wir wissen, dass hier Kinder gegen ihren Willen eingesperrt werden», antwortete er trotzig, unter Tränen. «Es ist ein Kindergefängnis. Die Kinder sind Sklaven. Sie sollen verschleppt und verkauft werden. Wir wollten sie befreien. Man darf keine Kinder einsperren.» Der Polizist lachte laut heraus. «Nein, das darf man natürlich nicht. Wieso meinst du, dass diese Kinder eingesperrt sind?» «Man hat es uns überall gesagt. In diesem Haus seien Kinder eingesperrt, man werde sie verkaufen wie Neger, sie alle fesseln und auf Schiffe laden und sie würden nie zurückkehren. Manchmal töte man sie hier auch.» Der Polizist hörte auf zu lachen und fragte ernst: «Wisst ihr, was das hier für ein Haus ist?» «Ein Gefängnis! Habe ich doch schon gesagt», erwiderte er. Er schniefte und rieb sich trotzig und heftig mit dem Hemdsärmel den Rotz von der Nase.

Die Stimme des Polizisten war ruhig und warm: «Das hier ist ein Waisenhaus.» Er blickte verständnislos zu ihm hoch, der Polizist fuhr fort: «Das ist ein Haus für Kinder, die keine Eltern haben wie ihr. Hast du einen Papa und eine Mama?» «Natürlich!», sagte er. Was für eine unsinnige Frage war das. Komischer Polizist. «Du hast mich nicht verstanden», fuhr der Polizist fort. «Die Kinder hier haben weder eine Mutter noch einen Vater. Sie haben niemanden, nicht mal Geschwister. Aber sie sind hier, damit sich jemand um sie kümmert. Hier kriegen sie zu essen, hier haben sie ein Bett, hier ist es warm im Winter, hier gibt es Erwachsene, die sich um sie kümmern, und Lehrer, die ihnen etwas beibringen. Sonst wären all diese Kinder auf der Strasse und würden verkümmern, würden zu Verbrechern oder Banditen, wir müssten sie verhaften und ins Gefängnis werfen.»

Er schwieg trotzig. Aber er war beeindruckt. «Es ist toll, dass ihr die Kinder befreien wollt», fuhr der Polizist fort. «Aber die Kinder hier sind nicht eingesperrt. Sie sind froh, hier zu sein, warmes Essen zu bekommen und fürs Leben zu lernen. Damit sie in Zukunft frei in die Stadt runtergehen, vielleicht weiterhin die Schule besuchen, eine Lehre machen, eine Arbeit finden und eine Familie gründen können, ein Zuhause. Habt ihr das verstanden?» Sie bejahten, das Weinen hörte auf. Er verspürte Stolz und Trotz, auch wenn ihm immer noch die späten Tränen seiner unverdauten Wut über die Wangen liefen und dort eintrockneten.

Man hatte ihnen demnach Unwahrheiten erzählt, man hatte sie angelogen. Wer hatte dieses falsche Gerücht gestreut? Das würde Konsequenzen haben, dachte er grimmig. Er schloss die Augen und weinte wütend weiter. Der Mann mit dem Stock, ein Bündel geschnitzter Holzschwerter und Speere unter dem Arm, öffnete die Tür und betrat die offene, hölzerne Veranda. «Die verbrenne ich jetzt, bevor ihr versucht, euch damit zu befreien und zu fliehen, ihr Banditen.» Er gab ein böses Lachen von sich und stapfte von dannen. Dann hörten sie einen zweiten Polizeiwagen herankeuchen, sie mussten in Zweierkolonnen antreten, sich die Hände halten und im Gänsemarsch zum Wagen laufen. Die Erwachsenen und die Polizisten eskortierten sie, eine Flucht war unmöglich. Schlussendlich stiegen sie einer nach dem andern – bleich, verweint und voller Angst vor dem Kommenden – in die kleinen Kastenwagen.

Die Hand des dürren Polizisten war warm, weich und umschloss fest seine eigene. Der Druck war väterlich streng und doch unnachgiebig, er spürte, ein Entrinnen gab es nicht. Er überlegte dennoch, ob er fliehen sollte. Er müsste zuerst den Beamten überraschen, das Treppenhaus flink hinunterspringen, dann durch den Eingang nach links zu der Rosenhecke und zum Tor rennen. Er würde sich hüten, rechts um das Haus herumzulaufen, um zum rettenden Strässchen zu gelangen, denn dort stand sicher der Polizeiwagen auf dem Trottoir, und bestimmt sass der andere, dicke Polizist noch immer drin und rauchte und schwatzte vielleicht mit der Dame auf dem nahen Balkon, dieser geschminkten, fetten Kuh, die sich immer beschwerte, wenn er im Hof Ball spielte. Er müsste also links geschwind durchs Tor zur Bahn fliehen. Dann würde er direkt über die beiden glänzenden Schienenstränge und den rostbraunen Schotter auf die andere Seite hasten, ohne zuvor nach links und rechts geschaut zu haben, denn wenn er das täte, würde er stolpern, mit dem Kopf auf die Schienen aufschlagen, ohnmächtig sein und von einem Zug überfahren werden – falls einer kommen sollte. Sie kamen meist alle zwei Stunden, die Züge. Oft ratterten allerdings überraschend und ausser Fahrplan fahrende kilometerlange Güterzüge vorbei; der Rauch der schwarzen Dampflokomotiven biss noch lange in seinen Augen, nach der Durchfahrt musste er meist heftig den Russ aus Rachen und Hals husten. Es war demnach strengstens verboten und sehr gefährlich, was er vorhatte. Er überlegte. Es war eine schwierige Entscheidung.

Die Tür öffnete sich. Die kleine Tante stand im Türbogen, sie reichte dem Polizisten bis knapp an die Gürtelschnalle. Sie blieb stumm, starrte ihn kurz an und blickte dann amüsiert hoch zum Polizisten, sie schien keinesfalls überrascht. Der

Polizist salutierte und sagte: «Madame, gehört dieser Bub hierher?» Die Tante nickte ruhig und fragte den Beamten mit leicht amüsiertem Unterton: «Was hat er denn diesmal ausgefressen?»

Spätsommer 1953

Auf einem breiten, von Palmen und flammendroten Oleanderbüschen gesäumten Boulevard schwanken zwei feldgrün gekleidete Gestalten an einem späten Septembermorgen des Jahres 1953 über den bereits warmen Teer. Die Sonne steht hoch am dunstigen Himmel, das Küstengebirge hebt sich mit seinen schmutziggrauen, kahlen Flanken klar von den saftiggrünen Plantagen in der Talebene ab, weit oben kreisen zwei Greifvögel in der sich allmählich entwickelnden, morgendlichen Thermik. Der Verkehr ist mässig, es wechseln sich stattliche, chromglänzende Privatlimousinen in allen erdenklichen Farben mit Militärtransportern und Lieferwagen ab. Viele dieser Pick-ups sind mit Orangenkisten beladen, die Früchte glänzen sonnengelb im Morgenlicht.

Die beiden Männer tragen eine feldgrüne Uniform und feste, schwarze Lederschuhe. Die Krawatten sind gelockert. Sie sind Offiziere des kleinen Landes auf dem Weg nach Korea. Sie haben den Atlantik und ganz Nordamerika überflogen, haben wenig geschlafen, sind müde und schwitzen. Hie und da schreit sie ein vorbeifahrender Fahrer aus dem geöffneten Fenster an, sie verstehen jedoch nichts, nur einmal dünkt es sie, als hätte ein jüngerer Mann mit Schnurrbart und weisser Mütze sie lachend gefragt, ob sie vielleicht Russen seien. Die beiden Männer schreiten unbeirrt voran, einen Gehsteig gibt es nicht, die Autos rauschen teilweise sehr nahe an ihnen vorbei, ab und an betätigt ein Fahrer die Hupe, wenn einer der beiden Offiziere allzu weit über den dick aufgemalten Sicherheitsstreifen hinaus auf die Fahrbahn gerät.

«Der Kerl hat gesagt, es sei nur eine Viertelstunde bis zur nächsten Tankstelle.» Der Major ist schweissbedeckt, er hält seine Mütze mit dem einzigen dicken gelben Streifen an seiner rechten Hand, mit der andern wischt er sich mit seinem Taschentuch die feuchtglänzende Stirn. «Die wird schon auftauchen», meint der Hauptmann. «Irgendwo da vorne flimmert doch was, das könnte die Tankstelle sein.» «Die Hoffnung stirbt zuletzt.» Der Major lacht. «Leider verfügen die Amerikaner über ganz andere Distanzgefühle als wir Europäer. Die bewegen sich praktisch nur noch in ihren Autos fort.» Der Major starrt über die Fahrbahn Richtung Südwesten. Der Hauptmann blickt den Major überrascht an. «Sie meinen, wenn ein Amerikaner sagt, es sei nur eine Viertelstunde, dann meint er das nicht zu Fuss wie wir, sondern eine Viertelstunde mit dem Automobil?» «Natürlich», antwortet der Major. «Ich hätte es wissen müssen. Ich war ja schon mehrmals hier.»

Der Hauptmann bleibt kurz stehen. «Ich schlage vor, wir laufen weiter, wir haben ja noch sechs Stunden Zeit, das bisschen Spazieren schadet nicht, wir sind bisher nur rumgesessen oder gelegen, oder?» Er lächelt aufmunternd zum Major hinüber. Ihr Gang hat sich noch immer nicht normalisiert; das von den langen transkontinentalen Flügen arg durchgerüttelte Gleichgewichtszentrum ist noch nicht wirklich im Lot, sie taumeln wie Seeleute, die nach langer Fahrt an Land gegangen sind. «Sie hätten uns wenigstens in einem ihrer vielen Camions bis kurz nach Vallejo oder San Francisco fahren können, aber sie scheinen von ihrem Hauptquartier keinen Befehl oder Auftrag erhalten zu haben. Eine Frechheit. Wir sind doch keine Pfadfinder, die man einfach aussetzt und sich selber überlässt.» Der Major ist verstimmt. «Nun ja, mir kann es ja egal sein, ich kenne San Francisco, ich muss da nicht hin, auch nicht nach Sacramento, die Zeit dazu reicht sowieso nicht, aber irgendwas müssen wir ja tun. Fazit: Sie haben recht, Herr Hauptmann. Ich bin froh, müssen wir uns nicht auf diesem tristen Flugfeld stundenlang die Eier kratzen, Zigaretten rauchen, Geld ausgeben, uns ständig kontrollieren lassen und dumme Sprüche machen.» Der Hauptmann lacht, auch wenn ihm nicht ganz danach zumute ist.

Er ist weit über den Grad von schwerer Erschöpfung hinweg, er spürt nur, dass er nicht stehen bleiben darf, dass er vorwärtsgehen muss, leicht gebeugt, aber vorwärtsschreitend, vorwärtsstürzend, ansonsten würde er fallen, würde aufgeben, versagen, sich dem Fieber ergeben und schlussendlich zurückreisen müssen.

Sie bleiben bei einer ausgebleichten, mit rostigen und verbogenen Metallscharnieren versehenen Holzkiste stehen; sie musste von einem Laster hinuntergefallen sein oder jemand hatte sie hier an der Fahrbahn schlicht entsorgt. Auf dem ausgebleichten Holz kann man knapp die verwaschene Aufschrift «United Fruit Company» erkennen. Sie klopfen mit dem Knöchel des Mittelfingers auf die Holzfläche, es klingt hohl. Mit dem Taschentuch wischen sie etwas Dreck, ausgetrockneten Vogelkot und eine Schicht Blütenstaub weg, breiten ihre Taschentücher auf der Holzfläche aus und setzen sich. Danach schweigen sie und schauen in den Himmel, wo zwei Greifvögel um ein Stück Beute zu kämpfen scheinen oder zu Übungszwecken heftigen Luftkampf betreiben.

«Komisch», sagt der Hauptmann nach einer Weile. «Was ist komisch?», fragt der Major. «Das könnte ein Rotmilan sein.» «Welcher denn?», fragt der Major und starrt mit vorgehaltener Hand gegen die Sonne. «Der, der rechts, der gegen die Berge fliegt. Der andere ist zu jung, um ihn genau bestimmen zu können. Vielleicht ist es ein Paar. Oder es sind Geschwister. Oder sie sind beide verschiedene Greifvögel und streiten um Beute.» Der Hauptmann schliesst die Augen zu kleinen Schlitzen und blinzelt. «Er entspricht hundertprozentig einem Rotmilan, eigenartig. Aber die gibt es hier nicht, die gibt es nur in Europa, am allermeisten kommen sie bei uns und in Deutschland vor. Auch in Böhmen und Österreich, aber bestimmt nicht hier in Kalifornien.» «Dann ist der Kerl einfach herübergesegelt, in unserem Kielwasser, beziehungsweise in den Leewirbeln unserer Flugzeuge. Er hat sich einfach mitreissen lassen, der smarte Kerl. Wir sehen ja in unseren Maschinen nur seitwärts raus aus den Fenstern und die Piloten nur nach vorn. Wer sagt uns, dass Vögel nicht hintenan fliegen können, im Windschatten des Rumpfes, quer über die Meere, mit nur einem Flügelschlag, ohne jede Anstrengung? Vielleicht hat er an Ihnen einen Narren gefressen.» Der Major lacht laut. Das Gesicht des Hauptmanns wirkt angespannt und grüblerisch. «Klar ist das unmöglich. Aber so abwegig ist es nicht. Tiere machen grosse Migrationsbewegungen. Es gibt Mauersegler, die fliegen bis nach Südafrika und wieder zurück – exakt an ihren vorjährigen Nistplatz. Man hat bei uns am grossen See auch schon Möwen gesichtet, die eigentlich nur in Amerika vorkommen. Vielleicht reisen sie auf Schiffen oder sind durch Höhenwinde oder Hurrikane zu uns rübergeweht worden, wer weiss.» Der Hauptmann lacht plötzlich. «Der Kerl oben ist eindeutig ein Rotmilan.»

«Wollen wir uns nicht duzen?», fragt der Major nach einer Weile. «Mir ist diese formale Siezerei zu mühsam. Ausserdem werden wir uns alle in Korea sowieso duzen, nehme ich an.» Der Hauptmann nickt zustimmend. «Du bist ein bisschen krank, oder?», fragt der Major nach einer Weile. «Ja. Aber sags niemandem.» «Natürlich nicht. Dann könnte es durchaus sein, dass in Sachen Ornithologie deine Wahrnehmungsfähigkeit ein wenig unter deinen Fieberschüben leidet?» «Durchaus», erwidert der Hauptmann verschmitzt. «Aber nicht, was die Erkennung von Rotmilanen angeht. Da bin ich mir ziemlich sicher.» Er starrt weiterhin in den Himmel. Nach einer geraumen Weile fügt der Major bei: «Nehmen wir mal an, es ist der amerikanische Küstenmilan und zufälligerweise sieht er genau so aus wie der europäische Rotmilan. The Red Californian Kite. Wie wärs damit?» Sie schweigen, dann lachen sie beide, stehen auf, stöhnen und recken ihre Glieder.

Ein Auto hält vor ihnen. Es ist ein Lieferwagen, ein Ford-Pick-up, wie der Major später präzisiert, der Fahrer sieht annähernd so aus, wie der Hauptmann sich einen heutigen Indianer vorstellt, jedoch nicht im traditionellen Kostüm, mit Federschmuck und Lederweste, sondern in Jeans und – wie er unlängst bei der Zwischenlandung in Boston gelernt hatte – in einem sogenannten T-Shirt, einem kurzärmligen Leibchen aus Baumwolle. Der Mann trägt dazu eine rote Mütze mit breiter, ausladender Krempe, einer seiner vorderen Schaufelzähne ist verfärbt, über der Oberlippe spriesst ein dünner Schnurrbart. Auf dem Oberarm prangt eine Tätowierung. Der Hauptmann erkennt fasziniert einen Anker, eine Rose sowie ein primitiv gestaltetes Schlachtschiff mit riesigen Geschützen, auf denen eine halbbekleidete Frau herumturnt. Auf der Ladefläche des Pick-ups stapeln sich unzählige Plastikkäfige, sie sind mit leise greinenden Hühnern vollgestopft, unter den Kisten liegen überall weisse Federn, der Boden ist bedeckt mit Hühnerkot und Daunen.

«Wo gehts denn hin, meine Herren?», fragt der Fahrer in ausgeprägt nasalem Englisch. «Ist irgendwo Kostümball? Kann ich helfen?» Sie lachen alle drei. «Wenn Sie die Güte hätten, uns bis zur nächsten Tankstelle zu fahren, wäre das schön», sagt der Major und erklärt, das mit dem Kostümball sei richtig, der fände aber nicht hier, sondern im fernen Korea statt, sie seien eine Art Friedenstruppe auf dem Weg dahin.

«Steigt ein, Jungs!», lacht der Fahrer. «Was seid ihr genau?» «Wir sind von der sogenannten NNSC, der Neutral Nations

Supervisory Commission. Kollegen von uns sind schon dort», fügt der Major bei und rückt sich im Sitz zurecht. «Die kümmern sich um den Aufbau, um die Infrastruktur und auch um die Repatriierung der Kriegsgefangenen in Korea. Sie sind die Vorhut. Wir sind die zweite Welle, sozusagen.» «Und was werdet ihr dort genau machen, Jungs?», fragt der Fahrer. «Wir sollen kontrollieren, dass nicht wieder aufgerüstet wird, dass die Kriegsgefangenen ausgetauscht und all die verschiedenen Abkommen des sogenannten Armistice Agreements respektiert werden. Mehr wissen wir nicht, das wird sich wohl erst alles an Ort und Stelle weisen. Aber die UNO will, dass wir dabei sind, zusammen mit den Schweden. Wir sind die Neutralen aus dem Westen. Die Kommunisten schicken die Tschechoslowaken und die Polen, sie sollen auch neutral sein, aber halt vom kommunistischen Block», antwortet der Major. «Viel Vergnügen dort», entgegnet der Fahrer und grinst. «Ich frag mich nur, was das bringen soll. Ich kenne die Gooks – so heissen bei uns die Schlitzaugen – und ich kenne die Kommunisten. Ich war dort, Jungs. Drei ganze, kalte und heisse, beschissene, verlorene Jahre. Ein Desaster.»

«Sie waren in Korea?», entgegnen die beiden Offiziere beinah synchron und vollkommen überrascht. «Viele waren das, Mann. Viele. Auch Chicken Joe. Das bin ich. Ich habe in Korea gekämpft. War zuerst in Guam zur Ausbildung, dann mit Teilen der achten Armee von den Roten eingekesselt im Brückenkopf von Pusan, dann gings hoch nach Inchon mit unserem obersten Soldatenschlächter und grossen Arschloch General MacArthur, danach gings hurtig hoch bis an den Yalu, wir sahen China und unsere Jets am Himmel, die die MiGs der Sowjets runterholten, dann kamen plötzlich Hunderttausende von Schlitzaugen aus allen möglichen Löchern, das waren die CPVs und dann war mal für eine Weile aus die Maus.»

«CPVs?», fragt der Hauptmann. «Chinese People's Volunteers», antwortet der Major rasch. «Das waren chinesische Rotarmisten, Maos Truppe und ein Massenheer, getarnt als Freiwilligenarmee zur Unterstützung der nordkoreanischen Bruderarmee.» Der Fahrer fährt fort: «Genau. Wegen denen gab es Panik und Rückzug, ziemlich hastig und unkontrolliert bis wieder weit zurück hinter Seoul. Dann gings noch ein paarmal hin und her über den 38. Breitengrad, Grabenkrieg, Stellungskrieg, Minen, Granatwerfer, Snipers. Das ganze Scheissprogramm, heiss und kalt und feucht und Schlamm und Schnee und nass und viele Tote. Von meinem Platoon leben noch drei Mann.» «Platoon?», fragt der Hauptmann. «Ein Zug», antwortet der Major rasch. «Das, was du bei uns zuhause als Leutnant befehligst.» «Aha. Wie viele waren Sie denn ursprünglich?», will der Hauptmann neugierig wissen. «Fünfunddreissig Seelen.»

Sie schweigen. «General MacArthur? Ist er nicht Amerikas Nationalheld?» fragt der Major. «Vielleicht. Aber meiner ist er nicht. Er ist ein Soldatenkiller. Bei uns in Korea gings ja noch, die Landung bei Inchon war riskant, ging knapp gut, aber im Weltkrieg gegen die Japaner hat er Hunderttausende von unseren Jungs den Japsen geopfert, der Hund – auf den Philippinen, im Pazifik, auf Guam und Okinawa. Nur weil er in Washington brillieren wollte und weil er zu blöd war in taktischen Belangen. Zum Glück ist er weg. Fast wäre er jetzt Präsident geworden und nicht Eisenhower. Harry Truman hat dem Arschloch auf Wake Island die Kappe gewaschen, zum Glück.»

Sie schweigen betreten. «Wake Island, gehen wir da nicht hin?» Der Hauptmann beugt sich interessiert vor. «Wenn ihr über Tokio nach Seoul bzw. nach K16 geht, dann über Wake, ja. Eine Landebahn, mitten im Pazifik, praktisch im Wasser liegend. Eine Bar, ein PX-Shop, ein paar Baracken, Munitionslager, Lagerhallen und sonst nur Sand, Riffs, Krabben, giftige Fische, Haie und das Meer. Trostlos. Aber vielleicht habt ihr Glück und ihr fliegt über Guam und Okinawa, da gibts Girls», antwortet der Fahrer.

«Gratuliere, dass Sie überlebt haben», sagt der Major. «Danke. Es gab Momente, da wäre ich allerdings lieber ganz gestorben als nur halb.» «Sie waren verletzt?», fragt der Hauptmann. «Yeah. An die zehn Mal.» Der Fahrer zieht mit der linken Hand den Ärmel seines Hemdes hoch und zeigt seine rechte Schulter, sie ist narbenübersät. Schwulstartige, verschiedenfarbige Hautlappen scheinen übereinandergenäht worden zu sein. «Verbrennungen?», fragt der Major. «Yeah, man, I was grilled», entgegnet der Fahrer und überholt einen Konvoi mit Militärfahrzeugen. Er steckt sich eine Zigarette in den Mund, bietet auch den beiden Offizieren sein Päckchen an, sie rauchen alle drei. «Es war 1950, unweit von Hungnam, nahe an der Ostküste am Japanmeer, wir mussten uns seitlich etwas zurückziehen in die Berge, die Chinesen und die Nordkoreaner waren überall. Wir waren versprengt, hatten weder Funker noch Sanitäter mehr dabei, ich war der höchste Offizier – als Lieutenant! Die andern waren tot oder verletzt oder vermisst, was weiss ich, wir versteckten uns in einer Art Höhle im Busch und wollten uns im Rücken oder an der Flanke der vorstossenden Nordkoreaner und der Chinese People Volunteers ans Meer durchkämpfen. Die Nordkoreaner spürten uns jedoch auf. Sie spürten uns immer auf, diese Scheisskerle von Kommunisten, dafür haben sie eine Nase, es sind Hunde, die Gooks. Sie rochen uns überall. Sie entdeckten und umzingelten uns. Wir drangen tief ins Höhlensystem ein, hatten keine Wahl. Sie setzten uns nach, warfen Granaten, schossen wie wild. Irgendwann hörte das Schiessen auf. Dann kamen sie nachts mit den Flammenwerfern. Ich werde dieses fauchende Geräusch nie vergessen. Ich erinnere mich nur noch an eine gelbrote, glühendheisse Wolke, die auf uns zuraste, und an das Geschrei meiner Kameraden. Es roch überall nach verbranntem Fleisch; es war eine riesige Grillparty für die Gooks. Es wurde glühend heiss, die Schmerzen waren irrsinnig, ich explodierte vor Schmerz, es wurde dunkel um mich herum, auch dunkel im Kopf, überall, trotz der Flammenhelle. Ich starb, ich war tot. Verbrannt. Geröstet. Gegrillt. Aus die Maus. Bye bye, Chicken Joe.» Er lacht und winkt einem entgegenkommenden Fahrzeug zu.

«Irgendwann später erwachte ich unter zwei Lagen von schmorenden, teilweise glühenden Kollegen, meine Schulter kochte, eine Kugel steckte im Oberschenkel, eine andere im Arsch. Ich hörte, wie die Gooks umherliefen und die Überlebenden liquidierten. Sie schossen direkt ins Gesicht, wenn sich noch etwas regte oder wenn einer der Verletzten so blöd war, zu stöhnen oder zu schreien. Sie schossen mit sowjetischen Tokarew-9mm-Pistolen, einer primitiven, aber effizienten und robusten Waffe. Sowjetqualität, wir kannten ihren Ton im Schlaf. Ein scharfer, peitschender Knall, sehr typisch. Ich habe eine Zeitlang eine mitgetragen, sogar mit Munition, so als Back-up. Ich hatte aus nächster Nähe einen Gook erschossen – Nordkoreaner oder Chinese, keine Ahnung, die Schlitzaugen sehen ja alle gleich aus – und nahm der Leiche die Pistole ab. Das Problem ist, diese Tokarews kannst du nicht mal sichern. Kein Sicherungshebel, nichts. Wenn du eine Kugel im Lauf vergessen hast und du trägst das Teil im Galopp in deiner Hosentasche oder am Gürtel, dann kannst du sicher sein, dass irgendwann die Patrone dir das Gemächte wegbläst. Ich warf die Tokarew weg. Zu gefährlich, das Sowjetzeug.»

Der Fahrer klaubt ein Päckchen Kaugummi aus seiner Brusttasche, steckt sich ein Stück davon in den Mund und bietet das Päckchen den Offizieren aus dem kleinen Land an. Sie nicken dankend, nehmen den Kaugummi, schälen mit ihren Fingernägeln die klebrige Verpackung weg, schieben den Kaugummi in den Mund und kauen. Sie schweigen alle eine Weile.

Etwas später kurbelt der Fahrer das Fenster auf und schnippt die Asche seiner Zigarette weg. «Mich vergassen die Gooks. Ich kroch irgendwann unter dem schwelenden Haufen von Kameradenleichen hervor und machte mich im Dunkeln davon, raus aus der Höhle, auf allen vieren und äusserst vorsichtig. Ich werde diesen Geruch nie mehr vergessen. Ich kann Fleisch weder sehen noch riechen, geschweige denn essen. Ich muss jedes Mal fast kotzen, wenn ich an einem Rotlicht neben einer Grillbude halten muss und der Geruch in die Fahrerkabine weht. Grillpartys mit Freunden? Forget it! Sofort erbrechen muss ich auch, wenn ich ungewollt Fleisch in einer Suppe esse oder in einem Taco. Yeah. So kann man auch Vegetarier werden.» Er lacht. «Aber Sie liefern Hühner», wirft der Major ein. Der Fahrer lacht. «Ich liefere Hühner, that's right. Das eine schliesst das andere nicht aus, oder? Ich muss ja irgendwie leben. Nur einen Chicken Grill werde ich nie betreiben.» Er wedelt eine Fliege von seiner Stirn weg, saugt mit einem tiefen Zug dichten, weisslichen Rauch aus seiner Zigarette und hustet.

«Doch die Geschichte ist nicht fertig», fährt er fort. «Ich schaffte nachts ein paar Kilometer durch den Busch, bis ich morgens von weitem durch das Geäst von Bäumen die Küste sah und viele Rauchsäulen und überall Geballere. Es war die Bucht von Hungnam. Wir waren am Evakuieren. Ich sah viele Schiffe in der Bucht. Hunderte. Am Himmel viele Flugzeuge. Wir bombten mit B-29, sie bombten zurück mit Artillerie, Mörsern und Panzern. Sie schossen aus allen Rohren. Ein Feuerwerk. Die Schlitzaugen setzten nach, wir waren wie verschreckte Kaninchen. Rabbits! Wir, die Amerikaner! Eine ganze Armee! Die Politiker sagen zwar, es sei ein geordneter, taktischer Rückzug gewesen. Völliger Quatsch. Wir hatten eins auf die Kappe gekriegt, die Kommunisten waren stärker, besser organisiert, besser ausgerüstet, besser bewaffnet, motivierter, hatten gescheitere Angriffskonzepte. Wir hatten keine Chance, wir waren schwächer. We were fucking losers. So war das. Ich humpelte mit meiner Kugel im Arsch zwei Tage durch, aber nur in der Nacht. Dann schlich ich in einem Wäldchen durch die Reihen der Nordkoreaner, ich hörte sie reden, beim Essen schmatzen, ich hörte sie scheissen und furzen, einmal pisste einer fast auf mich, so nah war ich, ich hielt mein Bajonett fest in der rechten Hand, ich hätte ihn abgemurkst, ihm die Kehle lautlos durchgetrennt, ich hatte das gelernt, doch der Gook hatte Glück, er entfernte sich, ich roch seinen scharfen Urin und der Dampf stieg mir in die Nase, als hätte ich Essig gesoffen. Ich kam durch, wartete eines Morgens hinter einem Busch an einer staubigen Strasse auf einen unserer Trucks, es kam dann auch einer, fast wie bestellt, ich hielt den Daumen hoch, sie hielten, befragten mich kurz, hievten mich dann auf die Ladefläche, ich konnte kaum mehr gehen, ich hatte viel Blut verloren, eigentlich war ich tot, aber ich hatte verdammtes Glück. Ich schaffte es auf eines der letzten Schiffe aus Hungnam raus. Dann ging es aufs grosse Meer mit dem weiten, blauen Himmel, weg vom Feuerzauber. Ich habe auf dem Kahn von Hungnam nach Pusan trotz meines Blutverlustes zwei Flaschen Whisky geleert, ich ass und trank Tag und Nacht, man liess mich gewähren. Ich war völlig betrunken, ich frass alles, schiss alles wieder heraus, chronischer Durchfall, alles viel zu reichhaltig und zu fett, dazu hatte ich wohl mehr Whisky als Blut in meinen Adern. Danach schlief ich vier Tage durch. Ich kam nach Guam ins Militärspital zu den Karbolmäuschen mit den roten Mündern und den grossen – na ja, ihr wisst schon. Darauf gings an den Beach, raus ins Leben, hinein ins Bordell, ich habe tagelang gevögelt, ich war wiederauferstanden. Das war Korea. Die ganz grosse Scheisse.»

Der Fahrer grinst zu den Offizieren hinüber und rückt seine nach hinten gerutschte Mütze zurecht, bremst seinen Transporter ab und biegt nach links über die Fahrbahn ab. «Hier ist die Tankstelle, die haben auch einen Shop. Richtet Maggie – das ist die Dicke am Bartresen mit den Indianerzöpfen und den grossen ... na ja, ihr wisst schon – einen lieben Gruss von Chicken Joe aus, sie kennt mich. Sie ist eine Indianerin vom Stamm der Cheyenne, wie ich auch. Aber wir sind nicht verwandt. Kauft das Orange Sorbet with Chocolate Cream, sie macht es selber, vorzüglich. Und ihre Bagels sind unschlagbar. Bye bye Guys, grüsst mir die verdammten Schlitzaugen, ich bin froh, wenn ich die nicht mehr sehen muss. Und lasst euch von den Gelben nicht verarschen. Schade, kommt ihr erst jetzt. Ihr hättet drei Jahre früher kommen sollen, da wäre mir und vielen andern einiges erspart geblieben.» Sie steigen aus, schütteln des Fahrers Hand und bedanken sich wortreich. Der Fahrer knallt die Tür noch einmal von innen ins Schloss, winkt kurz und fährt weiter, aus dem Auspuff entweichen dichte schwarze Russschwaden, die in der warmen Morgenluft herumwabern, bis ein Windstoss sie zerzaust und auflöst.

Sommer 1982

Der Name will ihm nicht einfallen. Er brütet vor sich hin, sein Hirn flimmert, lodert, brennt. Er blickt hinunter auf seine rechte Hand. Sie liegt auf seinem Oberschenkel, halb offen. Die Hand zittert. Er versucht, sie still zu halten, und hält sie – nachdem er kurz kontrollierend um sich geschaut hat, einer seiner Söhne scheint zuhause zu sein – vor seinem Körper auf Brustbeinhöhe. Ist dies nicht der römische Gruss? Doch die Hand vibriert weiter, schlägt immer wieder aus, unkontrolliert. Er spannt die Muskeln in seinem Arm an, all seine Kräfte, sein ganzes Streben, sein Wille fokussieren auf die Ruhestellung seiner rechten Hand. Er atmet ein, atmet aus. Ruhig bleiben, ruhig. Er tut dies mit einer ihm bisher unbekannten, schmerzhaften Konzentration. Nach einiger Zeit lässt das Zittern merklich nach, bis es vollends verschwindet. Er atmet erleichtert aus. Seine Hand ist nun still, erstarrt, beinahe tot, die Adern wie immer bläulich, die Haut zwischen den Fingergliedern glänzend, faltig, zart wie Pergament. Der Arm verbleibt im römischen Gruss. Er lächelt. Er ist zufrieden. Es ist wieder ein kleiner Sieg.

Danach starrt er dumpf vor sich hin, verliert sich im vertrauten Raum. Er vermag vieles und doch nichts zu denken. Er blickt mit weitgeöffneten Augen auf die gegenüberliegende weisse Tapete. Ihn überkommt eine vertraute Leere, wie fast immer in der letzten Zeit. Dann beugt er sich vor, noch etwas unsicher, packt mit beiden Händen das Telefonbuch, das auf dem niedrigen Tisch beim Sofa vor ihm liegt. Er zieht das schwere Papier unendlich langsam über die Knie auf seinen Schoss hoch, danach lehnt er sich im weichen Sofa zurück und öffnet das Buch auf den ersten Seiten, gleich nach dem Register und der Werbung, da, wo er die Namen vermutet.

All die Namen der Menschen, die er kennt, die er liebt und die er vergisst. Er weiss jedoch, dass es sie gibt, er weiss, dass diese Namen leben, dass sie ihn kennen und er sie auch, dass sie eine Rolle in seinem Leben spielen, zu ihm gehören, zu seiner Geschichte. Sie sind da drin, konzentriert und auffindbar im Telefonbuch, weitgestreut und schwarz auf weiss, er muss sie nur wiederfinden und in sein Gedächtnis neu einfügen, damit alles wieder seine Ordnung hat. Einfügen, einbauen, speichern, retten, sich erinnern, sie seinem Leben zugehörig wissen. Ohne Menschen bist du ein Nichts – der Gedanke durchzuckt ihn, flüchtig, schmerzhaft. Er befeuchtet seinen linken Zeigefinger, fasst die Seiten am unteren rechten Rand, blättert langsam, Seite um Seite. Er fährt mit der Kuppe des rechten Zeigefingers den Namenreihen entlang, von oben nach unten, von links nach rechts, er liest stumm Hunderte, Tausende von Namen, er artikuliert sie lautlos, sinniert ihrem Klang nach, lässt den im Innern widerhallenden Namen an sich vorbeiziehen, wie das Papierschiffchen, das von dannen zieht auf dem breiten Fluss des Vergessens.

Er versucht, sich über den Klang des jeweils vorliegenden Namens ein Bild des sich dahinter verbergenden Menschen zu verschaffen. Vielleicht hat er ja Glück und es taucht auf irgendeiner der vielen Seiten des dicken Telefonbuchs plötzlich ein Freund auf, ein Kollege, ein Verwandter, der zu ihm spricht, der ihn begrüsst, der ihn wahrnimmt als das, was er ist, und ihm sagt, dass er lebt und dass es ihn gibt. Bei dieser Vorstellung juchzt er innerlich.

Diese junge, blonde Frau in der Wohnung, die täglich nach Hause kommt, sich wie selbstverständlich mit ihm an den Tisch setzt, mit ihm isst, ihn begrüsst, ihn auf die Toilette und manchmal zur Quartierbeiz oder mit der Hündin ins nahe Wäldchen begleitet, ihn immer wieder zärtlich an der Schulter und an den Händen streichelt, ihn anlächelt – diese junge Frau ist ihm vertraut, jedoch so nahe, dass er sie nicht mehr in seine schrumpfende Begriffswelt einordnen kann. Ich vermag sie nicht zu versorgen, murmelt er vor sich hin, wenn ihm jemand bei seinen Bemühungen zuhört; ich habe ihren Namen vergessen. Ich habe vergessen, wer sie ist. Aber ich kenne sie, unbedingt. Sie ist wichtig.

Er nennt sie nun «Fräulein». «Das Fräulein», sagt er zu seiner Frau, «das Fräulein dort ist sehr nett zu mir, sag mir, wer sie ist. «Sie ist deine Tochter», anwortet jeweils seine Frau. Er wiederholt: «Sie ist meine Tochter. Wie lautet ihr Name?» Er versucht, die Frage so beiläufig, so unschuldig wie möglich zu formulieren. Sie antwortet ihm, indem sie den Namen der Tochter deutlich ausspricht und ihn mehrfach wiederholt. Er nickt jeweils, spricht den Namen noch einmal aus, zwecks besserer Haftung. Er versucht daraufhin, den Namen der jungen Frau zu schmecken, zu geniessen, und spricht ihn innerlich mehrmals leise nach, wälzt den Namen in seinem Rachen. Er ahnt etwas, erhascht eine Art vergessene, verschüttete Nähe, einen Fetzen Leben, aber nur in Bruchteilen von Sekunden. Dann umgibt ihn wieder die sanfte, weisse Wattewolke.

Ihm scheint, dass die Menschen um ihn herum mehr zu wissen glauben als er. Er fühlt, dass sie ihm etwas voraushaben. Sie scheinen permanent im Vorteil zu sein, kaschieren Wesentliches vor ihm, nämlich das sichere Wissen um die Dinge, um ihre Benennung, um ihre Funktionalität, um ihren Sinn. Sie scheinen ihm haushoch überlegen zu sein, diese vertrauten Menschen – nunmehr weit entfernt, sie sind fast wie Götter.

Manchmal erhascht er ein kleines Stück Wahrheit, ähnlich wie er früher mit schneller Hand eine umhersurrende Fliege packte, ans Fenster ging und das Tierchen freiliess. Er kann jäh etwas benennen, er kann es einordnen, er hat plötzlich die Kontrolle über die Dinge. Kürzlich sprach er den Namen der Hündin aus, spontan, auf dem Sofa. Er war allein zuhause, starrte vor sich, sein Hirn glühte wie üblich, die Hündin lag neben ihm und döste. Er sprach ihren Namen aus. Sie schrak hoch und starrte ihn verwun-

dert durch ihre sanftbraunen Augen an. Dann legte sie den Kopf wieder zur Seite auf das mit Hundehaaren verklebte Kopfkissen, schnaufte einmal tief ein und aus und döste weg. Er versuchte es noch einmal, vor Glück zitternd. Doch der Name der Hündin fiel ihm nicht mehr ein, trotz aller Anstrengung.

Manchmal spielen sie alle zusammen ein Kartenspiel am Familientisch Er mag die vielen verschiedenen Symbole auf den plastifizierten Karten, er liebt das Gefühl, sie in den Händen zu halten, sie zu fächern, sie zu stapeln, sie auszuspielen – lässig, gewinnorientiert, verschmitzt überlegen, wie das für ihn so typisch war. Er fühlt tiefe Vertrautheit bei diesem simplen Akt, gepaart mit Überlegenheit, mit Kontrolle, mit Zuversicht. Er ist ein gönnerhafter, bescheidener, demütiger Gewinner. Er dominiert, da er nie verliert.

Es ist wie einst in Hungnam. Sie, die Offiziere aus dem kleinen Land, spielten fast immer, es gab meist nichts zu tun. Warum? Weil die Kommunisten sie nicht ihre Kontrollarbeit machen liessen und man die Zeit sanft und listig totschlagen musste. Darum spielten sie. Und er schlug sie alle. Sei es im anspruchsvollen Bridge – worin er ein Meister war – oder im komplizierten Schach. Er schlug seine eigenen Kameraden, er schlug die Tschechen, die Schweden, die Polen, er schlug den ominösen Chinesen.

Er verlor nur einmal, im Schach, gegen den kleinen, blutjungen Wachmann, derjenige mit der Kalaschnikow und den roten Backen. Er hatte nicht aufgepasst. Er hatte den Kleinen unterschätzt, hatte intensiv an etwas anderes gedacht, war abwesend gewesen am Schachbrett, und dadurch hatte er etwas Wesentliches übersehen, nämlich ein an und für sich harmloses, jedoch geschickt getarntes, klares Bedrohungsszenario. Diese Unachtsamkeit hatte der kleine Nordkoreaner gnadenlos ausgenützt und ihn mit einer brillanten Dame/Läufer-Kombination zum Damentausch gezwungen und ihn dann geduldig gebodigt. Er hatte verblüfft gelächelt, seinem Kontrahenten die Hand gedrückt, war aufgestanden und hatte sich andeutungsweise verbeugt, er, der aus dem Westen stammende Armeeoffizier, vor dem kleinen, nordkoreanischen Wachsoldaten. Er erzählte allen im Camp von seiner grossartigen Niederlage, er erwähnte immer wieder, wie gut der kleine Wachmann Schach spiele. Letzterer lief herum mit stolzgeschwellter Brust und vor Aufregung geröteten Backen. Von da an wollte niemand mehr Schach spielen mit dem Jungen, die Schmach einer Niederlage gegen ihn wollte sich keiner leisten.

Der Platzkommandant von Hungnam, ein grossgewachsener, ewig lächelnder, gemütlicher und gänzlich undurchschaubarer chinesischer Offizier, von dem man nicht wusste, ob er Major, Oberst oder General war und der den jungen Hauptmann aus dem kleinen Land aus unerfindlichen Gründen mochte, hatte Letzterem in seiner geheizten Baracke bei zwei, drei Gläschen süsslich schmeckenden chinesischen Likörs das berühmte Go-Spiel gezeigt und ihn akribisch darin instruiert. Sehr schwer war dem Hauptmann das Erlernen der Regeln nicht gefallen, es gab nur vier Grundregeln und es ging nicht wie beim Schach um die totale Vernichtung des Gegners, sondern darum, ihn einzukreisen, zu bedrängen und ihm einen möglichst grossen Gebietsanteil abzuluchsen. Nichtsdestotrotz ging es bei diesem Spiel natürlich um das Gewinnen, ums Bekämpfen und ums Töten, wie bei allen Kampfspielen. Vielleicht hatten die chinesischen Freiwilligen und ihre nordkoreanischen Freunde sich vom Go-Spiel inspirieren lassen, dachte der Hauptmann, als sie im Herbst 1950 die prestigiöse achte Armee der Amerikaner vor sich hertrieben wie eine Herde panischer Schafe, sodass sich diese hier in Hungnam nur knapp mit Hilfe einer eiligst bereitgestellten Flotte absetzen konnten.

Es war Januar 1954 in Hungnam und während der vorangehenden Silvesternacht waren mehrere Gläser zu Bruch gegangen, ein Ofen war umgestürzt und es war allseits wohl etwas allzu aus-

giebig gezecht worden. Der Hauptmann als Postenchef entschuldigte sich wortreich beim kommandierenden Chinesen für das Gelage und für die an sich harmlosen Ausschweifungen und bedauerte, dass die Zerstörung von kriegswichtigem Volksgut wie den zwei Schnapsgläsern leider ernsthafte diplomatische Irritationen, ja sogar einen zu protokollierenden Zwischenfall generiert hätte. Der Chinese hatte gelächelt, höflich genickt und ihn in seinem Redefluss irgendwann mal lächelnd gestoppt. Er, der verdiente Hauptmann aus dem kleinen Land, hätte zur Tatzeit doch bereits geschlafen, bedeutete ihm der Chinese. Man wisse das, er solle nicht alle Schuld auf sich nehmen. Was könne er dafür, wenn hinter seinem Rücken solche Vorkommnisse passierten? Der Hauptmann hatte verneint, nochmal sein tiefstes Bedauern geäussert, dann hatten sie gegrinst, waren sie doch klug genug, diesen Zwischenfall als das einzuschätzen, was er war: eine Bagatelle. Mann ist Mann und Schnaps ist Schnaps, war die Devise aller. Nur der Leutnant hielt nichts davon. Er trank nicht und war von angetrunkenen oder nur schon angeheiterten Kollegen angewidert. Deshalb fühlte er sich bemüssigt, diese immer wieder vorkommenden «Ausschreitungen» protokollarisch im Tagebuch der Mission schriftlich festzuhalten, obwohl er bei den Exzessen – wie er es nannte – meist nicht dabei war und den Schlaf des Gerechten schlief. Die Reaktion folgte prompt: Sowohl der am Silvester brevetierte Oberleutnant wie auch der Hauptmann fühlten sich gezwungen, im Nachhinein korrigierende Einträge ins Tagebuch einzukleben oder niederzuschreiben.

Jetzt, knapp dreissig Jahre später, nimmt er all die Karten, die seine drei Söhne, seine Tochter und seine Frau ausspielen und auf den Tisch legen, mit einer von schmunzelnder Generosität und leisem Triumph begleiteten Geste zu sich und stapelt die eroberten Karten zu seiner rechten Seite zu einem wachsenden Turm. Die jetzigen Spiele dauern kurz, weil er oft die Karten verkehrt in die

Finger nimmt, weil er nicht mehr ahnt, was für ein Spiel sie gewählt haben, was die Kartensymbole exakt bedeuten und welcher Spielwert ihnen innewohnt. Er geniesst nur noch der Karten biegsame Glätte, ihre Beschaffenheit, ihren unvergleichlichen Geruch, die Geräusche, die sie beim Mischen, beim Krümmen oder beim Fallen generieren. Er geniesst die gespielt heiter-resignierten Blicke der anderen Spieler am Tisch, er schwelgt in liebender Erinnerung, er spielt und spielt und gewinnt. Er ist derjenige, der nun seine letzten Karten ausspielt und seine lächelnde Familie permanent verlieren lässt. Es ist wie früher, als er immer gewann.

Spätsommer 1953

«Guck dort, die Golden Gate Bridge!» Der Major blickt ihn an und grinst stolz. Der Hauptmann rückt näher ans Fenster, seine rechte Backe klebt an der kühlen Scheibe, durch seine Nasengänge strömt scharf der Duft von frisch aufgetragenem Putzmittel. Er niest kurz, wischt mit der Hand die Nase und reckt den Hals. «Die rote Brücke dort, schnell, sie verschwindet gleich», fügt der Major eifrig bei. Der Hauptmann rückt mit dem Körper noch weiter vor, verrenkt den Nacken und versucht, einen Blick auf das berühmte Bauwerk zu erhaschen. Er starrt mit weitgeöffneten Augen durch das ungewohnt saubere Fenster. Zwischen Nebelfetzen, Wolken und dem Flügel erspäht er das aufgewühlte braungrüne Meer, sieht riesige Wogen und Brecher, die schäumend auf die felsige und ockerfarbene Küstenlinie in turmhoher Gischt auflaufen. Daraufhin erblickt er eine sich über die Meerenge erstreckende, elegante rote Brücke. Weit im Meer draussen stehen zwei hohe und mächtige Pfeiler, an denen grosse Kabel hängen, die ihrerseits verbunden sind mit Dutzenden von parallel fallenden Stahltrossen. Sie tragen eine mehrspurige, dunkelgraue, mit feinen weissen Linien durchsetzte Fahrbahn, auf der unzählige Autos und Lastwagen hin- und herfahren. Er starrt fasziniert in die Tiefe. Die Golden Gate Bridge, ein Mythos aus seiner Jugend, wie das Empire State Building oder die Tour Eiffel. Der Major zückt eine kleine Kamera und betätigt mehrmals den Auslöser. Der Hauptmann bedauert, vor der Reise keine Kamera erworben zu haben; er hatte bewusst darauf verzichtet, hatte ihm doch ein Arbeitskollege dringend geraten, sich erst in Japan eine moderne «Fuji» oder sogar eine «Canon» anzuschaffen. Letztere seien von weit besserer Qualität als die meisten europäischen oder amerikanischen Kameras und seien viel günstiger zu haben als hier im kleinen Land oder in Amerika.

Die rote Brücke verschwindet allmählich hinter den mächtigen Kolbenmotoren des Flugzeugs. Dieses legt sich nun träge in eine Linkskurve. «Golden Gate Bridge», murmelt er nach einer Weile. «Wieso heisst die eigentlich so, wo sie doch rot ist?» Der Major lacht. «Die Meerenge heisst Golden Gate, das Tor von der San Francisco Bay zum Ozean. Abends sollen die Felsen beim Sonnenuntergang eine goldene Farbe annehmen. Das tun allerdings fast alle Küstenfelsen, es ist wie beim Firnlicht in den Alpen, wenn Restlicht dem Schnee und dem Eis einen letzten Hauch rötlicher Farbe verschaffen. Goldene Küsten gibt es in jedem Land, überall, sogar in Binnenländern, wie in Frankreich mit der Côte d'Or. Das Burgund hat aber, soweit ich informiert bin, keinen Meeranschluss.» Der Major lacht wiederum lauthals. «Schau mal runter, Hauptmann, wie der Frachter unter der Brücke gegen die Wellen kämpft. Da wirken heftige Strömungen, habe ich gelesen. Millionen von Hektolitern Pazifikwasser wollen rein und raus aus der Bucht, der Pazifik produziert gewaltige Gezeiten. Als sie die Fundamente für die beiden Pfeiler versenkten, mussten die Konstrukteure und Arbeiter Ebbe und Flut miteinbeziehen, sonst wäre ihnen alles weggeschwemmt und die Taucher wären von der Strömung bis nach Hawaii verfrachtet worden. Soweit ich weiss, war ein Ingenieur aus unserem Land an der Konstruktion beteiligt. Er soll auch am Bau von anderen grossen Brücken in Amerika beteiligt gewesen sein.» «Aber warum ist die Brücke rot?», fragte der Hauptmann. Der Major überlegt kurz. «Ich glaube gelesen zu haben, dass sie ursprünglich hätte grau oder schwarz sein sollen, das Rot war nur die Schutzfarbe gegen Verrostung. Aber den Kaliforniern gefiel es wohl, nehme ich an, so blieb die Brücke halt rot.»

Die Maschine liegt ruhig in der Luft, sie scheinen ihre Reiseflughöhe erreicht zu haben. Die jungen amerikanischen Stewards verteilen Sandwiches und Kaffee aus gläsernen Krügen. Die beiden Offiziere aus dem kleinen Land nehmen die Getränke in Empfang, der Hauptmann nippt kurz an seinem Kaffee und verzieht das Gesicht. Der Major grinst. «Das ist eines der wenigen Dinge, die die Amerikaner nie beherrschen werden: die Herstellung trinkbaren Kaffees.» Der Major bedeutet dem Hauptmann, die braune Brühe in einen nahestehenden Abfallbehälter auszuleeren und aufzustehen. «Komm, Hauptmann, lass uns mal ins Cockpit eindringen. Mir scheint, die Kiste hier ist eine brandneue Maschine und nicht dieselbe, die wir bisher hatten; vielleicht fliegt sie höher, weiter und schneller als die C-54, das wäre ein Fortschritt.»

Sie schwanken nach vorne, der Hauptmann taumelt ein wenig, ihm wird schwarz vor Augen. Er senkt kurz den Kopf, schliesst die Augen und stützt sich an einer metallenen Querstrebe ab. Der Eingang zum geräumigen Cockpit ist bereits stark besetzt, zahlreiche Soldaten, Unteroffiziere und Offiziere aus dem kleinen Land stauen sich vor der Cockpittüre, ein jeder will einen Blick auf die Instrumente und die Piloten erhaschen. Der Hauptmann hört aufgeregte Kommentare, ein junger Gefreiter will ihm, dem Offizier, Platz machen, doch er winkt ab. Ein aus dem Cockpit sich zurückkämpfender, blutjunger Leutnant verkündet, die Maschine sei eine nigelnagelneue Douglas DC-6B, es sei erst ihr vierter Flug seit Inbetriebnahme durch die MATS, den Military Air Transport Service, die Piloten seien sehr nett und auskunftsfreudig. Der Hauptmann blickt zurück in die Kabine, die Angaben dürften stimmen, die Sitze sehen aus wie neu, die Fenster sind blitzblank, und auch die Staufächer fürs Gepäck machen einen unbenutzten Eindruck.

«Wunderbar», sagt der Major, als sie sich nach dem Besuch im Cockpit wieder setzen. «Eine DC-6B. Wir haben etwas vom modernsten unterm Hintern, was die Amerikaner flugtechnisch anzubieten haben. Die DC-6B fliegt viel schneller als diese lahmen Kisten, die wir bei der Überquerung des Atlantiks oder durch die USA hatten. Das hier ist state of the art, mein Lieber. Das ist Amerika!» «Woher weisst du das alles?», fragt der Hauptmann neugierig. «Ganz einfach», antwortet der Major. «Ich arbeite als Ingenieur bei unserer nationalen Fluggesellschaft, wir evaluieren neue Flugzeuge, darunter die DC-6B, von der wir drei gekauft und weitere drei bestellt haben, und kümmern uns um die Spezifikationen. Ein Flugzeug soll nicht nur schön aussehen – das muss es sogar, sonst fliegt es schlecht –, es muss auch schnell sein und hoch genug fliegen können. Dazu sollte es unbedingt wirtschaftlich zu betreiben sein, sonst lohnt sich der Luftverkehr nicht.» Der Hauptmann nickt und starrt aufs Meer.

Der Himmel über ihnen blaut, wird schwarz. Er glaubt, einen fernen Blitz wahrzunehmen, doch das Wetter ist schön. Was war das für ein Blitz? Er späht aufs Meer. War das der Blitz einer Geschützmündung oder das Reflektieren eines andern Flugzeugs – wie das ihrige, einsam unterwegs über dem weiten Pazifik? Er blickt weg, geblendet vom gleissenden Licht, und starrt an die Decke. Er wischt sich den brennenden Schweiss aus den Augen, seine Gedanken taumeln, sein Kopf sinkt nach und nach, bis sein Kinn die Brust berührt und er im Schlaf versinkt.

Es war während eines Wochenendurlaubs im Krieg geschehen. Er trug Zivil: ein paar braune, abgetragene Shorts aus Leinen und ein weisses Hemd. Er sass in einer schwülwarmen Sommernacht mit seiner kleinen Tante auf dem verwitterten Balkon, gleich neben den Geleisen beim Bahnhof der kleinen

Stadt am grossen See. Eine Schweissschicht bedeckte Gesicht und Unterarme. Die kleine Tante blickte zu ihm hoch und bemerkte trocken: «Wenn du schwitzt, dann ist es wirklich warm.» Er lächelte, nestelte sein Taschentuch hervor und wischte sich verlegen die Stirn. Sie assen etwas Käse und Brot, er hatte dazu eine Flasche Wein aufgemacht. Den Käse hatte er unterwegs im Zug einem Soldaten aus seiner Einheit nach langem Feilschen abgekauft, hatte den kiloschweren, harten und scharfriechenden Laib in eine Zeitung eingewickelt, in seinen Rucksack gestopft und stolz zu Hause auf den Küchentisch gelegt, zusammen mit Brot, ein paar Eiern und etwas rohem Speck. Der kräftige rote Landwein stammte hingegen aus ihrem Keller. Sie hatten nur noch wenige Flaschen dort gelagert.

Er war lange im Dienst gewesen, nun war er wieder einmal zuhause, das musste gefeiert werden. Sie sassen auf zwei hölzernen Hockern und schwiegen. Es herrschte Stille, auch die Vögel waren verstummt. Züge fuhren keine mehr vorbei, die Mutter schlief tief und fest auf ihrem Bett hinter der halb geschlossenen Balkontüre. Ab und an stöhnte sie leise im Schlaf, röchelte oder flüsterte etwas Unverständliches. Die kleine Tante horchte kurz, winkte ab und schnitt mit einem scharfen Küchenmesser kleine Scheiben vom Käselaib – alle Stücklein gerieten exakt gleich gross, der Hauptmann bewunderte ihr Mass. Dann schoben sie die Käsescheibchen in den Mund, kauten lange und geniesserisch, assen etwas Brot dazu, füllten ihre Trinkgläser mit Wein, blickten sich kurz an, hoben die Gläser, tranken und horchten hinein in die Stille. Die Nacht war stockdunkel, es war Neumond, noch immer ungewöhnlich warm und über dem See hing – von den Lichtern der Stadt schwach angestrahlt – die bedrohlich anmutende Unterseite eines wohl gröberen Wolkenturms. Richtung Südost war die Sicht klar. Im Westen hingegen tobten ferne Gewitter, Blitze erhellten den Nachthimmel, scherenschnittartig die scharfen Umrisse der fernen Jurahöhen entblössend. Hie und da unterbrach eine Windböe die Stille und brachte kurzzeitig Erfrischung. Blätter raschelten und irgendwo schepperte es metallisch von einer vom Wind bewegten leeren Konservendose.

Kurz nach Mitternacht nahm der Hauptmann ein ihm vertrautes Geräusch wahr. Es war das tiefe Brummen von schweren Kolbenmotoren. Wohl ein britischer Bomber, der verbotenerweise das kleine Land überflog, um in Italien deutsche Stellungen anzugreifen, dachte der Hauptmann. Das kam immer wieder vor. Er schaute suchend in den Himmel, sah jedoch keine Positionslichter. Logisch, dachte er, wer will im Krieg schon auffallen? Das Brummen näherte sich zuerst, dann entfernte es sich nach Süd-Südost und verschwand nach einer Weile gänzlich.

Der weisse Blitz und die kurz darauffolgende gewaltige Explosion an den Hängen des auf der andern Seeseite aufragenden Berges liess die Scheiben der Wohnung erzittern. Die kleine Tante liess vor Schreck ihr Glas fallen, es zerstob auf dem Balkonboden zu feinsten Splittern, der Wein rann blutrot gegen die tiefer liegende Regenrinne. Auch er erschrak, zuckte zusammen und verschüttete Wein auf sein frischgebügeltes, blütenweisses Hemd. Sie spürten eine Art Druckwelle und er glaubte, ein zartes Wanken des ganzen Hauses zu verspüren.

«Die sind geradewegs in den Berg dort gedonnert», meinte er lakonisch. Die kleine Tante atmete schwer. «War das ein Bomber?», fragte sie ihn nach einer Weile schwer atmend. «Ja. Wohl keine Passagiermaschine.» Die kleine Tante blickte ihn nachdenklich an. «Sie sind sicher alle sofort tot gewesen, an Bord, oder?» Der Hauptmann nickte. «Davon ist auszugehen.»

«Aber warum? Haben die keine Landkarten?», fragte die Tante. «Und warum fliegen die nachts, da sieht man doch nichts.» Der Hauptmann überlegte und antwortete: «Es müssen Engländer sein. Die fliegen nur nachts, tagsüber fürchten sie, von den Nazijägern abgeschossen zu werden. Nachts gibt es nur die deutsche Flugabwehr, die ist in Italien aber eher schwach. Das hier war aber wohl ein Unfall. Die Motoren klangen normal. Sie müssen die Orientierung verloren haben. Sie haben zwar Geräte, mit denen sie sich nachts zurechtfinden, vielleicht sind diese aber ausgefallen. Oder die Jungs an Bord haben etwas falsch berechnet.» Er zeigte nach Westen. «Sie umflogen wohl das Gewitter dort. Der Bomber war eine britische Lancaster. Ich kenne ihren Ton.»

Sie standen auf dem Balkon und starrten auf den Berg. Ein grosses Feuer wütete an den dortigen Steilhängen, weitere kleine Lichtblitze und Explosionen folgten. Im Hause und in der Nachbarschaft gingen die Lichter an, Stimmen schwirrten durcheinander, Fenster wurden hastig geöffnet, Menschen drängten sich auf Balkonen oder hingen gestikulierend aus den Fenstern, Kinder greinten, ein Mädchen schrie unentwegt, es herrschte Aufruhr. Er nahm mit einem feuchten Lappen den Balkonboden auf, wrang ihn in der Küche aus, kam zurück zum Balkon. Sie setzten sich und blickten weiter auf die fernen Flammen am Berg, bis diese verglommen waren und auch ringsherum Ruhe eingekehrt war. «Ich gehe ins Bett», meinte die Tante nach einer Weile. Er beugte sich zu ihr hinab – sie war sehr klein und hatte einen Buckel – und gab ihr einen Kuss auf die linke, auf die rechte und nochmal auf die linke Wange, so wie es Brauch war in ihrem Landesteil. Sie lächelte, stemmte sich dann leicht stöhnend vom Hocker auf, drehte sich um und stakste in ihr Zimmer. Die Mutter hatte nichts bemerkt und schlief weiterhin tief. Ihr leichtes Schnarchen verklang, es wurde still. Er kehrte auf den Balkon zurück, setzte sich wiederum, schnitt ein Stückchen Käse ab und schenkte sich Wein ein.

«Hey! Aufwachen, Hauptmann! Das darfst du nicht verpassen!» Er schrickt auf, blickt verwirrt den Major an, rückt seine Glieder zurecht, gähnt, streckt kurz Arme und Beine von sich, seine Mundhöhle ist komplett ausgetrocknet, die Zunge fühlt sich rau und pelzig an, sein Hals schmerzt und in seinen Schläfen pocht und schlägt unablässig der Puls an die Schädelwand. Er nimmt einen langen Schluck aus der Feldflasche. Das Wasser ist warm und schmeckt nach Metall und Fäulnis. Er würgt, schluckt, zwingt sich, die Flasche zu leeren, schlussendlich schüttet er die restliche Flüssigkeit in seine rechte hohle Hand und verteilt das Wasser auf Stirn, Backen und Nacken. Der Major lacht ihn an und zeigt aus dem Fenster. «Du bist ja wirklich nicht in Form, würde ich meinen. Da. Die Insel Hawaii. Bald taucht Oahu auf, wir landen gleich in Honolulu. Vielleicht fliegen wir über Pearl Harbor, da haben die Amerikaner 1941 von den Japanern gewaltig eins auf die Mütze gekriegt.»

Aufgepfropft auf schmutzigbraunen Kegeln erheben sich unter der Tragfläche der Douglas schneebedeckte, kreisrunde Gipfel; in ihrer Mitte sieht er steil abfallende, dunkle Trichter. Vulkane! Darüber prangen feinste, weisse Zirren in grosser Höhe, die Ufer der Insel säumen weisse Strände und tiefgrüne Wälder, an den schwarzen Steilküsten zerstieben die Wogen des Pazifiks. «Eindrücklich, nicht?», posaunt der Major. «Landung in einer Viertelstunde. Dann erwarten uns in Hickam – das ist die US-Luftwaffenbasis – leider nicht schöne Hawaiianerinnen mit ihren obligaten Blumensträussen, sondern die US-Grenzkontrolleure und die Military Police. Das Brimborium mit den Frauen und den Blumen machen die nur am Honolulu Airport für die Zivilen. Aber sicherlich gibt es ein kühles Bier aus dem PX-Shop!»

Sommer 1982

«Astrozytom.» Obschon er nickt, hat er das Wort nicht gänzlich verstanden. Der Arzt wiederholt es geduldig: «Astrozytom.» Er schürzt dabei die Lippen, sein hellhaariger Oberlippenbart zieht sich beim letzten Konsonanten dergestalt zusammen, dass er beim Anblick des Arztgesichtes an den damaligen schwedischen Oberstleutnant denken muss. Ein bisschen lächerlich sieht der Mann aus. Er muss grinsen. Der Arzt und seine Frau blicken ihn stirnrunzelnd an. Der grossgewachsene, arrogante Oberstleutnant in Hungnam. Wenn er schwedisch sprach, klang das ähnlich wie hier in diesem weissen Zimmer mit diesem weiss gekleideten Arzt. Die beiden haben denselben leicht singenden, nasalen und etwas flach klingenden Akzent. «Sind Sie aus Schweden?» Der Arzt lächelt, schüttelt fast etwas missbilligend den Kopf und antwortet: «Nein, ich stamme aus Norwegen.» «Sind Sie sicher? Ihr Akzent ist ein schwedischer Akzent.» Die Fragerei erzeugt bei ihm eine Art Munterkeit. Er lenkt das Gespräch. Er spielt Karten, er bestimmt. Er hat die Oberhand. Es fühlt sich gut an, Fragen zu stellen.

Seine Frau berührt ihn leicht am Unterarm. «Der Herr Doktor ist aus Norwegen. Er ist Neurologe und Spezialist für das, was du hast. Er ist dein Arzt.» Seine Frau lächelt den Arzt an, dieser nickt und zieht den rechten Mundwinkel leicht nach oben. Er berührt ihn am Arm. «Ich bin Norweger, das liegt westlich von Schweden, am Nordatlantik. Sie wissen schon. Fjorde, Berge, Oslo, Amundsen. Gute Skifahrer – wie Erik Haker.» Der Arzt lächelt und blickt kurz auf seine Uhr. Seine Frau legt ihre Hand auf die seine. Er schrickt auf. Dieser Mann in Weiss spricht genau wie die beiden Schweden in Hungnam. Dieses fast spöttische Streicheln der Worte, akzentuiert durch den Tanz des Schnurrbartes auf der Oberlippe, an ein Stück torkelnden Korkens auf bewegtem

Wasser gemahnend. Das ist aber ein lustiger Arzt. Wenn er bloss nicht so spräche wie dieser arrogante Oberstleutnant. Astrozytom? Lächerlich, wie er das prononcierte. «Was ist das, dieses Astro-irgendwas?», fragt er und hebt die Augenbrauen. Auf seiner Stirn bilden sich Falten, auf dem grossen Pflaster auf seiner rechten Schläfe zeigen sich wellige Streifen. Seine Frau blickt zum Arzt. Dieser lächelt. «Astrozytom. Ein Geschwür im Kopf, ein Geschwulst. Vergleichen Sie es mit einem Pilz, einem Knollenblätterpilz. Er wächst und ist bereits enorm gross. Wir haben das analysieren lassen anhand der Biopsie, die Sie ja kürzlich hatten. Sie erinnern sich? Nein? Als wir ein Löchlein in Ihrer linken Schläfe machen mussten.» Er nickt. «Sie erinnern sich, prima. Wir haben die Probe histologisch untersucht. Der Tumor ist nicht malign – verzeihen Sie mir bitte – er ist nicht bösartig, er metastasiert nicht. Später allerdings könnte er Ableger produzieren, Tumorfilialen, wenn Sie so wollen. Ihr Astrozytom wächst sehr rasch. Das ist ein Problem und hat bei Ihnen – Sie wissen das ja am besten – neurologische Veränderungen zur Folge. Wir könnten operieren, aber das würde bedeuten ...» Seine Frau unterbricht den Arzt, öffnet den Mund, streicht mit ihren Lippen über die Oberlippe, zwinkert kurz mit den Augen, der Arzt schweigt sofort, senkt den Kopf und knetet verlegen den linken Daumen mit den Fingern seiner rechten Hand. Sie schaut ihren Mann an. Er versteht. Tumor. Kopf. Biopsie. Loch. Das hatte man ihm schon hundertmal gesagt. Aber jetzt begriff er es endlich. Das Zeugs im Kopf.

Das Geschwulst. Wie konnte er das vergessen haben. Das Geschwulst, klar. Er schämt sich und wünscht sich weg, irgendwohin in einen Wald, in den grossen, dunklen Wald oberhalb des Dörfleins, ins moosig weiche Unterholz, alleine mit der Hündin. Weg von allem, weg von der Welt. Pilze suchen. Er liebt Pilze. Moosboden, dunkler Tannenwald, Äste, faulende Baumstrünke, Pfützen, Tannennadeln, alles vertraut. Eierschwämme, Stein-

pilze, Totentrompeten. Er weiss genau, wo sie wachsen, dort im grossen Tannenwald, der das Bauerndörflein überragt; wo sie einst für die Familie ein Häuslein gemietet hatten, von dem aus man den ganzen Alpenkranz überblicken konnte, und über dem der Himmel immer gross war. Pilze. Wie derjenige, damals, über dem Pazifik. «Amanite panthère», der böse, weisse Knollenblätterpilz, der Wasserstoffbombenpilz, der Atompilz. Ma trompette de mort! Er möchte jetzt im Wald sein. Allein.

«Versuch, mir zuzuhören, Liebster», holt ihn seine Frau zurück. «Der Herr Doktor hat mich genau informiert.» Seine Frau blickt ihn an, frontal und klar, ihre Augen sind so warm wie ihre Hände, die auf den seinigen liegen. Einen kurzen Moment stockt sie, starrt auf die Tischplatte, schluckt leer und hebt hernach entschlossen den Blick. «Das Geschwulst ist sehr gross. Es steckt fest in deinem Kopf.» Das wusste er. Wieso sagte sie das erneut? Sie bemerkt seinen Unwillen. «Verzeih mir. Das weisst du ja, das wissen wir schon länger. Es galt aber abzuklären, ob man operieren muss, ob man das Geschwulst wegschneiden kann. Sie sagen – also der Herr Doktor sagt, dass man sehr grosse Teile deines Gehirns herausnehmen müsste, um das Wachstum des Tumors zu stoppen. Ist das richtig?» Der Arzt nickt kurz und fährt fort: «Der Tumor ist im Sprachzentrum lokalisiert und lappt mittlerweile auch stark in den motorischen Teil hinein.» Der Arzt spricht plötzlich überraschend klar und entschlossen: »Im Motorischen werden die Muskeln gesteuert, alle Bewegungen. Das wäre dann alles nicht mehr möglich, wenn wir exstirpieren, das heisst wegoperieren. Was die Kommunikation angeht, also die Sprache, sehen wir auch Schwierigkeiten.»

Seine Frau unterbricht den Arzt mit einem Lächeln und fährt weiter: «Falls du die Operation überleben solltest, sagen sie, dann kannst du nachher weder sprechen noch stehen oder gehen. Darin sind sie sich sicher. Du könntest auch Arme, Beine und Hände nicht mehr bewegen. Du wärst dein Leben lang im Rollstuhl oder ans Bett gefesselt. Du könntest nicht mehr selber essen, nicht mehr sprechen. Vielleicht würdest du noch etwas hören, ja. Aber das weiss man nicht genau. Du wärst aber wohl für immer bewegungslos und sprachlos. Wir wissen auch nicht, ob du danach noch richtig denken kannst wie jetzt. Ob du noch weisst und fühlst, dass es dich gibt, dass du bist, dass du lebst, und ob du noch erkennst, wer wir sind, was all die Sachen um dich sind und was sie bedeuten.» Sie holt tief Luft, atmet aus, hält inne und schaut aus dem Fenster.

Darauf blickt sie ihn wieder an, lächelt, ihr Gesicht leuchtet merkwürdig, in ihren Augen sammelt sich Wasser. Er weicht ihrem Blick aus, späht ostentativ aus dem Fenster und starrt dann trotzig auf die Tischplatte. Sie blickt zum Arzt, dann wieder zu ihm und fährt weiter: «Ich musste mich entschliessen. Allein. Es ging nicht anders.» Sie atmet nochmals ein, blickt kurz auf ihre Hände und wendet sich ihm zu. Ihre Stimme ist tief und klar. «Wir lassen dich nicht operieren. Ich möchte das nicht. Du würdest es wohl auch nicht wollen, wenn es mich getroffen hätte. Der Herr Doktor ist der gleichen Meinung. Der Tumor ist zu gross. Es wäre kein Leben mehr für dich.» Sie streichelt seine Wange. «Wir lassen dich in Ruhe, Liebster.»

Es bleibt danach lange still im Raum. Der Arzt linst irgendwann nervös auf seine Unterlagen, dann wieder auf seine Uhr. Er steht zögernd auf, nimmt seine Schreibmappe und den schwarzen Kugelschreiber, verabschiedet sich, indem er sich ansatzweise und etwas linkisch verbeugt, schreitet zur Tür, öffnet sie, tritt hinaus auf den Gang und schliesst leise von aussen. Das Schloss klickt metallisch. Sie blicken beide lange aus dem Fenster. Über dem nahen Wäldchen kreist ein vereinzelter Raubvogel, die Flügel kaum bewegend. Weit oben am Himmel hängen verstreut vom Wind stark zerzauste Zirruswolken. In der Ferne, im Westen, sieht man scharf und klar die Gipfel des Jura.

Spätsommer 1953

Salz. Wie konnte ihm das nicht bewusst gewesen sein. Meerwasser ist salzhaltig. Das wurde bereits im Kindergarten vermittelt oder spätestens in der Primarschule – hatte doch damals der umtriebige Religionslehrer mehrere kleine Wasserfläschchen geheimnistuerisch aus seiner ledernen Aktentasche hervorgekramt, alle Deckel abgeschraubt und die ganze Klasse ein paar Tröpfchen heiliges Wasser aus Palästina kosten lassen. Wasser aus dem Jordan, Wasser aus dem See Genezareth. Danach mussten sie vom Wasser aus dem Mittelmeer nippen – bei Caesarea habe er es geschöpft, fügte der Lehrer mit grossem Ernst bei. Schlussendlich durften sie das abscheulich schmeckende, stark salzhaltige Wasser aus dem Toten Meer probieren. Sie waren kurz danach allesamt zur Toilette gerannt, um den Mund zu spülen; das meckernde Lachen des Lehrers hörten sie noch weit über den Flur hinaus.

Jetzt leckt er sich über die Lippen und schmeckt das Wasser aus dem Pazifik. Weich, schmackhaft, fremd und ungewohnt – und doch wiederum wohltuend, samtig, freundlich gibt es sich, dieses Wasser. Kann Geschmack Weite beschwören? Von seiner Zunge und seinem Gaumen rinnen die Meerestropfen nun eiligst halsabwärts, bittersalzig, es zieht dem Hauptmann die Mundhöhle zusammen wie nach dem Biss in eine Zitrone, ihn schaudert. La Mer! Es ist seine erste sinnliche Begegnung mit der Mutter aller Dinge, dem Ozean.

Er steht an der Reling eines Schiffes im amerikanischen Kriegshafen von Pearl Harbor in Hawaii. Ihr Ausflugsboot hatte eine scharfe Kurve genommen, um einem heranrauschenden Zerstörer der amerikanischen Kriegsmarine auszuweichen, die Gischt von der seitlich auf das Boot auftreffenden, scharfkantigen Bugwelle des Kriegsschiffes überraschte alle an Bord, der Hauptmann stand zu dicht an der Reling und bekam den Hauptschwall des Meerwassers ab. Gesicht, Hals und Brust sind nun nass. Alle blicken ihn an und lachen. Er reibt kurz an seinem durchtränkten Offiziershemd und blickt an der mit schwarzen Lettern bemalten, mausgrauen Schiffswand hoch. Auf dem Deck des majestätisch vorbeiparadierenden Zerstörers stehen Hunderte Matrosen weissgewandet in Reih und Glied und salutieren zackig. «Sie grüssen die Männer von der USS Arizona», ruft ihnen ihr Begleiter zu, ein amerikanischer Marineoffizier, der die Besichtigung auf dem Ausflugsboot leitet. «Über tausend Besatzungsmitglieder der USS Arizona kamen beim Angriff der Japaner am 7. Dezember 1941 um. Einige hat man beerdigen können, doch alle andern sind noch im Rumpf des Schlachtschiffes. Da vorne liegt sie auf dem Meeresgrund. Ihr könnt sogar das Öl sehen, das nach zwölf Jahren noch immer aus dem Schiffsrumpf fliesst. Schaut her!» Er zeigt ins Wasser. Der Hauptmann beugt sich über die Reling.

Unter dem Boot zeichnen sich im Wasser vage die dunklen Umrisse einer riesigen Schiffsstruktur ab. Die rostroten Überreste einer Vorrichtung – eine riesige Trommel mit Seitenscharnieren, die augenscheinlich einst die Geschütztürme beherbergte – schimmern leicht verzerrt durch die schräg einfallenden Sonnenstrahlen an die gekräuselte Wasseroberfläche empor. Farbige Schlieren schwimmen auf der Bugseite des versunkenen Schlachtschiffes im Wasser. Das ist das Öl, denkt der Hauptmann und starrt hinunter. Die Arizona weint nicht, wie der amerikanische Offizier mehrmals pathetisch verkündet hatte, sie blutet – noch nach zwölf Jahren.

Er beisst sich auf die Lippen. Er ist zu müde, um weiterzudenken. Wieder hegt er dieses Gefühl, sich am liebsten wie ein Hund unter dem erstbesten Tisch auf dem Deck zusammenzurollen und ewig zu schlafen, geschehe rundherum, was wolle. Doch er reisst die Augen auf, blinzelt in die Sonne. Da, wo einst der Hauptmast des Schlachtschiffes war, ragt nun eine kümmerlich anmutende Stange aus der Tiefe empor, an ihrer Spitze hängt schlaff das amerikanische Sternenbanner. «Jedes Schiff, das hier vorbeikommt, grüsst die Arizona. Das ist Seemannspflicht!», posaunt der amerikanische Offizier. Zögernd blicken sich die Offiziere aus dem kleinen Land gegenseitig an und salutieren andeutungsweise Richtung Wrack. Sie sind ihrer ein knappes Dutzend, die den Wunsch äusserten, nebst dem Flanieren auf Honolulus grosszügigen und von Leuchtreklamen gesäumten Boulevards auch das Wrack der USS Arizona per Boot zu besuchen. Das Schlachtschiff war nebst vielen anderen Kriegsschiffen beim überraschenden Angriff der Japanisch-Kaiserlichen Trägerflotte am 10. Dezember 1941 explodiert und mit seiner Besatzung innert Minuten auf den Meeresgrund gesunken.

«Irgendwo da unten liegt mein Mann.» Der Hauptmann blickt erschrocken nach links. Er hat die unscheinbare, neben ihm an der Reling lehnende Frau bisher kaum bemerkt. Sie trägt eine schlichte, weisse Bluse und einen grauen Rock. Um den Kopf schlängelt sich ein geblümtes Kopftuch. Der Hauptmann erschrickt. «Ihr Mann?», fragt er unvermittelt. «Ja. Mein Mann. Er ist da unten.» Er überlegt kurz. «War er Matrose auf der Arizona?», fragt der Hauptmann behutsam. Er fühlt ein Unbehagen, die Frau trägt eine mit Perlmutt verzierte, enorme Sonnenbrille, er kann ihre Augen nicht sehen – das hatte ihn schon immer irritiert. Doch die Frau scheint dies nicht zu kümmern und sie starrt unentwegt weiter ins Wasser. Ihre Stimme klingt klar und kühl. «Frank war Koch auf dem Schiff. Es war erst sein dritter Tag auf der Arizona. Wir waren im Dezember 1941 gerade einen Monat verheiratet. Ich hatte ihn auf dem Flugfeld in Baltimore, wo wir damals wohnten, inmitten von vielen anderen jungen Männern verabschiedet. Er sagte noch, ich solle mir keine Sorgen machen, er gehe nur kochen, nicht töten. Er sei stolz, in der Navy zu dienen. Er werde in den Pazifik verlegt, nach Oahu auf Hawaii, auf ein Schlachtschiff, er wisse nur noch nicht auf welches. Er hoffe, es werde die USS West Virginia sein, auf der sein Bruder Dienst als Kanonenschütze verrichte. Ich starrte ihn damals einfach nur an, wusste nicht, was ich zum Abschied sagen sollte, mir war schlecht vor Angst. Er lachte und nahm mich in die Arme. In Hawaii ist es ruhig, meinte Frank. Don't worry, honey! So ging er. Ich weiss es noch: Er blickte zurück und strahlte. Er freute sich, nach Hawaii zu gehen, in die Wärme, ans Meer, weg von der regnerischen Ostküste, weg von Baltimore, dieser dunklen, verrauchten Drecksstadt, wie er immer sagte.» Sie hält kurz inne. «Frank liegt nun da unten. Seit zwölf Jahren. Er hatte wohl keine Chance zu fliehen, das heisst, nach oben zu kommen, an die Luft. Die Kombüsen seien klein und würden tief liegen in Kriegsschiffen, sagte mir ein Mann von der Navy. Die Arizona stammte ja aus dem Ersten Weltkrieg. Eine japanische Bombe durchschlug das obere Deck und landete im Munitionsraum. Die gesamte Munition sei dann in die Luft gegangen, sagen sie. Das Schiff habe sich hochgebäumt wie ein angeschossener Büffel – so sagte es jedenfalls der Mann von der Navy. Dann ist das Schlachtschiff in einem riesigen Feuerball explodiert und in Minutenschnelle gesunken. Frank ist im Meer aufgegangen. Er hat seine Ruhe gefunden.» Sie lacht, eine Träne kullert über ihre linke Wange, sie wischt sie verschämt weg.

«Vielleicht liegt sein Ring da unten im Schlamm, wer weiss. Gold rostet ja nicht.» Die Frau zeigt dem Hauptmann einen schmalen Goldring am Finger ihrer linken Hand. «Das hier ist meiner, er ist identisch. Wir hatten sogar die gleiche Grösse, Frank hatte zarte, kleine Hände. Ich denke, da liegen viele solche Ringe. Sie wollen hier ein Denkmal errichten, sagte der Mann von der Navy. Aber das dauere, jeder wolle was anderes, die Veteranenvereinigung, die Hafenbehörde, die Navy, die Regierung. Früher traf ich mich regelmässig mit anderen Witwen der Arizona. Die meisten haben wieder geheiratet. Ich konnte dies Frank nicht antun.» Der Hauptmann will etwas einwerfen, doch sie schneidet ihm das Wort ab. «Ich weiss, er hätte es anders gewollt. Lebe dein Leben, hätte er wohl gesagt. Nimm dir einen Mann! Hab Kinder. Ja, das hätte er bestimmt gesagt. So war er. Ich bin aber gerne alleine geblieben. Es macht mir nichts aus. Es geht mir gut. Frank ist der Mann meines Lebens.»

Sie hält inne und blickte einer im Lee des Schiffes segelnden, schwarzköpfigen Möwe nach. «Wenigstens weiss ich, wo er starb. Viele Kriegswitwen erfahren das nie. Denen sagt man nur ungefähr, wo es ihren Mann erwischte. Auf Okinawa. Oder auf den Philippinen. In Guam. Vielleicht geben sie noch den ungefähren Ort an. Iwo Jima. Normandie. Irgendein Beach. Omaha Beach, zum Beispiel. Das ist schon sehr präzis. Mit Frank ist es anders, er ist hier. Genau hier. Ich bin dankbar dafür. Da unten schwebt seine Seele im Wasser, wie feines, weisses Geschenkpapier. So stelle ich mir das wenigstens vor. Deshalb komme ich alle zwei Jahre hierher. Mehr geht nicht. Mit dem Greyhound quer durch die Staaten und dann noch der Flug nach Hawaii, es kostet zu viel.»

Die Frau blickt den Hauptmann zum ersten Mal direkt an. Er erwidert kurz den Blick und schaut daraufhin wieder angestrengt ins Wasser. «Sie tragen keine amerikanische Uniform. Wer sind Sie, woher kommen Sie?», fragt die Frau nach einer Weile. Er richtet sich auf und beantwortet ihre Frage. «Sie sind

Teil einer Friedensdelegation – aus einem so kleinen Land?», fragt sie ihn daraufhin. «Sozusagen. Wir wurden von den USA und der UNO gebeten, zusammen mit anderen Neutralen den Waffenstillstand zwischen den beiden Korea zu überwachen.» «Und was werden Sie konkret dort tun?», fragt sie und runzelt die Stirn. Er überlegt. «Wir werden zwischen Amerikanern, anderen westlichen Nationen, der UNO und den kommunistischen Staaten, also Nordkorea und China, zu vermitteln versuchen. Genaueres weiss ich nicht, aber wir werden es wohl bald erfahren. Wir sind vor ein paar Stunden auf der Hickam Airforce Base gelandet, nebem dem zivilen Flugfeld, wir haben den Atlantik und ganz Amerika überquert. Morgen fliegen wir Richtung Japan.»

Die Frau blickt ihn lange an. Der Hauptmann tut so, als erblicke er auf dem Wasser einen interessanten Gegenstand. Sie schubst ihn am Ellbogen. «Was ist mit Ihnen? Sie sind bleich, Sie haben glänzende Augen. Sind Sie krank?» Er verneint. Das seien wohl die Strapazen der langen Reise, der Schlafmangel, die Turbulenzen über den Rocky Mountains, die Zeitverschiebung, antwortet er rasch. Alles Gewöhnung! Dort seien seine Mitreisenden. Er blickt umher und mit einer ungelenken Geste seines Armes zeigt er auf seine uniformierten Kameraden, die alle an der Reling gebannt auf einen in Steinwurfweite vorbeiziehenden Flugzeugträger hochstarren. Die Frau lächelt, streicht flüchtig über die weissen Knöchel seiner die Reling fest umklammernden Hand. «Passen Sie auf sich auf, Officer. Sie sind ein feiner Herr. Warum sind Sie nicht zuhause geblieben? Sollen sich doch die Koreaner bekriegen, was geht Sie das an?» Er schüttelt unwirsch den Kopf. «Es ist wichtig, was wir machen», erwidert er. Sie blickt ihn unverwandt an. «Das will ich Ihnen gerne glauben, aber Sie werden diese hitzigen Kriegstreiber, diese Generäle, all diese hohen Tiere und dummen

Politiker nicht beschwichtigen können», entgegnet sie. «Diese Leute werden weitermachen, auf beiden Seiten, früher oder später. Es ändert sich nichts. Es geht immer weiter. Dort oder woanders. Nach dem Krieg ist vor dem Krieg, sagt mein Bruder immer. Er hat die Normandie überlebt, die Invasion. Omaha Beach. Alle seine Kameraden sind bereits auf dem Strand erschossen worden.»

Sie starrt ihn an, die Stirn gefurcht. «Es wird immer wieder Menschen wie Frank geben, die irgendwo verbluten, verrecken, verbrennen oder ersaufen für irgendeine hehre Sache. Ich wusste das alles nicht. Ich musste das lernen, früher war ich nur ein dummes, hübsches Mädchen.» Er blickt die Frau erschrocken an. Sie schaut weg, an der Nasenwurzel zeigt sich eine riesige, dunkle Falte. «Verzeihen Sie meine Ausdrucksweise, Officer. Aber schauen Sie nur runter auf dieses Wrack. Frank ist nicht einfach so gestorben, von uns gegangen, nein, er ist wahrscheinlich ertrunken, ersoffen, er hat nach Luft geschnappt, er wusste wohl, dass er bald nicht mehr lebt. Er war in Panik, hatte Todesangst. Oder er sah eine glühende Feuerwand auf sich zukommen, spürte, wie seine Haut brannte, seine Haare, die Kleider. Im Krieg sterben heisst krepieren. Schön sterben fürs Vaterland – das gibt es nicht. Sterben ist immer hässlich. Ich bin nicht besonders klug, aber so viel weiss ich.»

Daraufhin, nach einer ganzen Weile, blickt sie ihn wiederum lächelnd von der Seite an und fragt verschmitzt: «Sind Sie verheiratet? Haben Sie Kinder?» Die Frage kommt unvermittelt. «Nein, weder das eine noch das andere», antwortet der Hauptmann zögernd. Er fühlt eine unerklärliche Scham in sich aufsteigen. Die Frau überlegt eine Weile. «Schön, dann haben Sie das also noch vor sich. Heiraten Sie. Machen Sie Kinder. Viele Kinder. Nur das zählt.»

Später hatte er sich von der Gruppe abgesondert und sich genauestens informiert, wo und wann man sich in Honolulu besammeln musste, um sich von den Amerikanern kurz nach Mitternacht mittels Militärcamions zurück zum Stützpunkt Hickam für den Weiterflug über den Pazifik transportieren zu lassen. Ein Oberst aus dem kleinen Land – starker Bauchansatz, gerötetes Gesicht und einer der wenigen, die die ordonnanzmässige Tenuevorschrift trotz der Wärme trotzig und pflichtbewusst zu implementieren versuchten – liess düster verlauten, die Gruppe dürfe sich nicht auflösen, man müsse zusammenbleiben, das sei ein Befehl. Da die Amerikaner in dieser Angelegenheit nur die Schulter zuckten und viele, auch rangmässig weit unter dem Oberst angesiedelte Delegationsmitglieder des kleinen Landes lauthals aufbegehrten, gab der Oberst nach. Was ihn kurz darauf nicht hinderte, mit rollenden Augen zu raunen, wie das bloss in Korea herauskomme. Kaum habe man heimisches Territorium verlassen, löse sich die Disziplin in nichts auf, eine Schande sei dies für das kleine Land, das mache doch keine Gattung.

Der Hauptmann sitzt wenig später alleine am weiten weissen Strand in einer auf einem Holzpodest thronenden Bar unter einer Palme und trinkt einen ungewohnt süsslichen, doch einzigartig schmeckenden Fruchtsaft. Ein leichter Wind lässt die Palmblätter rascheln und knacken, sodass er immer wieder erschrocken hochblickt. Am riesigen, weissen Strand brechen hohe Wellenkämme, schlagen krachend auf den nassglatten Sand auf und bilden grossflächige, schaumige Teppiche, die flink den Strand hinaufhuschen, oftmals bis dicht an die hölzerne Balustrade der Bar heran, wo er sitzt. Junge, muskulöse Männer mit braungebrannten Körpern tragen schlanke, nach vorne spitz zulaufende Holzbretter über den nassen Sand, werfen sich damit in die Brandung, rudern auf selbigen Brettern mit ausladenden Armbewegungen und hochgerecktem Kopf weit nach draussen, warten dort – auf den Wellen wie Gummienten auf und ab tanzend – eine grosse Woge ab und schlittern darauf mit hohem Tempo die Wellenhänge meist schräg nach unten, bis sie in der Gischt verschwinden. Manchmal fliegen die Bretter von alleine durch die Luft. Bis die Köpfe der jungen Männer aus der schäumenden Brandung auftauchen, dauert es oft lange. Doch sie tauchen alle wieder auf und der Hauptmann glaubt auf jedem Antlitz, so weit weg es auch sei, ein glückliches Lachen glänzen zu sehen. Er starrt fasziniert auf das rege Treiben. Wenn nur sein heimischer See solche Wellen generieren könnte. Wie gerne würde er sich so ein Brett zurechtschnitzen und dasselbe tun. Er nimmt sich vor, nach seiner Rückkehr den See bei einem Sturm aus Südwesten genau zu beobachten; so grosse Wellen wie hier würde es zuhause zwar nie geben, aber manchmal türmte sich das Wasser des Sees bei ausgeprägten Westwindlagen dennoch so hoch auf, dass selbst die grossen Ausflugsdampfer mit den Schaufelrädern im Hafen bleiben mussten. Vielleicht könnte man in seinem See mit einem adäquaten Brett Ähnliches vollbringen.

Vor Wellen hat er allerdings seit einigen Minuten gehörigen Respekt. Kurz zuvor hatte ihn beim ersten vorsichtigen Baden am Pazifik – der Strand heisse *Waikiki Beach,* hatte ihm eine asiatisch aussehende Kellnerin fröhlich zugeworfen – eine mächtige Welle mit Riesenfaust in die Höhe gestemmt, ihm ein kurzes, ungekanntes Schwerelosigkeitsgefühl beschert, ihn hernach nach unten geschleudert, in der Brandung ordentlich durcheinandergewirbelt und zu guter Letzt mitleidlos in den Sand gehämmert. Die Welle hätte ihm problemlos den Nacken brechen können, denkt der Hauptmann. Ich habe Glück gehabt. Wenn er länger hier bleiben würde, müsste er sich intensiver mit der Stärke und der Natur solcher Wellen auseinandersetzen und sich anpassen lernen. Man muss immer mit den Elementen gehen, nie dagegen, das gilt überall, wo man der Natur begegnet, denkt der Hauptmann. Diese mitleidlose Initiation war also sein erster direkter und physischer Kontakt mit dem Meer. Er reibt sich kurz den schmerzenden Nacken, etwas unterhalb des Saums seiner Badehose ist die Haut am Oberschenkel grossflächig aufgeschürft, ein paar trocknende Blutflecken zieren die Stelle. Er würde im Flugzeug Richtung Japan wohl etwas Desinfektionsmittel auftragen müssen.

«Darf ich Ihnen noch was bringen?» Er schreckt auf und blickt hoch. Die junge Kellnerin mit den asiatischen Zügen schaut ihn lächelnd an. Sie hat ein offenes, sehr hübsches Gesicht und grosse, glänzende, perlschwarze Augen. Chinesin? Koreanerin? Philippinerin? Erst viel später wird der Hauptmann in der Lage sein, in asiatischen Gesichtern die Herkunft einigermassen herauslesen zu können. «Nein, danke. Es ist genug», antwortet er. «Wie hat der Cocktail geschmeckt?», fragt die Kellnerin in gänzlich unroutiniertem Ton. «Hervorragend! Danke, Madam. Was war da alles drin?» Sie blickt den Hauptmann ernst an. «Banane, Ananas, Papaya, Mango und etwas Zitronensaft. Dazu natürlich karibischer Rum.» Er lächelt. «Danke schön, Madam. Das gibt es bei uns alles nicht, ausser manchmal Bananen – und natürlich Zitronen.» «Wo kommen Sie denn her, Mister?» Sie setzt sich dicht neben ihn, er riecht ihre Haare, ihre Haut. Er starrt sie an und erzählt es ihr. Sie antwortet begeistert: «Mein Bruder war mal dort, er hat in Stockholm gearbeitet.» Der Hauptmann lächelt. «Das ist – entschuldigen Sie bitte – die Hauptstadt von Schweden.» «Oh! So sorry.» Die junge Kellnerin wirkt verstört. «Ja. Ich glaube, er war in Schweden. Sie sind nicht aus Schweden?» Ihr Blick ist offen und treuherzig. «Nein.» Er ist verlegen und rückt etwas weg von ihr, ihr Geruch ist betörend, ein zartes Gemisch aus süsslichem Schweiss, Parfum, Seife und Haar, der herbe, aufregende Geruch einer fremden Frau. «Schweden liegt weiter weg als wir, am nördlichen Rand Europas», erklärt er. «Es ist kälter dort als bei uns.» Sie blickt ihn lange an. «Entschuldigen Sie. Das ist alles so weit weg. Ach, Europa.» Sie starren beide etwas betreten aufs Meer und schweigen. Er blickt auf ihre Füsse. Sie sind zierlich, ihre Fussnägel rot bemalt, die Farbe blättert an manchen Stellen ab.

«Woher stammen Sie?», fragt er unvermittelt. «Aus China?» Sie blickt ihn entrüstet an, auf ihrer Stirn bildet sich eine tiefe Furche, sein Lächeln gefriert. «Oh my god. Ich bin doch keine Chinesin. Ich bin eine amerikanische Japanerin. Ich bin in Seattle aufgewachsen, mein Vater hatte dort ein Restaurant, er war in den Zwanzigern von Hokkaido her eingewandert. Aber 1941, nachdem die Japaner Pearl Harbor – das ist grad dort drüben – angegriffen hatten, wurden fast alle Japaner in Kalifornien, aber auch anderswo in den Staaten, sofort interniert. Wir kamen auch in ein Lager, nach Portland. Erst nach dem Krieg wurden wir wieder freigelassen. Wir sind hierhergezogen, nach Honolulu. Meine Eltern sind tot, mein Bruder ging zurück nach Japan, er arbeitet nun für Hitachi in Tokio.» Der Hauptmann nickt.

Eine andere junge Frau, ebenfalls mit asiatischen Gesichtszügen, taucht überraschend hinter der Kellnerin auf. Sie umklammert ihre kleine, türkisfarbene Handtasche mit beiden Händen, lächelt die beiden scheu an und nickt. Die Kellnerin umarmt die junge Frau und bittet sie, nach einem Blick zum Hauptmann, sich zu ihm zu setzen. Der Hauptmann steht auf, verneigt sich kurz und stellt sich vor. Die Kellnerin blickt den Hauptmann schmunzelnd an und sagt: «Meine Freundin hier ist allerdings keine amerikanische Japanerin, auch keine Chinesin! Sie kommt daher, wo Sie hingehen, Officer, nämlich aus

Korea. Nutzen Sie die Gelegenheit.» Die junge Koreanerin nickt bestätigend. Er drückt ihre artig dargebotene Hand. Ihr Händedruck ist angesichts ihrer winzigen Hände überraschend fest. Schwarze, streng geschnittene Fransen umrahmen ihr Gesicht, die Lippen sind hellrot geschminkt, die Augenbrauen praktisch wegrasiert, ihre Augen sind zwei schwarze, flinke Punkte in einem offenen, sympathisch anmutenden Gesicht. Ihr Parfum riecht intensiver, fruchtiger als dasjenige der Kellnerin, denkt der Hauptmann, auch sie riecht fremd, aber ebenfalls gut. Sie hat etwas Verschmitztes, konstatiert er. Und sie hat Charme. Er blickt ihr ins Gesicht, die junge Koreanerin lächelt ihn an, beharrlich und neugierig, bis er derjenige ist, der den Blick etwas beschämt abwendet. «Darf ich Sie beide kurz alleine lassen, ein Lieferant ist gekommen, ich muss mich um ihn kümmern.» Die Kellnerin lächelt dem Hauptmann zu, verbeugt sich kurz, blinzelt der jungen Koreanerin zu und geht durch eine Tür nach hinten. Man hört ihren Dialog in der Bar, es muss sich um eine Lieferung von Bier handeln. Sie schweigen beide und blicken aufs Meer. Danach, wohl einem gemeinsamen, zufälligen Impuls folgend, lächeln sie sich an, wollen reden, wenden den Blick jedoch wieder ab und starren weiterhin auf die Brandung. Der Hauptmann weiss nicht recht, was er sagen soll.

«Hätten Sie Lust auf einen kleinen Spaziergang?», fragt die junge Frau den Hauptmann unverhofft. Der Hauptmann erschrickt, schaut zurück zur Tür, wo die Kellnerin entschwand, räuspert sich und hüstelt. «Vielleicht. Ja. Warum nicht?», entgegnet er unsicher.

Die junge Koreanerin legt ihre Hand auf die seine. Ihm ist, als ob ein heisser Blitz durch seine sämtlichen Nervenbahnen zucke, er starrt auf die beiden Hände und spürt zugleich, wie auf seiner Stirn der Schweiss ausbricht. «Keine Angst, ich fresse

Sie nicht.» Die Koreanerin lacht und stupst ihn leicht mit dem Ellbogen in die Seite. «Was haben Sie getrunken?» «Diesen Saft da, mit etwas Rum.» «Schön», entgegnet die Koreanerin, «dann legen Sie mal einen Dollar hin, inklusive Trinkgeld, und kommen Sie jetzt mit mir, okay?» Der Hauptmann lächelt unsicher, legt eine Dollarnote auf den Tisch und steht auf. Er zögert, blickt noch einmal kurz zur Tür der Bar, zieht seine Schuhe aus, bindet die Schnürsenkel aneinander und hängt sich die Schuhe über die linke Schulter. Die Koreanerin lächelt, nickt und verstaut ihre kleinen Sandalen in der Handtasche. Sie laufen vorsichtig, sich an einer Hand haltend, an den wenigen, teils krummgewachsenen Palmenstämmen vorbei zum flachen Strand. Nach ein paar Metern bleibt die junge Koreanerin wieder stehen und streckt ihren Arm nach Westen. «Schauen Sie. Das dort ist der Diamond Head, das Wahrzeichen Honolulus.» Er erblickt auf der linken Seite der Bucht in ziemlicher Entfernung einen Berg mit einer steil ins Meer abfallenden, felsigen Flanke. «Lassen Sie uns dorthin gehen, ganz hinauf auf den Gipfel.» «Dorthin?» Die junge Koreanerin scheint irritiert. «Das ist viel zu weit weg. Haben Sie ein Auto?» Der Hauptmann verneint. «Kommen Sie», sagt er besänftigend. «Ich bin aus den Bergen; wenn ich einen Gipfel sehe oder einen Aussichtspunkt, muss ich dort hoch und hinunterschauen. Wir leben in einem kleinen Land, wir lieben den Überblick. Und der Berg dort ist ganz nah, oder?» Er fühlt sich auf einmal sicherer. «Nein, das ist mir viel zu weit, das geht Stunden, bis wir dort sind.» Sie blickt ihn schelmisch an. «Ich schlage vor, wir laufen dort zu diesen Hochhäusern, dann nach rechts ein bisschen weiter bis zur Landzunge. Sehen Sie?» Er nickt. «Ich wohne dort in der Nähe und da ist auch eine andere Bar, da sind die Getränke nicht so teuer und es hat weniger Wind. Laden Sie mich dort zu einem Drink ein?»

Er hätte sich gerne etwas zurückhaltender gegeben, doch es wollte ihm nicht gelingen. Sein Benehmen, seine Reaktionen, seine Antworten kamen aus einem Bereich, in dem er immer weniger Kontrolle zu haben schien, er fühlte klar die aufkommende Fatalität der sich hier zutragenden Dinge, empfand angenehme Machtlosigkeit. «Gerne, Madam. Ich muss nur um Mitternacht vor dem Eingang des Aloha Towers sein, das haben uns die Amerikaner gesagt, dort sollen wir uns besammeln, der Turm sei weitherum zu sehen, den könne man nicht verfehlen.» «Aloha Tower? Erst um Mitternacht? Da haben wir ja jede Menge Zeit.» Sie lächelt ihn an. «Du bist sicher ein Lieber, oder?» Der Hauptmann schaut verlegen blinzelnd in die Sonne. «Ich denke schon.» Sie lachen beide etwas verlegen.

Eine grosse Welle bricht ganz nahe auf den Sand, der Schaum nähert sich ihnen in rasendem Tempo, sie rennen beide – er lachend, sie kreischend – kurz die Strandanhöhe hinauf. Sie sind danach ausser Atem, es dauert eine Weile, bis die Koreanerin weiterspricht: «Ich habe im Juli bereits Kollegen von dir kennengelernt. Sie hatten dieselben Uniformen.» Sie zupft lachend an seinem Ärmel. «Mir scheint, dieses Hemd hier ist aus dünnerem Stoff.» «Ich bin Offizier», antwortet er. «Unsere Uniform ist etwas bequemer, ja. Sie sind wohl Unteroffizieren oder Soldaten begegnet, oder?» Die Koreanerin nickt. «Sie waren laut, tranken viel und schwitzten sehr stark, es war viel heisser als jetzt. Sie trugen einen andern, eher filzigen Stoff, wie wenn es Winter wäre. Aber auch sie flogen um Mitternacht weiter. Über Tokio nach Seoul. Einer von ihnen roch so stark nach Schweiss, dass ich von ihm abrücken musste. Ausserdem war er etwas grob.» Die Koreanerin lacht und blickt den Hauptmann von der Seite an. «Aber du bist nett, Officer, und du riechst gut. Komm, wir setzen uns in den Sand.» Sie läuft behände weg, ihre Figur ist zierlich, jedoch nicht dünn, er würde es sehnig nennen. Er zögert. «Komm schon!», ruft sie ungeduldig. Sie klettert auf eine kleine Anhöhe, er folgt ihr und setzt sich neben sie. «Ich bin nicht aus Seoul», fährt sie fort. «Ich stamme aus Inchon, an der Westküste. Das war mal eine schöne Stadt mit einem grossen Hafen und vielen kleinen Inseln. Eine heisst Wollmy. Dort brieten wir Krabben und Krebse über dem offenen Feuer. Wir haben viel Ebbe und Flut, aber keine Strände wie hier, nur schlammigen Meeresboden, bis weit hinaus, je nachdem. Ich liebe gebratene Krabben.» Sie hält kurz inne. «Jetzt ist alles zerstört in Inchon. Wohin wirst du gehen in Korea?» Er überlegt lange. «Lustig», sagt sie. «Wenn du nachdenkst, machst du schöne, grosse Falten auf der Stirn.» Sie lacht. Er antwortet: «Ich denke, am Anfang sind wir in einem Camp stationiert, es heisst Panmunjom oder ähnlich. Das ist schon alles, was ich weiss.» Sie richtet den Kopf hoch. «Den Ort kenne ich nicht. Jom heisst Laden», erwidert die Koreanerin. «Das muss ein Dorf sein oder ein Weiler – mit einem Laden.» Sie lacht. Der Hauptmann pflichtet bei. «Ein Dorf mit einem Laden, ja. Das tönt gut. Da erhält man alles, was man zum Leben braucht.» Danach schweigen sie lächelnd und blicken aufs Meer.

Als die junge Koreanerin ihre linke Hand auf seinen rechten Oberschenkel legt, durchfährt es ihn wie einen Stromschlag. Er zittert, schluckt ein paarmal leer, auf seiner Stirn schiessen Schweisstropfen aus den Poren und in seinen Hoden kribbelt es, als erwache dort ein Ameisenheer. Er fühlt, wie Blut in sein Gemächte stürzt, sein Penis gegen seinen eigentlichen Willen im Nu hart wird und schmerzhaft gegen den rigiden Stoff seiner Uniformhose drängt. Er rückt seine Beine ein wenig zurecht, versorgt unauffällig seinen linken Ellbogen in seinem Schoss, auf dass man ihm seine Erektion nicht anmerke. Er atmet schwer, er fühlt eine Art ungekannten Schwindel in sich aufsteigen, sein Herz pocht schmerzhaft bis hinauf in die

Schläfe. Er fürchtet, das Bewusstsein zu verlieren, «de tomber dans les pommes», wie man sich bei ihm zuhause auszudrücken pflegte. Es gelingt ihm jedoch nach wenigen Minuten, die ihm wie eine kleine Ewigkeit vorkommen, seinen Atem zu beruhigen. Auch sein Puls verlangsamt sich, das Pochen hört auf, er fühlt Zuversicht. Die Hand der jungen Koreanerin liegt noch immer ruhig und warm auf seinem Bein. Der Schweiss brennt in seinen Augen, der Seewind schafft es jedoch, seine Stirn zunehmend zu kühlen und zu trocknen.

Ihre Hand liegt auf meinem Oberschenkel, denkt er. Wir sind allein. Ich bin weit weg. Er schliesst die Augen. Ein hoch über ihnen schwebender Raubvogel schreit über ihren Köpfen und zieht weite Kreise über der Bucht. Dann blicken sie lange aufs Meer. Er wagt nicht, seine rechte Hand auf die ihrige zu legen, doch als sie ihren Kopf an seine Schulter lehnt, achtet er darauf, sich nicht mehr zu rühren. So sitzen sie lange, bis die junge Koreanerin überraschend ihren Kopf hebt und dem Hauptmann direkt ins Gesicht schaut.

«Wollen wir zu mir in mein Zimmer gehen?» Er erschrickt. Sie richtet sich auf. «Ich wohne dort im grünen Häuschen, siehst du, neben dem Haus mit der roten Neonschrift.» Die junge Koreanerin zeigt mit der Hand auf einen entfernten Wohnblock, kaum sichtbar neben einem stählern glänzenden Wolkenkratzer. Sein rechtes Bein ist eingeschlafen, die Erektion ist abgeklungen, doch kaum hat er ihren Satz gehört, regt sich sein Gemächte erneut mit unerhörter Vehemenz. Sein Mund ist ausgetrocknet, er fühlt sein Fieber wieder hochkommen, hinter seinen Augäpfeln brennt das Gewebe, sein Herz hämmert. Er blickt sie an, er will etwas sagen, doch seinem Mund entspringt nur unverständliches Krächzen. Sie lacht und klopft ihm auf den Rücken. «Was hast du? Geht es dir gut?», fragt sie. «Was möchten Sie denn von mir?», erwidert er unsicher. Sein Unwohlsein nimmt zu, doch da ist etwas, das er kaum zu kontrollieren vermag. «Ich will nichts von dir, Officer. Du bist nett. Du gefällst mir, ich finde dich süss, anziehend, ich möchte heute mit dir zusammen sein. Nichts weiter.» Er blinzelt unsicher in die Sonne. «Aber das können Sie doch auch hier, dazu müssen wir nicht in Ihr Zimmer, oder?» Er lächelt. «Doch», antwortet sie mit fester Stimme. «Ich will mit dir alleine sein, ich will dich dort ein bisschen verwöhnen, nun tu mal nicht so.» «Verwöhnen? Wie verwöhnen?» Er stammelt die Worte, von denen er weiss, dass sie lächerlich wirken, weil er weiss, was sie meint, weil er alles weiss und doch nichts davon wissen will. «Ich würde dich beispielsweise gerne massieren, von Kopf bis Fuss», sagt die junge Koreanerin treuherzig. «Du bist müde von der langen Reise. Du wirst es geniessen.» Ein weiterer Schuss Blut drängt in seinen schmerzenden Penis. «Ja, das verstehe ich, natürlich.» Seine Antwort scheint ihm sinnlos. Sie blickt ihn lange an und fährt ernst fort: «Danach lädst du mich ein in diese Bar dort, gibst mir ein Geschenk und dann darfst du weiterreisen in mein Heimatland.» Sie lacht und zeigt mit der offenen Hand Richtung Westen hinaus aufs offene Meer. «Was für ein Geschenk?», fragt er misstrauisch.

Ihm ist, als gleite er ohne jeden Halt auf einem mit flüssiger Seife bedeckten Parkett und die ganze Welt würde zuschauen. «Wollen Sie denn Geld dafür?» Sie starrt ihn ernst an, so lange, bis er beschämt den Blick abwendet. «Nein. Ich will nur ein Geschenk. Das kann auch Geld sein, ja. Wenn du mir Geld geben willst, musst du es in einem Briefumschlag verstecken und mir sagen – also, wenn du gehst –, du hättest noch ein Geschenk für mich. Dann gibst du mir den Umschlag und ich bedanke mich für das Geschenk.» «Wieso Geld?», fragt der Hauptmann. Er weiss, seine Frage klingt dümmlich. Sie blickt ihn kopfschüttelnd an. «Weil ich es brauche. Ich muss doch meine Miete bezahlen. Das Essen. Alles.» «Arbeitest du denn als Prostituierte?» Sie runzelt die Stirn. «Nein, Officer. Ich bin keine Prostituierte. Die wollen keine Geschenke, die wollen nur Money.» Der Hauptmann überlegt. «Also, das wäre weiter nicht schlimm, verstehen Sie?» Er schämt sich wiederum für die Frage und würde sich am liebsten die Zunge abbeissen.

Die Koreanerin blickt ihn ernst an. «Hör zu. Ich war mal eine sogenannte Trostfrau. So nannte man uns. Trösterinnen der Soldaten. Im Krieg in Korea. Meist waren wir da für die Amerikaner. Aber darüber möchte ich nicht reden.» «Für die Amerikaner?» «Ja. Manchmal auch für koreanische Offiziere. Die waren am schlimmsten. Ein Amerikaner nahm mich dann mit nach Hawaii, hierher, nach Honolulu. Er war nett. Er wollte mich richtig kennenlernen, er wollte mich heiraten. Es ging genau drei Wochen, dann war er weg und ich auf der Strasse.» Sie lachen beide etwas verschämt. «Deswegen bin ich hier. Hab keine Angst, Officer, ich tue dir nichts.» Seine Selbstkontrolle gewinnt allmählich die Oberhand.

Er blickt sie ernst an. «Ich möchte lieber nicht zu Ihnen nach Hause kommen. Ich kenne Sie ja kaum. Sie sind sehr hübsch und ausserordentlich nett.» Er fasst ihre Hand, sie zieht die ihrige jedoch hastig weg. Ihr Blick wird eigentümlich hart. Er versucht erneut vorsichtig, ihre Hand zu ertasten, doch sie blockiert seinen Versuch, indem sie ihre Schulter vorschiebt und sich abwendet. Er legt seine Hand auf ihren Nacken. Das wiederum lässt sie geschehen, der Hauptmann ist überrascht – ihr Nacken ist unbeschreiblich weich, samtig, zart und kühl. «Wenn ich länger hierbliebe, würde ich oft mit Ihnen ausgehen und Sie kennenlernen wollen. Ich würde nicht einfach gehen wie Ihr Amerikaner», sagt er. Sie schweigt weiter. Er wendet den Blick von ihr ab und starrt hilflos aufs Meer.

Er weiss nicht mehr, wie lange es dauerte – Minuten oder Stunden – ihr Kuss kommt jedenfalls überfallartig. Plötzlich hat er ihr Gesicht vor sich, nah, heiss und lebendig. Ihre Zunge wühlt sich drängend in seine Mundhöhle. Er lässt es geschehen, seine rechte Hand wandert nach unten, krallt sich fest in ihr Hüftfleisch. Ihre Hand schlängelt sich unter seinem Arm und dem Ellbogen behände hindurch, ihre Finger packen und umklammern durch den Stoff sein hartes Geschlecht. Er erschrickt. Alles in ihm will sich wehren, will diese Hand wegdrängen. Doch etwas anderes fordert, dass die Hand der jungen Koreanerin möglichst lange in seinem Schoss verharren möge. Er erstarrt, schaut erschrocken um sich, ob ihr Treiben von jemandem beobachtet wird. Darauf blickt er sie an und fühlt eine unfassbare Traurigkeit, seine Augen fangen an zu glitzern, er blinzelt, wehrt sich, schluckt, wendet den Kopf ab. Eine Träne rinnt im Schneckentempo seine unrasierte Backe hinunter. Die junge Koreanerin öffnet erschrocken ihren Mund, blickt ihn mit grossen Augen an und zieht ihre Hand langsam, wie in Zeitlupe und beinah ehrfürchtig von seinem Unterleib weg. Er löst seine Hand von ihrer Hüfte und stützt sich damit erschöpft auf dem warmen Sand ab.

Später streicht die Koreanerin dem Hauptmann über das wirre Haar. Ihr Blick ist direkt und gleichzeitig zärtlich. Er blinzelt in der Sonne und wendet verlegen die Augen von ihr ab. Sie öffnet ihre Handtasche, entnimmt selbiger ein weiteres Taschentuch, streicht dem Hauptmann über die genässte Backe und wischt sorgsam die Lippenstiftspuren von seinem zuckenden Mund. Dann reinigt sie mit einem anderen Tüchlein die eigene Mundpartie und zieht ihre Lippen mit einem goldfarbenen Stift nach, bis ihr Mund wieder in makellosem Rot prangt. Sie behändigt flink ein fleischfarbenes, gepudertes Kissen und tupft routiniert ihr Gesicht ab.

Danach starren sie beide auf die auf dem topfebenen Strand langsam sich nähernde Brandung. Das muss wohl die Flut sein, denkt der Hauptmann. Nach einer Weile, als der Meerschaum immer öfter ihre Zehen umspült, steht die Koreanerin auf, drückt dem Hauptmann einen Kuss auf die nasse Stirn, dreht sich um und schreitet langsam, ohne sich ein einziges Mal umzudrehen, durch den Sand davon. Der Hauptmann blickt ihr nach, bis sie in einer unweit gelegenen Unterführung verschwindet.

Später – es ist Abend geworden, die Sonne steht nur noch knapp über dem westlichen Horizont, er hat den Platz gewechselt – stapft ein grossgewachsener schwarzer Mann mit Cowboyhut und umgeschnalltem Bauchladen barfuss an dem im Sand sitzenden Hauptmann vorbei und ruft ihm zu: «Hey! Mister! Ice Cream?»

Spätsommer 1953

Wake Island. Ein steinernes, mit nur wenig pflanzlichem Bewuchs versehenes, hufeisenförmiges Atoll, ein vom Allmächtigen zwischen Hawaii und Japan mitten in den unendlich anmutenden Pazifik hingespuckter Fleck. Auf dem südlich gelegenen Schenkel des Inselchens die kilometerlange Landepiste, gesäumt von Schrottplätzen, Bunkern, Baracken, Strommasten, aufgeschichteten Munitionshülsen. Dann eine lange, behelfsmässige Brücke über den Sund. Die Lagune, milchigblau, mit von Windböen gekräuselter Oberfläche. Dicht daneben das Riff und die schäumende Gischt der Brandung. Der Hauptmann starrt mit offenem Mund durch das Fenster der Globemaster. Er sieht kurz vor dem Aufsetzen im Meer ihm bisher unbekannte, nie vermutete Blautöne. Sie mäandern von hellem Türkis über Cyanblau und Ultramarin bis hinein ins tiefe Blauschwarz des Ozeans und weisen eine Farbtiefe auf, die ihn schaudert.

Nach dem Aussteigen spürt er noch auf der Treppe unvermutet den wuchtig vereinnahmenden Dampf der Tropen wie einen feuchten, schweren Schlag auf den Körper. Die Delegierten aus dem kleinen Land, an schwülheisse Diensttage auf von der Sonne aufgeheizten Kasernenplätzen durchaus gewohnt, würden sich nach dem Verlassen der kühlen Röhre am liebsten gleich wieder dahin verkriechen. Innert Minuten leuchten die Köpfe der Reisenden in unterschiedlichsten Rottönen. Hemden und Hosen kleben flugs unangenehm am Körper. Der Hauptmann schwankt über den flimmernden Beton, ein schneidender Schmerz durchzuckt seinen Kopf, er fürchtet, ohnmächtig zu werden. Er lässt seine Tasche stehen, lehnt sich unterhalb eines blechernen Vordachs an einen Stahlpfosten und reibt sich die nassen Schläfen.

«Du musst was tun, Hauptmann.» Der Major nähert sich ihm von hinten. «Solltest einen Arzt konsultieren, sofort. Dein Gesicht ist fahl wie ein Weichkäse, bald werden wir dich hier auf dem nackten Boden entweder reanimieren müssen oder du verlässt Wake ostwärts, in einem Sack.» Der Hauptmann grinst gequält und blickt ins Innere der Halle, wo halbnackte amerikanische Soldaten an diversen Tischen Pingpong spielen. «Geht schon. Ich habe im Flugzeug etwa sechs Liter getrunken. Damit schwemme ich diese Grippe, oder was das auch immer ist, einfach weg. Danke für die Fürsorge.»

Wenig später steht ihm der junge amerikanische Kopilot mit nacktem, glänzendem Oberkörper gegenüber, mit zu Schlitzen verengten Augen, lauernd gebeugt und hochkonzentriert, den Tischtennisschläger schräg gespreizt haltend, ihn fixierend. Sein Anspiel ist blitzschnell und undurchschaubar. Chinesische Schule, meinen ein paar zuschauende Stewards der «Military Air Transport» sachkundig. Der Hauptmann ist unbeeindruckt. Er spielt, wie er es gelernt hat. Traditionell, direkt, platziert, ohne diese neumodischen, aus Asien importierten Techniken. Ein Smash vorne an der linken Ecke, ansatzlos quer gespielt, der Hauptmann spielt schnell und gut. Der amerikanische Pilot ist überrascht, hechtet vergebens nach dem kleinen, weissen Ball, flucht, schüttelt seine wirren Locken und hadert. Doch er spielt weiter, verbissen, beharrlich. Dieser bleiche, europäische Offizier in seiner komischen, schweissgefüllten, filzigen Uniform – den müsste man doch locker schlagen! Der Hauptmann spielt einen defensiven, unterschnittenen Ball flach und haarscharf über das Netz. Der junge Amerikaner hastet nach vorn, verfehlt den Ball, der bereits ein zweites Mal auf seiner Tischhälfte aufhüpft. Klackklack. Der Ball rollt seitlich ab, der Hauptmann richtet sich kurz auf und wischt die Stirn mit dem Uniformärmel ab. Die weisse Sonne, der Hangar aus grauem Blech, die dumpfe, tropische Schwüle, die heisse Luft, die vom nackten Beton des Flugfeldes die Hosenbeine aufsteigt, seinem Körper entlang heiss hochwabert bis ans Gemächt. Seine Beine kochen, der Körper glüht.

Doch er, der Hauptmann aus dem kleinen Land, inmitten dieser Welthälfte aus reinstem Wasser, er spielt fiebergeschwächt wie ein kleiner Herrgott. Klackklack, klackklack, klackklack! Er spielt nicht um sein Leben, aber um seine Gesundheit, um die grosse Reise. Seine Uniform ist schwer, feucht und filzig, mittlerweile dunkel eingefärbt vom Schweiss, der literweise aus dem erhitzten Körper fliesst. Die Hosen, satt an den Oberschenkeln klebend, scheuern feucht und kratzig an den Waden, der Rinne entlang der Wirbelsäule strömen ganze Bäche von Schweiss hinunter in den zartbehäuteten Spalt beim Steiss. Sein Hemd, durchtränkt bis auf die letzte Faser, rutscht widerwillig auf der Haut, es droht zu reissen. Es ist ihm, als trage er ein klebriges Gefängnis. Seine Augen brennen, vor ihm auf der grünen Tischplatte verdampft in grossen, kreisrunden Flecken der Schweiss. Salz bildet feine, weisse Ränder. Es sind kleine, helle Atolle im grossen, grünen und glattpolierten Meer der Tischtennisplatte. Klackklack, klackklack.

Der Hauptmann geniesst und spielt. Sein Fieber verdampft unter der Sonne des Pazifiks, verduftet, diffundiert, sein Körperdampf steigt, bildet umgehend eine Wolke, die sich danach zum bedrohlichen Cumulus congestus, ja, zum furchterregenden Cumulus nimbus überentwickelt, zur Ambosswolke. Der Hauptmann wird zu Blitz, Hagel, Sturm und Donner und spielt sich wund und gesund. Hoch hinaus geht er, merklich spürend, wie unter der gleissenden Sonne die Kräfte in seinen Körper zurückkehren. Er ist stark und bereit. Der Schläger liegt gut in der Hand. Er spielt und siegt. Letzter Satz. Ein Backhand-Smash, der Pilot verrenkt sich, stolpert, fällt und flucht. 21:12. Fuck! Dann schaut der junge Amerikaner auf, sein Gesicht ziert Verblüffung, er verzieht den Mund, starrt den erschöpften Offizier aus dem kleinen Land ungläubig an, läuft um den Tisch, gibt dem Hauptmann die Hand, schüttelt sie, dass es den Hauptmann schmerzt, klopft ihm auf die Schulter, grinst. Faire Verlierer, die Amerikaner. Der Hauptmann fühlt Stolz.

Später trifft er in der Halle seine Kameraden, die, von der Küste zurückkommend, teilweise mit aufgeschnittenen Händen und Füssen und von Pflastern bedeckt sind. Sie rapportieren, wie sie an den Rand des Atolls rannten, sich dort auszogen, nackt und frei – man war ja unter sich – in die Wellen des grossen Meeres hüpften, jubelten, feixten, sich gegenseitig hineinstiessen, runtertauchten, lachten, sich austobten wie Buben. Manche schrien jedoch urplötzlich, rotes Blut mengte sich mit dem klaren Salzwasser, unter der sich kräuselnden Oberfläche zeichneten sich die Umrisse des noch jungen Riffes ab: vulkanisches Gestein, rasiermesserscharfe Kanten, Dellen, Löcher, Ausbuchtungen, böse und starre Lava, die die weisse, weiche Haut der nichtsahnenden Offiziere und Soldaten mitleidlos aufschlitzte. Die Handvoll amerikanischer Ärzte, die auf Wake Island ihren Dienst verrichten, haben alle Hände voll zu tun, den Männern aus dem kleinen Land die Wunden zu stillen, zu desinfizieren und mit ein paar raschen Stichen «zusammenzuflicken», wie es der dicke Oberst, der an Land geblieben war, hämisch formuliert.

Der Hauptmann liegt später in einer Hängematte im Hangar und trinkt eiskaltes Bier aus einer metallenen Dose, die ihm der junge Pilot und Pingpong-Gegner ehrerbietig gereicht hatte. Trübes Licht von herunterhängenden Glühbirnen erhellt einen Teil des Hangars. Der Hauptmann schaut auf seine Uhr. Es ist drei Uhr morgens. Auf einer Wäscheleine neben ihm hängt sein bereits getrocknetes Hemd, die Rückenpartie zieren weissliche Schlieren von herausgeschwitztem Salz – er wird das Hemd in Tokio waschen müssen. Daneben, sauber gefaltet, die ebenfalls trockenen Hosen, so auch die Jacke. Auf einem Holzpodest liegt seine Offiziersmütze mit den drei dünnen, goldfarbenen Streifen. Er fühlt sich frisch, erholt, tatbereit. Wiedergeboren.

Hey guys! Get up! Boarding for Tokio Haneda! Ein junger Steward eilt durch den Hangar, die Mitglieder der Delegation aus dem kleinen Land erheben sich, schütteln ihre Glieder, recken die Arme in die Höhe, behändigen murmelnd ihre Taschen, stülpen sich die Mützen auf die roten Köpfe und schlurfen – nunmehr lässig den Rhythmus der Tropen antizipierend – langsam zu einem grossen Transporter, einer im gleissenden Licht der Scheinwerfer silbern glänzenden, riesenhaften Douglas C-97 Stratocruiser. Ein lauer Wind weht von Westen her, es riecht nach Flugbenzin, Öl, Salz, Sand und Meer. Sie besteigen die Maschine, setzen sich hin. Wenige Minuten später hebt die Maschine Richtung Westen ab, das winzige Atoll Wake Island versinkt in der Dunkelheit. Der Hauptmann lehnt am Fenster, schaut in die tiefschwarze, pazifische Nacht. Eine Stunde später – die ganze Mannschaft röchelt, grummelt und schnarcht vor sich hin – sinkt auch des Hauptmanns Kinn auf seine Brust.

Spätsommer 1953

«Papa-san! Baby-san! Freche Girls! Das ist umgekehrter Rassismus, mein Lieber, da müssen wir Gaijin eben durch.» «Gaijin?», fragt der Hauptmann. Der Major lacht den Hauptmann an, ein dünnes Stück Glasnudel klebt hartnäckig an seiner Oberlippe. Er versucht, mit der sich nach oben stülpenden Zunge der herrenlosen Nudel habhaft zu werden, doch es will nicht gelingen. «Gaijin ist japanisch und heisst ‹Mensch von draussen›. Also Ausländer. Was wir ja auch sind. Der Begriff ist allerdings nicht gerade schmeichlerisch.» Der Hauptmann grinst. Am Nebentisch kichern zwei stark geschminkte, blutjunge Japanerinnen in eng anliegenden Blusen und Jupes. Der Major blickt amüsiert zu den Frauen, dreht sich zurück zum Hauptmann, fingert erneut ungeschickt mit seiner Hand an seiner Mundpartie herum, bis er das Stück Glasnudel endlich fasst, es auf der Zeigefingerkuppe bedächtig betrachtet, die Stirn runzelt und mit Daumen und Zeigefinger wegspickt.

Sie sitzen im Innenraum einer kleinen Garküche und essen kleine Fleischbällchen mit weissen, dünnen Glasnudeln. Das Tischlein wackelt. Kurz vorher hatte der Hauptmann – mit dem rechten Bein heftig an das eine Tischbein geratend – dafür gesorgt, dass ihre Biergläser kippten und der schaumig-gelbe Inhalt über die Tischkante nach unten tropfte und alsbald ungetrunken im Lehmboden versickerte.

«Blöde Hühner!» Der Hauptmann grinst. «Papa-san, Baby-san! Nun ja, mit dieser Einschätzung haben die beiden Fräuleins wohl nicht ganz unrecht. Ich, der alte Knacker, der Papa – und du, der Hauptmann, der schmale Knabe, das Baby. Und beide sind wir wandelnde Brieftaschen auf zwei Beinen aus dem Land der langen Nasen. Leute wie uns heisst es kurz und routiniert beglücken und möglichst lange ausnehmen. Wie man so sieht, tun dies die japanischen Girls hier mit einigem Erfolg.»

Sie blicken beide auf die ungeteerte Strasse, amerikanische GIs und auch Militärs aus anderen Nationen schlendern Arm in Arm durch die engen Gassen mit den kleinen Holzhäusern und den hübsch nach oben gebogenen Dachkanten und merkwürdig geformten Ziegeln. Manche der Männer halten Schnaps- oder Bierflaschen in den Händen, prosten den auf hölzernen Balustraden lehnenden Frauen zu, grölen, stolpern und fluchen.

Sind die beiden Offiziere, die vor ihnen feixend und Hand in Hand mit zwei hübschen Japanerinnen vorbeiparadieren, nicht zwei aus ihrem Flugzeug, das gestern in der Morgendämmerung am majestätischen Fujijama-Vulkan vorbeischwebend im lichtübersäten Tokio auf dem Flugfeld Haneda gelandet war? «Sieh mal einer an.» Der Hauptmann zieht die Brauen missbilligend hoch. «Kaum sind sie den heimischen Rockschössen entwöhnt, naschen sie schon am nächsten Nippel.» Der Major grinst den Hauptmann unverblümt an, dieser blickt weg und errötet. Genüsslich fährt der Major fort: «Und die Jungs sind noch nicht mal in Korea angekommen. Haben die ein Reissen. Na schön. Muss jeder selber wissen, ob er zu Frauen geht und sich weiss was holt.» Der Major nimmt einen tiefen Schluck aus dem Bierglas und wischt sich mit dem Uniformärmel den Schaum von den Lippen.

«Hast du eine Freundin, Hauptmann? Oder sitzt du schon im Ehegefängnis?» «Freundin? Nein.» antwortet der Hauptmann. «Ich hatte eine Art Beziehung. Du hast mich schon mal gefragt, so nebenbei.» «Stimmt!» Der Major lacht laut. «War diese Art Beziehung vornehm platonisch oder habt ihr vorehelich gesündigt?» Der Hauptmann grinst verlegen, trinkt einen

Schluck Bier und zwinkert dem Major zu. «Der Kavalier geniesst und schweigt.» Der Major blickt den Hauptmann amüsiert von der Seite an. «Du bist mir ein Heimlichfeisser. Oder bist du vielleicht ein Homo?» Der Hauptmann erschrickt. «Warum? Sehe ich so aus?» «Durchaus», entgegnet der Major. «Ich könnte es mir vorstellen. Wobei: Häufig sind Homos richtige Kerls, nicht unbedingt immer so filigrane Jünglinge wie du. Ich hatte einen virilen Kameraden – einen soi-disant Frauenschwarm –, der trieb es jahrelang mit Männern, das hätte ich nie vermutet, seine Frau zuallerletzt. Ich habe es erst erfahren, als er schon tot war. Hat sich vor den Zug geworfen.» Der Hauptmann greift sich kurz an die Nase und fügt bei: «Ich wurde mal in der Offiziersschule von einem Kameraden gefragt, ob ich vom andern Ufer sei, ja.» Der Major lacht. «Und, was hast du gesagt?» «Ich war verwirrt und antwortete, ich würde von hier stammen, von unserer Seite des Sees. Am andern Ufer seien doch die Franzosen.»

Am nächsten Morgen, beim opulenten Frühstücksbuffet, sitzt der Hauptmann zusammen mit einer Handvoll anderer Offiziere aus den USA, aus Abessinien, Australien, Belgien, England, Norwegen, Schweden, Dänemark, Korea, der Türkei und Kanada am selben Tisch. Er erfährt von seinem Tischnachbarn, einem türkischen Oberst, dass dies alles Länder sind, die 1950 bereit waren, die internationale, von der UNO und den USA geführte Koalition gegen die Aggressoren aus dem kommunistischen Norden zu bilden und den Westen – will heissen, ein freies Südkorea – zu verteidigen. Auch weibliche Offiziere des Frauenhilfsdienstes einiger Nationen sitzen wie ihre männlichen Kameraden ungezwungen am selben Tisch; rechts vom Hauptmann nagt eine dunkelhaarige, etwas mollige Offizierin aus Kanada mit asiatischen Zügen an einem mit Ahornsirup getränkten Butterbrot. Er erfährt, dass sie und die meisten kanadischen Offiziere bereits seit längerem Koreanisch und Japanisch zu erlernen versuchten, die Sprache sei für Nordamerikaner jedoch immens schwer – kämen sie doch mit ihrem Englisch überall durch. Sie seien es ergo nicht gewohnt, andere Sprachen zu lernen. «Sie scheinen mir aber aus Asien zu stammen», bemerkt der Hauptmann. «Ja», antwortet die Kanadierin. «Meine Eltern kommen aus Burma. Sie waren mit mir und amerikanischen Kriegsgefangenen vor den japanischen Truppen nach Indien geflüchtet, wir trennten uns in Kalkutta, doch der Kontakt blieb bestehen und meine Eltern erhielten ein Aufenthalts- und Bleiberecht in den USA, weil sie Amerikanern bei der Flucht halfen. Sie zogen nach San Francisco, nach China Town. Ich spreche nebst dem Englischen nur Burmesisch – das allerdings immer weniger, weil mir die Praxis fehlt.» Der Hauptmann nickt beeindruckt.

Später, in einem Nebenraum der Lobby des Tokioter Hotels Da-iti, sitzen Major und Hauptmann rauchend in einem Ledersofa und unterhalten sich mit den Offizieren der eigenen Delegation. «Wir kriegen dünnere Ersatzuniformen von den Amerikanern», meint ein junger, neben dem Hauptmann sitzender Oberleutnant. Er hat stahlblaue Augen, trägt eine blonde Tolle auf der Kopfvorderseite, raucht eine scharf riechende Zigarre, kaut emsig Kaugummi mit Pfefferminzgeschmack und schwitzt stark. Der Hauptmann rückt aufgrund des Geruchsmixes unauffällig weg aus dessen Dunstkreis, hört aber weiterhin aufmerksam zu. «Die Ersten, die im Juli hier ankamen, sind in ihrer filzigen und wollenen Armeeuniform fast verdampft», wirft der junge Offizier in die Runde. «Einer der behandelnden Ärzte soll in seiner Uniform selber umgekippt sein, man musste ihn sogar reanimieren! Einen Arzt!» Der junge Offizier scheint darob amüsiert. «Wegen der Hitze sollen viele an Ekzemen an den Beinen und unter den Schultern gelitten haben. Das haben unsere Sesselfurzer in der Heimat wohl nicht bedacht.» Er lacht hämisch. «Bin gespannt, ob die Zeughäusler zuhause auch an den koreanischen Winter gedacht haben. Ich habe nichts dabei. Keinen Pullover, keinen Mantel, nichts.»

Der korpulente Oberst fragt später in die Runde, ob sich die Delegationsteilnehmer in den einschlägigen Vierteln Tokios auch gut amüsiert hätten. Der junge Oberleutnant antwortet sofort: «Wir waren tief in ein Seitensträsschen gedrungen, in Kabukichô – das ist im Stadtteil Shinjuku oder wie das heisst. Überall waren Schilder, da stand drauf: No kissing, Free Saké, Be Number 1 oder Off limits und so.» Er zeigt auf eine Gruppe Offiziere. «Ihr dort drüben seid irgendwann umgekehrt, ihr Angsthasen!» Unter einem sich träge drehenden Belüftungspropeller tuscheln die paar Offiziere und winken ab, einer davon antwortet: «Wir hatten Gescheiteres vor, als uns den Tripper zu holen!» «Und?», wirft der Oberst neugierig ein und richtet sich an den jungen, blonden Offizier. «Wie wars denn als Number 1?» Letzterer errötet: «Denken Sie nicht Falsches, Herr Oberst. Da war nichts.» Im Hintergrund lacht jemand meckernd, doch den meisten scheint die Diskussion nunmehr müssig und das Sujet etwas gar peinlich. Es wird langsam still, einige schmunzeln, andere schütteln den Kopf, wieder andere stehen auf und verlassen die Lounge.

«Falls wir wieder mal in Tokio landen – weiss jemand, wo man hier schön baden kann?», fragt der Oberleutnant. Der Hauptmann blickt kurz zum Major. Jener antwortet: «Wir beide wollten heute morgen Richtung Tokio Bay, um zu schwimmen. Wir fragten ein paar amerikanische Offiziere, die lachten uns aus. Das sei nicht zum Baden dort, die Bucht sei so stark verschmutzt, dass selbst die ärmsten Japaner keinen Fuss in das Wasser der Tokio Bay setzen würden. Wir sollten doch mit ihnen kommen, nach Roppongi. Dort hätten die Navy und die Army einen riesigen Swimmingpool mit Chlorwasser, der sei nur für Amerikaner reserviert, aber wir sollten am Eingangs-Gate halt ein bisschen lachen, rumblödeln und Englisch palavern, da kämen wir als Westler schon rein. Das war dann auch so. Am Gate gaben sie uns sogar Badehosen und Tüchlein. Drinnen waren viele amerikanische Familien mit Kindern. Es gab hervorragende Truthahn-Sandwichs und Bier aus Kalifornien.» «Gabs auch schöne Girls dort?», wirft der junge Oberleutnant ein. «Durchaus», antwortet der Major kühl, vermeidet jedoch, den blutjungen Fragesteller mit zu viel Aufmerksamkeit zu beehren. «Gegen die muskelbepackten GIs zu konkurrieren, erachteten wir beide hingegen als nicht opportun. Vergesst die Girls für eine Weile, boys. We are on a mission.» Er hält inne, alle scheinen auf weitere Ausführungen von ihm zu warten. Der Major lächelt. «Weit interessanter waren die Gespräche im Pool mit amerikanischen Offizieren über die Lage in Korea. Die haben uns Geschichten erzählt, sag ich euch. Grausam, was dort abging. Aber sie sprachen ganz locker und ruhig über diese Dinge. Was die teilweise erlebt haben, wünsche ich niemandem. Wir waren» – er blickt auf den Hauptmann – «ziemlich beeindruckt, nicht?» Der Hauptmann nickt bestätigend. Die Offiziere schweigen.

Der Major steht auf: «So! Fertig, meine Herren. Ab ins Körbchen. In wenigen Stunden ist Tagwacht. 03.30 Transport ab Hotel. Dann die Unteroffiziere, Gefreiten und Soldaten abholen, Fahrt eineinhalb Stunden. 06.00 Local Time ist Abflug, diesmal nicht von Haneda aus, sondern ab Tachikawa Airbase. Darauf Flug nach Seoul K16, der dauert nicht lange, ist ja kein Pazifik mehr dazwischen, sondern nur die schmale Tsushima-Strasse. Unsere Maschine ist wieder eine Globemaster II. Gestern nannte sie ein Amerikaner Crashmaster – seht euch also vor.» Die Offiziere lachen. «Es wird übrigens voll im Flieger. Zweihundert Mann mit allem Gepäck, darunter viele GIs zur Ablösung nach Korea. Gönnt euch also eine Dusche vor dem Trip, euer Nachbar wirds danken. Das wars. Gute Nacht.» Der Major tippt an seine Mütze und geht, der Hauptmann folgt ihm nach.

Sommer 1982

Klackklack, klackklack, klackklack. Ein kurzer Aufschrei, ein langgezogenes Stöhnen. Darauf fröhliche Stimmen, von einem meckernden Lachen durchsetzt. Wiederum Stille. Wo kommt bloss das Geräusch her? Er kennt es, es ist ihm vertraut. Er richtet sich auf. Verwirrt und mit den Augen blinzelnd, blickt er kurz um sich. Wände aus Weiss. Die Decke eierschalenweiss. Die Türe rechts weissgetüncht, links das Lavabo, weissglänzend, auch das Frottétüchlein blütenweiss. Das Licht vom Fenster, eine gleissende, böse Helle. Das Fenster leicht geöffnet, der weisse Vorhangstoff gehäkelt, sich aufgrund feinster Luftschwankungen sachte bewegend – ihm frische, nach dem Leben duftende Luft ins Zimmer fächelnd. Draussen, drinnen.

Er glotzt. Eine Stunde, zwei Stunden, drei Stunden. Der Vorhang erschlafft, hängt, wirkt nun wie eingegipst. Luft und Zeit stehen still. Sein Kopf. Diesmal ist es nicht der gewohnt dumpfe Schmerz, sondern ein drängendes, wütendes Pochen, links, knapp über seinem Ohr, da brennt er, der Schmerz. Dort, wo das Pflaster war, ist nun etwas bröckelnder Schorf übriggeblieben. Absterbende Haut, die er immerfort wegkratzt, sei es im Schlaf oder im wachen Zustand. Schaben, bis die Stelle blutet. Es gefällt ihm, wenn er Blut an seinen Fingerkuppen sieht oder an den Fingernägeln. Ich blute, also bin ich.

Später desinfiziert eine weiss gekleidete junge Frau ihn sanft tadelnd die Wunde mit einem Wattetupfer und klebt wiederum ein frisches Pflaster darauf. Es riecht scharf nach Alkohol. Die Frau verlässt das Zimmer. Seine linke Hand ertastet seine Stirn. Schleimiger Schweiss. Die seine Stirn nach unten zur Nasenwurzel querende Ader ist angeschwollen. Mein Kopfwurm, denkt er, wie fremd und fett sich dieser Schlauch anfühlt. Er gibt elastisch nach, wenn er mit der Kuppe des Zeigefingers daraufdrückt. Daraufhin ertastet er mit seiner linken Hand den elfenbeinfarbenen, über seinem Kopf baumelnden Bügel. Er umklammert den kühlen Kunststoff, schliesst die Hand, kontrahiert seine Armmuskeln, stemmt sich langsam hoch, keucht. Er schafft es, sich aufzurichten, er hält die Stellung, nun sitzend, den Rücken trotzig durchgestreckt. Er schnauft befriedigt, triumphierend. Ein kalter Luftstrom streicht über seinen schweissnassen Rücken, er fröstelt. Er hält inne und horcht. Klackklack, klackklack, klackklack. Er überlegt. Dann ahnt er es. Und ein wenig später weiss er es: der grüne Tisch, das Netzchen, der weisse, kleine Ball, die weissbemalten Ränder, der rote oder der blaue Schläger mit der glatten auf der einen Seite und mit gerippter Fläche auf der anderen. Die feinen Noppen. Der Holzgriff. Die Handpositionen. Backhand, Forehand. Smash! Table Tennis! Pingpong. Wake. Wake Island, der Pazifik. La Mer!

Er schläft ein, tief und traumlos. Später wacht er dennoch auf, da sich etwas in seiner unmittelbaren Nähe rührt. Er erschrickt, blickt nach links. Da regt sich doch etwas! Er hat sich nicht getäuscht. Ein unbekannter Mann steht am weissen Becken und wäscht sich die Hände und das Gesicht. Der junge Mann ist so tief in seine Tätigkeit versunken, dass er nicht wahrnimmt, wie er – der im Bett Liegende – ihn unentwegt entgeistert anstarrt. Er fragt sich, wer diese Person wohl sein möge und was sie am porzellanweissen Trog verrichtet. Wenig später scheint der junge Mann zu bemerken, dass er vom Bett her beobachtet wird, er dreht sein Gesicht schnell nach links und schaut. Der Vater starrt ihn hellwach mit weit aufgerissenen Augen an. Der Atem des Sohns stockt, sein Puls beschleunigt. Doch er lächelt den Vater beruhigend an, geht rasch zum Bett, deckt ihn zu, streichelt ihm die Wange, wischt mit einem am Bett hängenden Tüchlein die schweissnasse Stirn ab, verharrt kurz, dreht sich um, geht dann zum Fenster. Er blickt nach unten. Ein älterer Mann im Bademantel – wohl ein Patient der Klinik – spielt Tischtennis gegen eine junge Krankenschwester. Der Mann hält sich leidlich gut, doch die junge Frau ist wesentlich flinker, macht die meisten Punkte. Ihr Gesicht ist gerötet, eifrig hastet sie den verschossenen Bällen des Mannes nach, hebt sie auf und serviert erneut, ihre grossen Brüste wogen auf und ab. Auf einem grün gestrichenen Bänklein sitzt eine weitere Pflegerin mit einem Buch auf dem Schoss und schaut im Schatten des massigen Ahorns zu. Der Sohn schliesst das Fenster, dreht sich um – der Vater schläft wiederum tief.

Spätsommer 1953

«Das ist selbst für mich neu», meint der Major, als sie in den Helikopter einsteigen. «Mit einem Schraubflügler in die Luft – ich weiss nicht, da sehne ich mich doch nach unseren guten, alten Flächenflugzeugen. Das Teil kann ja im Notfall nicht mal segeln. Setzt der Rotor aus, gehts rapide runter und bumms, das wars.» Der Major verzieht grinsend sein Gesicht. «Aber gut. Lass uns der modernen Technik vertrauen, wir sind ja nicht die Ersten, die so ein Ding besteigen.» Der Major lacht. «Ausserdem haben wir gar keine andere Wahl.» Der Hauptmann nickt bestätigend und linst noch einmal skeptisch zur merkwürdigen Maschine hoch. Quer über der Eingangstür wurde «U.S. Army» gelb draufgemalt – etwas hastig, an einigen Stellen floss die Farbe noch vor dem Trocknen nach unten und bildet nunmehr schwülstige Farbtränen. Wie dicker, gelber Eiter von einer nicht verheilten Wunde, denkt der Hauptmann. Am Motor hängen vier Rotorblätter müde nach unten, sie wirken biegsam und doch zerbrechlich. Hinten, am dünnauslaufenden Heck, ist ein Propeller horizontal angebracht. «Das ist der Stabilisator. Sonst würden wir rotieren wie Laubblätter im Föhn.» Der Major lehnt sich noch einmal kurz aus der Eingangsluke. «Hey! Einsteigen, Hauptmann. Wir überleben das.»

Der Hauptmann schultert seine Tasche und zwängt sich hinein in den dunklen Bauch des ungewohnten Fluggeräts. Der Major spricht kurz mit einem Piloten, der an ihnen vorbei ins Cockpit klettert. Darauf dreht er sich zum Hauptmann. «Es ist eine Sikorksy H-19 Chickasaw, sagt er. Wieder was gelernt.» Der Major zuckt mit den Schultern, schaut sich kurz in der Kabine um, setzt sich auf den nächstbesten Sitz und schnallt sich an, der Hauptmann tut dasselbe auf der anderen Seite. Als die anderen acht ihre Skepsis ebenfalls gut kaschierenden Offiziere aus dem kleinen Land die Gurten geschlossen haben, beginnen die riesigen Rotorblätter langsam zu drehen. Der Helikopter schüttelt sich zuerst wie ein nasser Hund, doch kurz darauf schweben sie halb senkrecht, halb vorwärtsfliegend und stetig schwankend über dem Militärflugplatz *K16* der südkoreanischen Hauptstadt Seoul, bevor sie Richtung Norden abdrehen und danach rasant beschleunigen.

Unter ihnen verschwindet rasch eine fast vollständig zerstörte Stadt. Östlich, an einem Ausläufer der bewaldeten Berge, steht ein weisses, europäisch anmutendes Gebäude mit hohen Säulen an der Front, es scheint noch unversehrt zu sein. «Das ist wohl das Capitol Building», sagt der Major. «Das haben die Japaner gebaut, habe ich gelesen, obwohl es purer amerikanischer Stil ist.» Der Major und der Hauptmann schauen sich kurz an und nicken. Kurz darauf fliegen sie über ausgetrocknete Felder, der Hauptmann erblickt durch die zerkratzten Scheiben des Helikopters zum ersten Mal in seinem Leben Reisfelder. Deren flaches Oberflächenwasser reflektiert die Sonne nach oben, manchmal muss der Hauptmann die Augen zukneifen. Wenig später erkennt er zusammengefallene Hütten mit Strohdächern oder behelfsmässig gebaute Holzhäuser. Die Strassen und Wege scheinen allesamt ungeteert. In fast allen Dörfern, die sie überfliegen, sind abgebrannte Häuser zu sehen, auch Trümmerteile, die verstreut auf den Strässchen herumliegen. Auf staubigen Pfaden auf dem Land erspäht der Hauptmann Ochsengespanne, auf denen Frauen und Männer ihrem merkwürdigen Fluggerät zuwinken. Kinder zeigen gestikulierend nach oben und stieben auseinander. Ein einsames Maultier trottet auf einem Pfad, auf seinem Rücken türmt sich ein riesiger Haufen gelbes Stroh. Bald darauf taucht unter ihnen ein brauner, fast gänzlich ausgetrockneter Fluss auf, die stählerne Brücke ist in der Mitte entzweigebrochen, Teile des Belags hängen herunter wie das Fell eines frischgehäuteten Tieres, andere Trümmerteile liegen verstreut im Flussbett. An einer Uferböschung liegt ein ausgebrannter Panzer und etwas weiter Richtung Norden sind eingegrabene Geschütze zu sehen, dazwischen campieren behelmte und bewaffnete Soldaten. Auf einem Parkplatz reiht sich Lastwagen an Lastwagen neben unzähligen kleinen Jeeps und Haubitzen mit aufgemaltem weissem Stern.

«Schau, Hauptmann, hier, unser Camp! Panmunjom! Das muss es sein!» Der Major schreit nach vorne zu den beiden Piloten. «Captain, please! Is this Panmunjom?» Der rechts sitzende erste Offizier dreht sich kurz um und streckt seinen Daumen nach oben. Der Major ist ganz aufgeregt und winkt den Hauptmann hinüber zu seinem Fenster. Beide starren sie wie Schulbuben Kopf an Kopf nach unten, ihre Wangen kleben an der Scheibe. Eine Landschaft aus Hügeln und Sandflächen taucht unter ihnen auf, das vertrocknete Gras leuchtet gelb in der Mittagssonne, in der Ferne erstrecken sich von Sträuchern und Buschwerk gesprenkelte, grüne Berge. Unter ihnen sind nun Gräben zu sehen, auch Zäune und Erdlöcher, hinter einem aufgeschütteten Erddamm tauchen grosse, schwarze Zelte auf, Reihe an Reihe entlang eines niedrigen Hügelzugs aufgebaut; auf dem höchsten Punkt ist ein grosser, brauner Wasserbehälter zu sehen, weiter Richtung Osten stehen langgestreckte, helle Holzbaracken mit weisslichen Dächern, wohl aus Wellblech, dazu gesellt sich ebenfalls ein weitum alles dominierender Wasserturm. Sie nähern sich sinkend einem flachen Feld. Der Hauptmann sieht eine langgestreckte Baracke mit nach oben sich aufrichtenden Dachkanten – wie in Tokio –, daneben erstreckt sich ein Volleyballfeld, die beiden Hälften sind durch ein Netz getrennt. «Das ist wohl die berühmte Peace Pagoda, wo sie den Waffenstillstand unterschrieben haben», schreit der Hauptmann gegen den Motorenlärm an. «Hat aber nichts von einer Pagode, scheint mir», ruft der Major zurück. «Haben wohl die Amerikaner aufgebaut.» Sie schweben nunmehr dicht über dem Boden. Unter dem Hubschrauber sind mit Scharnieren versehene Stahlplatten ausgebreitet und teilweise mit weisser Farbe bemalt, das Gras lugt zwischen dem stählernen Gitternetz hervor. Plötzlich wirbelt Staub vor den Fenstern auf, die beiden Offiziere sehen nichts mehr, der Helikopter plumpst ruckartig auf das behelfsmässig errichtete Heliodrom von Panmunjom, dicht an der nach dem Waffenstillstand vom 27. Juli 1953 bestimmten Demarkationslinie am 38. Breitengrad.

Die Delegationsmitglieder steigen gebückt aus, weitere Helikopter landen hinter ihnen, die Luft zittert, über allem hängt eine braune Dunstglocke aus Staub, Sandpartikeln und Abgasen. Die Helikoptermotoren dröhnen und zischen, Rotorblätter peitschen und schlagen die Luft, das unangenehme Geräusch schmerzt in den Ohren der Offiziere aus dem kleinen Land. Es ist an diesem 20. September 1953 noch sehr warm, so um die dreissig Grad. Es ist knapp nach Mittag, die Sonne steht hoch über dem Lager. Die zwanzig frisch eingeflogenen Mitglieder der Neutralen Überwachungskommission NNSC – darunter der Major und der Hauptmann – und die über vierzig Delegierten von der Neutralen Repatriierungskommission NNRC sind an ihrem Bestimmungsort angekommen.

Ihre Reise hat seit dem Abflug im kleinen Land insgesamt über eine Woche gedauert, bei fünfundsechzig reinen Flugstunden. Sie haben neun Zwischenlandungen hinter sich gebracht und eine Gesamtdistanz von 13'200 Kilometern zurückgelegt. Die Zeitverschiebung westwärts betrug fünfzehn

Stunden. Ihre Uniformen – selbst die bereits dünnere, bequemere Version für die Offiziere – sind bereits nach wenigen Minuten durchnässt, ihr Gepäck ist von sandigem Staub bedeckt. Viele der Eingeflogenen lockern ihre Krawatte und öffnen mutig die Knöpfe ihrer Hemden, durften sie doch staunend und neidisch feststellen, dass sämtliche sie willkommen heissende Kameraden in weit dünneren Uniformen herumspazierten und jegliche Tenuevorschrift zu ignorieren schienen. Auf der Schulterpartie der neuen Uniformen ist ein roter Tuchstreifen angebracht, darauf ist der Name des kleinen Landes weiss eingenäht.

Später – nachdem ihr Gepäck ausgeladen ist und die ersten Formalitäten erledigt sind – sitzen sie alle zusammen in einem geöffneten Zelt mit hochgeklappten Seitenwänden an hölzernen Tischen und erhalten eisgekühltes Wasser und Truthahn-Sandwiches. Ein kleines Podest und eine Tafel werden von zwei Adjutanten herangeschleppt.

Draussen fährt eine schwarze Limousine, ein amerikanischer Chevrolet, vor, eine Flagge ziert den Kühlergrill, sie ist in farbige Viertel aufgeteilt, in Weiss, Blau, Gelb, Rot. Es ist die Fahne der Neutralen Überwachungskommission NNSC. Dem Auto entsteigt ein hoher Offizier des kleinen Landes, begleitet von einem anderen, dessen Mütze drei goldene, dicke Streifen zieren – ein Oberst. Ein Raunen geht durch die Menge der Angekommenen. Alle stehen auf wie auf Kommando – das allerdings niemand gegeben hat. Es ist ihr Delegationschef, der Oberstdivisionär und ehemalige Oberkommandierende der Flieger und Flugabwehrtruppen des kleinen Landes, ein bekannter Fliegerheld, und dazu sein Stellvertreter, eben dieser Oberst. «Unser Chef ist berühmt dafür, kurz nach dem Krieg wagemutig im Doppeldecker unter einer der Brücken der Hauptstadt durchgeflogen zu sein», raunt der Major dem

Hauptmann zu. «Man würde es ihm gar nicht geben.» Die Delegierten stehen stramm, der Oberstdivisionär tippt mit der rechten Hand an den Schirm seiner mit gelben Girlanden geschmückten Mütze und bedeutet der Menge mit einer kurzen Geste, sich wieder zu setzen.

«Meine Herren. Grüezi mitenand, bonjours messieurs, buongiorno signori.» Er steht aufrecht da, ein leicht hagerer Mann in dünnem, olivgrünem Hemd und knittriger Hose derselben Farbe. Er hat die Arme auf dem Rücken verschränkt, der etwas gar hoch liegende Gurt spannt sich über ein kleines Bäuchlein, dies verschafft dem Delegationsleiter des kleinen Landes eine etwas altväterliche Aura. Er ordnet kurz seine leicht verrutschte Brille, reibt sich die Nasenwurzel zwischen den Augenbrauen und legt die Offiziersmütze auf den Tisch. Die Stirn ist schweissbedeckt und weist einen von einem wohl zu engen Hutrand herrührenden rötlichen Streifen quer unter dem Haaransatz auf. Seine Stimme klingt dünn und hoch, sie hat nichts typisch Militärisches, eher etwas Bedächtiges, Zögerliches an sich.

«Willkommen hier in Panmunjom an der Demarkationslinie in unserem nunmehr definitiven Camp. Das Advanced Camp, in dem Ihre vorausgeeilten Kollegen teilweise bis am 9. September hausen mussten, ist Geschichte. Sie werden hier wenn nicht grad komfortable, so doch etwas bessere Bedingungen vorfinden», fährt er fort und lächelt. «Dennoch bitte ich Sie, Ihre Erwartungen bezüglich Lebensstandard auf ein Minimum herabzuschrauben. Das ist kein gemütlicher Wiederholungskurs, was die Infrastruktur angeht.» Er macht eine kurze Pause, einige im Publikum grinsen laut und es wird getuschelt. «Ich hoffe, Sie hatten eine wenn auch etwas lange, so doch gute Reise.» Er schaut suchend in die Menge und räuspert sich: «Ich sehe, dass einige von Ihnen bereits die unseren Armeeleitlinien entsprechende Tenuevorschrift etwas weniger eng zu interpretieren scheinen als zuhause üblich. Ich finde das ausnahmsweise gut, Sie dürfen das. Wir sind in Asien und gewisse Dinge sind hier nun mal anders.» Er blickt hoch und lächelt. «Unsere angestammten Uniformteile, also die zwei Wollstoffhosen plus die zwei Popeline- und vier Wollhemden sind eher ungeeignet für tropische Einsätze. In Japan im Juli und auch teilweise hier waren wir konstant bachnass, einige nahe am Kollabieren. Wir mussten dauernd unsere Hemden waschen, was nicht ganz in unserem Sinn ist, weil es auch noch anderes zu tun gibt. In ein oder zwei Monaten wird sich das allerdings ändern, meine Herren, Sie werden froh sein, die uns vertraute Wolle dann wiederum tragen zu dürfen, es sollen hier und insbesondere in den Aussenposten im Norden – wo einige von Ihnen in Inspektionsteams wirken werden – bis zu minus dreissig Grad herrschen.»

Ein Raunen geht durch die Menge. «Für die nächsten drei bis vier Wochen allerdings werden Sie mit leichterer Ware ausgestattet, wir haben eine etwas adäquatere Arbeitskleidung eingekauft und unterhalb der Schulterpatten zusätzlich ein rotes Schildchen mit dem Namen unseres Landes einnähen lassen. Sie werden von den bereits seit Juli und August hier Wirkenden, unserer Pioniertruppe, in allen Aspekten Ihrer Arbeit und des Lebens hier im Camp gründlich gebrieft, meine Herren. Nehmen Sie das ernst, was die euch sagen. Wichtig: Wir geben hier in Korea keine Befehle, dass das klar ist.» Die Menge horcht überrascht auf. «Wir erteilen hier Aufträge.» Ein paar Männer lachen. «Wie einige von Ihnen sicherlich bereits zuhause in den Zeitungen lesen konnten», fährt der Delegationschef fort, «musste ich hier den ausserordentlichen Verhältnissen angepasste Ernennungen – ich präzisiere: Ernennungen, nicht Beförderungen – vornehmen. Ich möchte dieser Polemik ein Ende bereiten und Ihnen erklären, warum ich das musste.» Der Major wendet wieder seinen Kopf zum Hauptmann und tuschelt leise: «Die haben ihn fertiggemacht im Bundeshaus und in der Presse. Neue, improvisierte Uniformen, künstliche Ernennungen, er – notabene der Chef – kein Englisch, dazu falsche Uniformen – die heimische Presse war gnadenlos.» «Meine Herren dort, darf ich um etwas mehr Konzentration bitten?», sagt der Delegationschef und blickt exakt in Richtung Major und Hauptmann. Sie ziehen beide unmerklich die Köpfe ein. «Danke.» Für einen Moment herrscht Stille, nur von weitem hört man etwas Marschmusik. Der Oberstdivisionär lächelt. «Das sind unsere indischen Kollegen vom Dogra Regiment. Sie üben und treten morgen auf zu Ihrer Begrüssung. Die haben Schneid, sage ich Ihnen. Davon können wir uns dicke Scheiben schneiden, was Disziplin und Ordnung angeht. Sie bewachen im Lager drüben die Kriegsgefangenen. Letztere werden von einigen von uns betreut und möglichst bald ausgetauscht.»

Er blickt fragend in die Runde. «Wo war ich stehen geblieben? Genau: die ominösen Ernennungen. Um meinem Alternate – so sagt man hier dem Stellvertreter, gewöhnen Sie sich daran, bitte – die Arbeit zu erleichtern, musste ich ihm einen weit höheren Grad beschaffen, damit er von gewissen Stellen und Offizieren des United Nations Command und den Amerikanern überhaupt als gleichwertiger Verhandlungs- oder Gesprächspartner akzeptiert und ernst genommen wird. Aus einem Obersten habe ich halt notgedrungen einen Oberstbrigadier gemacht. Die Sterne auf der Schulterpatte machen hier den Ausschlag. Ein Einstern-General erhält sofort direkte Verbindung mit einem gleichgestellten und auch mit einem höheren General. Darunter läuft nichts, das haben wir hier bereits mehrmals schmerzlich erfahren müssen. Das ist hier halt etwas speziell. Unsere Kollegen aus Schweden haben zum

Beispiel drei Generäle in ihren Rängen, teilweise auch künstlich ernannte, sogar zivile. Damit können wir hierarchietechnisch nicht mithalten. Von den Polen und den Tschechen will ich gar nicht reden, da sind einige Delegationschefs sogar 2- oder 3-Stern-Generäle. Etwas merkwürdig ist das. Ich musste nebst meinem Stellvertreter auch unseren Legationsrat – ein Diplomat und nebst den Patres unser einziger Zivilist hier – in höhere Weihen einführen und zum Obersten befördern, da die übrigen politisch-diplomatischen Berater der anderen Parteien Generäle oder zumindest Obersten sind. Auch musste ich ihm eine Uniform auftreiben. Die trägt er nun stolz herum. Man sieht ihm allerdings aus zehn Kilometern Abstand an, dass er kein Militärler ist, unter anderem auch, weil ihm die Kluft zu gross ist.»

Er hebt den Kopf und grinst. Die Zuhörer lachen lauthals. «Diese Ernennungen sind rein vorübergehender Natur, das habe ich dem Bundesrat so schriftlich mitgeteilt. Wir haben hier eine besondere Situation, es ist unser erster Auslandseinsatz – seit Marignano 1515, wenn ich nicht irre.» Ein vereinzeltes Lachen ist zu hören. «Ich hoffe hiermit, der heimatlichen Polemik etwas entgegengewirkt zu haben.»

Er ordnet seine Papiere auf dem Holzpult, hebt wieder den Kopf und fährt fort. «Ich möchte Ihnen im Auftrag des Bundesrates, des Chefs Personelles der Armee und des Militärdepartements noch einmal kurz unsere Aufgabe skizzieren. Ich weiss, Sie wurden bereits dahingehend vorinformiert, aber ich möchte gewisse Dinge präzisieren.» Er blickt hinunter auf seine Notizen. «Ich muss Ihnen ja nicht den ganzen Werdegang des Koreakriegs erzählen, entweder Sie wissen das alles schon oder Sie lassen es sich halt von einem alerten Kameraden erklären. In Kurzform: Korea war lange von den Japanern besetzt. Da diese ja bekanntermassen den Krieg gegen die Alliierten verloren, gab es Wahlen. Die wurden aber vom kommunistisch beeinflussten Norden wie auch von gewissen Politikern im Süden und der Schutzmacht Amerika nicht anerkannt. Dann gab es getrennte Wahlen und damit faktisch bereits einen Zweivölkerstaat. Die zum Kommunismus neigenden Koreaner aus dem Norden begannen unter dem Einfluss der Sowjets und der Chinesen, einen begehrlichen Blick auf den Süden zu werfen, die im Süden waren nicht minder expansionistisch nach Norden orientiert. Der Süden lag jedoch mittlerweile nicht mehr im strategischen Einflussbereich der Amerikaner, sodass Kim-Il-Sung, der Führer des Nordens, sich ermutigt sah – auch durch ein Plazet von Stalin –, sich den Süden einzuverleiben. So griffen die vom Norden an. Sie behaupten zwar das Gegenteil und posaunten in alle Welt, der Süden habe sie angegriffen, sie hätten sich verteidigen müssen. Es braucht immer zwei für einen Konflikt und meist lügen beide ein bisschen, in einem Krieg bleibt als Erstes die Wahrheit auf der Strecke, das musste ich hier auch schmerzlich erfahren. Die Amerikaner reagierten jedenfalls spät; mal war die Nordseite vor Pusan, mal waren die Amerikaner mit ihren Alliierten oben am Yalu, es ging hin und her und ein blutiger Stellungskrieg entwickelte sich, meist entlang des 38. Breitengrades. Irgendwann konnten oder wollten beide Parteien nicht mehr und vereinbarten einen Waffenstillstand.»

Er blickt auf. «Fazit: Wir wurden zusammen mit den Delegationen aus Schweden, der Tschechoslowakei und Polen von den kriegführenden Mächten ausgewählt. Dies sind, ich wiederhole, die USA, das westliche Staatenbündnis plus die UNO auf der einen, die Demokratische Republik Korea, die chinesische Freiwilligenarmee und der kommunistische Block auf der anderen Seite. Unsere Rolle ist es, den am 27. Juli 1953 hier von allen Parteien unterzeichneten Waffenstillstand, das sogenannte Armistice Agreement, zu überwachen.» Er schaut auf. «Nun, was heisst das: Überwachen? Das heisst nichts anderes, als dass wir kontrollieren, ob all die Abmachungen zwischen den Kriegsparteien, also alle Punkte, die in diesem Armistice Agreement stehen, implementiert werden. Am besten, ich lese Ihnen unser Auftragsprofil vor.» Er schaut kurz hoch. «Ich richte mich nun ausschliesslich an die hier anwesenden Mitglieder der Neutralen Überwachungskommission, der Neutral Nations Supervisory Commission, der NNSC. Der exakte Auftrag für die Neutrale Repatriierungskommission wird denjenigen unter Ihnen, die dazu erwählt wurden, gesondert mitgeteilt, das ist eine komplett andere Sache.»

Der Major beugt sich kurz zum Hauptmann und flüstert: «Siehst du? Sein Englisch ist rudimentär. Dass man so einen überhaupt für diesen Job wählt. Ausserdem hat er ein Problem mit der Hand, schau mal!» Der Hauptmann reckt den Hals, bemerkt jedoch nichts. «Er hat den Morbus. Das ist eine Krankheit, die das Gewebe in der Hand versteift. Hatte mein Papa auch, üble Sache. Kommt auf dem Schleichweg, das Zeugs – unbemerkt, und ist nicht mehr wegzukriegen. Wollen wir hoffen, dass er hier überhaupt noch Dokumente signieren kann.» Er lacht leise und hämisch und beugt sich noch stärker zum Hauptmann. «Unser Chef braucht demnach einen Fahrer, einen Schreiber, einen Arzt und einen Übersetzer – darunter läuft nichts. Dass die keinen andern gefunden haben für den Job, ist schon merkwürdig.» Der Hauptmann antwortet: «Ich habe gelesen, dass es keinen andern gab, der diesen Job wirklich wollte. Er hatte ja letztes Jahr das Kommando der Luftwaffe abgegeben, freute sich – wie ich auch las – auf seinen Ruhestand, soll aber vom Bundesrat und von andern Gremien quasi überredet worden sein, hier in Korea die Delegation anzuführen. Also, ich finde ihn nicht unsympathisch. Er hätte ja zuhause bleiben und mit seinem Doppeldecker in den Alpen rumturnen können.» «Ist ja gut, Schneewittchen. Du liebst den Chefzwerg, alles klar.» Der Major grinst hämisch.

Der Delegationschef liest nun ab Blatt: «Die Military Armistice Commission ist die Waffenstillstandskommission, die als Vertreterin von zwei Parteien und als oberste Behörde, wie ich schon sagte, die Implementierung des Armistice Agreement, des Waffenstillstandsvertrags, überwacht. So weit zur MAC. Die Aufgabe unserer NNSC ist, die Funktion der Überwachung, Beobachtung, Inspektion und Erforschung auszuüben, so wie festgelegt in den Subparagraphen 13c, 13d und Paragraph 28 des AA, und die Resultate dieser Überwachung zu rapportieren. Sodann wird im selben Paragraph noch festgelegt, dass die NNSC zur Duchführung dieser Aufgabe über Neutrale Inspektionsteams verfügt, die NNITs, für deren Einsatz und Arbeit sie verantwortlich ist. Von diesen NNITs, diesen Neutral Nations Inspection Teams, sollen je fünf in Einfuhrhäfen, sogenannten POEs, also Ports of entry, stationiert sein. Das können übrigens auch Bahnhöfe und Flugplätze sein, nicht nur Häfen, meine Herren. Die einen fünf sollen im Gebiet liegen, das – ich versuche, korrekt zu zitieren – unter Kontrolle des Chefkommandierenden der United Nations Command, des Kommandos der UNO-Streitkräfte, steht, und die andern fünf in dem Gebiet, das sich unter der Kontrolle des Höchstkommandierenden der koreanischen Volksarmee befindet – also des Nordens, wie wir hier sagen. Einfacher: Das sind fünf Orte in Süd- und fünf weitere in Nordkorea. Dazu gibt es zehn weitere, sogenannte mobile Teams, die Mobile Inspection Teams, die sollen im Hauptquartier der NNSC, also hier, ebenfalls zur Verfügung stehen und von da aus wirken, falls notwendig. Das ist grossomodo die Auftragslage der NNSC. Sie werden also alle gebraucht, darauf können Sie sich verlassen. Wie Sie sehen, habe ich kein wirklich exaktes Pflichtenheft. Der Bundesrat hat mir gesagt: ‹Gehen Sie doch mal hin, Herr Oberstdivisionär, und schauen Sie, was man da machen kann.› Fragen diesbezüglich?»

Eine kurze Stille herrscht, dann hält ein junger Oberleutnant die Hand hoch. «Herr Oberstdivisonär, weiss man schon, wo diese Einfuhrhäfen, also diese Ports of entry, exakt sind?» «Ja, das weiss man bereits.» Der Delegationsleiter wühlt in seinen Papieren, hält ein Blatt hoch und liest: «Man möge mir meine Aussprache verzeihen, ich weiss ja nicht, wie das akkurat prononciert wird, aber das sind im Süden, das heisst auf Seiten des UNC, die Orte Taegu, Inchon, Pusan, Kangnun und Kunsan. Im Norden, also bei den Kommunisten sind es Sinuiju, Chongjin, Hungnam, Manpo und Sinanju.» Er blickt auf. «Da bricht man sich ja die Zunge. Sie werden das in Kürze viel besser beherrschen als ich.» Die Zuhörer lächeln. «Ehe ichs vergesse, meine Herren: Der Begriff Kommunisten, den ich grad verwendet habe, ist bei jenen verpönt. Sie sagen, sie würden keine solche Organisation kennen und sie müssten jedes Schreiben zurückweisen, in dem sich dieser Begriff fände. Es müsse immer ausdrücklich vermerkt werden: die Vertreter oder die Kommandierenden der koreanischen Volksarmee und der chinesischen Volksfreiwilligen, der CPVs – wie hier alle sagen. Was unsere Kommissionskollegen, die Tschechoslowaken, angeht: Sie mögen den Begriff Kommunisten auch nicht. Sie seien Vertreter der tschechoslowakischen Republik und hätten daher das Recht, schriftlich und mündlich dementsprechend benannt zu werden. Passt also auf. Wir würden es vielleicht auch nicht mögen, dauernd Kapitalisten genannt zu werden.»

Der Major streckt seine Hand auf. «Herr Oberstdivisionär, was hat es mit dieser Demarkationslinie und der demilitarisierten Zone exakt auf sich? Dürfen oder müssen wir da rein?» Der

Delegationsleiter nickt bestätigend und kramt ein weiteres Blatt hervor: «Gute Frage, Herr Major. Ich zitiere: Die demilitarisierte Zone ist als Pufferzone erstellt worden, um das Vorkommen von Zwischenfällen zu verhüten, die zu einer Wiederaufnahme der Feindseligkeiten führen könnten. Diese demilitarisierte Zone DMZ wird sich über je zwei Kilometer auf beiden Seiten einer – in Anführungszeichen – militärischen Demarkationslinie erstrecken. Diese Demarkationslinie und die demilitarisierte Zone sind in einer Karte, die als Beilage zum Armistice Agreement bezeichnet ist, festgelegt.» Der Major hakt nach: «Wie ist sie denn festgelegt, wenn ich nochmal fragen darf?» Der Oberstdivisionär nickt wiederum. «Sie dürfen, Fragen kostet nichts. Im Gelände der demilitarisierten Zone ist die ganze, jedenfalls über 248 Kilometer lange Demarkationslinie durch einen weissen Tuchstreifen markiert. Die Mitglieder der ersten und zweiten Welle haben im wahrsten Sinn des Wortes bereits Tuchfühlung mit dieser Demarkationslinie aufgenommen.»

Einige in der Menge lachen laut heraus. «Ja, meine Herren, ein weisser Tuchstreifen, so ist das. Hier ist alles noch sehr improvisiert. Um diese demilitarisierte Zone betreten zu können, muss man über einen speziellen, von der MAC ausgestellten Ausweis verfügen. Bewaffnete müssen beim Eintritt in die demilitarisierte Zone ihre Waffen abgeben.» Er blickt kurz in die Runde und fährt fort: «Aber die NNSC hat innerhalb der demilitarisierten Zone nichts zu suchen; unser Auftrag ist es, ausserhalb der Zone zu wirken. Es ist aber bereits vorgekommen, dass ein Mitglied unserer Delegation ohne Ausweis die Grenze der demilitarisierten Zone überschritt. Er wurde sofort verhaftet. War das ein Theater, meine Herren!» Ein Raunen geht durch die Menge. «Sehen Sie sich also vor. In diesem Zusammenhang möchte ich generell sagen: Verlassen Sie niemals die offiziellen Pfade und Wege, auch diejenigen nicht, die nicht beschildert sind. Verziehen Sie sich nicht ins Dickicht für das kleine oder grosse Geschäft oder zum Pilzesuchen. Erstens hat es keine und zweitens ist das ganze Gelände nach wie vor vermint und es hat Blindgänger. Grad kürzlich hat einer der hier zahlreich vorkommenden Reiher einen Blindgänger gezündet. Der schöne Vogel war danach über mehrere Quadratmeter zerstreut, also passen Sie auf.»

Er hält einen Augenblick inne und wischt sich die Stirn, blickt danach wieder auf. «Ich weiss, dass einige Leute von der ersten Welle im Juli über die sanitarischen Anlagen gejammert haben. Das wird sich bessern, hoffe ich. Aber hier war bis vor kurzem Krieg, und nur weil man sich zu schade ist, die Lochbrett-Plumpsklos zu benutzen, lohnt es sich nicht, bei einem Geschäft in alternativem, vermintem Gelände das Leben zu riskieren.» Er schaut herausfordernd in die Runde. «Hiermit habe ich geschlossen. Wünsche guten Aufenthalt und viel Erfolg mit Ihrer Arbeit als Observer.» Der Delegationsleiter steigt vom Podest und stakst etwas hüftsteif zum wartenden Chevrolet. Eine Ordonnanz öffnet ihm die Tür. Die Offiziere, Unteroffiziere und Soldaten des kleinen Landes erheben sich und zerstreuen sich alsbald in alle Richtungen.

Gleichentags sitzt der Hauptmann auf einem eckigen Loch der von den Amerikanern konstruierten und von ihrem Delegationsleiter thematisierten Latrine. «Hauptmann Schneewittchen! Da bist du ja endlich. Ich habe dich gesucht.» Des Majors Stimme dringt an sein Ohr. «Gute Nachrichten! Bald bist du mit sieben Zwergen in einem schönen Häuschen.» Der Major taucht unvermutet auf, er wedelt mit einem Stück Papier. «Da, schau her, netter Zufall, uns verschlägt es in dasselbe Acht-Mann-Zelt. Du bist doch die Nr. 96, oder?»

Der Hauptmann nickt. Warum musste der Major grad jetzt auftauchen, wo er doch endlich schön allein auf der Latrine sass und ungestört seine Notdurft verrichten konnte? Lange hatte er unauffällig vor dem Latrinenzelt gewartet und seine Hinterbacken zusammengeklemmt, weil noch jemand auf einem hölzernen Thron sass. Er wollte alleine sein bei diesem Vorgang. Wie in den Bergen, hinter einer knorrigen Bergfichte oder einem Felsblock. Irgendwann hatte der hünenhafte Neger vom amerikanischen Versorgungsbataillon sein Geschäft jedoch beendet, wischte sich – tonnenweise Papier von der Spule pflückend – unerklärlich lange den Hintern, stand dann endlich auf und stapfte höflich nickend an ihm vorbei. Bauchweh hatte er vom Warten bekommen. Und jetzt auch noch der Major.

Jener ruft zu ihm herüber: «Acht Nasen werden wir sein, Schneewittchen, ich hoffe, die nachbarlichen sieben Zwerge sind angenehm, riechen gut, halten den Mund, sind reinlich und diskret, speziell was nächtliche Verdauungsvorgänge angeht. In diesem Sinne, Hauptmann, weiterhin gute Erleichterung.» Der Major lacht, geht ein paar Schritte weg, lehnt an den Balken der hölzernen Latrinenkonstruktion, blickt jedoch nunmehr diskret zur Seite. Der Hauptmann fasst beschämt etwas Papier von der Rolle, faltet es sorgfältig, reinigt schnell seinen Anus, lässt den Papierknäuel fallen und blickt kurz durch die beiden Oberschenkel hinunter ins viereckige Loch. Dieses scheint nicht sehr tief zu sein; er sieht auf der braunen Oberfläche Schlieren von weissem Pulver, Papier und Zeitungsfetzen. Es riecht scharf nach Chemikalien, Urin und Kot. Er blickt verschämt auf. Der Major steht noch am selben Ort. Er rümpft kurz die Nase, steht hastig auf, zieht seine Hose hoch, stopft sein Hemd in selbige, schliesst den Gürtel und geht nach draussen zu einem an einer Querstrebe hängenden Wassersack. Er öffnet das Ventil, nässt mit dem von der Sonne aufgewärmten Wasser die Hände, beugt sich, packt aus dem Holzschälchen das grosse, weisse Stück Seife, wäscht gründlich seine Hände, spült sie unter dem Wassersack ab, schliesst das Ventil, reibt die Hände kurz an seinen Hosen ab und wendet sich dem Major zu. Er fasst das von Letzterem hingestreckte Blatt und liest.

Kurz darauf, nachdem er auch die Rückseite des Dokuments gelesen hat, schaut er auf. «Du bist doch die Nummer 88, oder?», fragt der Hauptmann den Major. Dieser nickt. «Hast du das auch gesehen, auf der Rückseite? Wir sind ab 4. November bis und mit 3. Dezember als fixes Team zusammen. In Taegu, im Süden. Ich bin dein Stellvertreter, verzeih, dein Alternate – und du bist mein Postenchef.» Der Major nimmt das Blatt und studiert es mit gerunzelter Stirn. «Das habe ich glatt übersehen. Irgendjemand will uns wohl vermählen, Schneewittchen. Ich mutiere zu deinem Lieblingszwerg.» Er schaut auf und lächelt. «Also Taegu. Mal sehen, ob man dich gebrauchen kann, Hauptmann.» Der Major grinst, der Hauptmann fasst die spontan dargebotene Hand des Majors, drückt sie kurz und fragt: «Taegu ist im Landesinnern, oder?» Der Major nickt. «Dann wird es ein Bahnhof sein, der uns untersteht. Oder ein Flugplatz. Wir werden Flieger kontrollieren, also Kampfjets und Bomber der Amerikaner. Du wirst im Vorteil sein, du Aviatiker.» Der Major antwortet: «Korrekt. Damit musst du leben.»

«Wo wirst du vorher eingesetzt, Schneewittchen, weisst du das schon?» Der Hauptmann nickt: «Ich war bei einer Ordonnanz im Sekretariat der NNSC. Er ist einer der wenigen Welschen dort, ein Soldat oder Gefreiter, ich hörte ihn Französisch reden, ging deshalb zu ihm und fragte. Ein kleiner Leutnant blaffte mich an, ob ich nicht warten könne, ich würde schon noch informiert, und zwar schriftlich. Hoppla, dachte ich, das ist ja wie zuhause.» Der Hauptmann grinst. Der Major scheint empört. «Was nimmt der sich denn heraus?» Der Hauptmann beschwichtigt. «Ist doch egal. Ich hatte keine Uniform an, er konnte gar nicht wissen, wer ich war. Der machte nur seinen Job, er hatte ja recht. Ich kenne das. Kleine Männer, grosses Ego.» Der Major lacht lauthals. Der Hauptmann fährt fort: «Der welsche Soldat beschwichtigte, schaute nach und meinte, ich bekäme schon noch die Auftragspapiere zugestellt. Glücklicherweise kam ein hohes Tier, der kleine Leutnant sprang eilfertig auf, salutierte wie ein Irrer und verschwand mit einem Stapel Dokumente unter dem Arm. Der welsche Soldat grinste verschwörerisch, wühlte in einem Berg Papier, fand wohl das richtige Dokument, las und sagte mir, dass ich zehn Tage hier in Panmunjom bleiben müsse und Teil eines Mobilen Inspektionsteams sei, zusammen mit einem Offizier, dessen Namen ich vergessen habe. Nachher, vom 5. bis zum 11. Oktober, müsse ich für Einkäufe und als Kurier zurück nach Tokio, ich sei zum Barchef ernannt worden.

«Barchef? Was soll denn das? Du reist um die halbe Welt, um hier eine Bar zu betreiben? Wo? Warum?», fragt der Major kopfschüttelnd. «Hier in Panmunjom. Unsere Mission braucht eine Bar.» «Wieso musst du denn dafür nach Tokio reisen?» Der Hauptmann antwortet: «Dort gibts Barmaterial zuhauf. Gläser, Alkohol, Tische, das ganze Zeugs. In Seoul gibt es nichts, sagten sie im Sekretariat, woanders in Korea noch weniger als nichts. Alles verbrannt, zerbombt, kaputt oder gestohlen.» Der Major lacht: «Nur weil du ein Frankophoner bist, sollst du automatisch eine Affinität zu Alkohol haben, ergo zu einer Bar?» «Ich weiss es nicht», antwortet der Hauptmann und lacht. «Wahrscheinlich. Der Welsche im Sekretariat schien mich indirekt zu kennen. Über einen Kameraden, der bei mir in der Kompanie einmal einen Wiederholungskurs in den

Alpen mitgemacht hatte. Wir hatten bei Verlegungen im Gebirge immer den letzten Camion – oder wenns unwegsamer wurde, ein Trainpferd oder ein Maultier – mit Harassen voller Weisswein beladen. So habe ich mir diesen Ruf eingehandelt und deswegen habe ich wohl den Job mit der Bar gefasst. Ich sei ideal für diesen Auftrag, meinte der Welsche.» «Stimmt das mit dem Weisswein?» Der Major blickt den Hauptmann herausfordernd an. «Natürlich», erwidert der Hauptmann.

Er lächelt, dreht sich um und schreitet davon, den Sandhügeln und den Büschen entlang zu seinem Zelt. Der Major bleibt kopfschüttelnd stehen, betritt die Latrine, sieht sich kurz nach allen Seiten um und strebt eilig einem der viereckigen Löcher zu. Kaum hat er sich bequem positioniert, die Lesebrille und «The Stars and Stripes» hervorgekramt, taucht der Oberstdivisionär auf und steuert ein Loch auf der entgegengesetzten Seite der Latrine an. Der Major linst schräg zu seinem Vorgesetzten hinüber, salutiert etwas hilflos, fasst hinunter an seine Hose und will sich wieder erheben. Der Oberstdivisionär aus dem kleinen Land schaut weg, blickt an die Decke, öffnet seine Uniformjacke und den Gürtel an seiner Ordonnanzhose, lässt seine Hose fallen und sagt laut: «Bleiben Sie sitzen, Herr Major, sagen Sie nichts und machen Sie weiter.» Der Major bleibt sitzen, bis der Delegationschef des kleinen Landes sein Geschäft beendet hat, wieder aufsteht und seinerseits im Vorbeigehen salutiert.

Der Hauptmann sinniert. Im NNSC-Budget des kleinen Landes ist ein Posten für die Einrichtung und das Betreiben einer Bar nicht vorgesehen. Die Amerikaner hätten doch diese mobilen Kinos und im PX-Shop könne man Bier und Liköre kaufen, verlautet es aus dem NNSC-Sekretariat. Er hört sich um, und siehe da: Die allermeisten Militärs aus dem kleinen Land wünschen eine eigene Bar, einen Hort in der Fremde, eine Beiz – wie man im kleinen Land zu sagen pflegt. Einen Ort auch, wo man die Kameraden aus andern Nationen gebührend empfangen könne. Diese Bar sei wenigstens ein konkreter, sinnvoller Auftrag, hört er von höheren Offizieren. «Du machst wenigstens was, im Gegensatz zu uns!» Der Hauptmann erhält allerdings nirgends eine befriedigende Antwort, wie man so etwas anpackt und finanziert, niemand scheint in dieser Sache Direktiven erhalten zu haben; auch gibt es nirgends weder ein Lehrbuch dazu noch einen Präzedenzfall. Er sitzt vor dem Zelt, wringt seine in einem rotgestrichenen Stahlfass gewaschenen Hemden und Unterhosen aus und hängt sie an die Hanfleine, die sein Zeltkamerad, ein anderer welscher Hauptmann – oder Schneewittchens Mitzwerg, wie sich der Major auszudrücken pflegte –, am Vortag aufgespannt hatte. Jetzt stopft dieser ruhig neben ihm mit Nadel und Faden ein Loch in seinem weissen Moskitonetz.

Es ist nach wie vor heiss in Panmunjom, der Himmel ist praktisch wolkenlos. Der Hauptmann verjagt eine Fliege, die vor seiner Nase herumsurrt, hängt die letzte Unterhose auf, zündet eine Zigarette an und überlegt. «Was machst du eigentlich im Leben», fragt er seinen Zeltnachbarn in seiner französischen Muttersprache. Der welsche Hauptmann legt seine Nähutensilien zur Seite. «Ich führe mit meinem Vater zusammen ein grosses Kieswerk. Je fais carrière!» Sie lachen beide. Das Kieswerk werde er wohl in Kürze ganz übernehmen müssen, fährt der Haupmann fort, der Vater sei krank. Staublunge. «Wieso fragst du?» Der Hauptmann antwortet: «Ich muss Geld bei uns allen auftreiben, um diese Bar zu finanzieren. Ich muss in Japan Gläser und Alkohol einkaufen. Wie macht man so was?»

Der Zeltnachbar überlegt und entgegnet: «Mach es wie in der Wirtschaft. Sammle Geld, verkauf Papiere, sogenannte

Anteilscheine. Dann hast du Kapital. Mit dem Geld kaufst du ein und mit dem Erlös aus der Bar zahlst du die Leute wieder aus.» «Dann muss ich also eine Art Aktien auftreiben? Wie denn? Gibt es so was hier?» Der Nachbar grinst und antwortet: «Sicher nicht. Ist aber ganz einfach. Selber machen! Aktien sind Papiere, auf denen steht, wie viel sie wert sind, plus ein paar Unterschriften, das Datum und fertig. Du musst nicht unbedingt Aktien fabrizieren, Anteilscheine genügen. Diese Papiere verkaufst du, nimmst von den Kameraden das Geld, kaufst damit ein, später gibst du das Geld zurück; wenn es gut läuft, gibts mehr Erlös pro Aktie oder Papier, und wenn nicht – Pech gehabt. Dann erscheinst du vor einem UNO-Erschiessungskommando. Oder man schiebt dich ab in ein Straflager nach Nordkorea.»

Ein paar Tage später sitzt Hauptmann Schneewittchen im geräumigen Spiel- und Mannschaftszelt, dem Ort, wo männiglich sich beim Schachspiel, bei Kartenspielen, beim Biertrinken oder auch beim Lesen der amerikanischen Armeezeitschrift «The Stars and Stripes» trifft und vergnügt – ein Ort, den die Amerikaner nach langem Drängen der Delegationen schlussendlich ermöglichten und für dessen Errichtung sie das Material lieferten. Der Hauptmann hat einen grossen, hölzernen Tisch ganz für sich in Beschlag genommen. Er hat die Uniform abgelegt, sitzt im Unterhemd über ein weisses Blatt Papier gebeugt, hält in der rechten Hand einen dunkelblauen Farbstift und raucht eine filterlose Camel. Auf der einen Seite des Tisches türmen sich ein Stoss Papier und den Amerikanern mit bauernschlauem Charme abgeluchstes Mal- und Zeichenmaterial: Büchsen mit Pinseln, schachtelförmige Farbbehälter, Farb- und Bleistifte, Lineale, Tintenbehälter und Radiergummis.

Ein ästhetisches Motiv für die Beteiligungsscheine will dem Hauptmann partout nicht einfallen. Er ist sich gewohnt, gestalterische Aktivität aus einem inneren Impuls, aus Lust oder auch nur aus purer Freude anzugehen, nicht auf äusseren Druck hin – und schon gar nicht in einem konkreten Auftragsverhältnis wie hier. Aber die Anfrage hatte ihn gefreut, sogar geehrt. Es ist was Neues, denkt er, packen wirs an. Er blickt hoch. Auf der rechten Seite spielen schwarze Amerikaner Karten, sie lachen ab und zu lauthals – es ist ein kehliges, dunkles, ihn fremd anmutendes Lachen. Weiter hinten, halb draussen, dem warmen, trockenen Wind ausgesetzt, fläzen sich blonde Schweden mit nacktem Oberkörper und geröteten Schultern an einem langen Tisch, auf dem sich unzählige Bierflaschen stapeln. Links von ihm, ein paar Meter entfernt, sitzt ein grosser, grauhaariger, markant älterer Mann in der Soldatenuniform des kleinen Landes und lächelt ihn an. Der Hauptmann nickt zurück, was sein Gegenüber bewegt, zögernd aufzustehen und zu ihm herüberzuschlendern. Der Mann bleibt höflich vor des Hauptmanns Tisch stehen, blickt interessiert auf den Tisch, nickt anerkennend und stellt sich vor. Er sei ein einfacher Soldat und schon länger im Camp in Panmunjom, er sei bereits Ende Juli angereist, in nur fünf Tagen. «Wir hatten ganze acht Tage», antwortet der Hauptmann und stellt sich seinerseits vor. «Fünf Tage wäre mir fast zu schnell gewesen. Es gibt so viel zu sehen. Und es war meine erste grosse Reise überhaupt. Und dann gleich um den halben Erdball. Ich habe bis jetzt den Rhythmus noch nicht ganz gefunden. Was ist hier Ihre Aufgabe, Soldat?» Der Hauptmann legt den Farbstift nieder und zündet sich eine neue Zigarette an. Der Soldat verzieht spöttisch den Mund. «Ich bin ein typischer Mappenträger, ein Kuli, eine Art verfügbare Biomasse. Jedenfalls für bestimmte Leute.» Der Hauptmann hebt ruckartig den Kopf. «Seien Sie froh. Von unten sieht man alles etwas schärfer, und wenn etwas schiefgeht, muss man nicht dafür geradestehen. Hat man Sie nicht befördert? Meines Wissens haben wir hier offiziell keine Soldaten und Unteroffiziere mehr.» Der Soldat unterbrach. «Richtig, Herr Hauptmann, ich wurde zum Warrant Officer befördert, damit ich wie alle andern Zugang zu den Offiziersmessen habe und somit auch zu diesem Zelt. Warrant Officer hört und fühlt sich gut an. Aber zurück in der Heimat im Wiederholungskurs werden sie mich, den einfachen Dätel und Füsilier, wohl wieder herumjagen, da kann ich den Warrant Officer wahrscheinlich vergessen.» «Geniessen Sie demzufolge Ihren Rang und die Zeit hier. Und bleiben Sie möglichst lange», erwidert der Hauptmann mit einem ironischen Lächeln. «Haben Sie zurzeit frei?» «Im Moment ist im Sekretariat nichts los, ja.» Der Soldat lacht und streckt die Arme nach oben, sodass seine Gelenke mehrmals knacken. «Ich geniesse es. Kein überforderter Major kommandiert mich herum, kein aufgeregter Pole verlangt, dass ich einen Sitzungsbericht im Sinne seiner Vorgesetzten zum zwanzigsten Mal umschreibe oder korrigiere, kein Tschechoslowake staucht mich zusammen, kein Amerikaner behandelt mich von oben herab. Herrlich. Ich hoffe, ich störe Sie hier nicht.» Der Hauptmann schüttelt grinsend den Kopf. «Warrant Officer, wir haben hier auf diesem verlorenen Stück Land das Kommunistische Manifest umgesetzt: Hier sind fast alle gleich – zumindest was imaginäre militärische Ränge, das öffentliche Plumpsklo und die Freizeit angeht. Unsere Kommissionskollegen aus Polen und der Tschechoslowakei sollten ihre helle Freude an uns bekehrten Kapitalisten haben.»

Der Soldat lacht lauthals, zieht einen Stuhl herbei und setzt sich. Er blickt neugierig auf den Tisch. «Darf ich fragen, was Sie hier mit diesem Grafikzeugs bezwecken, Herr Hauptmann? Haben Sie auch nichts zu tun, wie die meisten andern? Wenn ja, dann nenne ich das eine gescheite Nebenbeschäftigung.»

Der Hauptmann nimmt einen tiefen Zug aus seiner Camel, bläst den blauen Rauch seitwärts weg und meint: «Ich muss Anteilscheine zeichnen für den Einkauf von Barmaterial für unser Land. Wir wollen einen eigenen Klub. Bei den Amerikanern habe ich gestern schon Baumaterial und Holz geordert, mit dem wir den Klub bauen. Die Bauerei machen die allerdings selber, das kann ich nicht. Das Geld dazu muss ich nun bei unserer Delegation auftreiben. Ich habe nur ein Problem – mir fällt kein Motiv ein für diese Scheine.»

«Lassen Sie mich nachdenken», antwortet der Soldat. Er holt ein zerknittertes Päckchen Chesterfield aus seiner Hosentasche und zündet sich ebenfalls eine Zigarette an, atmet tief den Rauch ein und bläst ihn durch die Nase wieder aus. Er starrt lange auf den Tisch. «Nehmen Sie doch Bezug auf die koreanische Flagge und pflanzen Sie unser weisses Kreuz hinein, vor rotem Hintergrund plus das Matterhorn.» Der Hauptmann nickt anerkennend. Der Soldat spricht eifrig weiter. «Die Koreaflagge hat einen rotblauen Kreis, der symbolisiert das Ying und Yang, die ewige Zweiteiligkeit, Gott und Teufel, Mann und Weib, Nacht und Tag, Leben und Tod, Sein und Nichtsein, Bier oder kein Bier. Darum herum sind noch viele verschiedene Symbole, das ist aber zu kompliziert.» Der Hauptmann runzelt die Stirn. «Interessant. Woher wissen Sie das alles?» Der Soldat entgegnet: «Ganz einfach. Lesen hilft. Und die richtigen Leute fragen.» Der Hauptmann grinst, kneift jedoch kurz danach die Lippen zusammen. «Ich brauche etwas Neutraleres als die südkoreanische Flagge. Sonst werfen uns die Kommunisten vor, wir seien parteiisch. Die reagieren extrem allergisch auf solche Dinge. Haben die Nordkoreaner nicht ein eigenes Fahnenmotiv?» «Stimmt», antwortet der Soldat. «Die haben kein Ying und Yang mehr und auch kein symbolisches Beigemüse. Nur einen roten Sowjetstern zwischen zwei blauen

Balken. Aber warum? Das sind doch unsere Anteilscheine, die sehen die doch nicht.» Der Hauptmann schüttelt den Kopf. «Die sehen alles. Und neutral ist neutral.»

Der Soldat überlegt. «Einverstanden. Dann zeichnen Sie doch die beiden Koreas, also die geografischen Umrisse mit beiden Flaggen und mit einem fetten, schwarzen Strich am 38. Breitengrad. Der Norden ist rot, der Süden meinetwegen weiss oder blau und dahinter, auf einer zweiten Ebene, bauen Sie unser rot-weisses Kreuz ein plus das Matterhorn. Da haben die Kommunisten sicher nichts zu reklamieren, auch wenn ihre Scheine ja nur unserem Seelenwohl dienen. Wie wärs damit?» «Perfekter Plan», antwortet der Hauptmann. Er fängt an, mit einem groben Bleistift und mittels ein paar flüchtiger Striche auf dem weissen Blatt einen Entwurf zu zeichnen. «Ich bin Ihnen – also dir – sehr dankbar. Duzen ist gut für dich, Warrant Officer, oder?» Der Soldat lächelt verschmitzt. «Zu Befehl, Herr Hauptmann. Es wird fortan geduzt. Wenn du es vorschlägst, muss ich das wohl akzeptieren.» Sie lachen beide.

Der Hauptmann macht sich nun eifrig an das Entwerfen des Grundmotivs für den Beteiligungsschein, der Soldat schaut interessiert zu. Beide rauchen weiter. Am Nebentisch stehen die schwarzen Amerikaner lärmend auf, schlendern an ihnen vorbei, bleiben stehen, blicken stirnrunzelnd auf den Tisch mit den Farbutensilien und die beiden Männer im Unterhemd. «Ist das eine Spielgruppe? Oder ein kreativer Workshop? Looks like Kindergarden?», feixt ein hünenhafter Amerikaner fröhlich mit kaum verständlichem, nasalem Akzent und grölt los. Die beiden Männer aus dem kleinen Land grinsen und erklären den Amerikanern, was sie tun. «Great», antwortet der Amerikaner und grinst ebenfalls. «Wir werden die Ersten sein, die in eurem Swiss Club vorbeikommen. Wir bringen dann eine Kiste mit Rum aus Puerto Rico.» Sie klopfen den beiden im

Vorbeigehen kräftig auf die Schulter und entfernen sich lachend. «Swiss Club?» Der Hauptmann unterbricht die Stille. «Swiss Club? Der Name ist gekauft. Guter Name. Wenn die wirklich kommen sollten, kriegen sie im Swiss Club mehr als nur eine Runde, das ist sicher.»

«Nette Kerle, die Amis», meint der Soldat eine Weile später. «Aber sie können auch anders.» «Wie denn?» Der Hauptmann hebt interessiert den Kopf. «Vor drei Wochen wollte ein schwedischer Offizier ein Telegramm übermitteln lassen – ich war nebenan im Büro der NNSC. Ein amerikanischer Soldat sollte das veranlassen. Dieser verlangte, dass das Telegramm vorher von einem amerikanischen Verbindungsoffizier unterzeichnet wird. Der Schwede war dagegen und forderte den Amerikaner auf, das Telegramm sofort weiterzuleiten. Der sagte, er nehme von einem schwedischen Offizier keine Befehle entgegen. Das eine gab das andere, sie stritten, brüllten sich an, bis der Amerikaner dem Schweden ins Gesicht schlug. Ich hielt mich zurück, aber die MPs waren sehr schnell da und haben beide mitgenommen. Der Soldat soll vor ein Militärgericht gestellt worden und zu einem Monat Zwangsarbeit verurteilt worden sein. Der Schwede war allerdings sehr arrogant gewesen. Ich habe diese Erfahrung auch gemacht. Ich mag die Schweden nicht besonders. Gestern sagte mir ein Oberstleutnant – gross wie ein Elch, er geht übermorgen in den Norden als Postenchef –, wir aus dem kleinen Land hätten keine Auslandserfahrung wie sie. Er wäre schon in Palästina gewesen für die UNO. Ausserdem könnten sie, die Schweden, weit besser Englisch und seien geeigneter für diese Art von Arbeit. Bei uns gäbe es zu viele faule Eier. Frecher Hund.»

Der Hauptmann nickt, legt den Farbstift nieder und betrachtet seinen Entwurf. «Hauptsache, unser Swiss Club wird ein Erfolg. Vielleicht schaffen wir es, dass Ost und West bei uns an der Bartheke einen Friedensvertrag bei Weisswein und Fondue ausarbeiten und signieren.» Sie lachen und schweigen danach eine Weile.

Der Soldat starrt auf die fortgeschrittene Zeichnung des Hauptmanns und unterbricht die Stille. «Am 9. September ist ein Pole abgesprungen, ein Dolmetscher. Er ist ganz ruhig in den amerikanischen Sektor hinüberspaziert und hat um Asyl gebeten.» Der Hauptmann blickt interessiert auf. «Die Tschechoslowaken und die Polen haben natürlich ein grosses Tamtam gemacht, sie haben behauptet, der Pole sei von den Westmächten bewusst entführt worden. Ich war bei dieser NNSC-Sitzung dabei, das ging hoch zu und her, sag ich dir. Die Erklärung des polnischen Delegationschefs nahm kein Ende, ich hätte dringendst auf die Toilette gehen müssen, konnte aber nicht, musste ständig übersetzen, dann den Protokollführer ablösen, wieder übersetzen, ich presste verzweifelt meine Arschbacken zusammen – mit dem Resultat, dass ich drei Tage verstopft war. Und das nur wegen diesen blöden Polen. Man bot ihnen an, sich mit dem Abtrünnigen – oder Entführten, wie sie behaupteten – in Seoul zu treffen, um die Sache zu klären. Das haben sie natürlich abgelehnt, die verdammten Roten.» «Du weisst ja enorm Bescheid», meint der Hauptmann nach einer Pause. «Wie war das eigentlich genau mit dieser ominösen Notlandung und den polnischen Offizieren? Bist du da auch auf dem Laufenden?» «Ja. Aber da war ich nicht dabei», entgegnet der Soldat. «Aufgrund eines Defektes musste ein amerikanisches Verbindungsflugzeug mit drei polnischen Offizieren an Bord bei Kunsan notlanden. Dort ist eine NNIT geplant oder schon aktiv, glaube ich. Kunsan ist im Südwesten am Meer und es herrschte schlechtes Wetter. Dann gab es dazu diesen Motorschaden. Der Pilot war sehr geschickt, landete auf einem Reisfeld. Es wurde niemand verletzt, das

Flugzeug hatte allerdings Totalschaden. Die Roten haben dann behauptet, seitens des Westens sei Sabotage mit im Spiel. Nicht offen sagten sie das, aber so hintendurch, diese Kerle, und zwar deutlich. Sie wollten sogar, dass wir und die Schweden uns an der Verurteilung der Amerikaner beteiligten. Unser Chef hat das an einer NNSC-Sitzung – da war ich wieder dabei – scharf zurückgewiesen und die Behauptungen der Polen und Tschechen als beleidigend und plump bezeichnet. Der hat schon Rückgrat, der Chef. Guter Mann. Wir haben nie mehr was gehört von den Roten in dieser Sache.»

Danach schweigen sie. Der Hauptmann zeichnet emsig weiter, der Soldat verfolgt bewundernd die fortgeschrittene Gestaltung des Anteilscheins. «Du kannst diese koreanischen Grenzen ja exakt nachzeichnen. Da, der Yalu, Grenzfluss zu China, der stimmt genau, das weiss ich, ich war kurz dort, als Bote. Wie machst du das?» Der Hauptmann lächelt. «Irgendwas muss man können im Leben. Ich kann jede geografische Karte auswendig nachzeichnen, auch Bergprofile – die Alpenkette von Ost bis West zum Beispiel. Ich weiss nicht, wieso ich das kann. Es ist völlig nutzlos, aber es ist lustig.» «Gratuliere.» Der Soldat starrt beeindruckt auf das Papier. «Das schaut nach etwas aus, dieses Dokument. Schön, das Matterhorn. Exakt so ist es. Hier ist die Hörnlihütte – da, auf dem Grat. Ich war mal dort oben, mit meiner Schönen. Weiter gings nicht, sie war nicht schwindelfrei. Grandios, Hauptmann. Diese Scheine werden weggehen wie warme Brötchen. Du bist ein Genie!» Der Hauptmann richtet sich auf und blickt den Soldaten lächelnd an. «Nein. Ich habe zehn Jahre gebraucht, um zu realisieren, dass ich kein Genie bin.»

Der Soldat schweigt betroffen. Der Hauptmann legt seinen Stift nieder. «Das kann durchaus helfen, allzu hohe Ambitionen und irreale Träume zu relativieren. Man bleibt auf dem

Boden und hebt nicht ab. Eine Art Befreiung. Aber du hast recht. Das Matterhorn kommt richtig gut.» Der Soldat lacht, senkt den Kopf und schnippt mit Mittelfinger und Daumen eine Zigarettenkippe vom Tisch. Dann blickt er auf. «Welchen Wert soll ein einzelner Anteilschein denn haben?» «Das weiss ich noch nicht.» Der Hauptmann hält kurz inne. «Sicher werden die Summen in Dollar sein. Vielleicht zehn oder zwanzig Dollar pro Papier? Keine Ahnung. Da muss ich noch meinen Zeltnachbarn fragen, der kennt sich aus – kein Wunder, er betreibt eine Kiesgrube.» Beide lachen. Der Soldat überreicht dem Hauptmann eine Zwanzigdollarnote. «Hier. Mein Anteil. Für so viel will ich dann schon trinken!» Beide drücken sich die Hände, der Hauptmann schreibt auf einem Fetzen Papier eine Quittung aus, übergibt sie dem Soldaten. Dieser verlässt das Zelt, der Hauptmann greift in eine offene Konservendose mit Farbstiften, behändigt einen Rotstift und beginnt mit der farblichen Gestaltung der nordkoreanischen Fahne.

Sommer 1935

Er lehnt sich weit aus der Dachstockluke. Mit der linken Hand stützt er sich am Dachkännel ab, das Metall – wohl Kupfer – ist von grünlichem Schimmel bedeckt. Er wischt die Hand an der Kante der Rinne, blickt wieder nach unten und lässt entschlossen den kleinen, braunen Teddybären fallen. Er klammert sich ans Gebälk, beugt sich noch ein wenig weiter über das Geländer und verfolgt angestrengt, wie das kleine Stofftier rasch nach unten schwebt. Das karierte Taschentuch, das als Fallschirm diente, wölbt sich schön rund und ist nach oben aufgebläht, die Kanten flattern im Fallwind. Kurz darauf sieht er den Teddybären auf dem Trottoir aufprallen, das Tier legt sich zur Seite. Eine ältere Frau, die wohl die Strasse überqueren wollte, bleibt stehen, starrt erschrocken auf das gefallene Plüschtier, stösst einen spitzen Schrei aus und guckt zu ihm hoch. Er zieht sich blitzschnell ins Innere des Estrichs zurück, hält sich an der Schlinge des vom obersten Dachsparren herunterhängenden Hanfseils fest, um dann mit wenigen Sprüngen zur Estrichtür und zum Treppenhaus zu gelangen und – jede zweite Stufe auslassend – in höchstem Tempo hinunter auf die Strasse zu gelangen. Er tritt ins Freie. Der kleine Teddy liegt noch da, das Fallschirm-Taschentuch ist leicht beschmutzt und angefeuchtet. Die ältere Frau steht auf der gegenüberliegenden Seite des Fussgängerstreifens und droht ihm lächelnd mit dem Zeigefinger. Er grinst scheu, hebt Bär und Fallschirm auf und eilt hoch, zurück in die Wohnung. Er betritt die Küche.

Der Vater sitzt am Tisch, vor sich ein Glas Rotwein. Er raucht. Seine Mutter steht am Herd und kocht. Aus dem Dampfkochtopf zischt es leise, es riecht nach frischgeschälten Kartoffeln. Er legt den kleinen Stoffbären auf den Tisch und vermeldet stolz, so lange sei der Bär noch nie geflogen, er hätte diesmal ein weit grösseres Taschentuch benutzt. Er frage sich nun, wie gross der Fallschirm sein müsse, bis das Gewicht des Fallkörpers zu gering sei für das Oberflächenmass des Schirms. Er denke, wenn das Ganze zu flattern beginne, sei der Fallschirm zu gross und der Bär würde wohl unkontrolliert abstürzen. Sein Vater schaut ihn mit durchdringendem Blick an und fragt, ob er im Estrich gewesen sei. Er bejaht. Der Vater nickt und schweigt.

Später beim Essen fragt er seinen Vater eifrig, was das im Estrich aufgehängte Hanfseil mit der Schlinge bedeute, ob das eine neue Spielmöglichkeit sei oder ob man damit Dachziegel transportieren wolle. Dürfe er vielleicht das Hanfseil für Urwaldspiele benutzen? Man könne so den Tarzan spielen, von einem Dachsparren zum andern schwingen und brüllen wie ein Affe, dort oben störe das sicherlich niemanden, oder? Die Mutter dreht sich erschrocken um, starrt ihren Mann herausfordernd an und fragt ihn, ob er es sei, der das Seil aufgehängt habe – oder doch eher der Nachbar unter ihnen, der sei ja bekannt für solche Schrullen. Der Vater blickt weg und murmelt, das sei wohl das Werk des Nachbarn, keine Ahnung, was der damit bezwecke. Die Mutter lässt den Blick nicht los von ihrem Mann. Dieser zuckt missmutig mit den Schultern, steht auf und schlurft in den Salon. Dort drückt er die brennende Zigarette im Aschenbecher aus, legt sich ächzend nieder auf das Sofa und schliesst die Augen.

Der Sohn und seine Mutter schauen sich an, ihr Blick ist undurchdringlich, tiefe Falten zerfurchen ihre Stirn. Nach dem Essen, als beide Eltern ruhen und er das Abwaschen hinter sich gebracht hat, springt er aus der Küche und rennt hoch in den Estrich. Er packt die Schlinge am Ende des Hanfseils, klettert am steinernen Kamin hoch, hält sich kurz an einer Eisenstrebe fest, packt das Seil, so fest es geht, mit beiden Händen und lässt sich danach mutig nach vorne fallen. Es gelingt ihm ein beängstigend weiter Schwung quer durch den ganzen Estrichraum, bis ganz auf die andere Seite. Dort stösst er sich wieder ab, juchzt triumphierend und schwingt zurück. Am gegenüberliegenden Dachbalken schlägt er hart und schmerzhaft mit dem Kopf auf. Seiner Kehle entweicht unkontrolliert ein Schmerzensschrei, er lässt sich sofort nach unten auf die rohgezimmerten, staubbedeckten Bretter des Dachbodens fallen. Er fühlt einen leichten Schwindel. Danach greift er sich an den Kopf, er spürt etwas Warmes, Flüssiges. Er besieht seine Finger. Sie sind voller Blut. Der Kopf schmerzt stark. Er bleibt benommen sitzen, bis er ein Geräusch hört und erschrocken hinter sich blickt. Die Mutter steht in der Estrichtür, neben ihr – als dunkler Schatten im Gegenlicht des Treppenhauses – sein Vater. Er zuckt zusammen. In einem hysterischen, von Angst durchsetzten, ihm völlig unbekannten Ton befiehlt die Mutter dem Vater, das Hanfseil sofort zu beseitigen, das sei viel zu gefährlich für den Buben. Der Vater schaut auf die blutigen Finger seines Sohnes, sein Blick ist ausdruckslos. Er klettert an der gegenüberliegenden Estrichwand hoch und löst umständlich und langsam das Seil vom nahen Querbalken. Darauf rollt er es zusammen, hängt es über die rechte Schulter und geht schweigend an ihnen vorbei. Die Mutter nimmt ihren Sohn an der Hand und folgt ihrem Mann. Später in der Küche schneidet und rasiert sie ihm die Haare an der Stelle, wo er verletzt ist. Sie desinfiziert die Platzwunde und klebt sorgfältig ein Pflaster auf die Stelle. Der Vater schläft mittlerweile wieder auf dem Sofa und schnarcht.

Anfänglich hatte er ihn ein paar Mal gefragt, warum er, der Papa, morgens nicht mehr in die Weinhandlung zur Arbeit gehe und nur noch zuhause rumliege und schweige. Es gäbe keine Arbeit zurzeit, bald arbeite er aber wieder, erwiderte der

Vater mürrisch. Es dauerte eine Weile, bis ihm dämmerte, dass sein Vater die Arbeitsstelle verloren hatte. Er war dreizehn Jahre alt und ging in die siebte Klasse. Sie hatten im Geschichtsunterricht die momentane wirtschaftliche Situation im kleinen Land und auch sonst auf der Welt diskutiert. Es sei Krise, hiess es allenthalben. Tage später, auf dem Schulhof, neckte ihn ein älterer Kollege. Er habe hintenherum gehört, sein Vater sei nun auch ein Arbeitsloser, bald müssten sie wohl zu den Armengenössigen, um Suppe zu bekommen, ob er ein Stückchen von seinem Pausenbrot wolle? Er reagierte nicht, ging traurig nach Hause, erzählte die Episode seiner Mutter, die daraufhin lange schwieg. Doch eine halbe Stunde später fasste sie ihn an der Hand und zog ihn in sein Zimmer. Dort setzte sie sich auf sein Bett, er stand vor ihr, sie fasste seine beiden Hände, blickte ihm direkt in die Augen und sagte: «Papa hat keine Arbeit mehr. Er findet auch keine neue. Es sind zu viele auf der Strasse zurzeit. Er ist ja nicht der Einzige. Aber bald haben wir kein Geld mehr. Ich muss anstelle von ihm arbeiten gehen. Das ist sehr schwierig für ihn. Verstehst du?» Er nickte. Die Mutter hielt einen kurzen Moment inne. «Hör zu, mon petit. Papa sagt, er könne seine Familie nicht durchbringen, er sei unfähig, er sei ein Nichts. Nun müsse eine Frau für die Familie sorgen.» Die Mutter atmete schwer und machte eine kurze Pause. «Das stimmt. Ich habe nun eine Stelle gefunden als Handarbeitslehrerin, nicht weit von hier. Für deinen Vater ist dies fast unerträglich. Ich verstehe das, aber es gibt keine andere Lösung. Ich werde jeden Abend für euch kochen, mach dir keine Sorgen, nur das Frühstück und den Mittagstisch muss Papa halt von jetzt an selber zubereiten. Es sind keine guten Zeiten, mon fils. Schau also zu Papa, mach, was er sagt, und sei nett zu ihm. Einverstanden?» Er nickte und blickte auf den Boden. Ihn wurmte, dass der Schulkollege recht gehabt hatte.

Sommer 1982

«Einatmen. Anhalten! Weiteratmen. Einatmen! Anhalten! Weiteratmen.» Die metallisch-eintönige Stimme verharrt. Er horcht. Ist das eine Frau? Nein, die Stimme ist viel zu hart. «Hören Sie mich? Atem anhalten!» Er hält die Luft an und wartet. Er wartet lange, seine Bauchmuskeln verhärten sich. Darf ich jetzt wieder einatmen? Er ist unschlüssig. Er presst die Lippen zusammen, seine Lungen schreien nach Luft. Darf ich, darf ich nicht? Er umfasst den kleinen Luftballon in seiner rechten Hand, das Notsignal, er könnte jetzt drücken, man würde unterbrechen, zu ihm eilen, ihn befragen, ermuntern, trösten vielleicht. Sein Herz klopft rasend, hoch bis zum Hals. Er hört die metallischen Rotationsgeräusche des weissen, perfekten Geräts, des – wie er zu seiner Frau bemerkte – klinischen Vorhofs zur Hölle; ein Teufelsgerät, das Röntgenkameras im Kreis herumschleudert. Dieses böse, wirbelnde Sausen. Ein Geräusch wie die anlaufende Turbine eines Propellerflugzeugs. Dakota, Skymaster, Globemaster, Flying Boxcar!

Er atmet unmerklich ein, sehr langsam, sozusagen klandestin – so, als läge er versteckt in einem sumpfigen, kalten Teich zwischen Schilfstängeln und Binsen und würde nur durch ein Schilfröhrchen atmen, der einzigen, lebenserhaltenden Verbindung zur Aussenwelt. Ein paar Gramm magere Luft zum Leben, zum Überleben. Er stellt sich vor, er ist Partisan. Er versteckt sich, ahnt am Ufer die hastenden Schatten von behelmten Männern mit Maschinenpistolen. Vive la Résistance! Er zittert. Wird das Teichwasser Ringe bilden, sich kräuseln, wird der stille Teich ihn verraten? Die Männer mit den Helmen laufen weg. Plötzlich die Umrisse eines Gesichtes, direkt über ihm, dunkel und drohend. Er zuckt zusammen. Werde ich nun erschossen? Erstochen? Gehenkt?

«Hallo? Hören Sie mich eigentlich? Sie sollen einatmen, bitte.» Er schreckt auf. Eine Frau in Weiss ist über ihn gebeugt. «Ist alles in Ordnung?» Er nickt und krächzt: «Ja.» Er begreift. Er steckt in dieser langen Röhre, er liegt nicht im Teich, er darf, nein, er soll atmen. Einatmen. Anhalten! Weiteratmen. Die Bahre unter ihm ruckelt erneut, einen Millimeter vorwärts, zwei rückwärts. Einatmen. Anhalten! Weiteratmen. Erneut einen Millimeter. War es vorwärts? Sein Kopf steckt mitten in einer lärmigen Baustelle in einer runden, weissen, bakalitartigen Röhre, die Strahlenkanonen sausen in ihrer weissen Verkleidung mitleidlos um ihn herum. Einatmen. Anhalten! Weiteratmen. Einen Millimeter zurück, zwei vorwärts. Wieder rückwärts. Verharren. Was machen die bloss? Das Drehgeräusch hört urplötzlich auf. Stille.

Er ist schweissnass, salziges Wasser sammelt sich in seinen Augenhöhlen. Er presst die Lippen zusammen. Er weint. Er schreit stumm. Einatmen. Anhalten! Wieder einen Millimeter vorwärts, einen zurück. Dann ein endloses Time-out. Warum verharren sie? Er atmet nicht. Er wartet. Ich muss ausatmen, ich muss. Die Bauchmuskeln fangen an zu zittern, unkontrolliert, Wasser schiesst wiederum in seine Augen. Ausatmen!

Die haben etwas gefunden! Sagt es mir und lasst mich hier raus, macht der Sache ein Ende! Ihr habt etwas gefunden! Das Herz rast. Einatmen. Anhalten! Weiteratmen. Wieder einen Millimeter zurück. Einatmen. Anhalten! Weiteratmen. Das Gerät dröhnt, die Bahre schiebt voran, unbarmherzig. Die weisse Röhre vibriert, jammert, kreischt, arbeitet sich mitleidlos an ihm ab, mutiert in seinem Halbschlaf zum fliegenden Güterwaggon mit den beiden stählernen Schwänzen, die röhrenartig nach vorne zu Motorengondeln sich verengen. Die riesigen, hochtönig sausenden Propeller, ebenfalls durch wuchtige Magneten in Schwung gehalten! Das geräumige Cockpit des Transportflugzeugs mit Hunderten von Anzeigen, die grossen, eckigen Fenster.

Die Tragbahre neben den Dieselfässern, Letztere am Rumpf festgezurrt mit Lederbändern.

Die Maschine schlingert, hoch über Honshu, der Hauptinsel Japans. Er versucht, zu dösen. Nebenan, auf einem Postsack, schläft der Kamerad, derjenige mit der Kiesgrube, ein Hauptmann und Welscher, exakt wie er. Die baumelnde Stahlschnalle eines herrenlosen Ledergurtes neben seinem Kopf schlägt bei jeder Kurve in der Luft hart und unablässig gegen die metallene Rumpfwand, hämmert in sein Trommelfell, im Schädel hallt es schmerzhaft nach. Der Frachtraum, ein ihn angähnendes, eckiges Blechloch, links die Fässer, rechts die Kisten mit Granaten, beschriftete Säcke, der schlafende Lademeister, ein Neger, mit weit offenem Mund, die glänzende Speichelspur quer über das Kinn, auf seine Brust tropfend. Er ist Jonas im fliegenden Wal, er ist eingesperrt im rüttelnden Bauch der Fairchild C119, Flying Boxcar, fliegender Güterwaggon der US-Airforce, hoch über dem besiegten Japan.

Nur wenige der Delegierten hatten sich freiwillig als Kurier nach Tokio gemeldet, einige mussten sanft dazu aufgefordert werden, insbesondere als die Nachricht durchsickerte, dass der fliegende Güterwaggon als nicht besonders sicher galt. Kein Wunder, man hatte den Flieger im Krieg nicht nur als Schwertransporter, als Fallschirmabsetzer oder als Passagiermaschine eingesetzt, sondern auch als fliegendes Geschütz, als «Gunship». Dementsprechend riskant flogen die Piloten der US-Airforce und so krachte es eben weit öfters als bei vergleichbaren Transportmaschinen. Der Umstand, dass die Maschine weniger ruhig durch Turbulenzen flog als beispielsweise eine Douglas Skymaster, hatte ihrer Reputation ebenfalls geschadet und manchen Delegierten aus dem kleinen Land bewogen, sich aufgrund bereits gemachter traumatischer Erfahrungen bei der Hinreise vor dem Kurierdienst nach Japan unauffällig zu drücken. Seinem Kameraden, dem Kieswerkbetreiber, der auf diesem unruhigen Flug weiter ungerührt dem Tief-

schlaffrönt, hatte es nichts ausgemacht, als Kurier auserkoren worden zu sein. «Mir ist lieber», sagte er dem Hauptmann bei einem Vorgespräch zum Einsatz, «ich verbrenne heroisch während einer Mission bei einem Flugzeugabsturz, als dass mir in der Nähe unseres Camps eine Landmine den Unterkörper abreisst oder mich zuhause ein besoffener Camionchauffeur über den Haufen fährt. Auf nach Japan! Tora, Tora, Tora!» Sie hatten gegrinst, ihre Sachen zusammengepackt und warteten nun neben dem NNSC-Sekretariat auf den Jeep und die amerikanischen Militärpolizisten, ihre obligaten Begleiter, für die rumpelige und staubige Fahrt nach K16, dem Militärflugplatz in Seoul.

Die Motoren summen ihr stählernes Lied, durch das Fenster erblickt der Hauptmann Richtung Süden eine grosse Stadt an einer weiten Bucht, in der Mitte gähnt eine grosse, praktisch unbebaute Fläche – wie ausgespart, als wäre jemand mit einer Riesensohle draufgetreten, hätte sich ein paar Mal gedreht und mit dem Absatz alles plattgewalzt. Unzählige Bagger sind zu sehen, Bulldozer, Staubfahnen, Spuren von Fahrraupen, riesige Lagerhallen und Containerberge am Rande des Gebiets. Er richtet sich auf, späht noch einmal durch das Fenster. Darauf schwankt er nach vorne, vorbei an den Dieselfässern, stützt sich an Streben und am Schluss an der Cockpittüre ab, lugt ins Flugdeck hinein und fragt den Kopiloten auf der rechten Seite: «Wie heisst die Stadt da unten?» Der Kopilot nimmt den Kopfhörer herunter, blickt ihn stirnrunzelnd an, der Hauptmann wiederholt schreiend seine Frage. Der Amerikaner schaut auf die rechte Seite durch das riesige Fenster, nimmt eine Karte, fährt mit dem Zeigefinger prüfend einer imaginären Linie entlang und dreht sich um. «Hiroshima, Sir!» Der Hauptmann zuckt zusammen. Hiroshima? Der Kopilot lacht und zeichnet mit seinen beiden Händen eine Art grossen, wulstigen Pilz in die Luft. Der Hauptmann versteht und nickt. Er wankt zurück, legt sich wieder auf die an der Rumpfwand befestigte Tragbahre.

Sie fliegen tiefer als 1945 die «Enola Gay», der B-29-Bomber mit der tödlichen Bombenfracht. Auf der jetzigen Höhe wäre der Flying Boxcar, der ihn dröhnend beherbergt, nach der nuklearen Explosion wohl schlicht verglüht. Der Hauptmann sinniert. Die Zahl von annähernd einer Viertelmillion Toten – die später an den Strahlenschäden Gestorbenen miteingerechnet – löst wenig aus bei ihm. Er erschrickt. Die Zahl ist absurd, surreal. Wären nur hundert gestorben, klänge dies in seinen Ohren paradoxerweise dramatischer. «Der Tod eines Menschen ist eine Tragödie, derjenige von Millionen Statistik.» Stalin, der Massenmörder, hatte das verlauten lassen; irgendwann im letzten Frühjahr, als er starb, wurde das in den Zeitungen über ihn berichtet.

Der Hauptmann linst erneut aus dem Fenster. Er sieht nun bewaldete Berge und dazwischen, eingeklemmt in engen Tälern, glitzernde Reisfelder, Bahnhöfe, Siedlungen, Eisenbahnlinien. Hiroshima ist verschwunden. In weniger als einer Stunde würden sie auf der Tachikawa Airbase in Tokio landen. Dann die lange Fahrt ins Da-iti-Hotel, abends mit dem Kieswerkbetreiber wohl in den Ausgang – diesen würde er sicherlich davon abhalten müssen, in dunklen Seitengässchen irgendein erotisches Abenteuer zu suchen. Dann sich ein paar Bierchen gönnen in der Lounge des Hotels, zusammen mit netten Ausländern oder fröhlichen Amerikanern, gründlich duschen, Uniform reinigen lassen und viel schlafen. Am nächsten Morgen zur Botschaft, Post holen, Geld bringen, Briefe, Akten, Umschläge, Päckchen, und mit dem welschen Kameraden plus einem kundigen Angestellten der Botschaft Unmengen Barmaterial bestellen und einkaufen. Er befühlt seine Brusttasche, sie ist stark nach aussen gewölbt. Ein paar Tausend Dollar stapeln sich darin, ein Vermögen! Es ist das Aktienkapital zum Betreiben einer Heimatbar am Ende der Welt, auf einem Sandhügel, umringt von Büschen, Stacheldraht, Bombentrichtern, Minen, Erdwällen, Gräben und schwerbewaffneten Militärs.

Eine Bar in Panmunjom. Eine Bar auf einem Totenhügel. Biotop und Gemütsinsel für die Heimatseligen. Der Swiss Club.

Jemand rüttelt an seiner Schulter. «Wir sind fertig! Hallo? Hören Sie mich? Hallo! Sie! Hören Sie mich? Sie!» Er schreckt hoch. Die Röhre. Die Untersuchung. Das Ruckeln. Das Atmen. Das Weiteratmen. Ist er eingeschlafen? Ja, das wird es sein. Die Tragbahre muss lautlos aus dem engen Schlund des Computertomografen hinausgeglitten sein. Spürte er nicht einen Lufthauch auf seinen entblössten Unterschenkeln? Oder war es die seine Haut streichelnde, rätselhafte Kühle im überheizten, fliegenden Güterwaggon, hoch über Honshu? Die Röntgenassistentin hilft ihm aufzustehen, er klammert mit der linken Hand in der Steissgegend sein Spitalhemd zusammen, er will nicht, dass die junge Frau seinen Rücken, sein Gesäss oder gar sein durch die Kühle arg verschrumpeltes Geschlecht sieht. Er wankt in das kleine Kabäuschen, zieht sich um, halb betäubt, zitternd, unendlich schwach. Er dreht das Schloss, öffnet die Tür nach aussen und lugt hinaus. Er erkennt sofort seine Frau, sie wartet auf einem schwarzen Kunstledersessel auf ihn, vor sich einen niedrigen Tisch mit abgegriffenen Magazinen, einem Glas Wasser und einer roten Plastikblume in weisser Vase. Sie blickt auf, lächelt, schwingt sich behände auf ihre Beine und steuert entschlossen auf ihn zu. Sie fasst seinen Kopf, schaut ihm kurz in die Augen und drückt ihm einen Kuss auf die nasse Stirn. Rechts öffnet sich die Tür, der Arzt eilt zu ihnen hin. «Madame. Guten Tag. Freut mich.» Er wendet sich zu ihm. «Und? Alles in Ordnung bei Ihnen?» Er bejaht. «Sie kriegen Bescheid von Ihrem Arzt, ich denke, der Bericht wird morgen früh fertig sein. Er wird Sie anrufen. Je nachdem müssen Sie dann zu einer Konsultation erscheinen.» Der Arzt dreht sich weg. Er fasst den Arzt am Ärmel. «Entschuldigen Sie bitte. Eine Frage. Sie sind ja immer wieder vor- und zurückgefahren mit der Tragbahre oder diesem Schlitten – haben Sie vielleicht etwas Bestimmtes in mei-

nem Kopf gesehen, das Sie immer wieder anschauen mussten? Haben Sie etwas gefunden?» Der Arzt blickt ihn ausdruckslos an und sagt: *«Wie ich bereits sagte, ich bin Radiologe, kein Neurologe. Machen Sie sich keine Sorgen. Sie kriegen morgen Bescheid. Von Ihrem Arzt.»* Der Arzt schaut auf ein Blatt Papier. *«Haben Sie bis dahin Geduld. Gute Nacht. Kommen Sie gut nach Hause.»* Der Arzt dreht sich um, geht den Gang entlang, vor einer Tür blickt er noch einmal zurück, nickt und hebt unentschlossen die Hand zu einem flüchtigen, etwas hilflos anmutenden Gruss. Dann öffnet er die Tür und schliesst sie hinter sich.

Herbst 1953

Er fährt hoch, hält sich an der Bettkante fest, wischt sich die Augen, reibt sich die Stirn, fährt mit der Hand ein paar Mal durch seinen wirren Haarschopf. Er blickt um sich. Das Zimmer schwankt auf und ab, träge, langsam, aber merklich. Die Wände knarren, es riecht zart nach Diesel, Meerwasser und Farbe. Wo ist er bloss?

Das Schiff. Die See. Die Bar. Die Gläser. Der Schnaps. Der Kapitän. Genau! Er ist allein auf einem Frachtschiff Richtung Korea. Der welsche Kamerad mit dem Kieswerk ist mit dem fliegenden Güterwaggon und unzähligen Post- und Geldsäcken längst nach Seoul zurückgeflogen. Er war geblieben: Tokio, Yokohama, Fukuoka. Geldumtausch, Einkäufe, endloses Feilschen, Einpacken, Bezahlen, Transporte organisieren, einen Bahnwaggon mieten. Viele Papiere, Stempel, Unterschriften. Die Bar! Die Bar! Der Hauptmann atmet durch.

Die Kajüte ist eng, hinter ihm leuchtet schwach das Lämpchen an der Wand, die dünne Bettdecke ist verrutscht, sie liegt teilweise auf dem schmutzigbraunen Linoleum, das den Boden der Kajüte überzieht. Er schluckt leer. Sein Rachen fühlt sich staubtrocken an, der Geschmack im Mund ist faulig. Übelkeit steigt in ihm auf – nicht vom Wellengang, nein, es ist der Alkohol – oder die nächtliche Mischung davon. Zuerst der süsse japanische Likör, dann becherweise Reiswein in der Kajüte des Kapitäns. Wie nannten sie das köstliche Getränk? Saké. Dann später unzählige scharfe Schnäpse, ebenfalls mit dem Kapitän, in einem Kabäuschen hinter der Brücke des ehemaligen japanischen Spitalschiffes, der Hikawa Maru, die normalerweise als Passagierschiff in die USA eingesetzt wird, sich im Winter jedoch als Transportfähre zwischen Japan und Korea verdingen muss.

Der Steuermann und der erste Offizier standen vorn am Ruder, vor sich einen Haufen Instrumente, die im Halbdunkel grünlich schimmerten. Die Seeleute wechselten nur wenige Worte. Draussen tobte eine pechschwarze, wütende Sturmnacht. Im Licht der weit vorne am Bug befestigten Scheinwerfer sah der Hauptmann sich beängstigend hoch auftürmende Wellenberge und deren Gischt, die sich tosend und schäumend über das vordere Deck ergoss. Der Dampfer durchquerte stampfend die Strasse von Tsushima zwischen der japanischen Küste und Korea, Destination Pusan. Im Speisesaal hatten die Stewards alles abgeräumt und sicher verstaut, auch sämtliche Stühle und Tische. Die wenigen Passagiere – alles Japaner oder Koreaner, er war wohl der einzige Gaijin an Bord – waren früh in ihren Kajüten verschwunden, die meisten kreidebleich, viele völlig durchnässt, weil sie sich draussen im peitschenden Regen an der hölzernen Reling hatten übergeben müssen. Er selber spürte nichts. Er war seefest.

Er hatte schon kurz nach der Abfahrt im südwestjapanischen Fukuoka bei der Besatzung mit seiner ausländischen Uniform Aufsehen erregt. Auch bei den Ladeleuten war er aufgefallen, hatte er doch besorgt zugeschaut, wie die stählernen Kräne seine wertvolle Ladung in einem grossen Hanfnetz auf das Deck der Hikawa Maru hievten. Es waren Hunderte von in Holzkisten verpackten Gläsern, Kartons mit Wein, Schnaps und Likör, unzählige Kisten mit Bierflaschen, eine komplette Bartheke, Stühle, Hocker und kleine Tischchen, dazu Lämpchen, Reinigungsmaterial, Lappen, Besen, Tücher und sonstige Utensilien zum Betreiben einer Bar. Jawohl, die Bar! Die Bar muss durch, dachte er belustigt, als er die Gangway auf das erste Deck bestieg. In einer der Kisten lag auch eine grosse stählerne Kasse, die ihm die Amerikaner in einem PX-Shop auf der Airbase Tachikawa in Tokio auf Anfrage generös überlassen hatten.

Vor zehn Tagen war er mit dem Kameraden da hingeflogen, war nach dem Besuch der Botschaft tagelang mit ihm in Tokio und Yokohama herumgehetzt, hatte Ware organisiert, emsig eingekauft und Bestellungen aufgegeben. Leider fuhr kein Schiff beizeiten vom Hafen in Yokohama nach Korea, er hatte seine grosse Ladung auf Güterzüge nach der japanischen Hafenstadt Fukuoka verladen lassen müssen, das alles war sehr aufwendig und zeitraubend gewesen – und keine Seele sprach Englisch. Der Kieswerk-Hauptmann war danach zurückgeflogen, nach einer durchzechten Nacht in Ginza, dem Vergnügungsviertel Tokios. Der Hauptmannskollege hatte ein paar Fotos mit seiner teuren Nikon geschossen und sie an seinem Abfahrtstag entwickeln lassen, eines davon zeigte ihn, den Hauptmann, mit einer molligen Japanerin an seiner Seite, er umfasst sie an den Schultern, sein Blick war glasig. Sie hatte sich einfach zu ihm gesetzt und einen Drink verlangt. Papa-san, baby-san. Er konnte sich nicht mehr genau erinnern, wollte es wohl auch nicht.

Er blieb alleine in Tokio zurück, doch er hatte es geschafft. Die Bareinrichtung war verpackt, bereit zum Abtransport nach Korea. Im Laderaum der Hikawa Maru hatte er nochmals alles kontrolliert, zurrte da noch etwas fester an den Befestigungsriemen, rückte dort noch etwas zurecht. Den grossen Postsack für die NNSC-Delegierten auf den Aussenposten, den man ihm in Tokio von der Botschaft überreicht hatte, liess er in seine Kajüte bringen, das war das Allerheiligste, das durfte nicht verlustig gehen, er würde diesen Sack wie seinen Augapfel hüten. Sollten die ungeduldig erwarteten Briefe und Dokumente aus dem kleinen Land ihre Adressaten nicht erreichen, würde er dafür einstehen müssen – und geteert und gefedert in die Heimat zurückgeschickt.

Rasch hiess man an Bord der Hikawa Maru den fremden Offizier aus Europa willkommen und lud ihn später zum

Captain's Dinner ein. «Konichiwa» und «Arigato kosaimas» radebrechte er. Viel mehr Japanisch hatte er nicht gelernt. Auch sprach praktisch niemand hinreichend Englisch an Bord – von anderen Sprachen ganz zu schweigen. Aber er verstand sich trotzdem gut mit den japanischen Seeleuten, insbesondere mit dem kleinen, witzigen Kapitän, der aussah wie ein Eskimo und Hände hatte wie ein nordischer Stahlkocher – und glücklicherweise ein paar Brocken Englisch sprach. Er fuhr schon lange zur See, im Krieg hatte er einen Zerstörer kommandiert, die Amerikaner hatten sein Schiff vor Okinawa versenkt und er hatte knapp überlebt. Kapitän Toshiro Kanichi verkündete noch vor dem ersten Glas Likör stolz, er stamme aus Atami. Das sei seine Heimatstadt, südwestlich von Tokio, in einer Bucht der grünbewachsenen Halbinsel Izu eingebettet. Zwei Bootsstunden entfernt, im Süden in Sichtweite zur Küste läge Izu-Oshima, die Vulkaninsel. Dort hätte sein Vater einen Fischkutter besessen und bis zum Krieg die Familie ernährt. Heute führe die Familie das Kanichi-Bäderhotel in der Innenstadt mit Onsen, dem japanischen Heisswasser-Bad. Der Hauptmann hörte zu, warf hie und da eine Frage ein.

Er fühlte sich wohl, er mochte die Japaner mit ihrer immens höflichen, ernsten und doch leicht verschmitzten Zurückhaltung. Ihre Sprache war rau, ihr Verhalten jedoch nachgiebig, weich und gesittet. Dazu hatten sie Humor – speziell Kapitän Kanichi. Und er, der Hauptmann, war zu allem dazu das erste Mal auf dem Meer. La Mer! Auf einem richtigen Schiff. Man sah das Meer nicht nur, träumte oder schwärmte davon, nein, man spürte es. Projektion wurde zum konkreten Erlebnis.

Das Essen schmeckte fremd und hervorragend. Er hatte zwar Thunfisch aus der Dose gekannt – im PX-Shop in Panmunjom gab es ihn palettenweise zu kaufen –, aber als Steak frisch gegrillt, mit rätselhaft schmeckenden Kräutern in einer

Sojasauce und in Kombination mit gerösteten Sesamkernen – das kannte er nicht. Dazu gab es wohlschmeckenden, leicht klebrigen Reis und als Beilage rätselhaft gute Algen, in einer heissen und köstlichen Suppe schwimmend. Er hatte es in einem Magazin gelesen: Auf See isst es sich am besten. Am allerbesten wohl auf einem japanischen Frachter, dachte der Hauptmann beschwingt. Später hatte der Kapitän ihn in seine Kajüte eingeladen, wo sie Unmengen heissen Saké tranken. Er war daraufhin mit dem Kapitän unbeholfen zurück auf die Brücke gewankt – war es der schwere Seegang oder der Alkohol? – und hatte alle weissgewandeten Offiziere laut mit «Konbanwa» begrüsst – guten Abend, die Herren! Auch zusätzlich mit «Kampaï» und «Banzaï», doch da hatten die ersten Offiziere bereits etwas die Stirne gerunzelt, sich gegenseitig kurze Blicke zugeworfen, dennoch höflich weitergelächelt. Als er dann noch eifrig die Namen der fünf beim Angriff auf Pearl Harbor involvierten japanischen Flugzeugträger auswendig heruntleierte – Zuikaku, Shokaku, Akagi, Kaga, Hirju, Sorju! –, wurden die Offiziere immer unsicherer, lächelten hilflos, blickten sich vielsagend an und stierten zunehmend irritiert hinüber zum Kapitän, der den jungen Offizier aus dem kleinen Land daraufhin sanft am Ärmel packte und wegzog. Der Hauptmann hatte sich im Schlepptau des Kapitäns in alle Richtungen immer wieder verbeugt und weitere Banzaïs gerufen. Der nach wie vor nüchtern wirkende Kapitän hatte sich danach umgedreht und seinen Offizieren kurz und herrisch ein paar Anweisungen gegeben und sich eine Flasche ohne Etikett vom Steward bringen lassen. Sie zogen sich beide in einen Raum hinter der Brücke zurück, durchs Seitenfenster sah der Hauptmann die schwarze, schwere See. Kapitän Kanichi öffnete die Flasche und schenkte ein. Sie hoben die Gläser – Kampaï! Er nahm einen herzhaften Schluck.

Dann erinnerte sich der Hauptmann nur noch, wie seine Kehle von dem starken, unbekannten Getränk lichterloh brannte, wie Flüssigkeit wie ein glühender Lavastrom durch seinen Magen kroch, der Schmerz über lodernde Nervenbahnen und pochende Zahnwurzeln direkt in sein Hirn aufstieg und dort explodierte. Dazu schienen in den oberen Kieferhöhlen heisse Nähnadeln durchs Gewebe zu wandern. Er hatte gehustet und verzweifelt nach Luft geschnappt, war abrupt aufgestanden und hatte sich panikartig an einer stählernen Stütze festgeklammert. Der Kapitän hatte laut gelacht und ungerührt weiter eingeschenkt. Danach musste er wohl in eine Art Ohnmacht gefallen sein. Man hatte ihn in seine Kajüte geschleppt, jedenfalls lag er, als er aufwachte, noch in voller Uniform auf der schmalen, zerwühlten und nach Desinfektionsmittel riechenden Matratze.

Der Hauptmann zieht sich nun nackt aus, schwankt und öffnet das Türchen zum winzig kleinen Abort. Er zwängt sich hinein, dreht sich gegen das Klosett, geht auf die Knie, erbricht, steht wieder stöhnend auf und uriniert. Hernach spült er den Mund mit dem nach Salz schmeckenden, spärlich aus dem Hahn tröpfelnden Wasserrinnsal. Er wankt zurück ins Bett, das Schiff neigt sich träge zur Seite, der Hauptmann stützt sich an den Wänden ab, beugt sich und wirft einen kurzen Blick durchs Bullauge auf die noch immer raue See. Am Horizont zeigt sich über der tobenden Gischt ein feiner, grauer Streifen. Morgengrauen über der Japansee. Er nimmt einen langen Schluck aus seiner am Boden ruhenden Feldflasche. Das Wasser schmeckt metallisch. Danach legt er die Flasche auf das Tischlein, das Schiff neigt sich, sie rollt über die Fläche, fällt scheppernd zu Boden und verschwindet unter seinem Kajütenbett. Der Hauptmann flucht leise. Er beugt sich hinunter, ertastet die Flasche, zieht sie hervor, an seinen Fingern klebt russiger Staub. Er wischt die Finger an einem Tüchlein ab, das neben dem Spiegel hängt. Danach legt er sich zurück auf sein Bett und starrt an die Decke. Konturen und Strukturen des Raums werden unscharf, verschwimmen. Tonnenschwere Lasten drücken auf seine Augenlider, das Gewicht der Welt ruht auf seiner Brust, die Kajüte dreht sich, immer schneller, unbarmherziger, er befürchtet, sich nochmals übergeben zu müssen. Er kneift die Augen zu, der Raum dreht sich weiter, wenn auch allmählich langsamer, der Schwindel flacht ab und bald darauf schlummert der Hauptmann erneut weg.

Sommer 1935

«Kannst du kurz in die Apotheke gehen?», fragt ihn sein Vater, als sie zusammen an einem Mittwochnachmittag im Salon sitzen, und legt ein paar Münzen auf den Salontisch. Der Vater hatte auf dem Canapé gedöst und er, auf dem Boden liegend, in einem Schachbuch eine Verteidigungsvariante des russischen Weltmeisters Aljechin studiert. «Wir brauchen Schwefelsäure. Hol gleich einen Liter.» Das war schon öfters vorgekommen, dass er diese Flüssigkeit besorgen musste, sie benutzten sie, um den hartnäckigen Urinstein im Klosett aufzulösen.

Er steht auf, behändigt die paar Geldstücke, trabt zur Tür, springt flink die Treppen hinunter, überquert die Strasse bis zum kleinen Seitengässchen, das zum See hinabführt. Dort, wo das grüne Kreuz mit der Schrift «Pharmacie» über der Eingangstür prangt, tritt er ein. Er teilt einer füllligen Frau mit einem Chignon auf dem Hinterkopf mit, was er braucht. Die Apothekerin verschwindet nach hinten und kommt kurz darauf mit einer braunen Flasche mit versiegeltem Verschluss zurück. Auf dem Etikett grinst ihn schwarz ein stilisierter Totenkopf an. Er kennt die Flüssigkeit, sie riecht scharf und faulig. Man durfte sie beileibe nicht berühren, speziell der Kontakt mit den Augen konnte verheerend sein, Papa hatte es ihm mehrmals eingeschärft. Darauf steckt die Apothekerin die Flasche in braunes Packpapier und schiebt sie über die Theke zu ihm hinüber. Er legt die erforderlichen Münzen auf den Kontor, erhält ein paar Rappen zurück und marschiert mit dem Einkauf nach Hause. Dort bugsiert er vorsichtig die Flasche auf den Küchentisch und legt das Herausgeld daneben. Sein Vater beobachtet ihn vom Sofa aus, steht ächzend auf, tritt in die Küche, steckt eine Münze in seine Hosentasche, übergibt die andere dem Sohn, geht daraufhin Richtung Bad und platziert die Flasche unter der altertümlichen Badewanne, wo seit jeher die Reinigungsmittel lagern.

Die Mutter arbeitet nun – wie sie angekündigt hat – in der Nähe des Hauses als Handarbeitslehrerin. Er schleicht oft dort vorbei und beobachtet von aussen, wie sie vor einer Mädchenklasse im trüben Licht des Klassenzimmers korrigierend an den Pulten vorbeischreitet, ab und zu einem Mädchen das Strickzeug oder die Nadel sanft aus den Händen nimmt und lächelnd Anregungen gibt. Auch sieht er sie an der Nähmaschine sitzen, einer schwarzen, mit goldenen Intarsien geschmückten «Singer». Rund um die Mutter gruppieren sich die Mädchen, beeindruckt über ihre Schulter auf den Nähvorgang starrend. Nähen – das hätte sie zuhause nie getan, seine Mutter, das war die Aufgabe der kleinen Tante, die verstand sich noch besser darauf. Die Löcher, die die kleine Tante in seinen Wollsocken stopfen musste, hielten hernach weit besser als die Socken selber. Wenn die kleine Tante etwas flickte, dann war es für die Ewigkeit.

Doch seit einiger Zeit bewegt sich Letztere – wie Vater und Mutter – gebückt und mit Besorgnis im Gesicht durch ihre gemeinsame Wohnung, sie wirkt – obgleich bereits kleingewachsen – eingeschrumpfter als sonst. Die Arbeitslosigkeit des Vaters, ihrem Zieh- oder Stiefonkel, lastet auf ihrem Gemüt. Sie fühlt sich schuldig, obgleich sie mit auswärtigen Näharbeiten einiges zum kargen Familieneinkommen beiträgt und niemandem zur Last fallen muss. Doch sie behält die Contenance, näht, strickt, putzt, kocht und schweigt. Seine Mutter hingegen sieht er kaum mehr, sie ist eine Werktätige geworden. Umso mehr sieht er den Vater, der sich von der wenig gemütlichen Situation, in der er sich befindet, fast nichts anmerken lässt und die kleinste Aufgabe, die sich in seinem Alltag stellt – sei es eine nicht wirklich dringende Reparatur oder eine Besorgung –, äusserst gewissenhaft erledigt. Er scheint sich gefangen zu haben, der Vater, er strahlt eine rätselhafte, fast heitere Resignation aus. Nur noch selten brütet er dumpf auf dem Sofa vor sich hin. Auch das Trinken hat er mehrheitlich gelassen, nur sporadisch gönnt er sich einen Tropfen Roten beim sonntäglichen Mittagessen. Und sooft es sich ergibt, wandert er mit seinem Sohn ins Chalet, weit oben über dem See. Dort spielen sie Schach, lesen Abenteuerromane oder braten Würste vor dem Holzhaus. Oft sitzen sie da auf der Bank und starren stundenlang schweigend auf den grossen See. Andertags basteln sie einen Segelflieger aus Balsaholz und lassen ihn in den warmen Aufwinden vor dem Chalet fliegen. Eines Tages gleitet der kleine Flieger viel zu weit weg, stürzt irgendwo ab, sie suchen tagelang im Wald, starren hinauf in die Tannenwipfel, vergeblich, ihr Werk bleibt unauffindbar. Manchmal besteigen Vater und Sohn einen nicht allzu diffizilen Gipfel in den Alpen oder rudern in einem geliehenen Ruderboot auf den grossen See hinaus, Richtung Frankreich, immer bewaffnet mit Brot, Käse, Limonade und einer Flasche lokalen Rotweins.

An einem spätherbstlichen Sonntag klettern sie auf einen Voralpengipfel, ein an einen emporgestreckten Daumen mahnender Berg, kaum drei Wanderstunden vom Chalet entfernt. Der letzte Aufstieg ist steil und hart, sie rutschen ständig aus im feuchten Gras, die Erde ist lehmig, die Kalksteine sitzen gefährlich locker im Erdreich. Doch oben liegt nur noch von giftgrünen Flechten gesprenkelter, fester Fels, der nach einem kleinen, flachen Plateau mehrere hundert Meter senkrecht nach unten abfällt. Sie würden von dort aus – hatte ihm der Vater versprochen – den ganzen See, die Savoyer Alpen, den Jura, ja fast einen Drittel des kleinen Landes erspähen können.

Kurz darauf erreichen sie keuchend und schwitzend den Gipfel. Der Vater schreitet unerschrocken auf den Rand des Abgrunds zu, rückt mit seinen groben Schuhen bis auf wenige Zentimeter an die vertikal abfallende Felskante heran und starrt hinunter in die gähnende Leere. Der Sohn verspürt ob der unbekümmerten Haltung seines Vaters jähe Beklemmung und ein unangenehmes Kribbeln in den Knien. Er kniet nieder, kriecht vorsichtig vorwärts, legt sich danach flach auf den steinigen Boden, robbt noch etwas weiter, umklammert die Wade seines Vaters und lässt nicht mehr los. Der Vater dreht sich um und senkt den Kopf, blickt erstaunt auf seinen vor ihm ausgestreckten Sohn. Er lacht zuerst, dann gibt er sich etwas unwillig und bedeutet seinem Sohn schliesslich mit einer unwirschen Geste, sein Bein loszulassen. Warum ist er so ängstlich? Da könne doch nichts passieren, er habe das im Griff, er sei schwindelfrei und habe das schon oft getan. Er war doch der Besteiger eines berühmten Viertausenders in den Westalpen! «Hast du das vergessen?» Der Sohn schüttelt den Kopf, kriecht ein paar Meter zurück, steht auf, wischt sich den Staub von der Jacke ab und läuft mit gesenktem Kopf rückwärts. Erst als sie hinter dem Gipfel auf der mit vielen Kalksteinen durchsetzten, steilen Grashalde – sozusagen auf der sicheren Seite – mit Sicht auf die hohen Berge ihre mitgebrachte Wurst und das Brot verzehren, spürt der Sohn Erleichterung, aber auch Scham. Er schielt scheu seitwärts auf den Vater, sieht, wie dieser mit gefurchter Stirn und zusammengekniffenen Augen auf die glitzernden Viertausender starrt. Papa ist jetzt weit weg, denkt er. Trotzdem verspürt er aufkommende Wärme und Stolz. Denn sein Vater und er sind zusammen – ganz oben, auf dem Berg.

Herbst 1953

Sie fahren im Konvoi über die staubige, mit Schlaglöchern gespickte Strasse vom Flugplatz K2 in das Hauptquartier des Neutralen Inspektionsteams in Taegu, Südkorea. Die vier amerikanischen Jeeps verkehren schnell und ungewohnt dicht hintereinander, der Abstand von einem Jeep zum andern beläuft sich selten auf mehr als einen halben Meter. Der Hauptmann sitzt mit dem Major im dritten Jeep. Sein Hals ist gereckt, er linst nervös nach vorn, die Hände umklammern das Sitzkissen des vor ihm sitzenden Fahrers, seine Knöchel sind weiss. Der Fahrer ist ein blutjunger amerikanischer Militärpolizist mit einer weissen Armbinde und den Lettern «MP» auf dem Helm. Er fährt hochkonzentriert so dicht als möglich am Heck des vorausfahrenden Jeeps. Neben ihm sitzt der amerikanische Verbindungsoffizier, ein korpulenter Oberst mit Stiernacken, protzigen Siegelringen an den Fingern und einer dicken Zigarre im Mund, die er bei Unebenheiten der Strasse – die wulstigen Lippen nach aussen gestülpt, die Zähne bleckend – mit den vorderen Schneidezähnen festklammert. Der Hauptmann lehnt noch ein wenig mehr nach aussen, um besser nach vorne sehen zu können.

«Entspann dich, Schneewittchen!», ruft der neben ihm sitzende Major dem Hauptmann zu und haut ihm kräftig auf den rechten Oberschenkel. «Das machen die Amis immer so. Wir sind letzte Woche von Panmunjom bis Inchon in dieser Formation gefahren, es ist Gewöhnungssache und hat grosse Vorteile. Man ist wegen den ultrakurzen Abständen wie ein grosses, langes Auto, staubig wird es also erst hinter uns. Würde man normalen Abstand halten, sähe man gar nichts mehr vor lauter hochgewirbeltem Dreck, könnte nicht mehr atmen, wäre blind und produzierte ständig Auffahrunfälle. Die Amis sind schlau, eine geniale Methode.» Der Hauptmann nickt bestätigend. Er lehnt sich zurück und versucht trotz seiner Nervosität und des hohen Tempos, die Umgebung zu beschauen.

Links der Schotterstrasse entlang zieht sich eine Reihe von ärmlichen, flachen Häusern hin. Sie sind aus Backstein gebaut, teilweise aber auch nur aus Brettern zusammengebastelt, ihre ausladenden Dächer sind, wenn nicht mit Wellblech, dann mit grauen, viereckigen Ziegeln bedeckt. Die Dachspanten, die die äusseren Ränder des Vierecks bilden, sind aussen leicht nach oben gebogen. Ein kleiner Bub trägt einen prall gefüllten Sack Reis auf seinen schmalen Schultern, er lacht die vorbeifahrenden Jeeps an, sein Mund ist zahnlos. Eine weissgekleidete Frau balanciert einen braunen, tönernden Krug auf ihrem Scheitel, zwei kleinere Mädchen tragen stolz Jutesäcke, ebenfalls auf dem Kopf. Rechterhand schlängelt sich der nur kümmerlich Wasser führende Fluss einem flachen Tal entlang, jenes ist gesäumt von Baracken, Holzhäusern, Blechhütten. Am Horizont flimmern mittelhohe, vegetationslose Berge in der Abenddämmerung. Kaminschlote stehen in der Landschaft wie einsame, kahle Baumstämme, denen der Wald abhanden kam. Der Hauptmann sieht zerbombte Fabrikgebäude mit eingestürzten Dächern und Fassaden, Schutthalden, ausgebrannte Lastwagen, links auf einem Hügel erspäht er einen hilflos in den Himmel ragenden Geschützturm eines Panzers. Am kiesbedeckten Ufer des Flusses tummeln sich unzählige Menschen, Kinder spielen im Wasser mit Steinen und bespritzen sich, Frauen hängen an mit Leinen verbundenen, in den Kies gepflanzten Stangen Wäsche auf, andere reinigen und spülen Textilien direkt im Fluss. Der Hauptmann sieht ein kleines Mädchen, das unentwegt mit einem schweren Stück Stoff auf einen grossen Stein schlägt. Über der Strasse, auf der sie fahren, spannen sich unzählige Drähte, die hölzernen Strommaste stehen alle schräg, unterhalb der auf hölzernen Querstreben befestigten Bakalit-Isolatoren herrscht bei den Masten ein enormes Gewirr an Kabeln und Drähten.

«Taegu wurde mehrmals von den Roten mit Granaten bombardiert. Aber nie eingenommen», schreit der Major dem Hauptmann ins Ohr. «Eine Frontstadt. Deswegen die etwas improvisierte Infrastruktur hier.» Der Hauptmann schaut zum Major und nickt. Die Jeeps fahren nun langsamer. Dicht an dem von gelbem Reisstroh überdeckten Strassenrand sitzen zwei kahle, ältere Koreaner in schmutzigen, traditionellen Anzügen und Sandalen, sie binden, die Fremdlinge in ihren Jeeps breit anlachend, das Stroh zu kompakten Garben. Der Jeep fährt äusserst langsam über das Stroh hinweg. «Riecht ähnlich wie unser heimisches Weizenstroh», ruft der Hauptmann zum Major hinüber. Weiter vorne, ebenfalls dicht an der Strasse, stehen reihenweise grosse Hühnerkäfige. Auf drei Etagen tapsen Hühner und Hähne hinter verdrecktem, mit Federn geschmücktem Drahtgitter hin und her. Auf den Käfigen stapeln sich frisch gefertigte Körbe aus getrockneten Blättern, Gemüsekästen, kleine Fruchtkörbe und Haushaltsutensilien.

Ein alter Mann mit Pluderhosen, blütenweissem Anzug und einem kleinen, schwarzen, auf dem Scheitel thronenden Zylinder fährt bedächtig pedalend an ihnen vorbei und grüsst mit einer Hand höfisch wedelnd den Konvoi. «Das hat was Zeitloses, nicht?» Der Major ist vergnügt. «Der hat wohl schon alles hinter sich und ist geistig eine Stufe höher als wir Friedenskrieger.» Sie fahren langsamer, auf der linken Seite erstreckt sich ein Markt, die Menge strömt auf die Strasse, die Jeeps halten an. Unzählige Kinder und Jugendliche drängen an die Wagen heran und betteln um Kaugummi und Geschenke. Der amerikanische Luftwaffenoffizier schaut nervös umher, richtet sich in seinem Sitz auf und versucht, mit herrischen

Gesten und Gebrüll den Weg freizumachen. Dahinter rotten sich augenblicklich ein Dutzend junge Koreaner zusammen und skandieren erregt Parolen. Dem Hauptmann scheint, dass diese Demonstration ihnen – den fremden Offizieren – nicht unbedingt wohlgesinnt ist. Seine Einschätzung wird kurz darauf bestätigt, als die ersten Steine geflogen kommen, ein Exemplar davon trifft krachend die Beifahrertür ihres Jeeps, Hauptmann und Major ziehen die Köpfe ein. Der amerikanische Luftwaffenoffizier zieht eine Pistole und schiesst ein paar peitschende Warnschüsse in die Luft. Die Menge spritzt schreiend auseinander, der Hauptmann zuckt zusammen und duckt sich, wie auch der Major. Der Jeep beschleunigt, der Motor heult auf, sie müssen sofort wieder bremsen, die Dichte der sie umringenden Menge lässt eine schnelle Flucht nicht zu. Ein alter, in Lumpen gekleideter Mann zerrt den Hauptmann an seinem Uniformärmel und zeigt auf den Stumpf seines linken Armes, der Hauptmann lässt es geschehen, bemüht sich aber, den Griff zu lockern. Er lächelt den Koreaner an, will etwas sagen, der Major lehnt sich jedoch hinüber und schlägt dem Koreaner blitzschnell auf den noch gesunden Arm. Dem Mann mit dem Stumpf entfährt ein Schmerzensschrei, er lässt den Ärmel des Hauptmanns los, strauchelt und fällt kopfüber auf die Strasse. Die um ihn herumdrängenden Kinder kreischen vor Aufregung. Der Mann richtet sich auf, blickt zurück zum Jeep, lacht mit seinem weit offenen, zahnlosen Mund, von seiner Stirn rinnt Blut. Der Hauptmann will aufstehen, doch der Major packt ihn am Arm und zwängt ihn zurück in den Sitz. Der Jeep fährt langsam weiter. Es riecht nach Benzin, Schlamm, Staub, Kot, Urin, gebratenem Fleisch, faulendem Gemüse und unbekannten, exotischen Gewürzen.

Über ihren Köpfen dröhnt es plötzlich ohrenbetäubend. Zwischen den Dächern der Häuser erblickt der Hauptmann zuerst ein grosses, mit mächtigen Flügeln ausgestattetes, viermotoriges Flugzeug und dicht dahinter vier aus ihren Triebwerken dunklen Rauch ausstossende Kampfflugzeuge in Doppelformation. Ihre Tragflächen sind mit schwarz umrandeten, breiten, gelben Streifen bemalt, das Fahrwerk und die Flügelklappen ausgefahren. «Eine Flying Fortress, Hauptmann. Was macht wohl diese Weltkriegstante da?», brüllt der Major. «Die Jets sind Sabres. Die landen dort, wo wir grad herkommen. Mit denen werden wir es ab morgen zu tun haben! Einflug und Ausflug, Ladepapiere, Flugpläne, Unterlagen, Munition, Dokumentation – zählen, kontrollieren und melden, falls nötig! Und das, wie man mir bereits mitteilte, im 24-Stunden-Schichtbetrieb. Das heisst wenig Schlaf, Hauptmann, viel Arbeit, fertig ist der Schlendrian wie in Panmunjom, hier heisst es, Finger aus dem Hintern ziehen.»

Der Hauptmann nickt schmunzelnd ob der rustikalen Ausdrucksweise seines Nachbarn, ihm will eine äquivalente Formulierung in Französisch nicht einfallen. Er wischt etwas Schmutz von seinem linken Uniformärmel und schaut vorwärts. Der Konvoi setzt seine Fahrt fort. Ein paar Minuten später dreht sich der junge Fahrer zu den beiden Offizieren und schreit: «Taegu Central Train Station!» Sie erblicken ein ockerrotes, hohes Gebäude, es scheint völlig intakt zu sein. Gegen oben wölben sich hohe, elegante Bögen zu einer an Europa gemahnenden Fassade. «Das haben die Japaner gebaut», ruft der Fahrer erneut, als er auf den Gesichtern von Major und Hauptmann ein Stirnrunzeln sieht. «Die mögen alles, was an die alte Welt erinnert.» Auf einem Gleis, dicht am Bahnsteig, stehen ein paar Waggons aus Holz, oben in gelber, abblätternder Farbe, unten grün bemalt. Die Delegierten fahren mit den Jeeps dicht daran vorbei; auf der gesamten Fläche der Waggons sieht man die eingeschlagenen Nägelköpfe aus dem Holz glitzern. «Die haben sie wohl in höchster Not zusammengebastelt! Dass so was überhaupt fährt und nicht auseinanderfällt!», schreit der Major dem Hauptmann ins Ohr. Der nickt zustimmend. Sie fahren nun wieder schneller, verlassen die Stadt, die Dämmerung senkt sich rasch über das Land, am Fluss entfachen die Menschen Feuer, wenig später riecht es scharf nach brennendem Holz, Kohle und Stroh. Es ist dunkel, als sie ihren Compound erreichen.

Ihre Unterkunft ist weit komfortabler als das Camp in Panmunjom; die Amerikaner haben hier in Taegu solide, im halbzirkulären Querschnitt gebaute, langgestreckte Gebäude aus Wellblech – sogenannte Quonsets – mit Ölheizungen hingestellt. Das ganze Areal ist lückenlos umzäunt und nur über ein von Militärpolizisten schwer bewachtes Gate erreichbar. Als Major und Hauptmann nach der strengen Eingangskontrolle – die Militärpolizisten wollen alle möglichen Dokumente sehen – ihre angestammte Unterkunft betreten, hören sie ein Kichern. Hinter ihnen, unbemerkt aus dem Dunkel aufgetaucht, stehen drei adrett gekleidete Koreanerinnen auf dem Kies und nähern sich schüchtern lächelnd den Offizieren aus dem kleinen Land. Die vorderste Frau, in eine weisse Strickjacke mit vorne verlaufendem Reissverschluss gekleidet, die dunklen, krausen Haare akkurat in der Mitte gescheitelt, stützt sich lächelnd auf einen breiten Besen. Den muss sie kurz vorher beim Rechen der Kiesfläche verwendet haben, denkt der Hauptmann, der Kies rundherum ist sauber gestrichelt, die Anlage wirkt gepflegt. Die kleine Koreanerin stellt sich und ihre Kolleginnen mit Namen vor und radebrecht in kaum verständlichem Englisch. Sie repräsentierten das Reinigungspersonal, sagt sie, aber sie seien auch als Gärtnerinnen und Hilfskräfte in der Küche tätig. Wenn sie irgendwas bräuchten, sollten sich die Herren Offiziere doch an sie wenden. Der

Hauptmann nickt dankend, die Frauen verbeugen sich mit einem leichten Knicks nach vorn, der Hauptmann tut dasselbe – was die Frauen veranlasst, sich aufzurichten, wegzutrippeln und sich ein paar Meter weiter bei der nächsten blechernen Unterkunft nochmals kurz zu den Offizieren zu drehen, zu winken und wiederum kichernd in der Dunkelheit zu verschwinden.

«Sind die aber süss, die Ladys», sagt der Major spöttisch, «würde mich wundern, wenn sie hier nur zum Putzen und Kochen abdetachiert sind. Die sind viel zu hübsch für diese Jobs. Was meint das Schneewittchen dazu?» Der Hauptmann zwinkert verlegen mit den Augen. Der Major zuckt mit den Achseln. «Wir werden hier in Taegu sowieso keine Zeit für das andere Geschlecht haben.» Sie betreten über eine glatte, im Kies eingebaute geteerte Fläche ihre Unterkunft. Dort schütteln sie bei fahlem Licht den bereits im Bett liegenden Kameraden die Hände und stellen sich vor. Danach finden sie zu ihrer jeweiligen, zugeteilten Bettstatt, versorgen darunter ihr Gepäck, klauben aus den Taschen ihre Pyjamas und Toilettenutensilien hervor, putzen ihre Zähne im Baderaum, ziehen sich um und legen sich hin.

Der neue Nachbar des Hauptmanns, ein kleiner, gedrungener Mann mit pechschwarzen, nach hinten gekämmten, glänzenden Haaren, stammt aus dem Südteil des kleinen Landes. Er spricht ein passables Deutsch, etwas Französisch und stellt sich dem Hauptmann mit einem kräftigen Händedruck vor. «Ich freue mich, Ihre Bekanntschaft zu machen, Herr Hauptmann. Ich bin Gefreiter, doch hier wurde ich nach oben befördert, ich bin nun Warrant Officer. Das klingt besser als Gefreiter, oder? Ausserdem wurde ich als Koch engagiert, obschon ich von Beruf Schneider bin.» Der Hauptmann blickt fragend, der kleine Gefreite fährt fort: «Als ich für die Mission befragt wurde, sagte ich, ich sei Sarto, Schneider. Keine Ahnung, wieso der Rekrutierungsoffizier mich als Koch eintrug, als Cuoco. Hier kochen zum Glück die Amerikaner, aber man hat mir gemeldet, ab Dezember sei ich zum Aussenposten Hungnam im Norden abdetachiert und da müsse ich dann für alle kochen. Ist mal was anderes als die ewiggleichen Kontrollen hier auf dem Flugplatz.»

Es herrscht für einen kurzen Moment Stille. Man hört ein Schnarchen vom andern Ende des Quonsets. Der kleine Koch grinst. «Morgen soll es Truthahn an einer Honigsauce geben, hat mir der Neger versichert, der hier kocht. Sie kochen gut und reichlich hier. Sie werden zunehmen.» Der Hauptmann lacht und meint: «Ich bin ab 2. Dezember in Hungnam als Postenchef vorgesehen, soweit ich informiert bin. Auf eine gute Zusammenarbeit.» Der kleine Koch nickt, schüttelt nochmal erfreut die Hand des Hauptmanns, dreht sich um und liest im Schein seiner Taschenlampe weiter in einem Heft. Der Hauptmann wirft das Moskitonetz über einen höherliegenden seitlichen Holzbalken. Mücken sollten bei den Temperaturen eigentlich nicht mehr vorkommen, denkt er. Er legt seinen Kopf auf das harte Kissen, blickt an die blecherne Decke, lässt den Tag mit der eindrücklichen Fahrt ins Camp noch einmal Revue passieren, schliesst die Augen und fällt unmittelbar danach in einen traumlosen Schlaf.

«Meine Herren, willkommen hier zu unserer täglichen Sitzung. Sie kommen gerade recht, wir haben wieder mal ein Problem mit unseren lieben Kollegen aus Polen und der Tschechoslowakei, die – wie immer übrigens – natürlich Verspätung haben. Sie sind fürchterlich aufgebracht und wollen der NNSC irgendein schlimmes Vorkommnis melden.» Der dickliche Oberst spricht das alemannische Idiom aus dem Osten des kleinen Landes; dieses ist für den Hauptmann im Gegensatz zum Dialekt des Majors, der aus der Hauptstadt stammt, nur mit grosser Anstrengung zu verstehen. Der Oberst fährt fort. «Die Angelegenheit ist lächerlich. Das sehen auch die Schweden so. Aber bitte, setzen Sie sich, schauen und hören Sie zu, es ist wichtiger Anschauungsunterricht.» Der Oberst rollt die Augen, spricht leise und beugt sich herüber zu Hauptmann und Major, die, frisch geduscht und rasiert, erwartungsvoll am Sitzungstisch des Neutralen Inspektionsteams im Port of Entry von Taegu sitzen.

Der Oberst spricht weiter: «Ich bin froh, morgen abreisen zu können, die geschätzten kommunistischen Kollegen rauben mir noch den letzten Nerv. Ich hoffe, Sie beide kommen damit besser zurecht. Privat sind die Leute durchaus umgänglich, witzig – wenn auch nicht gänzlich offen. Der Pole, er soll auch Oberst sein, scheint mir eher ein stark geimpfter Politkommissar zu sein als ein Militär. Dazu ist er viel zu jung für seinen Rang. Der Tscheche ist ein echter Militärkopf, das merkt man. Er ist linientreu, ein guter Kommunist, wenn auch nicht so dogmatisch wie sein polnischer Kollege. Ich mag ihn, wir reden oft über Familienprobleme und Kindererziehung. Oder über Briefmarken. Wir sind beide Freizeitphilatelisten. Aber er ist und bleibt halt doch ein Roter.»

Am anderen Ende des Tisches – in der Mitte hängt an einem auf ein Holzbrettchen gesteckten, aufrechten Draht das rot-weiss-gelb-blaue Fähnlein der NNSC – grüssen die zwei grossgewachsenen Offiziere aus Schweden die Neuankömmlinge mit lässigen Handzeichen. Man hatte sich bereits kurz zuvor bei einer Zigarette vor dem Eingang des Sitzungszimmers offiziell vorgestellt. Der Major und der Hauptmann gaben sich beim Beschnuppern der Schweden betont vorsichtig. Man solle bei den Schweden ein wenig aufpassen, war ihnen vom Obersten vorgängig beschieden worden. Das Englisch der

Schweden sei schon verdammt perfekt, ihre diplomatische Erfahrung äusserst wertvoll. Speziell die drei hier in Taegu wirkenden Norsker würden den Delegierten aus dem kleinen Land deswegen zuweilen etwas gar arrogant und besserwisserisch begegnen. Aber das sei halt ihre nordische Art. In der Basisarbeit seien die Skandinavier kollegial und kompetent, da gebe es nichts zu husten. Der Hauptmann nickt und lächelt höflich im karg ausgestatteten Sitzungsraum den Schweden zu, ein grossgewachsener Major blinzelt zurück und grinst. Die Türe öffnet sich, zwei polnische Offiziere in braunen Uniformen mit roten Krawattenspiegeln sowie zwei tschechoslowakische Delegierte – die Uniform von schwarzglänzenden Ledermänteln bedeckt – betreten den Raum, in ihrem Schlepptau der Übersetzer, ein kleiner, unscheinbarer, circa vierzig Jahre alter Mann mit Glatze und runder, randloser Brille. Sie alle grüssen die Anwesenden, schütteln Major und Hauptmann die Hand, werfen die Mäntel über leere Stühle, legen ihre Mützen sowie ihre Akten auf den Tisch und setzen sich.

Der Oberst aus dem kleinen Land steht auf, räuspert sich und spricht. «Meine Herren, da wir heute ja den Vorsitz haben, eröffne ich als Senior Member die Sitzung und begrüsse unsere beiden neuen Ablösungen.» Er wartet, bis der Übersetzer, der am Tischende fungiert, seine Worte ins Russische übersetzt hat. Der Hauptmann hört zum ersten Mal in seinem Leben Russisch. Er ist fasziniert, die Sprache klingt direkt, hart und klar, doch immer wieder überraschen ihn darin weiche und melodiöse Zwischentöne, zart gestreichelte Konsonanten, die die reiche Kultur und Geschichte Russlands wohl evozieren. Den Polen und den Tschechoslowaken scheint die Sprache ihres geopolitischen Partners und Übervaters vertraut zu sein, denkt der Hauptmann. Praktisch. So lässt sich Zeit gewinnen, ansonsten müsste alles ins Tschechoslowakische oder Polnische übersetzt werden. Russisch, hatte er gehört, sei ungemein schwierig zu lernen, fast so kompliziert wie Chinesisch oder Arabisch. Polnisch klang weicher und musikalischer als das verwandte Russisch. Tschechoslowakisch gefiel ihm nicht. Wieso, konnte er allerdings nicht begründen.

In Panmunjom war das anders gewesen als hier. Er hatte dort an manch einer endlosen NNSC-Sitzung teilgenommen, in der jeder Einwand, jedes Votum und jeder Kommentar zuerst in Englisch formuliert wurde, dann in Tschechoslowakisch, Polnisch, Chinesisch und Koreanisch übersetzt werden musste, bevor man zu einem Kompromiss, einem Entscheid oder einem Nullergebnis kam – Letzteres passierte häufig. Was die kommunistischen Protokollführer allerdings nicht daran hinderte, oft ganz eigene Interpretationen ins schriftliche Endprotokoll einfliessen zu lassen. Es war vorgekommen, dass sogar gänzlich Unbesprochenes von den Roten geschickt ins finale Dokument eingeschmuggelt worden war. Die Delegationsleiter aus dem kleinen Land und aus Schweden kontrollierten daher immer akribisch, was sie unterschrieben, sie passten auf wie die «Häftlimacher» – so formulierte es etwas rustikal der Oberstdivisionär aus dem kleinen Land bei einem Inspektionsbesuch.

Der Oberst stellt nun den Major und den Hauptmann formell den beiden Neutralen aus Polen und der Tschechoslowakei vor. Die Beteiligten nicken einander zu. «Seid willkommen hier in Taegu. Ich begrüsse neben dem Hauptmann besonders herzlich den Herrn Major, er löst mich als Senior Member ab, ich kehre ja morgen zurück nach Panmunjom. Ein kleiner Willkommens-Apéro ist heute Abend um 19 Uhr für die Ablösung vorgesehen, kurz nach der zweiten Schicht. Mehr Zeit haben wir leider nicht, meine Herren. Ich habe gehört, im Norden veranstalte man zuweilen üppig garnierte Willkommensbankette, die bis in die Morgenstunden dauern. Hier geht das leider nicht. Wir haben hier viel zu kontrollieren, die Amerikaner betreiben enormen Flugverkehr. Ich werde danach meine letzte Nachtschicht übernehmen mit meinem Chief-Warrant-Officer-Kollegen.» Er schaut hinüber zu einem Adjutant-Unteroffizier aus dem kleinen Land. Dieser – ein unauffällig im Hintergrund sitzender, schlanker, braunhaariger Mittdreissiger mit einer Hornbrille – nickt und grüsst Major und Hauptmann mit einer kurzen Handbewegung. «Das wäre demnach erledigt. Was steht auf der Tagesordnung?» Der Oberst schaut etwas müde in die Runde und blickt zur Delegation aus der Tschechoslowakei und Polen. «Ich habe gehört, liebe Kollegen, dass Sie einmal mehr eine – wie Sie sich auszudrücken pflegen – gravierende Verletzung der Waffenstillstandsvereinbarung melden wollen, ist das richtig?»

Der tschechoslowakische Oberstleutnant, links vom Hauptmann sitzend, ein hagerer Mann mit buschigen Augenbrauen und schmalen Lippen und einem etwas traurig wirkenden Blick, nickt bestätigend. Er starrt auf seine Unterlagen, danach kurz aus dem Fenster und steht entschlossen auf. Der Oberst aus dem kleinen Land setzt sich, atmet hörbar ein und blickt in die Runde. «Bitte, lieber Kollege, schiessen Sie los. Wir haben nicht viel Zeit. Was ist passiert?» Der Tschechoslowake hält in seiner rechten Hand die Dokumente, er räuspert sich, hustet und schaut anschliessend, wie es dem Hauptmann scheint, mit theatralisch strenger Miene in die Runde: «Meine Herren. Ich sehe mich genötigt in meiner Stellung als Senior Member der tschechoslowakischen NNSC-Delegation sowie auch im Namen meines hier weilenden Kollegen der NNSC-Delegation der Volksrepublik Polen, mehrere gravierende Verletzungen des Armistice Agreement mittels sofortigem Telegramm der NNSC in Panmunjom und der MAC zukommen zu lassen.» Er blickt die Runde. Der grosse schwedische Major lächelt spöttisch, richtet sich auf seinem Stuhl auf und pflanzt seinen rechten Ellbogen provozierend auf den Tisch. «Zur Sache, Kollege. Sie meinen sicher den Fall des Salonbombers, der gestern hier landete, oder? Wollen Sie damit Ihre Zeit vergeuden?»

Der Tschechoslowake schaut überrascht auf, seine Miene verdüstert sich. «Das ist meine Absicht, ja. Dazu gibt es noch weitere gravierende Verletzungen, die gemeldet werden müssen.» «Wir sind gespannt», entgegnet der Schwede und lehnt sich zurück, die Arme hinter dem Kopf verschränkt. Der Tschechoslowake will weitersprechen, doch der Schwede unterbricht ihn erneut. «Ich weiss nicht, was das soll, Kollege. Also, wir haben die letzten Tage nichts Unregelmässiges entdeckt. Wir haben jedes Ladeblatt, jede Flugbewegung, jedes Frachtpapier, jede personelle Veränderung minutiös nachkontrolliert, die Amerikaner haben uns geholfen und uns unterstützt. Tut mir leid, Genosse.» Der Pole steht abrupt auf, der Schwede hebt seine Hand und fährt fort. «Lassen Sie mich ausreden! Im Norden lassen Ihre chinesischen und nordkoreanischen Kollegen gar keine Kontrollen zu, wie ich erfahren habe! Wir hingegen haben hier Einblick in alles. Sie können sogar am Wandbrett im Kontrollturm die täglichen Einsatzpläne der US-Airforce einsehen. Stellen Sie sich das mal auf einem nordkoreanischen Flugfeld vor! Wir, die Erzfeinde aus dem kapitalistischen Westen, mit direktem Einblick in die Einsatzplanung Ihrer Mig-15-Geschwader?» Der Schwede lacht. «Science Fiction! Und Sie wollen die Landung eines VIP-Flugzeugs ohne jegliche Waffeneinrichtung melden? Ich bitte Sie, werter Kollege, das ist doch lächerlich. Wir haben Gescheiteres zu tun.»

Die beiden Delegierten von der Nordseite schauen sich an, schütteln ihre Köpfe und lächeln unsicher, der Pole atmet hörbar ein, doch der Schwede fährt erneut fort: «Zugegeben, beim vorgestrigen Personalaustausch von Technikern, die sich um die Sabre-Jets kümmern, ist ein amerikanischer Unterleutnant, der nach den Papieren hätte abgereist sein sollen, in der Kontrolle der Rotation von militärischem Personal verloren gegangen. Das haben aber die Amerikaner selbst entdeckt und anerkannt, es war ein administratives Versehen, das wurde heute morgen korrigiert. Der Mann ist krank, liegt im Spital und reist wohl erst nächste Woche ab, nach Guam oder Okinawa, keine Ahnung. Er wird also nicht weltfriedensgefährdend das Kräftegleichgewicht zwischen UNO, USA und Südkorea zuungunsten Ihres sozialistischen Blocks beeinflussen, klar?» Der Schwede schaut provozierend in die Runde und lacht. «Aber schiessen Sie nun endlich los. Wir sind gespannt.» Er wirft einen Seitenblick auf seinen Kollegen, der wortlos, kühl und ungerührt auf die beiden Delegierten der Nordseite starrt.

Der Pole steht ruckartig auf, er bebt vor Wut, bemüht sich aber sichtlich, nicht die Kontrolle zu verlieren. Er atmet einmal hörbar tief ein und aus und starrt den Schweden kalt an. «Ich danke Ihnen für Ihre interessanten Erläuterungen, Herr Kollege. Ich glaube nicht, dass Ihr versteckter Zynismus unseren ehrlichen Friedensbemühungen entscheidend weiterhilft.» Daraufhin nimmt der Pole erneut seinen Platz ein, der Tschechoslowake nickt ihm zu, setzt seine Lesebrille auf und fährt fort: «Zur Sache nun. Gestern ist ein Bomber der amerikanischen Luftwaffe, eine B-17, aus Japan kommend und ohne vorher angemeldet worden zu sein, auf dem Flugfeld K2 hier in Taegu gelandet. Wir haben bei den gestrigen Kontrollen mit unseren geschätzten Kollegen kein einziges Dokument gefunden, das den Einflug dieser Maschine in irgendeiner Weise belegt oder legitimiert. Die Landung ist deshalb illegal und verstösst in gravierender Weise gegen die Bestimmungen des Waffenstillstandes. Bei diesem Bomber handelt es sich klar um eine Waffe, deren Effizienz bei Flächenbombardierungen im Zweiten Weltkrieg ausreichend nachgewiesen ist und die bei der systematischen Zerstörung der Städte und der Landstriche der Demokratischen Volksrepublik Korea aktiv beteiligt war – jedenfalls in den Anfängen, bevor die USA ihre noch tödlicheren B-29-Bomber losschickten. Wir erachten diesen Verstoss gegen das Armistice Agreement als grobe und unnötige Provokation vonseiten der USA und ihres südkoreanischen Juniorpartners. Es beweist einmal mehr, dass die USA und die UNO in keinster Weise an einem dauerhaften Frieden interessiert sind, sondern vielmehr mit der illegalen Einfuhr von Waffen und Personal versuchen, das von uns allen angestrebte Gleichgewicht der Kräfte zum eigenen Vorteil aus dem Lot zu bringen und heimlich einen neuen Angriffskrieg anzuzetteln. Im Namen unserer Delegation verlange ich nun Ihre Zustimmung und Ihre Unterschrift zu einer scharf formulierten Meldung an das MAC, das unsere gemeinsame Beschwerde in einem Telegramm der NNSC in Panmunjom zukommen lässt.»

Für eine kurze Zeit bleibt es still im Sitzungszimmer. Der Tschechoslowake setzt sich, ordnet ruhig seine Papiere. Der Oberst aus dem kleinen Land kaut auf seiner Unterlippe, späht mit wässrigen Augen in die Runde, seine Hände spielen nervös mit einem roten Bleistift. Die Schweden sitzen entspannt in ihren Stühlen und schauen gleichgültig aus dem Fenster. Der Major und der Hauptmann blicken betreten auf die Tischplatte, können jedoch den Anflug eines Lächelns nicht ganz unterdrücken. Der Oberst aus dem kleinen Land steht nun langsam auf. «Ich danke meinem Kollegen für diese Meldung. Ich bin mir bewusst, das der nicht dokumentierte und unangemeldete Einflug eines viermotorigen Bombers bei Ihrer Delegation Irritationen auslöst. Wir sind dazu da, Verletzungen des

Armistice Agreement zu melden. Das ist unsere Aufgabe. Ich möchte Ihnen aber Folgendes sagen: Ich bin beileibe kein Experte, aber dieser Bomber, sagte mir der amerikanische Verbindungsoffizier, ist gänzlich unbewaffnet und ein sogenannter VIP-Transporter, er hat dazu gedient, den Chef der 5th Airforce aus Guam einzufliegen, er übernimmt hier ein Teilkommando und wird bei uns seinen Antrittsbesuch machen. Das Flugzeug soll in ein paar Tagen wieder verschwinden. Es müssen – wie mir von amerikanischer Seite bekräftigt wurde – nur die Motoren gewartet werden. Es ist also kein Kriegsgerät und wurde demnach nicht illegalerweise hier im Süden eingeführt.»

Der Pole steht entschlossen auf und wirft mit einer herrischen Bewegung seinen schweren Füllfederhalter auf die Tischplatte. Das Schreibutensil zersplittert, Teile davon fallen auf den Boden. Alle zucken zusammen, es herrscht eine kurze, gespannte Ruhe. Der Major aus dem kleinen Land räuspert sich und steht auf. Alle starren überrascht auf den Observer aus dem kleinen Land. Die Schweden runzeln die Stirn. Der Hauptmann rückt ein wenig zur Seite. «Darf ich kurz in dieser Sache um das Wort bitten?» Der Major blickt ruhig in die Runde. Die Schweden nicken, der Oberst schaut leicht befremdet auf seinen Nachfolger, nickt jedoch zustimmend. Der Major kneift kurz die Lippen zusammen und spricht: «Alles mit der Ruhe, meine Herren. Aber zuerst: Ich danke Ihnen für die Erlaubnis zu sprechen, ich weiss es zu schätzen. Ich bin ja erst morgen offiziell als Senior Member meiner Delegation im Amt und müsste heute eigentlich das Maul halten. Dennoch möchte ich kurz Folgendes Ihren interessanten und berechtigten Voten hinzufügen: Ich bin im Zivilleben in der Aviatik tätig. Ich kann Ihnen versichern, dass dieser Bomber kein Kriegsgerät ist. Ich habe die Maschine gestern über der Stadt gesehen, kurz vor der Landung. Es ist kein B-17 Bomber, auch wenn sich die Typen natürlich sehr ähneln. Es ist eine modernisierte C-108, ein VIP-Flugzeug, das komfortabel eingerichtet ist, wegen mangelnder Waffen und Bombenlast eine grosse Reichweite besitzt und unter anderem dem amerikanischen Kommandeur General MacArthur im Zweiten Weltkrieg als fliegender Kommandoposten diente. Von diesen Luxuskarossen wurden nur wenige gebaut. Insofern verstehe ich die Unsicherheit bei unseren Kollegen. So etwas kann man nicht wissen.» Der Pole steht auf und scheint erregt. «Was müssen wir hören? Dieses Flugzeug diente derjenigen Person, diesem MacArthur, der offen von der US-Regierung das Plazet verlangte, die Mandschurei, also das mit uns befreundete China, mit Atombomben zu bombardieren? Und Sie wollen die Landung einer solchen Maschine, die einen Kriegsverbrecher herumkutschierte, einfach so tolerieren und keine Meldung verfassen? Wir haben dafür keinerlei Verständnis.»

Der Hauptmann hat die ganze Zeit interessiert zugeschaut, nun hebt er kurz die Hand. Der Oberst blickt irritiert, auch der Major scheint sich zu wundern. «Ja, bitte, was hat unser neuer Alternate zu vermelden?», fragt der Oberst mit gefurchter Stirn. «Sie als Neuankömmlinge fügen sich ja schnell ein.» Der Hauptmann nickt dankend, steht auf, blinzelt etwas verlegen und meint: «Diese Maschine ist ja sicher nicht exakt diejenige, die MacArthur zur Verfügung stand, sondern irgendeine andere, oder? Ich schlage vor, wir fahren sofort gemeinsam nach K2 und schauen uns die Sache an. Sollten wir Waffen in diesem Flugzeug finden – sei es nur die nicht dokumentierte Pistole eines Piloten –, wird der Verstoss gemeldet, sonst nicht. Wenn wir Bomben oder Munition finden: sowieso. Was meinen Sie? Wir haben das Mandat dazu.» Der Tschechoslowake blickt hilfesuchend auf seinen polnischen Kollegen. Der nickt nach einer Weile widerstrebend. «Wir müssten uns zuerst mit unseren Leuten und dem Delegationschef in Panmunjom absprechen.» Er macht eine kurze Pause und reibt sich die Nase. Alle warten. Der Hauptmann fügt bei: «In dieser Zeit ist das Streitobjekt vielleicht wieder weg, Kollegen, wer weiss. Jetzt steht sie rum und wir könnten sie überprüfen.» Der Pole kaut auf den Lippen und hebt nach einer Weile zögernd den Kopf. «Na schön. Wir sind mit diesem Vorschlag einverstanden, wenn auch nur mit Vorbehalt.» Der grosse, schwedische Major steht resolut auf und sagt ruhig: «Ich wundere mich, dass ein gerade erst angereister, unerfahrener Kollege bereits Vorschläge erteilt.» Er wirft einen Blick auf den Hauptmann, der schmunzelnd zurückzwinkert. Der schwedische Major dreht sich und blickt seinen tschechoslowakischen Kollegen nachdenklich an. «Hören Sie, dieser Flieger ist so harmlos wie die uralten Verbindungsflugzeuge bei Ihren Freunden im Norden in der Demokratischen Volksrepublik Korea. Die Flugzeuge dort sind von Russen in Lizenz gebaute DC-3, also Dakotas, sie heissen nunmehr Lisunow, wurden teilweise an die Chinesen abgeschoben und fliegen dort zuhauf herum. Vielleicht sassen Kim-Il-Sung oder meinetwegen sogar euer Schlächter Stalin in einer dieser Kisten, was solls? Niemand käme auf den Gedanken, diese alten Mühlen deswegen als Kampfflugzeuge zu deklarieren. Ich bitte Sie, seien Sie vernünftig.» Der Schwede setzt sich wieder.

Eine Weile bleibt es ruhig im Sitzungszimmer. Draussen hört man regelmässige, kratzende Geräusche; die kleinen Koreanerinnen beharken rhythmisch den Kies rund um den Pavillon. Der Oberst aus dem kleinen Land unterbricht die Stille. «Ich verstehe dieses Argument.» Er denkt kurz nach, steht auf und breitet die Arme aus. «Gehen wir einfach hin, wie es unser neuer Kollege vorschlägt, und überzeugen uns von der Harmlosigkeit oder der immanenten Gefährlichkeit dieses Flugmittels.» Mit Blick auf die Ost-Delegierten sagt er: «Unsere schwedischen Kollegen haben nicht unrecht. Aber ich denke, Ihre Befürchtungen, illegales Kriegsgerät könnte eingeführt werden, sind ernst zu nehmen, keine Frage, Sie müssen ja Ihren Job machen. Also, ab zum Flugplatz, schauen wir uns diesen Vogel an. Dann machen wir Nägel mit Köpfen und trinken nachher ein Bier.» Die Tschechoslowaken und die Polen schauen sich kurz an und nicken, die Schweden schweigen. Der Oberst wirft einen erstaunten Seitenblick auf den Major und den Hauptmann aus dem kleinen Land. Er steht leise stöhnend auf und blickt in die Runde. «Ich muss formal die Frage stellen fürs Protokoll. Gibt es Einwände bezüglich einer sofortigen Besichtigung dieses ominösen Bombers?» Die Schweden schütteln resigniert den Kopf, die Vertreter aus den Oststaaten und dem kleinen Land nicken. Alle stehen auf. Der Oberst eilt nach hinten, dreht sich um und ruft: «Ich melde uns bei den Amerikanern an und bestelle zwei Jeeps bei der MP plus eine Eskorte. Wohl meine letzte Amtshandlung hier. Das wars.»

Gleichentags stehen die Delegierten aus der Tschechoslowakei, Polen, Schweden und dem kleinen Land nach der Eingangskontrolle am Gate des Flugfeldes K2 in Taegu bei nieselndem Regen vor der zwischen grossflächigen Pfützen geparkten, viermotorigen Boeing C-108. Der Hauptmann fröstelt und ballt seine kalten Hände in den Manteltaschen. Ein eisiger Wind weht von der Japansee her, es riecht nach Flugbenzin, Erde und faulendem Gras. Die Offiziere der NNSC stülpen ihre Mantelkragen hoch, der Sprühregen dringt in die kleinsten Ritzen ein. Über ihren Köpfen rast dröhnend ein Kampfjet mit rauchendem Triebwerk Richtung Süden.

Ein Jeep prescht in einer Wasserfontäne heran und hält neben dem Bomber. Ein von einem Adjutanten begleiteter Captain der US-Airforce steigt behände aus dem Fahrzeug und eilt mit raschem Schritt herbei. Er begrüsst die NNSC-Delegation salutierend und mit Handschlag. Der Captain ist gross gewachsen, hat gerötete Backen, blaue Augen, buschige, schwarze Augenbrauen und einen grau melierten, gepflegt wirkenden Kinnbart. Sein Lachen bei der Begrüssung wirkt herzlich und authentisch. Der Captain wendet sich direkt an die beiden Delegierten des kleinen Landes und starrt auf ihre Kragenspiegel. «Herr Major? Herr Hauptmann? Habe ich richtig gesehen? Stimmt der Grad? Grüezi mitenand!»

Der Major und der Hauptmann blicken sich überrascht an. Der Amerikaner grinst und fährt alsogleich fort: «Ich freue mich ganz besonders, hier auf K2 in Taegu/Südkorea im Namen der US-Airforce und der 58. Fighter-Bomber Wing Landsleute von mir begrüssen zu dürfen. Ich komme aus dem Bundesstaat Indiana, lebe in Adams County in der Stadt Berne. Meine Grosseltern waren Mennoniten und stammen aus dem Emmental, meine Urgrossmutter sogar aus der Hauptstadt ihres Landes. In Amerika wurden sie Eisenbahner und haben Berne gegründet!» Major und Hauptmann lächeln erfreut. «Ich habe Ihre Hauptstadt mehrmals besucht, als Student, sehr schöne Stadt, really. Diese Arkaden, grossartig, auch die Bären unten in diesem runden, tiefen Graben, ich durfte ihnen Karotten zuwerfen, wow. Und dann die Farbe des Flusses, so ein Grün habe ich noch nie gesehen. Dahinter die weissen Alpen! Grossartig. Ich war auch im Emmental, in Escholzmatt, hiess das, glaub ich. Und ich habe die Farm von meiner Urgrossmutter gesehen. Das war in einem kleinen Tal, ganz hinten im Wald. Ich bin ganz gerührt, very touched.» Dann senkt der Captain den Kopf, sinniert kurz und deklamiert mit geschwellter Brust: «Mini Herre Offizier, i tue mi sehr fröie und i tue Sie wünsche hie in Taegu ein sehr aagnehme Ufenthalt!»

Der Major und der Hauptmann klatschen anerkennend in die Hände und antworten ebenfalls im Idiom der Landeshauptstadt, wobei der Hauptmann sich vergeblich bemüht, diesen rauen und etwas kehligen Dialekt akzentfrei zu sprechen. Dies veranlasst den Captain prompt, ihn forschend anzuschauen: «Ich denke, Hauptmann, Sie kommen aus dem französischen Teil des Landes, stimmts? Ihr Akzent ist anders, viel weicher, nicht wirklich aus Berne, am I right?» Der Major daneben grinst spöttisch und hält seinen rechten Daumen bestätigend nach oben. «Sie haben recht», entgegnet der Hauptmann und blickt mit gespielter Zerknirschung auf den Boden. Der Captain lacht, klopft ihm auf die Schulter und breitet die Arme aus. «Cher capitaine, je suis très honoré de vous présenter mon petit aéroport de plaisance.» Der Hauptmann nickt anerkennend und lobt die eindrucksvollen Sprachkenntnisse des Captains. Der Major zupft ihn am Ärmel und sagt: «Für einen Amerikaner sind Sie geradezu phänomenal sprachbegabt. Der Übername des Hauptmanns hier ist übrigens Captain Snow White.» «Snow White? Why?» Der Captain zieht interessiert seine buschigen Augenbrauen hoch. Der Major fährt fort: «Er war im Krieg, das heisst im Aktivdienst, wie man bei uns sagt – ein junger, bleicher, etwas gar feminin wirkender Leutnant. Die Soldaten haben ihn so getauft, auch weil er viel zu lieb war zu all seinen subalternen Zwergen», antwortet der Major. Der Hauptmann grinst verlegen, der Amerikaner haut ihm noch kräftiger auf die Schulter. «Du bist also Snow White und die alle da sind deine sieben dwarfs?» Der Captain wirft einen amüsierten Blick in die Runde. Zusammen mit seinem an seiner Seite verharrenden, stummen Adjutanten sind es tatsächlich sieben Mann, die ratlos im Regen auf dem Flugfeld herumstehen – wie die Schweden, die sich sichtlich gelangweilt die

Füsse vertreten, und die Polen und Tschechoslowaken, die trotz klar signalisiertem Rauchverbot nervös eine Zigarette nach der andern rauchen und eifrig nach allen Seiten spähen.

«Back to work, meine Herren.» Der Amerikaner dreht sich um, winkt allen zu und marschiert in Richtung Bomber. «Ich habe die Meldung erhalten, dass Sie eine Kontrolle dieser Maschine wünschen, um zu sehen, ob sie ein Kriegsgerät ist oder nicht. Kein Problem. Ich zeige Ihnen nun, wie gefährlich das Teil ist.» Der Captain lacht, hält an einer fahrbaren Treppe, die hinauf in die Eingangsluke des Flugzeuges führt, und winkt die Delegierten nach oben. Im Innern der Maschine ist es dunkel, es riecht muffig nach Metall, Leder und feuchtem Stoff, an den Fenstern hängen schmutzig gelbe, fleckige Vorhänge. Der Captain reisst bei einem grossen, viereckigen Seitenfenster den Vorhang auf und sagt: «In einer normalen B-17 wäre hier in der mittleren Bodenkanzel ein Maschinengewehr eingebaut. Sehen Sie eins? Nein. Okay. Da drüben dasselbe.» Er fordert die Delegierten auf, tiefer ins Flugzeuginnere zu kommen, klappt darauf auf dem Boden eine blecherne Falltüre auf, die Delegierten linsen hinunter. «Hier ginge es zum Bombenschacht. Sehen Sie Bomben? Nicht, oder? Prima.» Er richtet sich wieder auf und öffnet hinter dem Hauptmann mit geheimnisvoller Miene eine Stahltür. «Achtung. Es wird gefährlich. Vorsicht! Was sehen wir hier?» Major und Hauptmann sowie die Schweden recken die Hälse und lachen lauthals. Im Innern des Raums ist eine komfortable Toilette mit einer aus dunklem Edelholz gezimmerten WC-Brille eingebaut, daneben stehen ein weisser Spülkasten und ein blitzblankes Lavabo aus glänzendem Messing, darüberhängend ein kleiner, goldumrahmter Spiegel. Auf gleicher Höhe, in einem silbernen Rahmen, sieht man ein sehr freizügiges Foto der Hollywood-Diva Rita Hayworth. Ein kupferner Papierhalter mit weissem Toilettenpapier, ein weisses Blechkästchen für Toilettenutensilien, ein Zeitungsständer mit der Zeitschrift «Life» und der vertrauten Armeezeitung «The Stars and Stripes» komplettieren die sanitarische Infrastruktur.

«In gewisser Weise ist das trotzdem ein Bombenschacht geblieben», meint der Major trocken. Der Captain, der Hauptmann und die Schweden prusten los, die Polen und die Tschechoslowaken pressen grinsend ihre Lippen zusammen. Der Captain führt die NNSC-Delegation daraufhin weiter herum. «Hier unten, wo all die Lebensmittel gelagert werden, würde in einer konventionellen B-17 der Bombenschütze sitzen. Da hinten – kommen Sie mit und passen Sie auf; nicht die Köpfe einschlagen! – wäre ebenfalls ein Geschützturm, nun beherbergt dieser Raum die Wasservorräte und die Liquors für die Passagiere.» Er springt behände auf eine etwas tiefer liegende Plattform und zeigt nach unten. «Da haben wir – hereinspaziert, meine Herren – Zusatztanks eingebaut, ergänzend zum zentralen Tank vorne, zu demjenigen hinten und zu den beiden Flügeltanks. Die vollbeladene Maschine hier hat eine Reichweite von über sechstausend Kilometern. Quite impressive, nicht?» Er drängt an den Delegierten vorbei Richtung Cockpit und zieht einen rosafarbenen, speckigen Vorhang zur Seite. Dahinter erstreckt sich ein niedriger und gänzlich holzgetäferter Salon mit dunklen Ledersitzen, hochklappbaren Arbeitstischchen und Lämpchen sowie einer Bücherwand. Der Captain öffnet mit vielsagendem Blick ein kleines Wandschränkchen, das eine gutbestückte Bar und einen Humidor für Zigarren und Tabak kaschiert. Die Delegierten nicken bewundernd und grinsen.

Der Captain zeigt danach mit dem Finger an die mit dunkelgrünem Filzstoff ausstaffierte Decke. «Da oben war der Funkerstand und gleich daneben ein Zusatz-MG. Sehen Sie da irgendwas?» Die Delegierten schütteln den Kopf. «Gut. Hier ist das Cockpit.» Er öffnet am vorderen Ende des Salons eine eiserne

Tür, klappt sie nach aussen, verriegelt sie mit wenigen geübten Handgriffen und winkt die Delegierten herbei. Er setzt sich auf den Kopilotensitz und zeigt auf die verschiedenen Bedienelemente. «Da, meine Herren, schauen Sie genau hin: Steuer- und Kommunikationsgeräte, ergo keine Waffen. Dort hinter Ihnen, Herr Major, ist eine Tür, da ist eine kleine Kombüse. Diese C-108 ist ein VIP-Flieger und dient dem Transport von hochstehendem Militärpersonal. Dieses muss man auch füttern, sind ja trotzdem Menschen.» Der Captain lacht. «Dort liegen hochgefährliche Fleischmesser in den Schubladen. Die können Sie Ihrer Kommission melden, wenn Sie wollen.» Die Delegierten lachen, selbst die beiden Polen und Tschechoslowaken können ein verschämtes Schmunzeln nicht unterdrücken.

Alsbald stehen alle wieder draussen auf dem nassen Tarmac. «Meine Herren, das wars. Ich überlasse Ihnen die Evaluierung dieses Waffenpotenzials. Ich hoffe, ich konnte Sie beruhigen, insbesondere Sie, werte Kollegen aus dem sozialistischen Paradies.» Er lacht, die beiden Delegierten aus Osteuropa schweigen betreten. Der Captain zeigt auf das Flugzeug. «Diese alte Dame hier hat noch nie jemandem geschadet.» Der Pole hebt kurz die Hand. «Stimmt es, dass General MacArthur exakt diese Maschine benutzte?» Der Captain lacht. «Im Pazifikkrieg, ja, da hatte er so eine zur Verfügung, aber sicher nicht die. General MacArthur wurde es allerdings immer übel im Flugzeug. Seither heissen die Kotztüten in den Maschinen MacArthur-Bags.»

Später sitzen sie in der Offiziersmesse der US-Airforce und trinken Bier – deutsches Exportbier, konstatiert der Hauptmann erstaunt. Auf dem Deckblatt steht Henninger Kaiser Pilsner. «Prost, meine Herren.» Der Captain hebt seine Metalldose und stösst mit den andern Delegationsmitgliedern an. «Gute Ware, dieses deutsche Bier. Viel besser als unser dünnes US-Armeebier.

Die Luftwaffe in Frankfurt / Germany hat es bei unserem Oberkommando durchgesetzt. Noch mehr schätze ich allerdings, verehrter Kollege aus der Tschechoslowakei, das Budweiser-Pilsner aus Ihrer Heimat. Und ich meine damit nicht unser wässriges Budweiser-Surrogat von Anheuser-Bush!» Der Tschechoslowake blickt überrascht auf, nickt, über sein Gesicht huscht ein Lächeln. Der freut sich jetzt aber, denkt der Hauptmann.

Der Captain steht auf. «Die Rechnung geht an die US-Airforce, meine Herren.» Zu Major und Hauptmann gewandt fügt er bei: «Übermorgen würde ich Ihnen gerne hier in Taegu eine hochinteressante Dame vorstellen. Sie ist eine katholische Nonne, eine Benediktinerin – und stammt aus Ihrem Land! Wird die eine Freude haben. Sie lebt schon lange hier in Taegu und hat den ganzen Krieg am eigenen Leib miterlebt. Lust, mitzukommen?» Der Major schüttelt den Kopf. «Ich habe Dienst, zusammen mit unserem Warrant Officer und den beiden Kollegen da drüben. Wir müssen überprüfen, ob Ihre gemeldeten Jet-Bewegungen auch mit den Papieren übereinstimmen.» Der Captain hebt beschwichtigend die Hände. «Sie werden übereinstimmen, Herr Major, don't worry.» Der polnische Oberst entgegnet: «Tut mir leid. Sechs Jets waren nicht dokumentiert.» Der Captain holt hörbar Atem. «Das waren Trainingsmaschinen, T-33-er, die tragen keine Waffen.» «Nein, keine Doppelsitzer, es waren Lockheed F-80C – also Kampfflugzeuge. Die Meldung ist bei der NNSC und beim MAC. Wir haben alle unterschrieben.» Der Captain hebt resignierend die Hände. Die Schweden und der Oberst aus dem kleinen Land nicken mit ernsten Mienen. «So? Die Lockheeds wurden nicht gemeldet? Dann hat einer unserer Schreibkräfte die falschen Papiere ausgefüllt, so what? Kein Drama. Die Lockheeds sind lahme Enten, die stellen wir ja alle ausser Dienst. Es sind nur wenige, die vom Krieg übriggeblieben sind. Die meisten haben ja eure MiGs runtergeholt.»

Der Amerikaner lacht hämisch, der Pole schüttelt jedoch unbeirrt den Kopf. «Es ist ein neuerlicher Versuch von den USA und der UNC, in eklatanter Art und Weise die Waffenstillstandsvereinbarung zu umgehen und weitere Kampfmittel in den Süden einfliessen zu lassen.» «Bullshit», ruft der Captain genervt. «Ein administrativer Fehler. Wir halten uns an das Armistice Agreement, glauben Sie mir. Sie können alles hier einsehen, jedes Dokument, jede Munitionskiste, in jeden verdammten Flugzeugarsch können Sie hineinkriechen und die Innereien ausleuchten!» Der Captain setzt sich, blickt herausfordernd in die Runde, zieht ein Zigarettenpäckchen hervor und bietet allen eine Zigarette an. «Sorry, guys. Vertragen wir uns. Friedenspfeife, okay?» Alle schütteln den Kopf, ausser dem Major, der dankend eine Zigarette nimmt und sie sich vom Captain mit einem blechernen Gasfeuerzeug anzünden lässt. Der Major nimmt einen tiefen Zug und sagt: «Was den Besuch bei dieser Nonne angeht, dear Captain, mein Kamerad hier, der könnte kommen, oder?» Der Hauptmann schaut überrascht auf, nickt jedoch bestätigend; die düstere Miene des Captains hellt sich auf. «Ja, natürlich. Dann lasse ich Sie morgen abholen im Compound, Herr Hauptmann», fährt er fort. «Punkt drei Uhr nachmittags am Gate, dann ab zum Tee mit unserer Benediktinerschwester, okay?» Der Hauptmann nickt. Sie eilen nach draussen, besteigen ihren Jeep und fahren durch den nunmehr strömenden Regen zurück ins Camp.

Sommer 1982

Die Pupillen sind schwarz, der Augapfel glänzt weiss und kalt. An der Peripherie des Auges franst der äussere, dunkle Rand in eine gelbe Korona aus, was dem Blick des Tieres eine seltsame Starre verleiht. Der Kopf ist schlohweiss, danach bis hinab zu Kragen und Nacken silbergrau gefedert, daselbst geht das gestreifte Federkleid allmählich in warmes Braun über. Der giftgelbe Schnabel ist stark nach unten gekrümmt, der Schnabelrücken glänzt, als sei er poliert. Die Zunge ist rosa und hängt hämisch über den Unterschnabel hinaus, der Vogel scheint wie ein Hund zu hecheln. Brust, Rücken und die kräftigen, halbgeöffneten Schwingen bestehen aus schwarzbraun gemustertem Federkleid; dann der tiefgegabelte, rostrote Schwanz, die ledernen Fänge, mit weissen Daunen dekoriert. Zuletzt die messerscharfen Krallen, sich stetig bis zur Spitze verjüngend.

So nahe hat er den Vogel noch nie gesehen. Der weisse Vorhang, wohl von einer Krankenschwester beiseitegeschoben, flattert leicht im Luftzug. Das Tier hockt auf dem Fenstersims, den Kopf leicht schräg gestellt, fragend fast. Ein toter Spatz liegt vor seinen Krallen auf dem Rücken, der Bauch voller Blut, die Flügelchen gespreizt, der Schnabel offen, die Äuglein starr. Ein rotes Band getrockneten Spatzenblutes verläuft quer über den porösen Sandstein über den Fenstersims hinab. Das Blut tropft wohl nach unten auf den Kies, da, wo sie immer spielen, die Schwestern. Klackklack, klackklack, klackklack. In der Ferne hupen Autos, ein kleiner Jet faucht über die Dächer der Altstadt. In der Ferne hört er Donnergrollen, wenig später bringt eine Böe die Blätter des grossen Ahorns zum Rascheln, auf dem Scheitel des grossen Raubvogels stellen sich im Windstoss die Federn aufrecht, evozieren Federschmuck auf Römerhelm. Der stechende, todernste Blick des Tieres verschafft Letzterem eine komische Würde. Was bist du für ein Clown, denkt er.

Er schmunzelt in seinem Bett, obgleich sein Kopf vor Schmerzen glüht. Sei gegrüsst, elegant fliegender Begleiter, dessen Namen ich nicht mehr weiss, du bist mir vertraut. Bist du vielleicht auch derjenige, den ich einst zeichnete, tagelang, in diesem Saal des Museums, hinter der Scheibe, die uns trennte? Du schönes Tier – von einem Ahornast abhebend, die Schwingen bereits ausgestreckt, der Schnabel halboffen, die eine Kralle noch in der Rinde eingehakt, der Körper schon im Flug, die andere Kralle die zappelnde Feldmaus festklammernd? Dann im Hintergrund der Ahornstamm, Zweige, blauer Himmel, gestaffelte Cumuli bis hin zu den Alpen, kreisende Greifvogelkollegen über Wäldern und Äckern. Schön gemalt! Unten das Wurzelgeflecht, Steine, verstreute Äste, Pilze und Moos. Gut drapiert! Der Taxidermist hat dich, grosser Vogel, akkurat ausgestopft und dabei ganze Arbeit geleistet. Du bist ein erstarrtes Abbild vergangenen Lebens, grosser Vogel, du bist toter als tot und somit ideal zum Zeichnen. Er liebt das Naturhistorische Museum. Er sitzt im Saal der einheimischen Fauna auf einem einfachen Hocker. Das Blatt Papier ruht auf der flachen Unterlage, darauf platziert sind der Bleistift, der Radiergummi, das Taschenmesser zum Spitzen. Dahinter neugierige Kinder, die ihm während der Arbeit über die Schulter lugen, Erwachsene mit Sprüchen.

Einmal, es ist schon spät, vergisst ihn das Aufsichtspersonal. Das Museum schliesst, die Lichter gehen mit einem lauten Knacken aus. Er sitzt im Dunkeln. Er wagt nicht aufzustehen. Er wartet, bis seine Augen sich allmählich an die Dunkelheit gewöhnen. Der Raubvogel hebt sich bald schemenhaft, dann immer konturierter vor dem gemalten Hintergrund ab. Plötzlich scheint ihm, als bewege sich das Tier, als zucke die Maus in der gekrümmten Kralle. Die Ahornblätter rascheln, er spürt einen kalten Lufthauch auf seinem Gesicht, erste Tropfen nässen seine Stirn, ein Blitz erhellt schlagartig die Museumshalle, dann streift ihn ein starker Windstoss. Irgendetwas scheppert im Dunkeln, allerlei Getier bewegt sich jäh auf ihn zu, schreitet und stürzt durch gebrochenes Glas, fällt durch die Rahmen der Schaukästen. Der auf seinem Blatt Papier mit Bleistift gezeichnete Greif dreht langsam den Kopf in seine Richtung, sein Blick glüht ihn an. Krachender Donner durchbebt den Raum, ein Fenster schlägt auf, Glas splittert. Wieder ein Windstoss, noch stärker, ein gläserner Schrank fällt, langsam, wie in Zeitlupe, er zerbirst auf dem Boden, ebenso die Konservierungsgläser, sie zerspringen, zersplittern in glitzernde Scherben. Ätzend stinkende Säure breitet sich aus und wabert in die Nebenräume. Echsen tapsen auf dem Boden herum, Schlangen kriechen behände durch ein Gewirr von Scherben und Behältern, schwimmen durch faulige, visköse Lauge. Ein überlanges schwarzes Reptil schlängelt sich den einen Bettpfosten empor, durchquert sein Bett, seine Pupillen sind linsenförmig, schmal: eine giftige Schlange, keine harmlose Natter, eher eine Kreuzotter, vielleicht eine Viper, eine Kobra, eine grüne Mamba gar?

Er schreit vor Schreck, richtet sich im Bett auf, sein Puls rast, er drischt wild um sich, will das Tier vom Bett fegen. Er schlägt gegen etwas Weiches, spürt warme Haut und stählerne Finger, die seinen Arm umklammern. Er wehrt sich, weint und schreit, dann wacht er auf, schnappt nach Luft, keucht, will sich aufrichten, doch über ihm schwebt das bleiche Gesicht der Krankenschwester, ihre Hand hält eisern seinen zitternden Arm. Sie spricht ruhig und sanft auf ihn ein, streichelt seine Wange. Er atmet aus, sinkt aufs Kissen zurück. Wo ist die Schlange? Er blickt um sich. Das Fenster ist weit offen, der Fenstersims ist leer, draussen fallen erste schwere Tropfen, der Donner hallt, Blitze erhellen den Raum.

Es war auf der südlichen Alp, kurz vor Ende des Krieges, sie waren vom Jura dorthin abdetachiert worden. Es passierte neben ihrer Flugabwehrbatterie, als sie während eines Gewitters ein Biwak aufschlagen mussten und der Soldat schreiend mit einer in seinem Oberarm festgebissenen Schlange auf ihn, Hauptmann Schneewittchen, zulief. Er hatte die braunschwarz gemusterte Schlange hinter dem Kopf gepackt, ihre gekrümmten Oberzähne vorsichtig aus dem Soldatenfleisch gezogen und kurz in die Augen des sich windenden Tieres geschaut. Es war eine Viper, also giftig. Er war mit der wild um sich schlagenden Schlange ein paar Meter Richtung Bergwald gelaufen und hatte sie weit hinter einen bemoosten Felsen geworfen. Sie kroch blitzschnell und sicherlich höchst erleichtert davon. Kurz danach besah er die Bisswunde des Soldaten, untersuchte die zwei roten Punkte auf dem Oberarm. Ein paar Tropfen Blut klebten auf der behaarten Haut. Er hatte keine Sekunde gezögert, sofort tief in die Wunde gebissen, das Gift herausgesaugt, seitwärts ins Gras gespuckt, wiederum reingebissen, ausgesaugt, gespuckt, immer wieder, bis der bittere Geschmack in seinem Mund allmählich nachliess. Der Soldat hatte danach fast nichts gespürt ausser einer leichten Benommenheit und einem geröteten Oberarm, er hingegen erbrach später im Gebüsch und musste sich ins Gras hinlegen, sein Herz raste. Doch beide erholten sich rasch und sein guter Ruf in der Kompanie schwoll explosionsartig an. Hauptmann Schneewittchen, das bleiche Bürschchen! Ein Lebensretter, ein Soldatendoktor, der Schlangenbeschwörer, der beissende Held! Gäbe es dafür einen Orden, er hätte ihn gekriegt. Noch ein Gläschen, Hauptmann Schneewittchen, wir Zwerge ehren dich!

Jetzt spürt er die warme Hand der Schwester, er riecht ihren Atem, hört ihr Trösten. Danach registriert er nur noch den feinen Einstich in seinen rechten Oberschenkel. Etwas Warmes, ungeheuer Angenehmes verströmt unter seiner Haut, diffundiert in sein ramponiertes Wesen, er wird leicht, luftig, schwebt weit hinweg und schläft ein.

Spätherbst 1953

Die Gesichtshaut der benediktinischen Ordensschwester erinnert ihn an das teure, wassergeschöpfte Papier, das seine Mutter im Werkunterricht oder beim häuslichen Buchbinden rege benutzte. Glatt und transparent spannt sich ihre Haut über hohe Wangenknochen hinauf zur geschwungenen Stirn, hinunter zum kleinen, festen Kinn bis zum faltenlosen Hals, streng eingefasst in ein rundes, festes Band aus blütenweissem, gestärktem Stoff. Ihre Hände sind elfenbeinfarbig, wirken kräftig und sind mit blauen Äderchen durchsetzt, die Fingernägel sind nach vorne elliptisch zugeschnitten und glänzen gepflegt. Ihre Augen schillern in Stahlblau, ähnlich dem glasklaren Blau von Bergseen in seiner Heimat, wenn nach einem trockenen und gewitterlosen Herbst weder Zuflüsse noch Sedimente das Wasser trüben. Ihr braunes Haar, das an den Schläfen unter dem schwarzen Schleier hervorlugt, ist durchsetzt von silbernen Strähnen.

Sie lächelt den Hauptmann an, fasst kurz seine Hand und blickt aus dem Fenster. Ihre Hand fühlt sich kühl an. Der Hauptmann schaudert. Die Benediktinerin hatte ihm kurz zuvor von ihrer Herkunft aus dem Osten des kleinen Landes erzählt, vom fernen und doch sehr nahen Krieg. Von halbverbrannten Bomberpiloten, von Menschen mit Koffern ohne Bleibe, von mitleidlosen Grenzsoldaten, die selbige über die Grenze zurückschickten in die Todeslager. Sie spricht in ihrem heimatlichen Idiom, das aus ihrem Mund weniger kehlig und guttural klingt als bei den Menschen derselben Provenienz. Er hatte geantwortet, in holprigem Deutsch, danach meist in Französisch, manchmal auch in Englisch, wenn die Schwester diesbezüglich einen Fachbegriff verwendete. Neben ihnen, hingestreckt auf einem altertümlichen Sofa, schlürft der amerikanische Airforce-Captain heissen Tee, zieht an einer Zigarre und liest in einer in rotem Leder eingefassten Bibel.

Die Fahrt zur Katholischen Mission im Prioratshaus bei den Missionary Benedictine Sisters in Sinamdong bei Taegu war erlebnisreich gewesen. Der Jeep hatte sich über schlammige Pfade einen Weg durch die Elendsquartiere der Stadt suchen müssen, vorbei an unzähligen, provisorisch errichteten Brettersiedlungen, wo trotz den mittlerweile feuchtkalten Temperaturen halbnackte, oft bis zur Unkenntlichkeit verdreckte Kinder auf der Strasse spielten. Junge Koreanerinnen trippelten mit blossen Füssen im Schlamm, schleppten Kleinkinder mittels zusammengebundenen Tüchern auf dem Rücken und balancierten zusätzlich allerlei Waren auf dem Kopf. Verkrüppelte und verwahrlost erscheinende Männer in zerschlissenen Mänteln sassen apathisch an den Hausecken oder vor improvisierten Läden und starrten über ihren Jeep hinweg. Junge Männer schien es hier keine zu geben.

Wohl alle tot oder gefangen, dachte der Hauptmann. Kein einziges Mal spürte er einen direkten Blick von Passanten oder Bewohnern, es war, als würden sie, die fremden Offiziere im vorbeiröhrenden Jeep, gar nicht existieren. Sie fuhren später durch die Furt eines kleinen Flusses, in dessen Bett Soldaten in braunen Uniformen Kleidungsstücke wuschen. Sie schienen in den lotterigen, den Fluss säumenden Holzhütten zu hausen, Gewehre und Gepäck lehnten an den Hauswänden, aus blechernen Rohren quoll schwarzer Rauch. Auf der Treppe eines halbzerfallenen, klassisch anmutenden Gebäudes standen Dutzende in weissen Blusen und schwarzen Röcken gewandete Mädchen diszipliniert in Zweierreihen und schienen zu warten – worauf, war nicht ersichtlich.

Auf dem einzigen kurzen Teerstück, das ihr Jeep benutzte, kreuzten sie ein Gespann. Eine hübsche, ernst und stolz wirkende Frau sass, ohne die Ausländer eines Blickes zu würdigen, aufrecht auf dem Bock einer hölzernen Karre, gezogen von einem mageren, braunen Pferd. Die Frau rauchte eine Zigarette und hatte den einen Ellbogen lässig auf dem angewinkelten Knie aufgestützt. Die Zügel des Pferdes hingen an ihrem ausgestreckten, wippenden Fuss. Sie trug flache, rote Schuhe. Die Ladefläche war leer, das Pferd lief in einem entspannten, lockeren Trab, die junge Frau blickte verträumt in die Ferne. Wie ein Reklamebild aus den USA, dachte der Hauptmann. Nur das Gefährt müsste ausgewechselt werden, statt der Pferdekarre müsste man einen Chevy oder einen pompösen Lincoln wählen. Vielleicht müsste die Dame noch etwas dezentes Rouge auf Lippen und Wangen auftragen, dazu ein Hütchen und elegante, adäquate Kleidung? Fertig wäre die Permutation. Gnade der Geburt und Herkunft, ein Geschenk Gottes oder brutale, zufällige Willkür?

Der Jeep hielt ruckartig an. Er schreckte aus seinen Gedanken. Der junge Fahrer, ein Militärpolizist, musste den Weg erfragen. Sie standen neben einem ärmlichen Holzhäuschen mit schiefem, verwinkeltem Dach, unter dem Jeep gurgelte rotes Schlammwasser dem nächsten Schlagloch zu. Auf einer Art hölzernen Veranda des Häuschens erkannte er zwei gedeckte Holzfässer, darüber hing horizontal, von einer Eisenkette gehalten, ein rohgezimmertes Holzbrett. Wohl eine Art improvisierte Verkaufsfläche, dachte der Hauptmann. Eine halbgeöffnete, von der Sonne dunkel gebeizte Holztür hing schräg in ihren rostigen Scharnieren. Halb verdeckt von jener Tür starrte ein kleines Mädchen in einem braunen, durchlöcherten Pullover und mit streng gerade geschnittenen schwarzen Stirnfransen den Hauptmann unverwandt aus ihren schwarzen Perlaugen an. Dieser lächelte und nickte freundlich. Das Mädchen blickte den fremden Offizier weiterhin ohne jeden Ausdruck an. Er hatte Mühe, diesem Blick standzuhalten, er fühlte eine merkwürdige Art von Verlegenheit. Das Mädchen verharrte, keine Regung war in ihrem schmalen Gesichtchen auszumachen. Ihre Augen waren zwei runde, schwarze Öffnungen, in denen jede Mitteilung, jede Erwiderung, auch der vorsichtigste Versuch einer Kontaktaufnahme spurlos verschluckt wurden.

Der Jeep startete wieder, der Hauptmann hielt sich reflexartig am Türrahmen fest und blickte über die Schulter zurück. Das Mädchen war auf die Holzveranda hinausgetreten und starrte den Ausländern nach. Sehr spät, knapp bevor sie in einer Kurve um eine Hausecke verschwanden, sah der Hauptmann, dass das Mädchen zaghaft winkte.

«Das war unser Kloster in Nordkorea, in der Präfektur Wonsan.» Die Benediktiner Ordensschwester zeigt mit dem Finger auf ein Schwarzweiss-Foto, das nebst einem Stapel vergilbter Dokumente vor ihnen auf dem Tisch liegt. Der Hauptmann rückt auf seinem Stuhl etwas näher und erkennt auf dem Abzug ein grosses, vierstöckiges Backsteingebäude mit Kirchturm, grossem Innenhof, Kapelle und einem halbrunden Anbau – wohl das Schiff der Klosterkirche. Ringsum erstrecken sich gepflegt wirkende Gartenanlagen und Gemüsefelder, im weiteren Umkreis glitzern zahlreiche rechteckige, unter Wasser stehende Reisfelder. Das idyllische Bild komplettieren grün überwucherte Berge, die steil aus der Schwemmlandebene aufragen. Das Kloster liegt, fast wie ein Fremdkörper, einsam und verletzlich in einer spektakulären, subtropischen Landschaft.

«Ursprünglich war das die Abtei St. Benedikt in Seoul, dann wurde sie nach Tokwon in den Norden verlegt. Es gab dort ein Priesterseminar, ein kleines Spital und Landwirtschaft. Im Mai 1949 kamen die Kommunisten, verhafteten und deportierten alle Priester, Mönche und Schwestern. Sechsunddreissig von ihnen starben in Gefängnissen und Arbeitslagern an Krankheit oder Schwäche – oder sie wurden einfach getötet. Später hat die Kirche sie seliggesprochen. Einige der überlebenden Benediktinerinnen leben hier bei uns in Taegu. Das Gebäude in Tokwon wurde komplett zerstört. Was heute dort ist, weiss ich nicht.» «Waren Sie vor 1949 auch in Tokwon tätig?», fragt der Hauptmann. «Nein», antwortet die Schwester. «Ich bin seit 1945 hier in Taegu. Vorher war ich in unserer Heimat, wie Sie ja bereits wissen.» Sie lächelt. «Ich habe den ganzen Koreakrieg hier in Taegu erlebt.» «Sind die Truppen Nordkoreas und der chinesischen Freiwilligen bis nach Taegu gelangt?», fragt der Hauptmann. Der Captain, der bis anhin schweigend zugehört hatte, drückt seine Zigarre in einem Aschenbecher aus, steht entschlossen auf und setzt sich vis-à-vis von Hauptmann und Ordensschwester an den Tisch. Er zeichnet mit einem Finger ein Muster auf die Tischplatte. «Nein, das schafften die nicht, zum Glück. Da, westlich vor der Stadt, schlängelt sich der Nakdong-Fluss. Er markierte, nachdem die Kommunisten 1950 fast den ganzen Süden eingenommen hatten, die Grenze zum sogenannten Pusan-Perimeter, einer provisorischen Kampflinie.» Die Schwester blickt fragend auf. «Der Frontverlauf, wenn Sie so wollen. Es sah nicht gut aus für uns. Der Fluss bildete zum Glück die natürliche Grenze des Brückenkopfs, den wir gegen die Divisionen der Nordkoreaner und chinesischen Freiwilligen, den CPV, dann auch halten konnten. Wir schickten aus Guam und Okinawa B-29-Bomber mit Napalm und wehrten die Angriffe ab, unsere Truppen konnten etwas Luft schnappen und wieder vorrücken. Die Kommunisten mussten zurückweichen und versprengten sich in die Berge. Wir setzten nach und vernichteten sie. MacArthur griff daraufhin mit seinem Geniestreich zur Entlastung in Inchon an und ein paar Monate später standen wir oben am Yalu und flirteten mit Mao-Tse-Tung. Der

Rest ist Geschichte. Taegu geriet nie in kommunistische Hände. Aber es wurde beschossen. Und es gab viele Flüchtlinge, die in die Stadt kamen.»

Die Ordensschwester hebt den Kopf. «Unser Kloster war voll von Flüchtenden. In Waegwan bei Taegu standen zahlreiche Flüchtlinge auf der Brücke über den Nakdong-Fluss.» Die Schwester schaut den Captain ruhig an. «Um den Vormarsch der Kommunisten zu stoppen, habt ihr Amerikaner die Brücke samt den Menschen, die sich darauf befanden, gesprengt. Es gab Hunderte von Toten.» Der Captain beisst sich kurz auf die Lippen. «Ich hörte so was, ja.» Er schaut aus dem Fenster. Eine Schulklasse von Mädchen in blauen Schuluniformen trippelt geordnet über den Rasen. «So ist Krieg, Schwester. Ansonsten wären die Nordkoreaner ungehindert nach Taegu hineingeströmt und wir würden hier nicht gemütlich sitzen und Ihren ausgezeichneten Tee trinken, vielmehr würde ich in einem nordkoreanischen Steinbruch Marschmusik hören mit einer Kalaschnikow im Nacken – oder wir wären bereits im Himmel.»

Sie schweigen eine Weile. Draussen auf dem gepflegten Rasen lassen ein paar Mädchen einen kleinen, flatternden Drachen steigen. Ihre Begeisterungsschreie hallen durchs ganze Gelände. Die Schwester blickt lächelnd hinaus, wendet sich dem Hauptmann zu und fasst noch einmal seine linke Hand. «Erzählen Sie mir von zuhause, Hauptmann.» Der Hauptmann streicht verlegen mit seinem rechten Zeigefinger über den Nasenrücken und überlegt. Der Captain stupst ihn mit spielerisch geballter Faust in die Lende. «Das würde mich auch interessieren, Captain Snow White. Was läuft im Land meiner Ahnen?» Der Hauptmann überlegt. «Ich weiss nicht. Es passiert viel und nichts. Wir haben einen neuen Hauptflughafen gekriegt; kurz bevor wir hierherflogen, wurde er feierlich eingeweiht. Es gab ein Riesenfest mit annähernd einer Viertelmillion Besucher. Im Juli gab es die erste Televisionssendung bei uns. In einem Radiogeschäft in der Hauptstadt, gleich neben dem Haus, in dem ich wohne, sah ich mit vielen andern im Verkaufsraum den neuen Televisionsapparat. Es war ein kleiner Holzkasten mit einer leicht gewölbten, spiegelnden Glasscheibe. Sie zeigten die erste, offizielle Sendung im Land. Zuerst flimmerte es wie auf einem Radarschirm, danach sah man eine Frau und hörte ihre Stimme, wie im Kino. Nur tat sie es zu exakt derselben Zeit wie wir, die wir sie grad anstarrten. Es passierte im Moment, direkt, eins zu eins. Es war sozusagen Radio, das man sehen kann. Das war aufregend und merkwürdig zugleich. Television gibt es ja schon länger, das wusste ich, aber ich kannte es nicht.» «Was hat diese Television denn sonst gezeigt?», fragt die Schwester. Er zögert mit der Antwort. «Nichts wirklich Wesentliches. Ein bekanntes Schauspielerehepaar – die Namen habe ich vergessen – tanzte und sang ein lustiges Lied und es wurden Nachrichten verlesen. Natürlich war alles in schwarzweiss, nicht so scharf wie im Kino und es flimmerte auch mehr. Sie senden fortan etwa fünf Mal die Woche je eine Stunde oder so. Ich las in einer Zeitung, dass bald alle so einen Kasten erwerben und in die Stube stellen können – also diejenigen, die sich das leisten können. Ich hoffe, dass das Radio dadurch nicht verschwindet. Ich liebe Radio. Da muss man zuhören und kann sich alles, was man nicht sieht, vorstellen. Am liebsten mag ich Fussball-Übertragungen, da gibt es Reporter, die können nur mit Stimme und Emotion die heimische Stube in ein Fussballstadion verwandeln.» Die Schwester nickt anerkennend. Der Captain grinst. «Television ist bei uns schon Alltag. Auch ich habe so einen Kasten in Okinawa, meine Frau und die Kinder sind ganz wild darauf. Sie zeigen sogar Werbung – für Ketchup oder für Ford oder so. Hier in Korea kommt Television allerdings noch lange nicht, da gibt es keine Infrastruktur. Zuerst braucht es genügend und zuverlässig Strom, danach Arbeit und industrielle Produktion. Ich bin skeptisch, ob die Koreaner dazu in der Lage sind. Hier im Süden leben ja fast nur Bauern, der Norden war industrialisiert und hätte Zukunft gehabt.» «Im Norden soll kein Stein mehr auf dem andern stehen», meint der Hauptmann. «Stimmt. Die Kommunisten müssen jetzt mit Klötzchen spielen und alles wieder aufbauen. Die US-Airforce hat ganze Arbeit geleistet.» «Genug damit, mein Freund.» Die Schwester blickt den Captain kopfschüttelnd an und wendet sich dem Hauptmann zu. «Gibt es genügend Arbeit in der Heimat?», fragt sie ihn. «Ja, durchaus», antwortet der Hauptmann. «Es herrscht sozusagen Vollbeschäftigung. Wir haben sogar einen grossen Mangel an gelernten Arbeitskräften. Jetzt aber kommen viele Italiener und auch Spanier aus dem armen Süden zu uns hoch. Die meisten arbeiten im Bau oder üben Berufe aus, die den Einheimischen zu schmutzig sind oder zu wenig gut bezahlt werden.»

Der Hauptmann wirft einen schnellen Seitenblick auf den Captain. «Ich habe noch eine Frage bezüglich der Anhänger der Kommunisten, die es ja hier im Süden auch gab.» Der Captain blickt interessiert hoch. «Ich habe in Panmunjom gehört, dass die Anhänger von Syngman Rhee, dem Präsidenten Südkoreas – so heisst er, glaube ich –, kurz nach dem Einmarsch der Truppen von Kim-Il-Sung in den südkoreanischen Teil grausam unter den Sympathisanten der Kommunisten gewütet hätten. Es sollen Massengräber gefunden worden sein. Stimmt das?» Der Captain schüttelt den Kopf. «Keine Ahnung. Es gab sicher ein paar Abrechnungen. Im Norden allerdings gab es massenhaft Säuberungen. Whatever. Sollen die das unter sich ausmachen, die Schlitzaugen.» Die Schwester wirft einen weiteren missbilligenden Blick auf den Captain, der aber hebt abwehrend die Hände. «Sorry, Madam. Ich weiss nur, dass wir immer wieder versuchten, hier im Süden Exekutionen zu verhindern. Das gelang nicht immer. Bei den Asiaten spielt das Leben halt eine andere Rolle. Der Einzelne ist nichts, das Ganze zählt.»

Die Schwester steht auf und starrt aus dem Fenster, der Dampf ihres Atems kondensiert auf der kalte Scheibe. Ihr Ton ist auf einmal klar und hart. «Wie man in Europa bestens weiss, ist das Morden von Menschenmassen keine rein asiatische Spezialität.» Der Hauptmann nickt, der Captain setzt zu einer Replik an, die Schwester unterbricht ihn: «Im Juli und im August 1950, vor drei Jahren also, sind meines Wissens nach ganz in der Nähe – das heisst in Gunwi, Gyeongju und direkt hier in Taegu – willkürlich Hunderte, wenn nicht Tausende von der Armee, der Polizei und den Sicherheitsdiensten des Regimes gefangen genommen oder aus den Gefängnissen für Oppositionelle geholt worden. Sie mussten die Gruben, in die sie dann später tot geworfen wurden, selber ausheben. Dann wurden sie erschossen. Sie standen entweder auf irgendeiner schwarzen Liste des Regimes oder waren unfreiwillig Mitglieder der Bodo League.» Der Captain und der Hauptmann blicken die Schwester fragend an. «Bodo League – das sind Leute, die man verdächtigte, Anhänger der Kommunisten oder deren Sympathisanten zu sein und die einen speziellen Ausweis bei sich tragen mussten.» Hauptmann und Captain horchen gespannt. «Das südkoreanische Regime sagte diesen Bodo-League-Leuten, sie seien anerkannte Oppositionelle, hätten aber nichts zu befürchten. Sie würden zu einem staatlichen Rehabilitationsprogramm gehören, das sie vor willfährigen Exekutionen schützen würde. Die allermeisten hatten allerdings überhaupt keinen Kontakt zu Kommunisten, waren normale, unpolitische Menschen.» Die Schwester blickt vom Fenster her den Captain ernst an. «Ich kann es nur so sagen:

Südkoreas Präsident Syngman Rhee ist ein Menschenverächter und Massenmörder, genauso wie sein Waffenbruder aus dem Norden, dieser Kim.» Der Hauptmann blickt überrascht auf. «Stimmt das?» Der Captain wiegt den Kopf hin und her. «Moment, Hauptmann, ich muss was klären.» Er dreht sich zur Schwester. «Meine Hochverehrte, bei allem tiefen Respekt, den ich für Sie und Ihre Arbeit empfinde: Ich hoffe, Sie sind nicht eine verkappte Kommunistin, oder?» Der Captain lacht, die Schwester schüttelt missmutig den Kopf. Er insistiert. «Syngman Rhee ist kein Stalinist. Erschiessungen kann er kaum selber angeordnet haben, schliesslich hat er in den USA studiert und gilt als anständiger Mann. Diese Exekutionen – wenn es sie denn gab – sind eine rein innerkoreanische Angelegenheit und das Werk von radikalisierten Wirrköpfen. Ich will nicht ausschliessen, dass auch Leute vom Süden in diese Schweinereien involviert waren. Aber unser Geheimdienst sagt, dass die Massaker hier und in den nördlichen Provinzen von den Kommunisten nach dem Einmarsch begangen wurden. Die Kommunisten ihrerseits bemühen sich, diese Massaker dem Süden in die Schuhe zu schieben.» «Tut mir leid, Captain.» Die Schwester geht vom Fenster zum Tisch, stützt ihre Arme vor dem Captain auf und blickt ihn direkt an. «Für die Erschiessungen hier in Taegu muss das Regime von Syngman Rhee verantwortlich sein. Die Armeen der Kommunisten schafften es ja nicht bis hierher – wie Sie grad selber sagten, oder? Ergo können es die Nordkoreaner nicht gewesen sein.» Der Captain hebt abwehrend die Hände. «Madam! Es ist Krieg, und da passieren eben Sachen. Shit happens.»

Später spazieren sie über den Hof des Klosters, im gegenüberliegenden Park spielen im kalten Wind unzählige Mädchen in blauen Schuluniformen mit kleinen Bällen. «Diese Schülerinnen, gehen die alle hier zur Schule?» Der Hauptmann nähert sich der Schwester. «Ja. Sie besuchen das Hyoseong Women's Junior College, das haben wir, die katholische Mission in Taegu, letztes Jahr gegründet.» Der Hauptmann nickt interessiert. «Werden die Mädchen christlich erzogen?» «Natürlich.» Die Schwester schüttelt entrüstet den Kopf. «Aber ist Korea nicht ein buddhistisches Land?», hakt der Hauptmann nach. Die Schwester verlangsamt den Schritt und hält an. «Teilweise ja, vor langer Zeit. Heute ist es ein mehrheitlich religionsloses Land. Es gibt aber immer mehr Christen. Das hat mit uns und mit dem Krieg zu tun.» Der amerikanische Captain zieht interessiert seine buschigen Augenbrauen hoch. «Wieso, Madam?» Die Schwester antwortet: «Schauen Sie dort drüben, all die Mädchen. Ihre Eltern sind alles Reis-Christen.» Der Captain lacht. «Reis-Christen?» «Genau, lieber Freund.» Die Schwester lächelt. «Als es sich herumsprach, dass wir die Kinder armer christlicher Eltern kostenlos ernähren und ausbilden, konvertierten viele Koreaner flugs zum Katholizismus, um ihre Kinder in unserer Schule unterzubringen.» Sie lächeln und schweigen eine Weile. Der Ordensschwester fährt fort: «Ich verstehe die Menschen hier. Sie haben viel durchgemacht. Also helfen wir. Diese Menschen konvertieren nicht zwangsweise zum Christentum, sie haben ja die Wahl. Wir missionieren nicht, auch wenn wir Katholische Mission heissen.» Die Schwester hält kurz inne. «Darum, meine lieben Freunde, nennt man sie Reis-Christen. Es ist ein Geben und Nehmen. Nahrung gegen Glauben. Wir hoffen allerdings, dass sie auch – nebst all den Vorteilen, die ihnen die Kirche bietet – gute Christen werden und bleiben.»

Die Schwester hält an, grüsst freundlich in fliessendem Koreanisch ein paar fröhlich schnatternde Mädchen und schüttelt ihnen die Hände. Die Mädchen halten Distanz zu den beiden fremden Männern in Uniform, blicken scheu zu ihnen hoch.

Daraufhin scheucht die Schwester die Mädchen mit einer sanften Handbewegung weg, blickt ihnen kurz nach und fährt fort: «Die Koreaner mussten sich jahrhundertelang anpassen. Chinesen, Mongolen, Japaner, dann ihr, die Amerikaner, plus die UNO – sie kamen und gingen, plünderten, töteten und unterjochten, alle übten sie Herrschaft und Einfluss aus. Die Koreaner konnten nie wirklich etwas Eigenes, Originäres entwickeln, sie mussten immer einem dominierenden System dienen. Deswegen fällt es ihnen nach dem fürchterlichen Krieg nicht allzuschwer, ihr Kind in sauberen Kleidern und wohlfrisiert in eine gute, katholische Schule zu schicken, wo es anständig ernährt wird, fürs Leben lernt – und dazu als bescheidene Gegenleistung den christlichen Glauben annimmt.» Die beiden Offiziere nicken anerkennend.

Danach halten sie an einer steinernen Gartenmauer und blicken schweigend auf die Stadt Taegu, die immer wieder von Kampfjets mit rauchenden Triebwerken überflogen wird. Die beiden Offiziere stellen den einen Fuss auf die Mauerkante und stützen ihre Oberkörper mit dem angewinkelten Ellbogen auf dem Knie ab. Die Schwester setzt sich auf die Mauer und dreht ihren Körper in die Richtung, in die die Männer mit zusammengekniffenen Augen starren. Sie blicken zu dritt lange auf die untergehende Sonne, deren letzte grelle Strahlen die dunklen Regenwolken spektakulär von unten anleuchten. Ein Regenbogen überspannt die ganze Stadt. Die Luft ist frisch, es riecht nach nassen Pflanzen und frischer Erde, weit über ihnen gellt der Schrei eines Vogels.

Der Hauptmann blickt kurz hoch und blinzelt. Es ist ein grosser, rostroter Greifvogel, mit stark gegabeltem Schwanz und weissen, ovalen Flecken an der Flügelunterseite. Das Tier gleitet dahin, ohne einen Flügel zu bewegen. Der Hauptmann runzelt die Stirn. Bis hierher hast du es also geschafft, was bist du nur für ein Kerl! Er schüttelt ungläubig den Kopf, lächelt und schielt unauffällig zur Schwester. Diese scheint etwas zu frösteln und verschränkt ihre Arme vor der Brust. Er macht einen Schritt in ihre Richtung, der amerikanische Captain reagiert schneller, zwinkert dem Hauptmann verschwörerisch zu, entledigt sich seiner schweren Lederjacke mit dem Lammfellkragen und den Airforce-Abzeichen und legt sie behutsam um die Schultern der Benediktinerin. Sie blickt zu ihm hoch und schmunzelt. Später wandern sie, die Schwester eingehakt in ihrer Mitte, Richtung Kloster zurück. Es fängt an, einzudunkeln. Leise plaudernd spazieren sie bis vor die Front des Klosters. Dort verharren sie, blicken kurz die klassische Fassade hoch, nicken bewundernd und schreiten danach Richtung Ausgangsportal. Unter dem Schuhwerk der drei knirscht der sauber geharkte Kies.

Winter 1953/54

«Sorry. Tut mir leid!» Der Hauptmann knallt ein Bündel Papier auf das Stehtischchen beim Ausgangstor des Compounds. Der junge Leutnant von der amerikanischen Militärpolizei zieht erschrocken den Kopf ein und greift instinktiv nach seiner Pistolentasche. «Sind Sie verrückt? Beherrschen Sie sich!», fährt der Hauptmann den Militärpolizisten an. Dieser bebt vor Wut, zieht seine Hand jedoch langsam vom Holster zurück. Der Hauptmann schüttelt den Kopf. «Was soll das? Sie hätten diesbezüglich von der NNSC in Panmunjom schon längst ein Telegramm erhalten müssen, in dem steht, dass wir nicht jedes Mal beim Verlassen des Compounds unsere Namen notieren lassen müssen. Diese unnötige Vorschrift ist eine unserer Funktion unwürdige, administrative Strafmassnahme. Wir sind Offiziere einer neutralen Kontrollnation und keine Putzequipe.» Der Militärpolizist schweigt.

«Sie organisieren uns jetzt sofort einen Jeep und lassen uns ohne diesen Papierkram unsere Arbeit machen.» Der Hauptmann spricht ruhig und leise. Der junge Leutnant murmelt mit zusammengekniffenen Lippen: «Von Ihnen nehme ich keine Befehle entgegen. Notieren Sie Ihren Namen oder bleiben Sie im Compound.» Der Hauptmann nickt und lächelt den Leutnant lange an. «As you like. Dann organisiere ich selber einen Jeep. Wir müssen heute die Dokumentenkontrolle der eingeflogenen Flugzeuge von gestern vornehmen, die heutigen An- und Abflüge protokollieren, die Schicht beginnt in dreissig Minuten, es gibt viel zu tun und ich habe keine Zeit, mich mit einem unflexiblen Militärpolizisten der US-Army herumzuschlagen.» Er dreht sich und läuft entschlossen aus dem Compound, der kleine Gefreite und Koch aus dem Süden des kleinen Landes –

sein heutiger Team-Assistent, der alles staunend mitbeobachtet hat – marschiert feixend neben seinem Hauptmann her.

Sekunden später schreit der Leutnant am Gate laut über den Platz. Ein hünenhafter, schwarzer Militärpolizist hechtet aus einem entfernt parkierten Jeep, rennt in Richtung Hauptmann und Gefreiter und stellt sich breitbeinig mit seiner quer über dem Bauch hängenden, schwarz glänzenden Maschinenpistole vor ihnen auf. Der Mann bemüht sich redlich, einen einschüchternden, drohenden Blick aufzusetzen. Der Hauptmann bleibt stehen, betrachtet den MP unbeeindruckt von oben bis unten, kramt ein Zigarettenpäckchen hervor und bietet dem Mann lächelnd eine Camel an. Der MP schüttelt irritiert den Kopf. Daraufhin holt der Hauptmann ein Gasfeuerzeug hervor, zündet die Zigarette an und nimmt selber einen ersten, geniesserischen Zug.

Der Leutnant der Militärpolizei eilt schweratmend herbei, der kleine Gefreite stellt sich sofort schützend neben seinen Hauptmann, welcher ruhig den schwarzen Soldaten mustert: «Sir, Sie waren doch gestern der Driver des Jeeps mit dem Airforce Captain, oder? Bei diesem lustigen VIP-Bomber. Stimmts?» Der Soldat nickt und lugt unsicher zum Leutnant. Der Hauptmann nickt. «Schön, dass wenigstens wir uns verstehen. Sie werden mich und meinen Warrant Officer nun nach K2 fahren, ansonsten sähe ich mich gezwungen, meinen Freund, den Airforce Captain, oder den Flugplatzkommandanten persönlich zu bemühen. Ich möchte allerdings die beiden Commander bei ihrem Frühstück nicht wegen Peanuts behelligen.» Er wirft einen Seitenblick auf den jungen Amerikaner. «Es liegt also an Ihnen, Leutnant. Sie wollen doch bestimmt befördert werden, oder?» Der Leutnant schweigt, er senkt grimmig den Blick.

Der Hauptmann fährt fort: «Das war eine dumme Bemerkung von mir. Sorry. Ich möchte einfach vermeiden, dass Sie wegen mangelnden Respekts oder Befehlsverweigerung einem Offizier der Neutral Nations Supervisory Commission gegenüber in Schwierigkeiten geraten.» Der Leutnant kaut auf seinen Lippen, sein Gesicht verrät Unschlüssigkeit. Der Hauptmann nimmt ihn daraufhin am Arm und geleitet den jungen Mann etwas zur Seite: «Hören Sie mir gut zu. Ihre Generäle reden nur mit Generälen. Ein Oberst nur mit einem Obersten – oder höher, natürlich. Desgleichen mit Major, Hauptmann und Leutnant bis hinunter zum Soldaten. Ich müsste mich demzufolge nach amerikanischen Gepflogenheiten eigentlich weigern, mit Ihnen zu sprechen – ich bin ja Captain, Sie nur Leutnant. Aber sehen Sie: Ich rede zu Ihnen, respektiere Ihren Rang, Ihre Funktion und bis zu einem gewissen Grad Ihre Befehle.» Der Hauptmann grinst und lockert seinen Griff am Arm des Leutnants. Dann spricht er leiser, fast flüsternd: «Nach der Kontrolle in K2 werde ich mich beim Airforce Captain melden und ihm sagen, Sie hätten einen guten Job gemacht. Ich hätte mich widersetzt, was die Namensliste angeht, Sie hätten uns gehen lassen müssen, sonst wäre die Lage eskaliert. Ich werde diese Verweigerung auf mich nehmen und dies mit dem Captain gütlich regeln. Nichts wird auf Sie zurückfallen.»

Der junge Leutnant nickt, atmet einmal tief ein und aus, salutiert zackig und bedeutet dem schwarzen Soldaten mit einer herrischen Geste, die beiden Offiziere aus dem kleinen Land in den Jeep einsteigen zu lassen und wegzufahren. Der Hauptmann salutiert lächelnd, steigt mit dem Gefreiten in den Jeep. Kaum sind sie um die Ecke gefahren und vom Gate aus nicht mehr sichtbar, haut der Gefreite dem Hauptmann auf die Schultern, beide lachen wiehernd. Auch der schwarze Fahrer prustet los, ab und an dreht er auf gerader Strecke den Kopf zu seinen beiden Passagieren und rollt ostentativ mit übertrieben gefurchter Stirn seine Augen, bis fast nur noch das Weisse zu sehen ist. Der Hauptmann bietet ihm eine Camel an, der Fahrer nimmt sie an.

Nach erheiternder Fahrt erreichen die beiden Delegierten aus dem kleinen Land pünktlich das Flugfeld K2 und begeben sich hinauf zum Kontrollturm. Dort wirken bereits die Schichtkollegen aus der Tschechoslowakei. Sie arbeiten danach mehr als drei Stunden, notieren sich die Arrivals und Departures der Flugzeuge des vorangegangenen Tages, vergleichen sie mit den Aufzeichnungen und essen zwischendurch die freundlicherweise von den Controllern offerierten zuckrigen Bagels. Darauf kehren sie zurück zu ihren Kontrollbüchern. Der Hauptmann überfliegt noch einmal die Bestandesaufnahme des vorigen Tages. Diesmal scheint sie zu stimmen, er nickt zufrieden. Knapp fünfzig Maschinen aus Japan, Guam und Okinawa waren am Vortag gelandet, dazu Kurierflugzeuge aus Inchon, K16/Seoul, aus Kungnang und aus dem nahen Pusan. Nahezu gleich viele waren auch wieder gestartet. Von einer dieser Maschinen war ein kleiner, ziviler Flugzeugersatzmotor geliefert worden, der Hauptmann zerbricht sich den Kopf, ob dieser Motor unerlaubtes Kriegsmaterial ist oder als legales Aircraft Part durchgeht. Er verzichtet schlussendlich darauf, das Motörchen als Verletzung des Armistice Agreement zu protokollieren, und klappt das Buch zu.

Er beugt sich nun, zusammen mit seinem tschechoslowakischen Offizierskollegen, über das grosse Buch mit den am heutigen Tag angemeldeten Bewegungen. Fein säuberlich sind Start- und Landezeiten der einzelnen Flugzeuge aufgelistet, auch der jeweilige technische Zustand der Maschinen, die Wartungsintervalle, die ein- und ausgeflogene Bombenlast, bei den Jets die Munitionierung, dazu die Namen der Piloten und der eventuellen restlichen Besatzung und ihre Grade. Der Gefreite und der andere Tschechoslowake, ein Oberstleutnant, sitzen an einem Tisch mit Sicht auf die Landepiste und beobachten mit ihren Feldstechern den regen Flugverkehr, die Ellbogen auf der Balustrade aufgestützt. Hinter ihnen liegen auf einem Klapptischchen Notizbücher und Ordner, in die sie eifrig die landenden und startenden Flugzeuge eintragen. Eine Staffel F-86E Sabres wirft sich auf der Runway dröhnend in die Luft, die beiden Controller am Funk sprechen mit stupender Geschwindigkeit in ihre Mikrofone, gleich hinter den startenden Jets landen zwei in der Morgensonne silbern glänzende Transportmaschinen.

Der Hauptmann schlendert zu den Fluglotsen hinüber, hört fasziniert dem Funkverkehr zu und starrt anschliessend durch die Scheibe nach unten auf den Tarmac. Er sieht dort einen Offizier ihres Teams – es ist der glatzköpfige Pole; er trägt eine braune Uniform mit roten Kragenspiegeln. Zwischen abgestellten Jets läuft er umher und macht sich eifrig Notizen. «Was macht denn unser polnischer Kollege alleine dort unten?», fragt der Hauptmann einen der Controller. «Keine Ahnung», antwortet dieser. «Wir haben Weisung, keine Fragen zu stellen und Ihnen als Kontrolleure jeden Zugang zu ermöglichen.» «Okay», antwortet der Hauptmann. «Aber wir sind bei dieser Schicht eigentlich komplett; ein Kontrollteam besteht aus zwei Leuten aus dem Westen – das sind wir – und einem Team von der Gegenseite; das sind die beiden Tschechoslowaken da drüben.» Er zeigt nach rechts zu seinen Kollegen. «Wir mischen die Teams. Mal sind es wir und die Polen, mal die Schweden mit den Tschechoslowaken, mal wir mit den Tschechoslowaken – so wie heute. Dort unten ist aber ein dritter Mann, ein Pole. Merkwürdig. Die haben heute gar keinen Dienst, die sollten im Compound sein oder einen Ausflug nach Taegu oder Pusan machen. Da stimmt was nicht. Ich muss das abklären.» Der Controller zuckt mit den Schultern und sagt lapidar: «Dann gehen Sie ihn verhaften, diesen Polacken. Der soll nicht in die Ärsche unserer Sabres reingucken, sonst schauen wir bei ihm rein.»

Der Hauptmann lacht und eilt daraufhin mit grossen Schritten durch den Raum, spricht kurz und leise zu seinem Kameraden, dem Gefreiten, läuft danach behände die eiserne Wendeltreppe hinunter und gelangt auf das Vorfeld. Hinter einem parkierten Sabre-Kampfjet, an dem Mechaniker in blauen Overalls am Fahrwerk arbeiten, erblickt er den Polen, der gebeugten Kopfes etwas in sein schwarzes Büchlein schreibt.

«Na, Herr Kollege, freiwillige Überstunden?» Der polnische Oberstleutnant erschrickt, dreht sich um, erblickt den Hauptmann und schliesst hastig das Büchlein. Der Hauptmann schlendert näher und meint lächelnd: «Technische Details notieren für den Bau einer polnischen Replica dieses US-Jets?» Der Pole grinst verlegen und schüttelt den Kopf. «Nein. Wir haben die sowjetischen MiGs. Die sind sowieso besser als das hier, lieber Kollege. Ich will nur kontrollieren, ob der Jet auch korrekt protokolliert wurde, reine Routine.» Er zeigt auf sein Notizbuch. «Ich habe die Registrationsnummer dieser Maschine notiert, anschliessend gehe ich in den Kontrollturm nachschauen, ob die angemeldet ist und da stehen darf.» «Nein, Herr Kollege, das werden Sie nicht. Wir tun das heute, wir sind genug Leute, und Sie wissen das.» Der Hauptmann zeigt kurz mit der Hand in Richtung Kontrollturm. «Sie haben einen freien Tag, oder?» Der Pole nickt. «Was machen Sie also hier? Bisschen rumspionieren? Das entspricht nicht Ihrem Auftragsspektrum, Kollege.» Der Hauptmann legt seine Hand auf die Schulter des Polen.

«Ich verbitte mir die Einmischung in unsere Angelegenheiten. Es steht nirgends geschrieben, dass es nur zwei Offiziere eines Subteams sein müssen, die eine Kontrollschicht bestreiten.» Der Pole presst die Lippen zusammen und geht am Hauptmann vorbei. Der eilt neben ihm her und entgegnet: «Stimmt. Aber die Zweierkonstellation ist eine gemeinsame Entscheidung der vier neutralen Nationen hier in Taegu und keine unverbindliche Gepflogenheit. Warum sind Sie nicht mit uns im Kontrollturm? Aus naher Distanz die Registration eines Kampfjets zu notieren, ist absurd. Sie haben sich wohl die Bewaffnung des Jets notiert oder sonst was.» Der Pole schweigt, schüttelt den Kopf, dreht sich um, öffnet mit einer heftigen Bewegung die Tür zum Kontrollturm und hastet die Wendeltreppe hinauf. Der Hauptmann bleibt einen Moment stehen und überlegt. Danach steigt er entschlossen hoch. Als er den obersten Stock erreicht, lugt er neugierig um die massive Stahlsäule herum, an der eine Wendeltreppe angeschweisst ist, hinein in den Kontrollraum. Er notiert, dass die beiden Tschechoslowaken und der Pole erregt mit dem Rücken zu ihm diskutieren.

Als die drei Offiziere bemerken, dass der Hauptmann aus dem kleinen Land langsam auf sie zuschreitet, streben sie auseinander. Wie ertappte Schulbuben, denkt der Hauptmann und grinst. Die drei bilden eine Art Drei-Mann-Phalanx, starren den Hauptmann erwartungsvoll an. Dieser blickt kurz aus dem Fenster und sagt: «Interessant, dass Sie unsere heutige Kontrolltätigkeit auch quantitativ aufgestockt haben; dies zeugt von einem hohen Verantwortungsbewusstsein, was unser Auftragsspektrum angeht. Ich schlage vor, wir honorieren dieses ausserordentliche Engagement unseres polnischen Kollegen mit einem Extra-Traktandum im Compound an unserer Plenarsitzung um 13.00 Uhr. Einverstanden?» Die drei Offiziere starren ihn erstaunt an, der Hauptmann winkt dem kleinen Gefreiten, geht ein paar Schritte hinüber zum Controller und bittet um zwei Jeeps. Der nickt, behändigt sein Funkgerät, spricht hinein, eine krächzende Antwort ist zu vernehmen und alsbald bewegt sich die Gruppe der Kontrolloffiziere Richtung Wendeltreppe dem Ausgang zu.

«Was soll das, Kollegen?» Der Major aus dem kleinen Land ist wütend, seine Wangen sind gerötet. «Es ist überall common sense, dass wir je ein Team mit zwei Members schicken und nicht drei. Klar? Was sind denn das für neue Moden? Wir haben personell nicht die Ressourcen, um mit je drei Leuten pro neutraler Nation die Kontrollen durchzuziehen!» Der polnische Oberstleutnant steht ruhig auf. «Verehrter Kollege, kein einziger Artikel schreibt vor, dass wir nur zwei Members zur Kontrolltätigkeit schicken dürfen.» «Ja, das stimmt», entgegnet der Major missmutig. «Aber das Kontrollprotokoll wird nur von zwei Repräsentanten der jeweiligen Seite unterschrieben, das ist verbindlich. So hat es sich eben eingebürgert, dass auch nur zwei Mann von je einer Nation dabei sind.» «Wir akzeptieren den Umstand mit den Unterschriften, bestehen aber darauf, bei Bedarf eine dritte Person schicken zu dürfen, der Arbeitsaufwand ist hier gross.» Der Major schüttelt den Kopf. «Wir kommen ganz gut klar mit der normalen Konstellation – also zwei Leuten pro Nation. Das wissen Sie genauso wie ich, meine Herren. Sie wollen nur bei den Amis reinsehen können. Man nennt das auch Spionieren. Das steht allerdings nicht im NNSC-Auftragsheft, aber wohl eher in euren Strategiepapieren.» Alle blicken gespannt auf den Polen. «Wir verbitten uns diesen Ton und betrachten diese Unterstellung als schwere Beeinträchtigung unseres bisher konstruktiven Zusammenwirkens.»

Der Pole scheint bei seiner Replik gefasst, doch seine linke Hand, die ein Dokument hochhält, zittert. Er schaut hilfesuchend hinüber zu seinen Kollegen aus der Tschechoslowakei, jene blicken betreten vor sich auf die Tischplatte. Alle schweigen. Der grossgewachsene, schwedische Major steht auf, stützt seine Hände auf der Tischkante auf, sein massiger Oberkörper ragt weit über den halben Tisch hinaus. «Hochverehrter Kollege. Dass Sie in Ihrem ausführlichen Pflichtenheft aus Ihrer Heimat auch den Auftrag haben, beim kriegstechnischen Potenzial des kapitalistischen Erzfeindes USA möglichst viele Geheimnisse zu erschnüffeln und sie den Sowjets zukommen zu lassen, ist augenscheinlich. Ich werde Ihre überflüssige und kontraproduktive Aktivität unserem General und Delegationschef, der NNSC, der MAC und der UNC melden und erwirken, dass Sie mit Ihrer infamen Nebentätigkeit sofort aufhören. Oder wir sorgen dafür, dass Sie zurück in Ihr sozialistisches Paradies geschickt werden und uns hier nicht mit Extrawürsten in den Rücken fallen.»

Eine Weile ist es mucksmäuschenstill im Sitzungszimmer. Man könnte die Luft in fette Blöcke zerschneiden, auf ein Palett legen und mit dem Gabelstapler hinaustransportieren, denkt der Hauptmann und blickt leicht erregt in die Runde. Der tschechoslowakische Major steht auf, schüttelt ungläubig den Kopf. «Warum sind Sie so arrogant, werter schwedischer Kollege? Wollen Sie uns verletzen? Was spricht denn dagegen, die Kontrollen noch seriöser anzugehen? Mein Kollege spioniert nicht. Er nimmt seine Aufgabe ernst. Dieser Spionagevorwurf ist lachhaft. Ich bin ausnahmsweise einverstanden, dass wir in Zukunft nur noch in Grenzfällen zu dritt eine Schicht bestreiten, wir wollen da nicht ausscheren und Extrawürste braten.» Er wendet sich dem Polen zu. «So schmackhaft Ihre Schweinswürste aus Krakau auch sind, lieber Genosse.» Der Pole nickt höflich, die anderen Delegierten grinsen erleichtert, strecken ihre Beine unter dem Tisch, der kleine Gefreite knackt laut mit den Fingern, selbst der schwedische Major kann ein sarkastisches Lächeln kaum unterdrücken. «Aber das entbindet uns nicht von der Aufgabe, hier auf diesem Flugfeld genau hinzusehen, was ein- und ausfliegt», fährt der Tschechoslowake fort. «Die amerikanischen Kampfjets und Bomber sind von Interesse. Darf ich die Herren hier sanft daran erinnern, dass diese Flugzeuge und ihre Besatzungen im Krieg für den Tod von Hunderttausenden, wenn nicht Millionen von Zivilisten verantwortlich sind?» Wiederum ist es still im Raum.

Der Major aus dem kleinen Land steht langsam auf und blickt den tschechoslowakischen Kollegen nachdenklich an. «Das ist ein etwas unfaires big picture, Kollege. Aber danke für Ihre Ausführungen.» Er leckt nervös mit seiner Zunge die Unterlippe. «Ich schlage vor, wir führen diese Diskussion in der Offiziersmesse weiter, ab zwanzig Uhr, heute Nacht ist ja keine Schicht mehr.» Alle blicken überrascht auf. «Entschuldigen Sie. Das habe ich komplett vergessen. Ich habe vor wenigen Stunden ein Telegramm der NNSC gekriegt, in dem wir aufgefordert werden, den 24-Stunden-Schichtbetrieb aufzuheben und auf militärische Bürozeiten zu reduzieren, also auf 8-18 Uhr, wenn ich nicht irre. Halleluja.»

Die Schweden und die Delegierten aus dem kleinen Land klatschen in die Hände, die Polen und Tschechoslowaken mustern den Major misstrauisch. Der schwedische Oberstleutnant, der bisher stets geschwiegen hat, steht auf. «Das wird nun aber ganz eng für Sie, verehrte sozialistische Kollegen. Sie werden es in diesen kurzen Dienstzeiten noch schwieriger haben, bei den Amis rumzuschnüffeln.» Er rückt seinen Stuhl zurecht und verlässt kopfschüttelnd den Raum. Die andern Teilnehmer bleiben sitzen, der Pole lacht leise vor sich hin. Der Hauptmann knetet seine linke Hand, fasst seine Mütze, setzt sie auf, zwinkert den Tschechoslowaken und Polen zu und schreitet zur Tür. Dort warten bereits der Major und der kleine Gefreite auf ihn, der Wachtmeister mit der runden Brille steht etwas abseits und stopft seine Pfeife. Der Hauptmann nimmt eine vom Major dargebotene Zigarette, senkt seinen Kopf und schirmt die Flamme des Gasfeuerzeugs vom Wind ab. Er richtet sich wieder auf, saugt am Filter, sodass seine Wangen tiefe Gruben formen, und nimmt einen Zug. Daraufhin schmunzeln sich die Offiziere in stummer Übereinkunft gegenseitig an, stapfen etwas unentschlossen im geharkten Kies herum, bohren daselbst mit ihren Stiefelspitzen kleine Kuhlen hinein und rauchen. Ein kühler Windstoss lässt die Zigarettenspitze des Hauptmanns erglühen. Er nimmt einen erneuten Zug, lässt die Asche auf den Kies fallen und blickt nachdenklich auf die sich rasch nähernden Regenwolken. Er schnippt die Kippe in den Kies, zerdrückt sie mit dem rechten Stiefel.

Kurz darauf hört er den ihm wohlbekannten Schrei. Keiner der herumstehenden Offiziere scheint davon Notiz zu nehmen. Der Hauptmann späht umher und gleich darauf sieht er ihn. Der Rotmilan hockt nordöstlich ihres Compounds auf der hin und her wogenden Spitze einer hohen Kiefer. Das Tier gibt sich fast regungslos, der agile Kopf rotiert jedoch in alle Richtungen. Bei aufkommenden Windböen sträuben sich ab und zu die Federn am halbgefächerten Schwanz. Der Major nähert sich dem Hauptmann von hinten. «Da ist er ja, dein Freund.» Der Hauptmann erschrickt und dreht sich um. «Ja. Es scheint so.» Der Major blickt zum Raubvogel auf der Baumspitze. «Seltsam. Es sieht ganz nach einem Rotmilan aus.» Der Major wendet sich wieder ab und meint im Weggehen: «Wie auch immer, Schneewittchen. Wahrscheinlich ist es ein gewöhnlicher koreanischer Küstenmilan.»

Gleich darauf klatschen die ersten schweren Regentropfen auf den Kies, der Major und die anderen Militärs knöpfen ihre Mäntel zu und eilen raschen Schrittes Richtung Unterkunft. Der Raubvogel gibt einen langgezogenen Schrei von sich, breitet die Flügel aus und stösst sich kraftvoll vom Baum weg. Er erwischt flugs einen Aufwind, schwebt kreisend senkrecht empor, gleitet danach horizontal knapp unter den Wolkenfetzen aus und segelt gegen Norden davon – ohne einen einzigen Flügelschlag. Der Hauptmann verharrt im Regen und starrt ihm nach.

Spätsommer 1982

Er hatte den Mann nicht bemerkt. Wohl weil sich der Abendhimmel im Fenster, das den Balkon vom Raucherzimmer trennt, grossflächig spiegelt. Er erschrickt, sein Herzschlag beschleunigt, er greift sich kurz an den Hals. Der Mann muss, nachdem er auf den Balkon hinausgetreten war, unbemerkt ins Raucherzimmer gekommen sein. Er raucht hastig einen letzten Zug, hustet ein paarmal, hält inne und greift sich an die linke Schläfe. Sein Blick verschwimmt vor Schmerz. Immer wenn er hustet, entsteht Druck auf die Bohrwunde in seiner linken Schädelseite. Er zittert und wartet. Warten ist zur Tugend geworden. Als der Schmerz etwas nachlässt und er wieder klarer sieht, zerdrückt er die Zigarette im Aschenbecher und tritt vorsichtig über die metallene Schwelle zurück ins Raucherzimmer. Der Mann starrt ihn durch durch den Dunst ohne jeden Ausdruck an und grüsst stumm, indem er die rechte Hand unmerklich hebt. Zwischen Zeige- und Mittelfinger des Mannes klemmt eine glimmende, filterlose Zigarette, deren Aschefortsatz an der Spitze bereits bedrohlich durchhängt.

Er steht im Raum und wartet. Der Mann glotzt ihn weiter an, bewegungslos. In dessen dünnem Arm stecken Kanülen, die auf einen Infusionsständer hochführen, an dessen Auslegern mit Flüssigkeiten gefüllte Kunststoffbeutel hängen. In der Armbeuge des Mannes bemerkt er zwei Mullbinden, wovon eine mit schwärzlichem Blut befleckt ist. In einem kleinen, durchsichtigen Gefäss unterhalb des einen Beutels sieht er eine klare Flüssigkeit nach unten tröpfeln. Das Gesicht des Mannes ist eine dünne, ledrige Membran, sich straff über die Schädelknochen spannend. Er sieht die eingefallenen Augenhöhlen, ein spitz zulaufendes Kinn, einen überwiegend zahnlosen Mund, eine von dünnen, dunklen Adern durchzogene Stirn. Der Mann hat auch sämtliche Haare verloren, sei es Kopf- oder Augenbrauenhaar. Seine Augen sind grau, der Ausdruck ist matt, beinahe gleichgültig. Die Wimpern fehlen, die Lippen sind dünn und farblos. Der Mann ist unglaublich mager; unter dem Spitalhemd glaubt er, jede Rippe erahnen zu können. Die gestreckten, dünnen Beine erinnern an mit Pergamentpapier drapierte Stelzen.

Er lächelt, nickt dem Mann höflich zu, verbeugt sich ansatzweise, öffnet die Tür zum Gang, schliesst sie hinter sich und stakst zögernd zurück in sein Zimmer. Daselbst zieht er seinen Bademantel aus, lässt ihn achtlos vor dem mächtigen Spitalbett zu Boden fallen, deponiert das Zigarettenpäckchen und das Feuerzeug in der Nachttischschublade und legt sich hin. Das Loch in seiner linken Schädelwand pulsiert, er fühlt, wie der Blutstrom rhythmisch an die Wunde klopft. Schneidender Schmerz durchfährt ihn und gleichzeitig Erleichterung. Was jetzt kommt, ist Gnade, denkt er. Er fröstelt und zieht die weisse Decke hoch bis zum Kinn, die kalten Hände schiebt er unter sein Gesäss. Er starrt danach lange an die Decke. Seine Lider werden irgendwann schwer, die Wangenmuskeln entspannen sich, das Kinn sinkt langsam auf die Brust. Er blinzelt, schliesst die Augen, seine Atemzüge werden weniger, gehen nun tiefer. Er schläft.
Eine Krankenschwester öffnet die Tür zu seinem Zimmer, macht eine paar forsche Schritte hinein in den Raum, bemerkt, dass er schläft, und hält sofort inne. Sie beugt sich, behändigt lautlos seinen Bademantel und legt ihn sorgfältig über die chromblitzende Querstange am Fussende seines Bettes. Sie blickt ihm nochmals forschend ins Gesicht, geht auf leisen Sohlen zum Fenster, zieht den Vorhang ein wenig zu, schliesst das Fenster, kehrt zur Tür zurück, öffnet sie und schliesst sie leise von aussen.

Winter 1953/54

Der Abend ist trocken und kalt. Den Himmel ziert ein blasses, tiefes Blau. Hoch am Firmament prangen Zirren, wie von Hand mit hastigen Pinselstrichen hingemalt. Es weht ein eisiger Wind aus Norden – Luftmassen aus der Mandschurei oder aus Sibirien, Eis und Schnee ankündigend. Der Hauptmann hat seine fünfstündige Schicht zusammen mit dem Pfeife rauchenden Wachtmeister hinter sich und weiss nicht recht, wie er den Abend verbringen soll. Der kleine, sympathische Gefreite, mit dem er gern etwas unternommen hätte, liegt mit einer Grippe im Bett. Er hat ihn mit den notwendigen Medikamenten versorgt, ihm eine amerikanische Armee-Thermosflasche Grüntee mit frischem Ingwer sowie ein paar trockene Biscuits aus dem PX-Shop hingestellt und dem kranken Kameraden unter Androhung standrechtlicher Erschiessung strikt verboten, an ein Verlassen des Bettes auch nur zu denken. Selbst den Gang in die zugige Toilette hatte er dem kleinen Gefreiten untersagt und ihm den blechernen Kübel vors Bett hingestellt, den normalerweise die koreanischen Putzfrauen für das Aufnehmen der Böden benutzten.

Dann hatte er vergnügt den Quonset verlassen, froh, nicht selber krank zu sein. Er hasste es, sich schwach zu fühlen inmitten all dieser lebensstarken, dominanten Männer. Er hatte danach überlegt, zwei MPs mit Jeep anzufordern, um in der Innenstadt von Taegu, wo die vielen food stalls standen und wo es wunderbar roch, mal etwas anderes als das eintönige, fette Essen aus der Offiziersmesse geniessen zu können. Die Amerikaner hatten ihm allerdings beschieden, dass aufgrund eines hohen Besuchs im Compound der NNSC alle polizeilichen Kräfte und sämtliche Jeeps unabkömmlich waren. Der

Major aus dem kleinen Land sass jetzt mit dem «hohen Besuch» – es war ein schwedischer General, der zum ersten Mal den Aussenposten in Taegu besuchte – im Klub der Offiziersmesse zusammen mit dessen Stabsoffizieren, den Tschechoslowaken, den Polen und liess sich langsam volllaufen. Er, der Hauptmann, hatte nur an der offiziellen Sitzung teilgenommen, hatte da und dort, um nicht gänzlich wegen Passivität aufzufallen, ein unverfängliches Votum eingestreut oder einen vagen Vorschlag gemacht.

Seine Zeit neigte sich hier in Taegu dem Ende zu. Die täglichen verbalen Scharmützel, insbesondere zwischen den versierten, doch latent arroganten Schweden und den meist dogmatisch argumentierenden Delegierten aus dem kommunistischen Osten, hatten ihn und selbst den nervlich robusten Major zermürbt.

Der Abend mit den Tschechoslowaken und den Polen – nach der Auseinandersetzung um Drittpersonen in den Subteams – erstreckte sich bis weit in die Morgenstunden. Die Schweden waren nicht erschienen. Die drei Polen hatten Unmengen Wodka in die Offiziersmesse geschleppt. Er hatte sich gewundert, woher die Polen tief im Süden Koreas diese Spirituosen herhatten. Der Major hatte ihm erklärt, dass die neutralen Nationen aus dem Osten viel mehr Material, Verpflegung und Personal nach Korea gekarrt hätten als die Westler – nämlich direkt mit der transsibirischen oder der transmandschurischen Bahn. Mit den Flügen über Atlantik, USA und Pazifik war für die Schweden und das kleine Land transporttechnisch viel weniger Staat zu machen, Schreibmaschinen und etwas Büromaterial mussten genügen.

Er sitzt auf einem mit feuchtem Moos übersäten Betonblock, der wohl im Krieg hätte als Panzersperre dienen sollen, und raucht eine Camel. Er denkt nach, doch seine Gedanken fransen aus. Je frischer und unvermuteter sie auftauchen, desto schneller scheinen sie sich wie der von seiner Zigarette aufsteigende Rauch zu verflüchtigen. Er könnte seiner Mutter wieder mal einen Brief schreiben – oder auch der kleinen Tante. Ein bisschen zeichnen, vielleicht? Nein. Dazu fehlt ihm rätselhafterweise die Lust. Dann vielleicht spazieren gehen im Compound oder laufen, auch wenn das Gelände stark begrenzt und scharf bewacht war? Nein. Er hasste die Lauferei. Lieber wanderte er geruhsamen Schrittes einem Fluss entlang, durch dichte Wälder oder erkletterte einen Gipfel, als hastig vor sich her zu trotten. Er kaut auf seiner Unterlippe. Er ist unschlüssig, drückt seine Zigarette aus und schnippt die Kippe achtlos weg. Ein paar Meter abseits sieht er daraufhin eine winzige Rauchsäule aus dem geharkten Kies steigen, sie bildet in der kühlen, ruhigen Abendluft einen weisslichen Miniaturpilz, der dünn und kerzengerade nach oben strebt, bis ein Windstoss das kleine, natürliche Kunstwerk erbarmungslos zerzaust. Une petite trompette de mort, denkt der Hauptmann.

Dann sitzt sie auf einmal neben ihm. Er hatte sie weder kommen sehen, noch hatte er ihre Schritte im Kies gehört. In der Hand hält die zierliche, hübsche Koreanerin zwei Pingpongschläger und einen kleinen, weissen Ball. Sie blickt ihn stumm, jedoch herausfordernd an, streckt ihm den einen Schläger entgegen und zeigt mit dem andern einladend auf den Tischtennistisch, der unweit von ihnen zwischen zwei anderen Quonsets im Kies steht. Er zögert und lächelt unsicher. Sie neigt leicht ihren Kopf nach links, furcht ihre Stirn und linst ihn mit ihren aus schmalen Schlitzen glitzernden Augen herausfordernd an, verzieht keine Miene, nur ihr rechtes Knie wippt unruhig. Ihre Fingernägel glänzen dunkelrot. Auf dem Kopf sind ihre Haare plattgekämmt, weiter unten kräuseln sie sich und ruhen in Form eines lockigen Kranzes auf ihren kräftigen Schultern. Quer über die Kopfmitte ist ein schmaler, nach hinten fliehender Streifen heller, fast weisser Haut auszumachen, herrührend von der strengen Scheitelung ihrer Haare mit Kamm oder Bürste. Ihre Lippen sind blutrot. Die Farbe wirkt vielleicht etwas gar künstlich, denkt der Hauptmann, aber dieses Grelle, Artifizielle kontrastiert überraschend gut mit ihrer glatten, weissen Haut, den schwarzen Haaren und der Natürlichkeit ihres gesamten Gebarens.

Er atmet unauffällig durch die Nase ein. Sie trägt kein Parfum, aber er riecht ihren natürlichen Duft, ein Gemisch aus frischer Seife, feuchtem Haar und dem fast geruchlosen Schweiss, den man absondert, wenn man sich körperlich anstrengt; nicht der säuerliche Schweissgeruch, der sich nach stundenlangen Sitzungen, Bahn- oder Busfahrten in den Achselhöhlen oder woanders anzusammeln pflegt. Sie ist Schneewittchen, denkt der Hauptmann amüsiert, mein weibliches Pendant. Er ist unschlüssig.

Die junge Koreanerin springt auf, umklammert Schläger und Ball mit ihrer linken Hand, packt mit ihrer Rechten den Hauptmann energisch an der Hand und zerrt ihn weg vom Betonsockel. Er gibt bereitwillig nach, marschiert neben ihr, platziert sich an das eine Ende des Pingpong-Tisches. Sie übergibt ihm lächelnd einen Schläger, wischt mit ihrem freien Arm seine Tischfläche, trippelt hurtig auf die andere Seite des Tisches und befreit auch dort die Oberfläche von allen störenden Partikeln. Währenddessen jongliert er lässig mit dem Schläger, wippt auf seinen Füssen und wartet. Er freut sich nun doch auf das Spiel und erinnert sich an Wake Island, als er seine schwere Grippe noch vor der Ankunft in Japan ausschwitzte, indem er den jungen, amerikanischen Piloten vernichtend schlug.

Er beugt sich vor und wartet gespannt auf den ersten Aufschlag der Koreanerin. Ihr Anspiel kommt blitzschnell, der Ball flitzt an ihm vorbei, ehe er reagieren kann. Ihm bleibt nichts anderes übrig, als sich umzudrehen und gebeugt im Kies nach dem Ball zu suchen. Darauf spielt er seinen ersten Aufschlag, der ihm ganz gut gelingt, weil schön in ihre Vorhandecke und mit viel Drall gespielt. Ihr Return folgt auf der Stelle; er sieht das weisse Zelluloid gar nicht erst kommen, er hört nur das scharfe «Klack» des auf seiner Tischplatte auftretenden, perfekt gespielten Konters. Wieder muss er sich bücken. So geht es eine Weile weiter. Die Koreanerin macht nicht den Anschein, als ob sie mit angezogener Handbremse dem fremden Offizier eine Einspielzeit gönnte.

Nun gut, denkt der Hauptmann, kein Wunder, ich bin noch nicht warmgespielt, auch fühle ich eine Art Trägheit, wohl herrührend von der gestrigen durchzechten Nacht. Müde bin ich auch, gegessen habe ich auch noch nichts Vernünftiges und die kleine Koreanerin hat neben der Putzerei im Camp wohl viel Zeit, um fremde Langnasen wie ihn zum Spielen zu verführen, da muss sie ja gut spielen.

Nach ein paar intensiven Ballduellen, in denen es dem Hauptmann nur unzureichend gelingt, die scharfen Smashes seiner koreanischen Gegnerin zu retournieren, spricht sie ihn an: «Willst du Spiel, Officer?» Er nickt und sie wechseln die Seiten. Zuerst machen sie aus, wer Anspiel hat. Die Koreanerin gewinnt, ihr Rückhandball saust unerreichbar in seine linke Ecke. Dass er auf der Rückhandseite Schwächen zeigt, deckt sie nun schonungslos auf. Dann serviert er erneut, ihr Return kommt knallhart auf seine Vorhandseite, er retourniert mit viel Glück, doch sein Abwehrball gerät zu hoch, die Koreanerin ist sofort da mit einem peitschenden Smash. Der Ball fliegt unerreichbar nach dem Aufprall auf seiner Seite weit hinter die Wurzeln einer hohen Kiefer.

Selbst bei seinen gut angeschnittenen Anspielen gelingt es

ihr, ihn mit perfekt platzierten Returns allmählich zu entnerven. Der Hauptmann verliert haushoch den ersten Satz. Daraufhin unterliegt er auch im zweiten, wenn auch nicht mehr so deutlich. Beim dritten gelingt es ihm einigermassen, mit ihrer Spielkunst Schritt zu halten, er kann sich jedoch des Eindruckes nicht erwehren, dass seine Gegnerin sich bewusst zurückhält, damit er, der Officer aus dem kleinen Land, nicht allzu sehr das Gesicht verliert. Nichts hindert sie jedoch daran, auch den dritten Satz letztlich souverän zu gewinnen. Er geht hinüber zu seiner Gegnerin, gratuliert ihr mit Handschlag und Handkuss, nickt voller Respekt, verbeugt sich mehrmals, bis ihn die Koreanerin lächelnd auf den Arm klopft, wohl signalisierend, er solle es nicht übertreiben. Er ist schweissnass – trotz des kalten Abendwindes.

Sie lächeln sich an. Er wischt sich schweratmend die Stirn am Hemdsärmel, die Hände an den Trainingshosen und übergibt ihr Schläger und Ball. Sie setzen sich auf den hoch auslaufenden Wurzelausläufer der mächtigen Kiefer, die den Quonset überragt. Er blickt zu ihr hinunter. Sie atmet ruhig, keine einzige Schweissperle ziert ihre Stirn. «Wie heisst du?», fragt die Koreanerin den Hauptmann. «Ich bin Captain Snow White», antwortet er ernst. Sie lacht und schlägt ihm spielerisch mit ihrer Hand auf seinen rechten Oberarm. «Du heisst Weisser Schnee?» Er nickt. «Komm, Weisser Schnee.» Sie fasst ihn an der Hand. Er bleibt stehen, zieht seine Hand zurück, schaut sich unruhig um und fragt: «Was willst du?» Sie lächelt, schüttelt den Kopf, nimmt erneut seine Hand und zieht ihn weg aus dem Licht. Er stapft hinter ihr her, es ist vollkommen dunkel. «Wohin gehst du?», flüstert er und löst sich von ihr. «Man kann nicht aus dem Compound in den Ausgang spazieren ohne die Military Police. Es ist verboten. Dazu bin ich in Zivil. Was willst du von mir?» Sie legt ihre Hand flach auf seine Brust.

«Komm. Du musst mir helfen.» Dann packt sie seine beiden Hände. Er fühlt, wie sie auf einmal zittert. «Was ist los? Was ist mit dir? Ist etwas nicht in Ordnung?»

Die Koreanerin verharrt kurz, zieht ihn weiter ins Dunkle, hinter den Quonset, von dem er weiss, dass dort das Koch- und Putzpersonal haust. Unter einem Vordach, dessen tragende Pfosten er im Dunkel schemenhaft erkennen kann, setzen sie sich auf zwei klapprige Stühle. Sie packt wiederum seine beiden Hände und flüstert in holprigem Englisch eindringlich auf ihn ein. «Hilf mir, Weisser Schnee. Sie töten mich.» Er ist überrascht, legt seine Hand auf ihre Schultern. «Jemand will dich töten? Wer denn?» «Leute von Syngman Rhee. Böse Leute. Sie töten meine Eltern. In Jeju-do. Das ist Insel im Süden. Vor fünf Jahren. Sie töten viele Leute. Sie sagen, wir sind Kommunisten. Sie verbrennen alle Dörfer. Kleiner Bruder von mir ist auch getötet. Grosser Bruder von mir ist in China. Ich will nach China. Hilf mir.» Er beugt den Kopf vor. «Was willst du von mir?» «Nach China. Gehst du nach China?» «Nein», antwortet er verwirrt. «Oder nimm mich mit in dein Land», antwortet sie rasch. Er blinzelt ungläubig mit den Augen, legt seine rechte Hand auf ihre Schulter. «Ich dich mitnehmen? Das ist unmöglich.» Die Koreanerin rückt von ihm ab. Er zieht seine Hand von ihrer Schulter ab. «Niemand will dich töten. Hier bist du doch sicher, mit deinen beiden Kolleginnen. Hier sind die Amerikaner, die UNO und wir, die NNSC.» Sie starrt ihn an. «Nein. Nicht sicher. Sie sind draussen. Die Leute von Syngman Rhee. Sie kennen mich. Sie wissen, ich hier arbeite. Ich habe bekommen Nachricht von Freund in Pusan. Sie suchen mich.» Er überlegt. «Woher weisst du denn, dass man dich sucht? Hast du denn irgendetwas getan?» «Nein. Ich habe nichts getan. Es ist wegen Vater. Mein Vater war Fischer, meine Mutter Feldarbeiterin in Jeju-do. Sie sind keine Kommunisten. Sie waren in Demonstration 1948. Demonstration wegen Ungerechtigkeit, wegen gefälschte Wahlen, wegen gefährliche Militärleute und böse Polizei. In Gangjeon, das ist Dorf in Jeju-do, da wohnen wir. Ich war in Gangjeon in Schule. Sie sind gekommen, viele Männer mit Waffen. Ich bin gerannt in Wald. Ich habe gesehen, wie Dorf hat gebrannt, wie sie haben Menschen getötet mit grossen Flammen aus Flasche, wie sie haben alle erschossen, erschlagen mit Stangen und Messer. Leute von Syngman Rhee. Sie haben zerstört alle Häuser, alle haben gebrannt. Sie haben getötet dreissigtausend Menschen auf Jeju-do. Wir sind nicht Kommunisten, nur normale Koreaner! Bauern, Fischer, Lehrer, Händler, Familien!» Er schüttelt den Kopf. «Von so einem Ereignis habe ich noch nie etwas gehört. Dreissigtausend? Stimmt das?» Sie hält ihren Kopf ganz nahe an seinen. «Man sagt heute: die Sache von dritte April 1948. Man darf nicht sagen Jeju-do, nur die Sache von 3. April. Alle Leute wissen, 3. April, das ist Jeju-do. Viele Leute sagen, es sind nicht dreissigtausend tot. Viele sagen, es sind hunderttausend tot. Ich bin in Gruppe von Jeju-do-Leute, aber wir sind nicht Kommunisten! Wir wollen nur, dass Leute in Korea und USA wissen wegen Jeju-do und 3. April.» Er denkt nach, wendet sich zu ihr. «Merkwürdig. So was müsste doch allgemein bekannt sein, das wäre doch sicher in der Presse gewesen. Dass es auch im Süden Erschiessungen gab, habe ich gelesen, ja. Aber so was? Nein.»

Sie blickt ihn an. «Ja. Es ist wahr, Weisser Schnee. Glaub mir. Kannst du mir helfen?» Er fasst ihre Hand. «Es ist schwierig. Ich fliege in ein paar Tagen nach Panmunjom. Dann reise ich weiter nach Hungnam, im Norden. Ende Januar komme ich zurück nach Panmunjom, dann reise ich als Kurier nach Inchon. Darauf habe ich Urlaub in Japan. Ende Februar reise ich nach Hawaii und Amerika und Mitte März bin ich wieder zuhause.» Er hält kurz inne. «Nein. Ich kann nichts für dich tun. Sprich doch mit den Amerikanern. Die helfen dir. Vielleicht lassen sie dich nach Amerika auswandern, wenn du hier Angst hast.» «Nein. Nicht die Amerikaner. Sie helfen Syngman Rhee. Sie töten auch Kommunisten.» Sie mustert ihn. Er zögert. «Nein. Das glaube ich nicht. Ich kann mit einem Airforce Captain reden, der arbeitet am Flugplatz. Aber ich kann nichts versprechen.»

Sie blickt weg von ihm, starrt lange in die Nacht. Darauf steht sie unvermittelt auf, stellt sich vor ihn hin und verbeugt sich. «Danke, Weisser Schnee.» Sie beugt sich vor, nimmt die Hand des Hauptmanns, drückt einen flüchtigen Kuss auf seinen Handrücken, legt kurz ihre Hand auf seine schweissnasse Wange und starrt ihn an. Dann schaut sie weg, dreht sich um, rennt davon und ist im Nu in der Schwärze der Nacht verschwunden. Der Hauptmann runzelt ungläubig die Stirn, schüttelt den Kopf, zieht seine Packung Camel hervor, klaubt umständlich sein Feuerzeug aus der Hosentasche und zündet sich eine Zigarette an.

Eine Woche später sitzt der Hauptmann mit seinem Gepäck in einem karg eingerichteten Wartesaal des Flugplatzes K2 in Taegu. Draussen ist es kühl, doch windstill, den Himmel ziert keine einzige Wolke. In einer halben Stunde soll sein Flug nach Seoul K16 starten, dort würde es dann mit einem Jeep weitergehen nach Panmunjom und weiteren Einsätzen. Er raucht eine Zigarette und blättert in der amerikanischen Armeezeitung «The Stars and Stripes.» Er liest interessiert einen Artikel über den amerikanischen Präsidenten Eisenhower, der den Kommunistenjäger McCarthy politisch hart angegriffen hat. McCarthy soll behauptet haben, auch bei den Republikanern gäbe es Kommunisten. Im nächsten Bericht steht, dass die amerikanische Energie-Firma General Electric alle Mitarbeiter, die als Kommunisten gälten oder verdächtigt würden, sofort entlässt.

Auf einmal hört er energische Schritte auf sich zukommen. Es ist der amerikanische Airforce Captain. Sie begrüssen sich herzlich. Der Captain setzt sich neben den Hauptmann und zündet sich eine Zigarette an. Der Hauptmann überlegt kurz. Er hatte morgens K2 angerufen, er müsse mit dem Captain reden, ihn etwas Wichtiges fragen. Sie blicken einander an, der Hauptmann will dem Captain seine seltsame Begegnung mit der koreanischen Pingpongspielerin erzählen.

Er setzt zu seiner Frage an, doch der Captain hebt unvermittelt seinen rechten Zeigefinger an den Mund, blickt nach links und nach rechts, steht rasch auf und führt den Hauptmann in eine Ecke des Wartsaals. «Hauptmann, zuerst eine Frage an Sie.» Der Hauptmann nickt erstaunt. «Schiessen Sie los.» Der Captain blickt ihn verschwörerisch an. «Hauptmann, meine koreanischen Kollegen behaupten, Sie hätten Kontakt mit einer der Koreanerinnen gehabt, die bei euch im Compound arbeiten. Stimmt das?» «Ja», antwortet der Hauptmann, völlig überrascht. «Aber nur kurz. Vor acht Tagen, ungefähr. Wir haben Pingpong gespielt.» «Pingpong? Come on! Mehr war nicht?» Der Captain starrt den Hauptmann skeptisch an. «Nein, mehr war nicht.» Der Captain schnauft tief ein. «Okay. Ich glaube Ihnen das mal. Worüber haben Sie geredet?» Der Hauptmann zögert, doch dann antwortet er: «Darüber wollte ich ja grad mit Ihnen reden. Sie hat mir gesagt, dass sie Angst hat. Ihre Eltern seien getötet worden auf einer Insel – den Namen habe ich vergessen, irgendwo im Süden – und sie werde verfolgt.» Der Captain blickt den Hauptmann lange an. «Ach ja? Merkwürdig. Ein koreanischer Verbindungsoffizier will sich mit Ihnen in dieser Sache unterhalten.» Der Captain schaut sich um. «Ah! Da kommt er schon.»

Der Hauptmann blickt nach links. Ein kleingewachsener, südkoreanischer Offizier marschiert auf die beiden zu, salutiert zackig, verbeugt sich formell und bittet die beiden Offiziere in exzellentem Englisch, ihm in einen Nebenraum zu folgen. Sie betreten ein kleines, leeres, hellgrün gestrichenes Zimmer. «Herr Hauptmann. Es ist mir eine Ehre, Sie kurz um ein klärendes Gespräch zu bitten.» Der braungebrannte, ordenübersäte Koreaner schaut dem Hauptmann sorgenvoll ins Gesicht. «Sie hatten Kontakt mit einer koreanischen Mitarbeiterin im Compound der NNSC. Stimmt das?» Der Hauptmann nickt. Der Koreaner überlegt, blickt kurz auf den Boden und schaut dann auf. «Man hat mir rapportiert, Sie hätten mit dieser weiblichen Arbeitskraft Tischtennis gespielt und danach lange hinter dem Quonset, der für die koreanischen Mitarbeiter bestimmt ist, zusammen geredet. Ist das richtig?» «Das stimmt. Aber wie können Sie das wissen?» Der Hauptmann blickt hilfesuchend zum Captain. «Wir haben Augen und Ohren», entgegnet der Koreaner und lächelt. «Worüber haben Sie geredet, wenn ich das fragen darf?»

Der Hauptmann zögert kurz, rapportiert dann die Geschichte der kleinen Koreanerin, was die Tötung ihrer Familie und ein mutmassliches Massaker auf jener ominösen Insel im Süden angeht. Der Koreaner blickt lange auf den Boden, hebt nach einer geraumen Weile abrupt den Kopf. «Danke, Herr Hauptmann. Das ist alles, was ich wissen muss. Ich wünsche eine gute Reise.» Der Hauptmann runzelt die Stirn. «Was passiert mit der Frau? Ich möchte das wissen.» Der Koreaner kehrt um, nähert sich dem Hauptmann und lächelt. «Es ist alles in Ordnung. Vergessen Sie alles.» Er salutiert und geht strammen Schrittes weg. Der Hauptmann folgt dem Koreaner durch die Tür, dem Captain gelingt es aber, ihn am Arm zurückzuhalten, sein Griff ist eisern. «Was soll das?» Der

Hauptmann blickt den Captain zornig an, dann schaut er kurz in der Wartehalle umher und befreit sich heftig aus dem Griff. Der amerikanische Captain schüttelt den Kopf. «Mein Lieber, alles mit der Ruhe. Es ist sinnlos und unmöglich, von den Gooks irgendwas zu wollen oder zu diskutieren. Mischen Sie sich nicht in innerkoreanische Querelen ein. Sie verbrennen sich die Finger, okay? Da können selbst wir Amerikaner nichts ausrichten.» Der Hauptmann steht konsterniert in der Halle. «Was machen die jetzt mit der Koreanerin? Ich muss das wissen.» Der Captain schüttelt den Kopf. «Sie werden es nie erfahren, Hauptmann. Reisen Sie in den Norden und vergessen Sie die Frau.» Der Hauptmann beisst schweigend auf seine Lippen. Der Captain legt ihm daraufhin seine Hand auf die Schulter. Der Hauptmann dreht sich jedoch um und sagt: «Unmöglich. Ich als Delegierter der NNSC verlange, dass ich darüber informiert werde, was mit dieser koreanischen Mitarbeiterin passiert.»

Der Captain blickt den Hauptmann forschend an, zieht ein Päckchen Chesterfield-Zigaretten hervor und offeriert ihm eine Zigarette. Jener nimmt sie zögernd an. Sie rauchen beide. «Ich wollte es vermeiden, aber Sie zwingen mich dazu, Captain Snow White. Das Pingpong-Girl hat für die Gegenseite gearbeitet, für den Norden, für die Kommunisten. Wollen Sie eine Kommunistin verteidigen? Nur zu. Die UNMAC, die Koreaner, die NNSC und wir sorgen dafür, dass Sie mit Schimpf und Schande nach Hause spediert werden. Das kann ich Ihnen garantieren.» Der Hauptmann blickt entrüstet auf. «Kommunistin? Das kann nicht sein. Sie hat mir etwas ganz anderes erzählt. Wieso sollte sie mir Märchen erzählen?» «Vielleicht weil Sie Snow White heissen und ein netter, verständnisvoller Zuhörer aus einem kleinen, schönen, sehr fernen Land sind?» Der Captain lacht. «Im Ernst, Hauptmann. Der koreanische

Verbindungsoffizier hat mir das so mitgeteilt: Kommunistin. Arbeitete für die andere Seite.»

Der Hauptmann zerdrückt erregt mit dem Schuhabsatz seine kaum angerauchte Zigarette auf dem schmutzigen Boden. «Wo ist sie jetzt?» Der Captain blickt den Hauptmann ausdruckslos an, dreht sich um, schlendert kurz zu einem an einer Säule festgemachten Aschenbecher und drückt seine Zigarette aus. Er schreitet ostentativ langsam zurück, bleibt dicht vor dem Hauptmann stehen, blickt jedoch an ihm vorbei durch ein grosses Fenster auf das Flugfeld. Eine dunkelgrün gestrichene DC-4 Skymaster landet mit quietschenden Reifen. «Fragen Sie nicht weiter, Hauptmann. So ist das hier. Welcome to Korea. Wünsche trotzdem guten Flug und frohes Wirken im Norden bei den Roten. Und grüssen Sie mir, wenn Sie nach Hause kommen, das kleine Land!» Er legt dem Hauptmann kurz die Hand auf die Schulter, zwinkert ihm zu, salutiert, dreht sich um und marschiert Richtung Ausgang.

Winter 1953/54

«Da, nimm meine Kamera», flüstert der Hauptmann dem kleinen Koch aus dem Süden des kleinen Landes zu. Er schiebt unauffällig seine im September in Japan günstig erworbene Canon IIF auf den linken Oberschenkel des Gefreiten, hält dabei den Kopf oben, setzt eine unschuldige Miene auf, gähnt demonstrativ und bemüht sich, die beiden nordkoreanischen Offiziere, den hünenhaften Chinesen, die zwei Polen und den einen Tschechen, die alle mit ihnen in der chinesischen Li-2 Richtung Norden sitzen, im Auge zu behalten. Gleichzeitig ertastet er blind mit seinem rechten Zeigefinger die Kamera und erklärt dem Koch mit zusammengepressten Lippen die Funktionsweise. «Da ist der Knopf zum Auslösen, hier links aussen transportierst du mit Linksdrehung den Film gegen den Uhrzeigersinn. Du musst zweimal sauber nachdrücken, bis es nicht mehr geht. Dann abdrücken. Leg dazu deine Mütze teilweise über die Kamera – nicht übers Objektiv natürlich; so wird der Ton abgedämpft. Sonst hören sie den Auslöser.» Der Gefreite nickt. «Und jetzt rück den Vorhang ein kleines bisschen zur Seite. Moment! Warte!» Er vergewissert sich erneut, dass sie nicht beobachtet werden, und nickt dem Koch zu.

Dieser verschiebt mit den Fingerspitzen seiner rechten Hand den Vorhang zentimeterweise nach links. Gleissendes Licht dringt herein, der Hauptmann späht erschrocken zu den Mitpassagieren. «Sie haben die Fenster mit Öl verschmiert, diese verdammten Kommunisten», zischt der Koch dem Hauptmann zu. Dieser stösst ihn an. «Siehst du gar nichts?» «Doch. Da ist ein nicht geölter Bereich, eine kleine Lücke, ich versuchs mal.» Der Koch drückt auf den Auslöser, ein lautes Klickgeräusch ist zu vernehmen, der Hauptmann zuckt zusammen und äugt wiederum verstohlen um sich. Niemand scheint in der schwankenden Maschine etwas bemerkt zu haben, die Schwetzow-Neunzylinder-Sternmotoren der sowjetischen Maschine hämmern laut genug. Dann beugt der Hauptmann sich unauffällig nach rechts, stützt sein Kinn auf die linke Schulter des emsig fotografierenden Kochs und linst seinerseits durch das Guckloch im ölverschmierten Fenster nach unten.

Sie fliegen über eine gebirgige Landschaft. Einige Höhenzüge sind mit niedrigen Laubwäldern und dichtem Buschwerk bewachsen, andere vollkommen kahl oder weisen nur bizarr aufragende Baumstümpfe auf. Ab einer gewissen Höhe sind die Berge mit Schnee überzuckert. In den flachen Flusstälern erblicken die beiden Offiziere aus dem kleinen Land nebst unzähligen Reisfeldern zahlreiche Bombentrichter, sogar die Berge sind bis in die Gipfelregionen von jenen richtiggehend besprenkelt. An einigen Stellen scheint es, als ob die amerikanische Luftwaffe während des Krieges ganze Bergrücken mit ihrer Bombenkraft abgetragen hätte. Sie erspähen weit unten auch zahlreiche Flüsse mit eingestürzten Brücken, Dörfer in Trümmern und Eisenbahnlinien, die im Nichts enden. Wolkenfetzen ziehen vorbei, die Bewölkung wird immer dichter, das Flugzeug fängt an zu schütteln.

«Reicht das mit den Fotos oder willst du noch mehr?», flüstert der Koch. «Es reicht, danke.» Der Hauptmann schiebt seine rechte Hand zum Koch, dieser übergibt ihm die Kamera, und er lässt sie umgehend in seiner zwischen den Füssen verstauten Mappe abtauchen. Unverhofft reisst die Wolkendecke nach wenigen Minuten wieder auf, Sonnenlicht flutet durch die schmalen Vorhangritzen, sie spähen wieder heimlich hinaus. Rechts unter dem Flügel der alten Maschine blaut das Meer, auf der Wasseroberfläche wandern grosse Wolkenschatten. «Das muss das Japanmeer sein», murmelt der Hauptmann und wirft einen kontrollierenden Blick in die Kabine. «Nach meinen Berechnungen sind wir auf der Höhe von Wonsan an der Ostküste. Direkt unter uns gab es mal ein grosses katholisches Kloster.»

Er erzählt dem Koch die Geschichte der Benediktinerin aus dem kleinen Land und der von den Kommunisten zerstörten Abtei in Tokwon. Eine halbe Stunde später fängt die Maschine merklich an zu sinken, die Landeklappen werden betätigt, das Fahrwerk fährt aus, ein nordkoreanischer Offizier marschiert im Mittelgang an den Sitzen vorbei und kontrolliert, ob die Vorhänge geschlossen sind. Bei den beiden Delegierten zupft er den Vorhang wieder so zurecht, dass kein Lichtstrahl mehr eindringt, und spricht eindringlich in Koreanisch auf sie ein. Die beiden lächeln und nicken eilfertig. Der Koreaner setzt sich vorne wieder hin, nachdem er die stählerne Tür zum Cockpit geschlossen und verriegelt hat. Der Hauptmann bedeutet dem Koch, den Vorhang wieder etwas beiseitezuschieben; dieser befolgt grinsend den Auftrag. Sie kriegen nun mit, wie die Maschine einen flachen Bogen über einer weiten Bucht beschreibt. Letztere ist bis auf halber Höhe von beschneiten Bergketten gesäumt. Ankernde Frachtschiffe sind zu sehen, auf dem Land grosse, teilweise zerstörte Fabrikkomplexe. Ein breiter, dunkler Fluss, durchsetzt mit gewaltigen Sandbänken, mäandert ins Meer. Das Flugzeug fliegt nun tief einem verschneiten Bergrücken entlang ins Landesinnere, bis es unvermittelt in eine steile Linkskurve kippt – den beiden Offizieren aus dem kleinen Land hebt es für einen kurzen Moment den Magen. Der Hauptmann grinst. «Die fliegen sportlich, die Chinesen. Es herrscht wohl Wind vom Meer, deswegen macht der Pilot den Endanflug logischerweise gegen die See. Ich nehme an, wir landen auf Yonpo Airfield, das ist die alte amerikanische Basis K 27, zwischen Hamhung und Hungnam.» Ein paar Sekunden später meint er: «Ja, wir landen auf Yonpo, wir fliegen ungefähr Kurs 120, also Südost, ich habe die Flugplatzarten in Panmunjom studiert. Die Stadt Hungnam liegt linkerhand, also südöstlich gegen das Meer, nur ein paar Kilometer weit, wir müssten links sitzen, um unseren neuen Wirkungsort zu sehen.»

Kurz darauf setzt die Maschine holpernd auf der grasigen Fahrbahn auf. Am Ende angelangt, stellen die Piloten die Motoren ab. Ein Lastwagen mit Dutzenden von braun gekleideten Soldaten auf der Ladefläche prescht heran und parkt neben der Maschine. Sie sehen durch die Vorhangritze, wie die Soldaten behände vom Lastwagen springen, sich an den Flügeln besammeln, das schwere Flugzeug mit vereinten Kräften wenden und Richtung Hangar schieben. «Genau dasselbe Prozedere wie beim Start in Kaesong», meint der kleine Gefreite. «So sparen sie Benzin. Das ist allerdings riskant, hat mir der Major in Taegu gesagt, besonders beim Start. Die Motoren haben weniger Zeit, warm zu werden, produzieren Fehlzündungen und Motorenausfälle, weil sie die korrekte Starttemperatur nicht immer erreichen. So gibt es mehr Unfälle. Aber die Kommunisten scheinen das zu verschmerzen.»

Nach einer Weile bleibt die Maschine ruckartig stehen, die Türen werden geöffnet, eine Treppe wird rumpelnd herangefahren, Hauptmann und Gefreiter stemmen ihr Gepäck aus dem Gepäckfach und wanken steif durch die Kabine. Sie begrüssen einen tschechoslowakischen und einen grossgewachsenen schwedischen Offizier mit freundlichem Nicken, reichen die Hand zwei anderen Delegierten aus dem kleinen Land. Jene sind auf dem Weg zum Port of Entry in Chongjin, weiter oben im Nordosten. Sie senken respektvoll den Kopf, als sie kurz vor der Cockpittür des grossgewachsenen Chinesen gewahr werden, und steigen neugierig um sich schauend die Treppe hinunter.

Die Luft ist kalt und riecht intensiv nach verbrannter Kohle, heissem Metall und Flugbenzin. Sie marschieren zu einem hohen, rechteckigen Gebäude, auf dessen Dach ein Antennenwald steht. Daneben liegt der ehemalige Kontrollturm in Trümmern, wie ein von Wellen auf den Strand geworfenes Walgerippe. In einer engen, blau gestrichenen und ungeheizten Wartehalle, auf deren Wänden unzählige weisse Friedenstauben aufgemalt sind, werden sie von den beiden bereits in Hungnam wirkenden Delegierten aus dem kleinen Land begrüsst. Es sind dies ein Leutnant und ein Wachtmeister. Die Männer gehen aufeinander zu und drücken sich herzlich die Hand, im Hintergrund stehen nordkoreanische Offiziere und Soldaten.

Alsbald stehen alle Delegierten aus Schweden, Polen, der Tschechoslowakei und dem kleinen Land in einer Reihe auf dem Vorplatz neben dem Funkturm und werden zeremoniell begrüsst. Ein Gruppe nordkoreanischer Soldaten marschiert auf. Die auffallend kleinen Männer halten ihre hölzerne Kalaschnikow starr und mit gestreckten Armen vor sich hin, den Blick schräg gegen die Ankömmlinge gerichtet, die Hacken ihrer Stiefel rhythmisch auf den brüchigen Asphalt schmetternd. Die Delegierten aus dem kleinen Land gehen in Achtungsstellung und heben ihre Hand an den Mützenschirm. Unverständliche, heisere Befehle gellen über den Platz, die Gruppe Soldaten steht stramm und salutiert.

Neben den Delegierten aus dem kleinen Land stehen in einfache, braune Mäntel gehüllte Männer und geben sich auffallend unbeteiligt. Das sind wohl die ominösen Chinesen, denkt der Hauptmann. Einer von ihnen ist ein überaus stattlicher, im Kontrast zu den Nordkoreanern durchaus entspannt wirkender Chinese, dem überraschenderweise jegliches Gradabzeichen fehlt. Der Hüne, dem sie bereits im Flieger flüchtig begegnet sind, trägt eine braune Schirmmütze und strahlt stoische Ruhe aus. Der Hauptmann nickt ihm zu, der Chinese nickt höflich zurück und lächelt. Jeeps brausen plötzlich heran – russische Lizenzfabrikate des amerikanischen Willy, wie der Hauptmann feststellt – ihr Gepäck wird verladen, Befehle ertönen, Motoren dröhnen im Leerlauf, schwarze Abgaswolken quellen aus Auspuffrohren, Türen knallen zu. Sie besteigen die Wagen, setzen sich auf die spartanischen Sitze und fahren – die Gesichter von der eisigen Fahrtluft gepeitscht – auf einer von Schlaglöchern übersäten Strasse Richtung Hungnam und ihr Camp.

Ungezählte umgestürzte Telegrafenmasten säumen die Strasse, links und rechts erblicken der Hauptmann und der Gefreite mächtige Bombentrichter, aus denen Metallteile, Drähte, zerrissene Kabel, Rohre und verbogene Stahlträger ragen. Links vom Konvoi taucht eine grosse Fabrik auf – oder das, was von ihr übrig blieb. Heerscharen von behelmten Arbeitern scheinen bemüht, im Zusammenspiel mit allerlei schwerem Gerät und primitiven Baggern die einsturzgefährdeten Fabrikfassaden abzubauen oder zu stützen. Der Strasse entlang winken ihnen viele auffallend sauber gekleidete Kinder zu. Sie tragen – im Vergleich zu ihrer Körpergrösse – riesenhafte Tornister. Frauen balancieren schwerbeladene Körbe auf ihren Köpfen oder tragen sie mit gestrafften Stirnbändern tief gebeugt auf dem Rücken. Danach überholt ihr Konvoi Kolonnen von erstaunlich jungen, im Gleichschritt marschierenden Soldaten. «Die sind doch nicht mehr als vierzehn Jahre alt!», schreit der Gefreite dem Hauptmann zu. Sie fahren eine kurze Strecke dem Meer entlang. Verbogene Metallkreuze ragen bis fast an den Horizont aus dem trüben Meer, Elemente aus Beton liegen verstreut in der Bucht, weiter draussen warten zusammengebundene, rostübersäte Schiffe darauf, abgewrackt zu werden. Grosse, aus ihren Auspuffrohren pechschwarzen

Rauch ausstossende Bagger stehen weit draussen und baggern eine Passage aus. An einem flachen, überaus schmutzigen Strandteilstück schleppen ein Dutzend Taucher in glitschignassen, schwarzen Anzügen eine Art Schweissgerät oder einen Generator zu einer Barkasse. Weiter vorne steigt die Strasse eine kleine Anhöhe hinauf, links von ihnen erstrecken sich kahle, sandbraune Hügelzüge. Rechterhand, ein paar hundert Meter südöstlich, erspähen sie ein langgezogenes, mehrstöckiges Fabrikgebäude mit Kaminen. Zahlreiche kunstvoll verdrehte Rohre und Leitungen schmücken dessen Aussenwand. Wohl eine chemische Fabrik, denkt der Hauptmann, und – wie es scheint – wieder einsatzfähig. Gelber Rauch steigt aus einem der hohen Kamine. Aus einem andern Schlot dringt weisser Dampf stossweise nach aussen. Die Strasse führt nun ein wenig nach unten. Der Hauptmann erblickt eine lange, hölzerne, über zwei Meter hohe Palisade, roh gezimmert aus unzähligen, ungehobelten Holzbrettern, mit quergenagelten Latten zusätzlich gestärkt. Sie umringt eine Reihe ziegelbedeckter Backsteinhäuschen. Er sieht blecherne Kaminrohre, die knapp oberhalb der nach Süden ausgerichteten Fenster aus den Häuschen ragen. Der Leutnant neben ihm schreit: «Das sind unsere Baracken! Willkommen zuhause.»

Die Behausungen kontrastieren stark zum bisher in Hungnam Gesehenen, denkt der Hauptmann, sehen sie doch solid und einigermassen komfortabel aus. Kurz danach halten die Jeeps in einer Staubwolke und sie steigen aus. An einem Mast flattern im eiskalten Wind die Fahne der NNSC und diejenige des kleinen Landes. Der Hauptmann blickt zur Fahne mit dem weissen Kreuz auf rotem Grund hoch. «Die Proportionen stimmen, im Gegensatz zu unseren Fahnen in Panmunjom», meint der Hauptmann zum Leutnant. «Das sind die Chinesen», erwidert der Leutnant. «Die haben die Abmessungen exakt recherchiert. Die Fahne ist übrigens aus Seide, so nebenbei.» Er tritt durch das Tor, der Hauptmann folgt ihm nickend und betritt neugierig und staunend sein neues Camp im Port of Entry in Hungnam, Nordkorea.

Das Zimmer des Hauptmanns ist spartanisch, jedoch sauber. Ein schmales Feldbett steht in einer Ecke, er bemerkt an der Südseite des Zimmers eine Art Cheminée, mit einer kleinen Balustrade aus lockerem Gipsstein, Teile davon sind bereits abgeblättert. In der Mitte stehen ein grosser, länglicher Holztisch, bedeckt von einer weissen Plastikplane, und ein paar wacklige Stühle. Im Zimmer ist es feuchtkalt. Einen Ofen sucht der Hauptmann vorerst vergeblich. Er zieht die Vorhänge beiseite und lugt unter die Fensterbrüstung, wo sich ein Heizkörper oder ein Schalter verbergen könnte. Der blutjunge koreanische Soldat – jener sei fortan sein Boy, wird ihm vom Leutnant beschieden – salutiert vor ihm und führt ihn hinaus, rund um das Backsteinhaus. Auf der Nordseite zeigt er dem Hauptmann ein Loch im Boden mit einer bescheidenen Feuerstelle. Er entfacht darin geschickt und schnell ein Feuer mittels Gasfeuerzeug, etwas Papier, ein paar trockenen Zweigen und Kohle, die an der Hauswand entlang in Säcken gestapelt ist. Soweit der Hauptmann den gestikulierenden Boy versteht, wurden unter sämtlichen Fussböden des Hauses kleine, durchgehende Kanäle gepflastert, die dazu dienen, das aussen entfachte Feuer nach der Südseite des Hauses zum dortigen Kaminrohr zu leiten. Raffiniert, denkt der Hauptmann. Wer hätte das gedacht, dass er nach den einfachen, ölgeheizten Quonsets in Taegu im kommunistischen Norden über eine luxuriöse Bodenheizung würde verfügen können? Zurück im Zimmer, schiebt er einen weiteren Vorhang beiseite und blickt nach draussen. Zwischen der die Backsteinhäuser komplett einschliessenden Holzwand und seinem Fenster steht ein kümmerliches Bäumchen mit nackten Zweigen. Der Hauptmann empfindet ein unerklärliches Mitgefühl für die pflanzliche Kreatur und beschliesst, in den nächsten Tagen dem sicherlich durstigen Gewächs etwas Wasser zuzuführen.

Der Wachtmeister, der sie mit dem jungen Leutnant am Flugfeld abgeholt hatte, klopft und tritt in sein Zimmer. Er vermeldet, in ein paar Minuten fände ein Sitzung statt, in der er, der Hauptmann, als neuer Postenchef und Nachfolger des Leutnants vorgestellt und für seine Tätigkeit gebrieft würde. Danach, so gegen elf Uhr, kämen die Schweden, es sei ein neuer Stellvertreter gekommen, ein Major, der wolle sich auch vorstellen. Der Hauptmann nickt bestätigend. «Den haben wir im Flugzeug bereits getroffen, danke. Eine Frage: Sie sind der Funker hier, oder, Wachtmeister?» «Jawohl, Herr Hauptmann, ich bin die Verbindung zum Rest der Welt.» «Schön. Verzeihen Sie, Sie sind ja Warrant Officer.» Der Wachtmeister grinst, nickt und verlässt das Zimmer. Der Hauptmann spürt, wie unter ihm der Fussboden immer wärmer wird, neben der Tür auf der Nordseite des Zimmers ist die Bodenfläche bereits so heiss, dass der Hauptmann kurzerhand sein Gepäck auf den Tisch legt. Wäre doch schade, denkt er, wenn Taschen und Schuhe bereits an seinem ersten Tag als Postenchef wegen einer zu heiss eingestellten, nordkoreanischen Fussbodenheizung verschmoren würden.

Der Leutnant begrüsst daraufhin offiziell im Sitzungszimmer die beiden Kuriere und den neuen Postenchef. Sein Blick bleibt am Gefreiten hängen, er schaut ihn aufmerksam und etwas süffisant an. «Gefreiter, haben wir uns in Panmunjom nicht schon gesehen? Im NNSC-Sekretariat? Zusammen mit Ihrem Unteroffizierskollegen?» Der Gefreite beisst die Lippen zusammen und antwortet: «Kann sein, ja.» Der Leutnant nickt.

«Natürlich habe ich Sie gesehen. Ich war einer von den dortigen Schreibordonnanzen. Sie – also eigentlich du warst mit deinem Kameraden zwei Tage verschwunden, oder? Wir haben mit der amerikanischen Military Police intensiv nach euch beiden suchen lassen; wir dachten, euch hätten die Roten entführt oder es hätte euch eine Landmine in Stücke gerissen – wobei wir allerdings die ganze Zeit über keine Explosion gehört hatten. Das war peinlich für unsere Delegation, unser Chef war richtig begeistert. Wo wart ihr denn, ihr Zigeuner?»

Der kleine Gefreite linst verlegen in die Runde. «Eine blöde Sache. Vergiss es. Wir hatten uns verirrt. Wir waren in Seoul.» Der Leutnant lacht. «Verirrt? In Seoul? Was habt ihr denn dort getrieben?» Der Hauptmann reagiert und erläutert schmunzelnd: «Unser Kamerad hier und sein Kollege hatten Probleme mit Einheimischen vorwiegend weiblicher Prägung. Sie mussten dort ausharren, denn sie hatten was ausgefressen. Es gab Interventionen diplomatischer und polizeilicher Natur. Die Sache hat sich erledigt. Schwamm drüber.» Der Hauptmann schlägt dem Gefreiten auf die Schulter. «Wir werden unseren Gefreiten hier nicht weiter mit Fragen foltern, schliesslich ist er fortan der Koch. Unsere Geschmacksnerven und Mägen, unser generelles Wohlbefinden hängen von seinen Launen ab. Wir sollten es uns nicht allzu sehr mit ihm verscherzen.» Der Hauptmann und die meisten andern lachen.

Der Leutnant blickt umher, auf seinen Lippen ein säuerliches Lächeln. «Der Koch, der hier noch bis vor kurzem wirkte, musste übrigens in die Heimat zurückgeschickt werden.» Die Delegierten blicken überrascht auf, der Hauptmann fragt: «Warum, Leutnant?» «Ganz einfach. Der frühere Postenchef und seine Leute wunderten sich immer wieder, wie dieser Koch es fertigbrachte, in dem ausgebombten und ausgehungerten Land – speziell hier im schwer zerstörten Hungnam – die allerfeinsten Fressalien aufzutreiben, sogar Fasane und Filetstücke vom Rind, also Lebensmittel, die man sonst nirgends bekommt, nicht einmal in den reichbestückten PX-Shops der Amerikaner oder auf dem mittlerweile üppig dotierten Markt in Seoul.» Der Hauptmann nickt interessiert und fragt: «Wieso wurde er zurückgeschickt? Hat er mit den Gewürzen übertrieben?» Der Leutnant erwidert mit unbewegtem Gesicht: «Nein. Er kriegte hier die besten Lebensmittel, weil er den Roten heikle Informationen weitergab. Er war Kommunist und unentdeckt als solcher rekrutiert worden. Er war ein roter Spitzel.»

Einen Augenblick lang ist es vollkommen still im mittlerweile stickigen und rauchgesättigten Sitzungszimmer. «Wie hat man das herausgefunden?», fragt der Hauptmann und blickt auf den Gefreiten, der auf seinem Stuhl unruhig hin- und herrutscht. Der Leutnant erwidert: «Die Amerikaner sind ihm auf die Schliche gekommen. Kaum war der Spitzel zurück in Panmunjom, haben sie ihn verhaftet, später allerdings uns übergeben. Er wurde von uns unehrenhaft aus dem Dienst spediert und musste sofort die Reise nach Hause antreten. Was dort mit ihm passierte, entzieht sich meiner Kenntnis.»

Der Hauptmann blickt in die Runde. «Danke für diese Ausführungen, Leutnant. Interessant. Was es so alles gibt. Unser Koch hier, mit dem ich schon in Taegu erfolgreich den Amerikanern auf die Finger geschaut habe, ist garantiert kein Schnüffler von der Gegenseite. Dafür bürge ich einfach mal. Er wird hier für uns alle kochen – obwohl er von Beruf Schneider ist.» Alle Männer in der Runde lachen befreit, der Gefreite grinst verlegen und steht auf. «Der Rekrutierungsoffizier, der mich ausfragte, hat Sarto mit Cuoco verwechselt. Macht nichts. Ich koche gern. Aber flicken oder nähen könnt ihr selber.» Die Delegierten lachen wiederum. Der Hauptmann legt seine Hand auf die Schulter des Kochs. «So weit auseinander liegen diese Berufe gar nicht. Man muss in beiden präzis arbeiten, mit Mass, ein Händchen für Diffiziles haben, vorausdenken und improvisieren können. Du wirst uns hier verwöhnen, dessen bin ich sicher. Aber Vorsicht mit Lebensmitteln, die dir die Leute hier verschaffen, keine diffusen Gegenleistungen erbringen, wenns irgendwie geht.» Der Hauptmann hebt spielerisch den Zeigefinger hoch. Der Gefreite lächelt erleichtert, die neben ihm sitzenden Delegierten klopfen dem kleinen Mann heftig auf die Schulter, so dass dieser in seinem Stuhl zusammensackt.

Nach einer kurzen Pause, die die Delegierten rauchend mit den chinesischen und den nordkoreanischen Verbindungsoffizieren und deren Übersetzern draussen vor den Backsteinhäusern verbringen, kehren die Neutralen aus dem Westen nochmals in ihr Sitzungszimmer zurück. Ein grossgewachsener, paradoxerweise sehr mediterran wirkender Oberstleutnant aus Schweden tritt ein, zusammen mit seinem neuen Stellvertreter, einem kaum weniger hünenhaften Major mit etwas weicheren, schwammigeren Zügen, sympathischen Augen und einem Dreitagebart. Sie legen ihre grünen Schals und die glänzenden, pechschwarzen Militärmäntel ab, platzieren die Mützen neben ihre Schreibmappen auf den Tisch und kommen – nachdem man sich gegenseitig höflich vorgestellt hat – schnell zur Sache.

Der schwedische Oberstleutnant blickt den neuen Postenchef aus dem kleinen Land herausfordernd an: «Hauptmann, nun zählen Sie mal auf, was Sie alles aus Panmunjom mitgebracht haben. In Bälde ist Weihnacht, unsere Luzia-Feier, dann Neujahr und das ganze Zeugs, wir werden einerseits selber feiern und uns beschenken, hoffe ich. Andererseits gebieten es Anstand und Gepflogenheiten, unseren Gastgebern hier in Hungnam materielle Gegenleistungen zu bieten. Wir sollten das koordinieren. Was haben Sie alles mitgeschleppt? Käse, Schokolade, Luxusuhren, Rauchschinken, Rotwein?»

Der Hauptmann beisst kurz auf seine Unterlippe, überlegt und erwidert: «Ich habe nichts mitgebracht. Ausser etwas Post für euch beide.» Er blickt den Leutnant und den Wachtmeister an. «Soweit ich informiert bin, wurden repräsentative Geschenke bei uns im Militärdepartement zeitgerecht bestellt, aber in Panmunjom hat mir ein Major im NNSC-Sekretariat achselzuckend mitgeteilt, die Ware käme – wenn überhaupt – erst gegen Ende Januar, also viel zu spät. Der Transport von Europa über Amerika und Japan sei halt zeitraubend. Jemand in unserem Land hat geschlampt oder falsch gerechnet, was weiss sich. Tut mir leid.» Die beiden Schweden schütteln die Köpfe, die Delegierten aus dem kleinen Land blicken betreten in alle Richtungen. Der Hauptmann spricht weiter: «Als Kompensation hat mir unser Sekretariat in Panmunjom zehn Kilo Fertigsuppenbeutel der Marke Maggi übergeben. Er hat gesagt, mehr gäbe es im Moment nicht, wir sollten damit zurechtkommen.»

Es ist vollkommen still im Raum. Die Delegierten aus dem kleinen Land wechseln verstohlene Blicke. Der Leutnant starrt unbeteiligt an die Zimmerdecke, der Hauptmann blickt als Einziger fragend in die Runde. Der schwedische Oberstleutnant glotzt den Hauptmann ungläubig an, lacht dann laut heraus. Daraufhin richtet er sich in voller Grösse auf, verschränkt seine Arme und poltert los: «Wie muss ich das verstehen? Das einzige Repräsentationsgeschenk unserer Partnerdelegation hier im Port of Entry Hungnam ist Suppe? Und dazu ein Fertigprodukt aus einer Schweizer Manufaktur, die während des Zweiten Weltkrieges – wie ich zufälligerweise weiss – eifrig mit den Nazis kollaborierte und deren Produkte dazu dienten, die Bäuche der Wehrmachtssoldaten warm zu halten? Maggi? Ist das Ihr Ernst?»

Die Delegierten aus dem kleinen Land blicken betreten in die Runde. Der schwedische Oberstleutnant fährt fort: «Ihr seid schon ein komisches Völkchen, ihr Alpenbewohner. Ihr stellt euch zwar netterweise zur Verfügung, um den Weltfrieden hier zu retten, habt aber keine Ahnung, wie man das macht und was sich gehört.» Der Hauptmann richtet sich auf, steht ebenfalls auf, will etwas sagen, der grosse Schwede hebt kurz die Hand und spricht weiter. «Dazu wart ihr nicht mal in der Lage, einen höheren Offizier als Postenchef hierherzuschicken. Man hat uns für die vorangehenden zehn Tage einen kleinen Leutnant als Postenchef in die Höhle des roten Löwen gesendet! Wo gibts denn so was?» Der betroffene Leutnant starrt betreten auf seine Dokumente. Der Schwede fährt erregt fort: «Was für einen Eindruck hinterlassen wir denn hier? Die Roten haben teilweise Brigadiers oder Höheres eingeflogen! Beim grossen Chinesen – Sie wissen schon, der mit der braunen Maomütze – wissen wir nicht nicht einmal, was für einen Grad er hat. Man munkelt, er sei General! Und diese hohen Tiere müssen sich in Verhandlungen mit einem kleinen Leutnant auf eine Stufe stellen? Kein Wunder, dass uns hier in diesem trostlosen Kaff die Hände gebunden sind und dass nichts läuft. Die nehmen uns – beziehungsweise Sie – einfach nicht ernst!»

Der Leutnant steht abrupt auf. «Ich darf Sie erinnern, Kollege, dass nur dank mir das Verbot, den Feldstecher zu benutzen, aufgehoben wurde.» Der Schwede hebt beschwichtigend die Hände. «Wir wissen das zu schätzen, Leutnant, danke. Sie haben bereits zur Genüge herumerzählt, dass Sie den tschechoslowakischen General dank Französischkenntnissen und ein paar Tricks so charmant um den Finger wickelten, dass er grosszügig das Feldstecherverbot kippte. Danke tausendfach.» Der Hauptmann interveniert sofort. «Stimmt das, Leutnant?» Der Leutnant setzt sich wieder und nickt bejahend. «Gut gemacht, Leutnant.» Der Hauptmann schaut nun den Schweden mit hochgezogenen Augenbrauen forsch an. «Sie sehen,

Herr Kollege, Ihre Theorie über die militärischen Grade hinkt. Scheinbar schaffen es auch niedrigere Ränge mit etwas List, kommunistische Generäle zur Vernunft zu bewegen.» Der grosse Schwede schüttelt den Kopf, hebt nochmals die Hand. «Ein Leutnant als Postenchef, ich bitte Sie! Warum nicht gleich ein Zivilist? Und dazu kommen Sie, Kollege Hauptmann, aus einem kleinen, reichen, vom Krieg verschonten Ländchen direkt aus Panmunjom, aus der Zivilisation, zu uns armen Hunden hoch und bringen ausser ein paar netten Worten nur Fertigsuppen! Was seid ihr denn für Provinzler, ihr Bergbauern?!»

Alle starren erschrocken auf den Hauptmann. Dieser schweigt zuerst lange, nickt danach ein paarmal gedankenverloren vor sich hin, schürzt seine Lippen, schaut den Schweden an, lächelt erneut und antwortet: «Danke, verehrter Kollege, für Ihr ausführliches Votum. Ich hätte mir einen etwas anderen Einstieg hier in Hungnam gewünscht, aber unser Einsatz ist kein Pfadfinderlager. Kein Problem. Dass wir nichts hierher mitbrachten, bekümmert mich selber am meisten, daher kann ich Sie in dieser Sache gut verstehen.» Der grosse Schwede hebt die Hand, der Hauptmann unterbricht. «Nein, jetzt rede ich, Kollege, Sie hatten genug Zeit, Ihre polemische Suada vorzubringen, jetzt bitte ich fairerweise meinerseits um störungsfreie Sprechzeit.» Der grosse Schwede stöhnt entnervt. Der Hauptmann blickt ihn scharf an. «Ich gehe stark davon aus, dass Ihr neuer Stellvertreter – wir sind uns ja kurz im Flieger hierher begegnet – seinerseits in seinem Gepäck genug Mitbringsel hat, die den hohen Erfordernissen der schwedischen Delegation gerecht werden. Ich denke nicht, dass wir die Einzigen hier sein sollen, die für das materielle Wohl der schwedischen Mission zuständig sind, oder?» Der Oberstleutnant atmet entrüstet aus; der Hauptmann fährt unbeirrt fort: «Darf ich Sie daran erinnern, werter Kollege, dass auch Schweden das unschätzbare

Privileg hatte, nicht in den Zweiten Weltkrieg hineingezogen zu werden. Ich würde es an dieser Stelle bemühend finden, als Gegenmassnahme zu Ihrem despektierlichen Votum die schwedische Stahlindustrie thematisieren zu müssen, die bekanntermassen während des Krieges deutsche Rüstungskonzerne mit hochwertigem Kiruna-Stahl belieferte. Oder irre ich mich?» Der grosse Schwede schnappt nach Luft, über seines Kollegen Gesicht huscht hingegen ein amüsiertes Lächeln, der Hauptmann fährt leise fort: «Sie dürfen davon ausgehen, Kollege, dass wir – die provinzlerischen Bergbauern – von diesen Fertigsuppen genauso beschämt sind, wie ein eventueller Adressat es sein würde. Ich schäme mich im Namen meines Landes. Ich werde unseren Koch bitten, diese Suppen nur für unser eigenes leibliches Wohl zu verwenden. Hoffen wir, dass sich darin keine zusätzlichen Haare finden, die unsere beiden befreundeten Länder noch mehr entzweien.»

Wieder ist es eine Weile still im Sitzungszimmer. Der schwedische Oberstleutnant knetet nervös seine Uniformmütze, der neben ihm sitzende Major blickt heiter in die Runde. Der Hauptmann fährt fort: «Herr Kollege. Es fällt mir – nach meinen Erfahrungen als Stellvertreter in Taegu – ziemlich schwer, substanzielle Unterschiede zwischen unseren Delegationen auszumachen, auch wenn Sie, die Sie in Palästina und woanders für die UNO bereits tätig waren, mit Sicherheit die grössere Erfahrung für solche internationalen Einsätze mitbringen.» Der grosse Schwede schüttelt ärgerlich den Kopf. «So drastisch war das nicht gemeint, Kollege.» Der Hauptmann nickt. «Ich weiss. Ich übertreibe, genau wie Sie.» Er blickt in die Runde. «Nun zu unserem Leutnant und den Problemen mit den militärischen Graden. Es gab eine kurze Periode, wo uns höhere Offiziere schlicht fehlten. Jetzt, wo der Sold für Letztere substanziell erhöht wurde, geht es ein wenig besser.»

Der Leutnant hebt kurz die Hand und wirft ein: «Dreitausend Leutnants sollen sich bei uns beworben haben, aber viel zu wenig höhere Offiziere.» Der Hauptmann ergänzt: «Genau, deshalb wiegt – darwinistisch betrachtet – ein Leutnant aus unserer Delegation nach einer solchen Auslese gleich viel wie ein höherer Offizier aus einer andern Nation. Selektion, Kollege! Klar?» Die Delegierten aus dem kleinen Land lachen, selbst der schwedische Major grinst. Der Oberstleutnant blickt aus dem Fenster und kratzt sich am Kinn. Der Hauptmann setzt sich. «So musste halt ein Leutnant hier in Hungnam für ein paar Tage aushelfen und hat sich gut geschlagen.» Der Schwede nickt bejahend. Der Hauptmann nickt befriedigt. «Dann ist ja alles bestens. Darf ich – ohne jede Polemik meinerseits – zusätzlich daran erinnern, dass nicht nur die Polen oder die Tschechoslowaken, sondern auch die Schweden sich Grade angeeignet haben, die nicht unbedingt den militärischen Erfahrungen der jeweiligen Person entsprechen?» Die beiden Schweden heben die Köpfe und runzeln die Stirn. «Meines Wissens ist Ihr schwedischer Delegationschef, der mir als General in Taegu vorgestellt wurde, gar kein Armeeangehöriger. Er ist Diplomat und Zivilist.»

«Ist ja gut, Herr Kollege, wir haben verstanden.» Der Oberstleutnant räkelt sich auf seinem Stuhl und versucht, sein Unbehagen zu kaschieren. «Jetzt aber zur Sache. Wir haben hier in Hungnam ein Problem. Man meldet uns hier nichts. Es gibt scheinbar nichts zu kontrollieren.» Der Hauptmann gibt sich überrascht. «Wie meinen Sie das?» Der Leutnant unterbricht. «Mein schwedischer Kollege meint, dass hier in Hungnam die Verhältnisse anders sind als im Süden. Nichts zu kontrollieren? Natürlich sind Waffen und Mannschaften im Umlauf. Aber die Kommunisten lassen nicht zu, dass wir unsere Nasen in ihre Angelegenheiten stecken. Das ist – wie ich mehrfach gehört habe – im ganzen Norden so: in Sinanju, Sinuiju, Manpo und Chongjin.» Der schwedische Oberstleutnant nickt. «Und wenn es etwas gäbe, einen Zug, ein Schiff oder ein Flugzeug mit Waffen, Mannschaften oder Rüstungsgütern, dann deklarieren sie es als geheim. Keine Chance.» «Wie steht es mit der Bewegungsfreiheit?», fragt der Hauptmann. «Nur in Begleitung der Wachsoldaten und Verbindungsoffiziere und nach vorheriger Anmeldung», antwortet der Schwede. Der Hauptmann richtet sich auf. «Exakt wie bei den Amerikanern in Taegu. Kein Ausflug ohne Military Police.»

Er denkt kurz nach. «Machen wir eine Probe aufs Exempel. Ich würde als neuer Postenchef unseres kleinen Binnenlandes beispielsweise gerne den Hafen besuchen. Gibts da zufälligerweise ein Schiff zu kontrollieren oder sonst Dinge, die in unseren Auftragsbereich fallen?» Der Leutnant steht auf. «Nein, da ist absolut nichts. Schiffe kommen nicht durch, der Hafen ist nicht operationell. Ausserdem ist jetzt Ebbe. Und es hat zu viele Wracks in der Bucht. Sie müssen zuerst ausbaggern – was sie allerdings seit kurzem tun. Wenn, dann vielleicht am Bahnhof oder am ehesten am Flugplatz. Aber wir konnten noch nie in etwas reinschauen.» Der Leutnant blickt kurz in die Runde. «Was die Bewegungsfreiheit angeht: Ich weiss aus meiner Zeit im NNSC-Sekretariat in Panmunjon, dass wir uns innerhalb des Port of Entry, beziehungsweise der eingetragenen Kontrollbereiche, eigentlich frei bewegen dürfen. Das wollen sie hier allerdings nicht haben. Ich bin dann einfach losmarschiert, zusammen mit dem Funker. Oder?» Der Wachtmeister nickt bestätigend. «Wir haben es überlebt. Es geht. Die Herren hier müssen nur unsere Unnachgiebigkeit spüren.» Der schwedische Oberstleutnant nickt grimmig. «Auch wir Schweden tragen mit den Chinesen und den Nordkoreanern unsere Kämpfchen aus, was die Bewegungsfreiheit angeht. Die Roten hier würden uns am liebsten in die Zimmer einschliessen und nur ab und zu füttern.»

Der Hauptmann überlegt. «Mir ist auch bekannt, was für Rechte wir in den POEs haben. Allerdings haben auch unsere Gastgeber – wie die Amerikaner in Taegu und anderswo im Süden – das Recht, eigene Richtlinien, also Local Regulations, aufzustellen. Das sind allerdings juristische Grauzonen, wir müssen da flexibel und unnachgiebig sein. Allerdings sollten wir unsere Freiheit nur so weit ausdehnen, als dass das Band zu unseren Partnern nicht unwiderruflich reisst. Es hat keinen Sinn, sich allzu sehr mit ihnen anzulegen, wir hängen völlig von ihrem Goodwill ab. Blockieren hiesse, überhaupt keine Kontrollen mehr vornehmen zu können. Aber wir werden dort, wo es sich für uns und für die Sache lohnt, standhaft bleiben. Wir sind da, um zu kontrollieren, dass kein neues Kriegsgerät und keine zusätzlichen neuen Truppen ins Land kommen. Punkt.» Er blickt in die Runde. «Gehen wir?» Einige Delegierte stehen auf. «Ich schlage vor, wir machen jetzt eine Wanderung zum Hafen, als Probe aufs Exempel. Kein Jeep bitte, weit entfernt scheint es ja nicht zu sein. Mal sehen, ob es uns gelingt.» Er blickt auf den Gefreiten. «Ausserdem müssen wir uns beide etwas bewegen, diese ewige Reiserei und Rumsitzerei macht steif und müde. Das verstehen auch Kommunisten, hoffe ich.»

Sie versammeln sich draussen. Der schwedische Oberstleutnant unterhält sich kurz mit dem Hauptmann, ihm mitteilend, dass er und sein anderer Kollege, der Ankömmling, zu müde seien, um an diesem Spaziergang teilzunehmen. Der Hauptmann nickt dem Schweden zu, der Oberstleutnant dreht sich um und läuft mit grossen Schritten zurück zu den etwas weiter oben liegenden Baracken der schwedischen Delegation.

Hauptmann, Leutnant, Wachtmeister und Koch schreiten durch das Tor und laufen nach rechts, Richtung Hafen. Sie beschleunigen ihren Schritt. Nordkoreanische Soldaten starren ihnen erstaunt nach, gestikulieren, reden daraufhin wild durcheinander, zögern kurz, folgen erregt im Laufschritt der Delegation aus dem kleinen Land, überholen sie und versperren den Männern den Weg, ihre Gewehre schräg vor der Brust haltend. Der Hauptmann grüsst höflich mit der rechten Hand an der Mütze und marschiert, zusammen mit dem Leutnant an seiner Seite, durch die Soldaten hindurch. Diese weichen überrascht zurück, schütteln die Köpfe und blicken sich gegenseitig ratlos an. Ein nordkoreanischer Offizier mit schwarzer Pelzmütze auf dem Kopf trabt eiligst herbei und bleibt entschlossen vor den Delegierten aus dem kleinen Land stehen. Ein kurz nach ihm eintreffender Übersetzer stellt sich neben ihm auf und teilt der Gruppe keuchend mit, das es unmöglich sei, dass sie, die Delegierten, einfach so wegliefen, das ginge nicht. Wenn sie sich vom Camp entfernen wollten, müssten sie zuerst eine Anfrage an die Verbindungsoffiziere formulieren. Auch fehle nach NNSC-Richtlinien für eine etwaige Inspektion ein Teil der andern Neutralen, nämlich zwei Mann von der tschechoslowakischen oder der polnischen Delegation. Die würden – falls er, der Hauptmann, das noch nicht wisse – dort oben hinter dem Holzzaun hausen, sie müssten zuerst mal bei ihnen vorbeigehen und mit ihnen die Sache klären. Sie möchten nun doch bitte schön in ihre Baracken zurückgehen.

Der Hauptmann salutiert, stellt sich und den neuen Warrant Officer, den Gefreiten, dem Nordkoreaner vor und erwidert: «Mein lieber Kollege, unsere Absichten sind nicht, eine Inspektion durchzuführen. Dazu müssten wir selbstverständlich ein Gesuch formulieren. Wir gehen lediglich spazieren.» «Unmöglich, Herr Hauptmann. Es ist untersagt, ohne unsere Bewilligung das Camp zu verlassen.» Der Hauptmann bietet dem Nordkoreaner eine Zigarette an, derjenige fasst sie, dankt mit mehrfachem Nicken und steckt die Zigarette flugs in seine Uniformtasche. Daraufhin packt er sein Funkgerät und spricht ein paar unverständliche Worte hinein. Man hört eine quäkende Antwort. Der Hauptmann wartet, bis der Offizier seine Mitteilung beendet und quittiert hat. Er schaut den Offizier freundlich an. «Verehrter Kollege. Wir dürfen spazieren, keine Frage. Ich kenne die Richtlinien aus Panmunjom, die wurden auch von Ihrer Seite ausgearbeitet und gutgeheissen. Vielleicht sind jene Direktiven noch nicht ganz bis nach Hungnam vorgedrungen?»

Der Offizier blickt unschlüssig umher und sieht, dass der Koch sich mit einem blutjungen Wachsoldaten interessiert unterhält und sich von diesem seine Kalaschnikow erklären lässt. Der Hauptmann wendet grinsend den Blick ab und sagt zum Nordkoreaner: «Ich mache Ihnen folgenden Vorschlag: Sie begleiten uns zum Hafen. Ich brauche ein Briefing über die Situation in Hungnam. Ich bin vollkommen neu hier und als Postenchef und Mitglied der Neutralen Überwachungskommission bin ich verpflichtet, mir die geografische Lage exakt einzuprägen und auch Gegend und Leute kennenzulernen. Es wäre mir eine Ehre, Sie als meinen Führer betrachten zu dürfen, Sie kennen diesen Landstrich und die Stadt Hungnam sicherlich bestens.» Der Nordkoreaner blickt schweigend auf den Hauptmann, seine Miene bleibt undurchdringlich, nur seine hin und her zuckenden Augen verraten Unsicherheit.

Der Hauptmann redet weiter: «Noch etwas Persönliches. Ich komme aus einem Binnenland in Europa. Wir haben nur Berge. Ich habe das Meer noch nie gesehen. Ich gehe davon aus, dass die sprichwörtliche Gastfreundschaft der Demokratischen Volksrepublik Korea einem bescheidenen Besucher und Friedensbringer aus Europa nicht verwehren kann, an seinem ersten Wirkungstag die Mutter aller Dinge zu sehen, zu berühren und zu schmecken, nämlich das Meer. Was meinen Sie?»

Der nordkoreanische Offizier schweigt und dreht unentschlossen den Kopf weg. Kurz darauf – man hört näherkommende Schritte – dreht er sich um und salutiert zackig. Der hünenhafte Chinese, eingehüllt in seinen einfachen Mantel, auf seinem Kopf die braune Schirmmütze, schlendert heran, quittiert das Salutieren mit einem lässigen Kopfnicken und gibt dem Hauptmann seine warme, etwas schlaffe Hand. Der Übersetzer drängt sich zwischen Hauptmann und Chinesen und erklärt Letzterem wortreich, was der Offizier aus dem kleinen Land dem nordkoreanischen Wachoffizier eben gerade mitgeteilt hat. Der Chinese hört geduldig zu und blickt den Hauptmann danach aufmerksam an. Er verbeugt sich ansatzweise noch einmal und beginnt zu reden. Am Ende seiner langen, im Vergleich zum Koreanischen auffallend melodiös tönenden Rede vollführt er eine einladende, überraschend graziöse Geste mit seiner Hand und sieht den Hauptmann erwartungsvoll an.

Der Übersetzer schaut Letzteren mit weit aufgerissenen Augen an und dolmetscht: «Sie dürfen selbstverständlich zum Hafen. Wir haben grosses Verständnis für Ihr Anliegen und wünschen Ihnen, dem Herrn Hauptmann, ein harmonisches Zusammentreffen mit dem Meer.» Er selber stamme auch vom Land, nämlich aus der Provinz Sinkiang in Westchina. Dort gäbe es ebenfalls ein Meer, eines aus Sand. Es sei die Wüste Gobi. Das Meer sei magisch, bestehe es nun aus Wasser oder aus Sand. Sie, die Delegierten aus dem kleinen Land, dürften sich natürlich frei innerhalb des Port of Entry Hungnam bewegen. Zu ihrem Schutz müssten allerdings Wachsoldaten dabei sein, man sei hier sehr um die Sicherheit besorgt. Dafür hätten die Herren sicher Verständnis. Man wünsche einen schönen Spaziergang und würde sich freuen, ihn, den neuen Postenchef aus dem kleinen Land, mittels eines bescheidenen Banketts am übernächsten Tag gegen Abend feierlich begrüssen zu dürfen.

Soweit man informiert sei, sähe man sich am morgigen Abend bei der schwedischen Zelebration der Sonnenwende.

Der Chinese lächelt den Hauptmann an, dieser salutiert zurück, reicht dem Chinesen und dem verdutzten Nordkoreaner die Hand, verbeugt sich kurz und bedankt sich wortreich im Namen der Delegation des kleinen Landes. Mit einer Handbewegung bittet er die restlichen Mitglieder aufzubrechen. Sie setzen sich alle in Bewegung und marschieren geschlossen die staubige Lehmstrasse hinunter. Die nordkoreanischen Wachsoldaten blicken verdutzt auf ihre Chefs, hasten dann den Delegierten nach, vermögen mit der raumgreifenden Gangart der grossen Männer aus dem kleinen Land jedoch kaum Schritt zu halten.

Sommer 1935

Er kommt geradewegs von der Schule. Er hat eine Höchstnote erhalten, im Zeichnen, er fühlt Stolz und steigt frohgemut die Stufen zur Wohnung empor. Im Treppenhaus riecht es nach Essen, auf jedem Stock wabert ein anderer Duft – hier ist es Kohl, da sind es gekochte Kartoffeln, hier gebratenes Fleisch. Er freut sich auf das Mittagessen, in seinen Eingeweiden tobt der Hunger. Was steht wohl heute dampfend auf der Ablage in der Küche? Seit der Papa zuhause ist und nicht mehr arbeitet, kocht er jeweils für sich und den Buben. Der Papa kocht gut, besser als die Mutter. Da Fleisch zu teuer ist, geht der Vater in den Waldhängen oberhalb des grossen Sees häufig Pilze sammeln. Er liebt Pilze, besonders die Eierschwämme und die nur leicht in Butter angegarten, mit etwas Zitronensaft beträufelten, säuerlichen Totentrompeten. Les Trompettes de Mort. Sein Lieblingspilz. Papa bevorzugt fette Steinpilze. Les Bolets du Bois.

Er öffnet die Tür. Entgegen seiner Erwartung riecht es nicht nach Essen. Er äugt in die Küche, doch da ist niemand. Er lugt um die Ecke. Das Gas am Herd ist abgestellt, die Ablage, wo Vater meist das Gemüse rüstet, ist leer. Papa hört um diese Zeit immer Radio, doch es ist still. Er späht ins Wohn- und Esszimmer, der Tisch ist nicht gedeckt. Er schleicht in sein Zimmer, stellt seine Schulsachen neben den Kleiderständer auf den Boden, tritt danach wieder hinaus auf den Gang und sieht sich um. Er schleicht auf leisen Sohlen zum Schlafzimmer der Eltern. Die Türe ist geschlossen. Er bleibt davor stehen und horcht. Ihm scheint, als gelle die Stille in seinen Ohren. Jemand muss in der Wohnung sein, denkt er, die Tür war nicht abgeschlossen. Auch riecht es plötzlich merkwürdig, fremd und scharf. Er horcht noch einmal an der Tür zum Schlafzimmer.

Dann hört er es. Es ist ein langgezogenes, zart pfeifendes Röcheln, unregelmässig durchsetzt von einem fremdartig klingenden Gurgelton. Er verspürt aufkommende Beklemmung. Er drückt die Klinke vorsichtig herunter und öffnet die Türe einen Spalt. Er sieht vorerst nur einen Ausschnitt des gegenüberliegenden Fensters. Der Himmel ist hellgrau, fast weiss, jedoch wolkenlos. Weiter entfernt, auf dem Nebengebäude, erspäht er einen Raubvogel, auf einem Kamin sitzend. Nur der helle Kopf bewegt sich. Er hält inne, starrt das Tier an. Danach senkt er den Blick, fasst den Türknauf und öffnet leise die Tür. Er macht einen vorsichtigen Schritt in den Raum. Es riecht nach faulen Eiern und menschlichen Ausscheidungen, dazu sticht ihm ein scharfer, unbekannter, ätzender Geruch in die Nase. Er dreht sich nach links zur Schlafstatt der Eltern. Dann sieht er ihn.

Papa liegt auf dem Bett, die Augen starr und weit aufgerissen, der Mund grotesk verzerrt und schaumbedeckt. Der Vater hält die Hände krampfhaft am Hals, sein Körper ist in einer unnatürlichen Stellung verrenkt. Aus seinen Mundwinkeln läuft Blut und andersfarbige Flüssigkeit. Das Kopfkissen glänzt auf der einen Seite rot, die Stirn des Vaters ist schweissnass. Er gurgelt, stöhnt und keucht, dreht sich zur Seite, wird urplötzlich seines Sohnes ansichtig und schreckt hoch. Er hebt den Kopf, röchelt und erbricht Blut über den Bettrand hinunter. Auf dem Boden liegt eine grüne, bauchige Flasche, sie ist halbleer. Die fürchterlich stinkende Flüssigkeit vermengt sich mit dem vom Bett heruntertropfenden Blut, bildet Schlieren, das Holz des Fussbodens verfärbt sich bleich, scheint zu köcheln, es zischt leise. Ein feiner Dampf geistert über das Parkett. Er begreift. Es ist die Flasche mit Schwefelsäure, die er unlängst in der Apotheke geholt hat.

Er schreit los, wirft sich aufs Bett, fasst den Vater am Kopf, dreht ihn zu sich, blickt ihm in die Augen, küsst ihn, herzt ihn, presst sich an ihn. Papa! Papa! Was machst du! Warum hast du das getrunken? Warum? Das ist Gift! Säure! Schwefelsäure! Er heult, seine Tränen tropfen auf das Gesicht des Vaters, vermengen sich mit dessen Schweiss, seine Hände sind besprenkelt mit Blut, Speichel und Erbrochenem, er weint und heult und wimmert, der Vater starrt ihn an, bewegungslos röchelnd, sein Kopf sinkt zurück auf das Kissen, der Blick geht wiederum starr nach oben. Er springt vom Bett herunter, rennt schreiend zur Wohnung hinaus, die Treppen hoch und wieder runter, er läutet an allen Türklingeln, fällt unvermittelt die Stufen herunter, schürft sich das Knie und die Hände auf, er blutet und brüllt, bis die ersten Nachbarn erschrocken aus ihren Wohnungen lugen und dem verzweifelt gestikulierenden und völlig aufgelösten Buben in die Wohnung folgen.

Später sitzt er zitternd und alleine bei der alten Nachbarin am Küchentisch. Diese ist nunmehr ins Treppenhaus geeilt und hilft den Rettungskräften mittels lautem Zurufen beim Manövrieren im engen Treppenhaus. Er sieht durch den Türspalt, wie Sanitäter auf einer Bahre seinen Vater die Treppe hinunterzutragen versuchen. Danach steht er halbbetäubt auf, schleicht zum Küchenfenster, öffnet es, äugt nach unten und erblickt im Hof den Krankenwagen. Die Türen an der Rückwand des grossen, viereckigen Kastens sind weit offen, auf der lateralen Seite des Wagens und auf dem Dach prangen aufgemalte rote Kreuze. Er sieht, wie die Sanitäter die Bahre mit seinem Papa vorsichtig in den Kasten hineinschieben, das Gesicht seines Vaters ist kreideweiss, die Augen sind weit aufgerissen – als erkenne der Vater seinen aus dem Fenster starrenden Sohn und schicke ihm einen letzten, stummen und entschuldigenden Gruss. Die Ambulanz fährt weg, aus ihrem Auspuff quillt schwarzer Rauch. Er schaut dem Auto nach, bis es in die nächste Gasse kurvt und das Martinshorn eingeschaltet wird. Danach lauscht er weinend der allmählich verklingenden Sirene nach, bis nichts mehr zu hören ist. Ihm gegenüber, auf dem Kamin des Nachbarhauses, schwingt sich der Raubvogel in die Luft und gleitet ruhig Richtung See.

Winter 1953/54

Der Hauptmann steht weit draussen im Meer, es ist Ebbe. Er hat die Uniformhosen hochgezogen und watet in seinen Lederstiefeln auf einer flachen, stellenweise über der Wasseroberfläche liegenden, von zahlreichen Prielen zauberhaft geformten Sandbank. Begeistert studiert er gebeugten Rückens die kleinen, regelmässigen, unter der Oberfläche des Wassers schillernden Rillen im gelben Sand. Er stapft hinüber zu einem kleinen Felsblock, der von unzähligen, an den Wänden haftenden Muscheln übersät ist. Die Muschelschalen und ihr Untergrund aus dunkelgrünen Algen evozieren eine tropisch-grüne Landschaft, aus deren feuchten Regenwäldern zahlreiche, gleichmässig geformte und verwitterte Vulkankegel aufsteigen. Der Hauptmann starrt, die Hände auf den Knien aufgestützt, fasziniert auf die Miniaturlandschaft und erinnert sich an den Landeanflug über Hawaii. Er versucht vorsichtig, mit dem Fingernagel den Rand einer Muschel anzuheben, um sie vom Felsen zu lösen, doch just in dem Augenblick, wo die Muschel die Berührung spürt, senkt sich blitzschnell das Gehäuse und die Muschel haftet fugenlos am Fels. Nichts zu machen, denkt der Hauptmann, diese alerte Muschel muss einen Muskel besitzen, der es ihr erlaubt, sich kontrahierend anzusaugen. Sie ist schneller als ich. Er legt bewundernd die Stirn in Falten.

Auf einmal steht ein sehr junger Wachsoldat neben ihm – der Mann könnte fast sein Sohn sein. Der Soldat verlagert mit einem dezidierten Ruck seine an einem Lederriemen hängende Kalaschnikow von der Brust nach hinten auf den Rücken, zieht ein Messer aus seiner Brusttasche und nickt dem Hauptmann zu. Er nähert daraufhin seine Klinge ungemein langsam einer anderen Muschel, schiebt sie blitzschnell unter den Rand des

Muschelgehäuses. Das Muscheltier zuckt zusammen, kontrahiert – doch zu spät, der junge Soldat hebt den Muschelrand triumphierend an, lacht und löst die Muschel vom glitschigen Fels. Er umklammert sie darauf fast etwas kokett mit den Fingerkuppen, schneidet und schabt mit dem Messer gekonnt das Muschelfleisch von der Schale, steckt es in den Mund und zerkaut es vergnügt. Darauf nickt er dem Hauptmann aufmunternd zu. Dieser nimmt ebenfalls sein Taschenmesser, klappt es auf und versucht, dasselbe zu vollbringen wie sein junger Instruktor – was ihm auf Anhieb gelingt. Das salzige Muschelfleisch schmeckt bitter, doch nach emsigem Kauen stellt sich ein fremdartiger Goût ein, der dem Hauptmann immer mehr zusagt. Er schabt weitere Muscheln vom Felsen und verzehrt sie begeistert, bis der junge Wachsoldat ihm bedeutet, er solle aufhören. Er schüttelt den Kopf, grinst und macht sich daran, eine weitere Muschel vom Felsen zu ernten, aber als er sieht, dass der junge Soldat ihm gegenüber gestikulierend den Akt des Erbrechens illustriert, versteht er und nickt dankend.

Auf der Pier, etwa hundert Meter entfernt, stehen in sauberer Einerreihe die Kameraden und das koreanische Begleitpersonal und schauen zu. Kurz darauf laufen sie auf dem Pier zurück und queren danach den durch die Ebbe freigelegten Strand in Richtung eines entfernteren, grossen Felsbrockens. Der junge Wachsoldat zupft den Hauptmann am Ärmel und zeigt ihm ein paar Meter weiter einen unter dem Wasser liegenden, rostbraunen Seestern. Der Soldat bückt sich, nähert sich unter der Wasseroberfläche langsam mit dem ausgestreckten Zeigefinger dem fünfarmigen Getier. Dieses fängt sofort an, sich vom bedrohlich näher kommenden Gegenstand kriechend zu distanzieren. Blitzschnell fasst der Soldat den Seestern an einem seiner fünf Arme, zieht ihn aus dem Wasser und zeigt dem Hauptmann an der Unterseite der hilflos strampelnden

Kreatur, wie die winzigen Füsschen, die sich nun in der Luft befinden, sinnlos weiterbewegen. Der Soldat lacht, steckt den zappelnden Seestern in seine lederne Umhängetasche, zeigt mit seinem Zeigefinger wechselweise auf Tasche und Hauptmann. Letzterer ahnt, dass der Seestern ein Geschenk ist und der Soldat ihm das Meeressouvenir im Camp überreichen wird. Der Hauptmann lächelt dankend. Der Wachsoldat nickt, seine Backen glühen vor Freude. Er stapft weiter im flachen Meer herum. Etwas weiter draussen, wo flache Felsen die Meeresoberfläche durchstossen, bleibt er stehen, starrt ins Wasser und winkt den Hauptmann herbei. Dieser erkennt – neben dunklen, lavaförmigen Felsbrocken – unzählige mit Stacheln bewehrte, schwarze Kugeln. Der Soldat greift mit seiner Hand ins Wasser, umschliesst vorsichtig mit beiden Händen einen einzelnen Seeigel und holt ihn an die Oberfläche. Er trägt das stachlige Tier sorgsam in der einen Hand, zieht mit der anderen abermals sein Messer aus der Tasche, watet mit beidem zum nächstbesten Fels, legt das Tier auf eine flache Stelle, sticht es mit dem Messer an und zerlegt den Seeigel gekonnt in seine Einzelteile.

Danach fasst er mit den Fingerspitzen einen abgetrennten Stachel, bedeutet dem Hauptmann, sich zu nähern. Er zeigt ihm die winzigen Widerhäkchen, die der Stachel bis hinauf zum sich zuspitzenden Ende aufweist. Auch hier demonstriert der junge Nordkoreaner dem Hauptmann mittels präziser Gesten, dass die Widerhaken eines im Menschenfleisch steckenden Stachels oft verhindern, dass man diesen einfach so aus dem Fleisch ziehen kann. Der Stachel verbleibe im Fleisch, die Haut schwelle an und generiere eine heftige Infektion. Der Soldat hält warnend seinen Zeigefinger hoch. Darauf packt er wieder sein Messer und löst von der Innenseite der Seeigelschale das dort in langen Streifen angeheftete, dunkelrote Fleisch. Er legt die Seeigelfilets auf seine herausgestreckte Zunge, zieht selbige in den Rachen zurück, schliesst den Mund und kaut. Der Hauptmann vollführt gespannt dieselbe Aktion. Das Seeigelfleisch schmeckt nicht so bitter wie das Muschelfleisch und ist weitaus zarter. Er klopft dem jungen Wachsoldaten dankend auf die Schulter und blickt zurück zum Strand. Die Kollegen und das Wachpersonal sind verschwunden, sie befinden sich wohl hinter dem hohen Felsen, der wie ein herrenloser, von urzeitlichen Gletschern angeschwemmter Findling den Beginn der nördlichen Steilküste markiert. Der Hauptmann blickt in die Runde. Die Berge, die Hungnam fast ganz umschliessen, erinnern ihn metaphorisch an eine gestreckte Variante eines mit feinstem Zucker überpuderten Gebäcks aus seiner Heimat: den Gugelhopf.

Am nächsten Morgen sitzen der Hauptmann und seine Delegierten zusammen mit den Schweden an einem Tisch und warten auf die Polen und die Tschechoslowaken. Der schwedische Major, der sich am Anreisetag betont zurückgehalten hatte, steht auf. Er hat vor Aufregung gerötete Backen und blickt verlegen auf die Sitzungsteilnehmer. «Liebe Kollegen, kurz etwas in eigener Sache. Ich habe das Vergnügen, Sie heute Abend zu unserer schlichten Luciafeier einladen zu dürfen. Wie Sie vielleicht wissen, existiert bei uns – und übrigens auch in anderen nordischen Ländern – der Brauch, am 13. Dezember die Wintersonnenwende zu feiern. Bevor der gregorianische Kalender kam, war dies der kürzeste Tag im Jahr. Es ist ein Heiligenfest und wird in Schweden erst seit ein paar Dutzend Jahren in der heute bekannten Form gefeiert. Der 13. Dezember ist demnach auch der Tag der heiligen Lucia von Siracusa. Sie hatte sich in den Katakomben der Stadt um geflohene Christen gekümmert und ihnen zu essen gebracht. In der Dunkelheit brauchte sie allerdings freie Hände, und so entschied sie sich, einen Kranz mit Kerzen auf dem Kopf zu tragen. Kluges Mädchen! Seit Ende der Zwanzigerjahre bringt nun bei uns an besagtem Tag die älteste Tochter des Hauses den Eltern süsses Hefegebäck mit Safran und eine grosse Kanne heissen Tees. Dann singt sie zusammen mit anderen Lucias die traditionellen Lucia-Lieder anlässlich einer Prozession, die von Sternenknaben mit weissen Hemden und sehr spitzen Zipfelmützen, auf denen goldene Sterne geklebt sind, begleitet wird.» Der Major blickt stolz um sich. «Ich habe nun die Ehre, Ihnen den Sternenknaben für heute Nachmittag vorzustellen: Es wird mein werter Kollege, der Oberstleutnant, sein.» Der Major macht eine kurze, unbeholfene Verbeugung, seine Gesichtshaut ist puterrot.

Der Oberstleutnant steht grinsend von seinem Stuhl auf und fügt bei: «Danke, Kollege. Ich habe den Sternenjungen schon als Bub gemacht. Dass ich dies in diesen heidnisch-kommunstischen Gefilden nochmals tun würde, hätte ich mir nie träumen lassen. Jetzt geht es aber ans Eingemachte, meine Herren: Wir brauchen eine Lucia. Hier gibt es aber weder älteste Tochter noch Familien und erst recht keine Frau – mit einer Ausnahme: Wir haben im Camp eine überaus charmante polnische Übersetzerin. Ich habe dieser Polin viel über unser Brauchtum erzählt und sie gefragt, ob sie für uns die Lucia verkörpern würde. Sie hat grosses Interesse gezeigt, ja, sie schien regelrecht begeistert, spielt sie doch zuhause als engagierte Laienschaupielerin regelmässig auf der Bühne ihrer Universität, ich glaube, in Breslau.» Der Oberstleutnant hält kurz inne.

«Aber nach Rücksprache mit dem polnischen Postenchef, dem Oberstleutnant, sagte sie – ohne einen Grund zu nennen – einfach ab. Sie war vollkommen verändert. Keine Ahnung, was da lief. Wie halt meistens bei den Roten. Schade. Wäre eine schöne Gelegenheit gewesen, das etwas verkrampfte Verhältnis mit unseren sozialistischen Kollegen aufzulockern. Jetzt muss ich leider euch Freunde aus dem kleinen Land um eine Lucia bitten.» Er blickt zu seinem Kollegen, dem schwedischen Major. «Wir sind zum Schluss gekommen, dass Sie, Herr Leutnant, eine ideale Besetzung für unsere Lucia wären. Sie sind der Jüngste hier und ein schmaler Wurf. Tuch über den Kopf, ein bisschen Farbe auf Lippen, Bäckchen und Augen und Sie gehen als Mädchen durch. Was meinen Sie? Sagen Sie zu!» Die Delegierten aus dem kleinen Land prusten los, der Wachtmeister nimmt seine Pfeife aus dem Mund und haut wiehernd dem Leutnant auf die Schulter.

Der Leutnant blickt mit schmalen Lippen auf seine Dokumente und hebt die Hand, ohne den Blick von der Tischplatte zu lösen, schaut auf und entgegnet, nachdem Ruhe eingekehrt ist: «Danke für die Ehre, liebe Kollegen. Ich muss auf diese anspruchsvolle Aufgabe verzichten. Ich bin zum Theaterspielen gänzlich ungeeignet, ausserdem bin ich der Meinung, dass wir hier wichtigere Aufgaben zu vollbringen haben und uns nicht allzu sehr mit privaten oder nicht auftragskompatiblen Aktivitäten belasten sollten.» Die Delegierten verstummen, und es herrscht eine kurze Stille im Sitzungszimmer.

Der Hauptmann ergreift das Wort. «Ein Mann, ein Wort. Danke, Leutnant. Das respektieren wir selbstverständlich. Die Bühne ist nicht jedermanns Sache. Wir sollten aber – speziell hier in dieser exponierten, ungewohnten Situation – die lockeren Dinge und das Kulturelle nicht vergessen. Ich habe Letzteres in Taegu vermisst, bei allem Respekt vor dem Auftrag. Ich habe dort in einem Monat nur einen Film gesehen und zwei Ausflüge gemacht; einen zur katholischen Mission und einen mit ihm, dem Koch, zum koreanisch Essen in der Stadt. Der Rest war Arbeiten und Schlafen.» Er schmunzelt. «Ich mache nun folgenden Vorschlag. Da unser kochender Gefreiter gleichzeitig auch Schneider ist, wird er sein Kostüm selber nähen können und als Koch sollte er ja dazu prädestiniert sein, Tee in einer Kanne zu servieren», fügt der Hauptmann hinzu. Die Runde lacht heftig, es wird eifrig geklatscht. Der kleine Koch steht auf, hebt seine Hände. Es entsteht augenblicklich eine erwartungsvolle Stille. Er beginnt mit geschürzten Lippen mit der Hüfte zu kreisen, dazu hebt er die Arme auf Schulterhöhe, spreizt damenhaft die Finger und rollt kokett mit den Augen. Der schwedische Oberstleutnant wie auch der Leutnant aus dem kleinen Land starren leicht befremdet auf die Travestienummer des kleinen Gefreiten.

In dem Moment öffnet sich die Tür und die Delegierten aus Polen und der Tschechoslowakei treten herein. Der polnische Oberstleutnant bleibt wie angewurzelt stehen und starrt auf den in provokanter Haltung posierenden Koch. Dieser löst seine Pose blitzschnell auf, macht einen Satz rückwärts und setzt sich wie ein ertappter Schüler auf seinen Stuhl. Der Leutnant stöhnt und blickt mit missbilligendem Blick auf den Koch, der Hauptmann beisst grinsend auf seine Unterlippe, während der Pole den Kopf schüttelt und sich, zusammen mit den anderen Mitgliedern der Delegation, schweigend an den mit weissem Plastiktuch überzogenen Tisch setzt. Zuallerletzt huscht die polnische Übersetzerin herein, lächelt entschuldigend und setzt sich im Hintergrund auf einen freien Stuhl. Sie trägt einen schlichten, braunen Militärmantel und eine schwarze Fellmütze, die sie umgehend auf den Tisch legt. Ihr dunkelbraunes, lockiges Haar ist auf ihrer rechten Kopfseite streng gescheitelt, auf ihren Lippen macht der Hauptmann dezent aufgetragenes Rouge aus.

Der polnische Oberstleutnant kramt aus seiner Ledermappe ein paar Dokumente hervor, legt sie vor sich auf den Tisch und blickt in die Runde. Die junge, unscheinbare Polin übersetzt seine Worte in ein gepflegtes, britisch angehauchtes Englisch: «Verehrte Kollegen, guten Tag und willkommen zu unserer Sitzung. Wie gestern ausgemacht, behandeln wir heute die Anfragen an die Verbindungsoffiziere der nordkoreanischen wie auch der chinesischen Seite, was die von uns gewünschten Kontrollen des Hafens, des Flugplatzes und des Bahnhofs angeht.» Er schaut kurz in die Runde.

Der schwedische Oberstleutnant stöhnt und meint daraufhin trocken, beinahe mechanisch: «Sie werden uns die übliche Antwort geben, lieber Kollege: Die Anfragen wurden negativ beantwortet. An keinem dieser Plätze sind Rotationen von Militärpersonal sowie Ein- oder Ausfuhr von Material und Waffen vorgenommen worden oder in nächster Zeit vorgesehen. Stimmts?» Der junge polnische Oberstleutnant schweigt, blickt kurz zum Fenster hinaus und dann zum Hauptmann: «Verzeihung, lieber Kollege, ich habe es unterlassen, Sie im Namen unserer Delegation zu begrüssen. Seien Sie willkommen, ich freue mich auf eine erfolgreiche und fruchtbare Zusammenarbeit.» Der Hauptmann nickt freundlich. Der Pole fährt weiter: «Verehrter schwedischer Kollege, danke für Ihr Votum. Ja, es stimmt. Die Demokratische Volksrepublik Korea sowie ihre chinesischen Verbündeten sind bemüht, alle im Waffenstillstandsabkommen aufgeführten Punkte zu implementieren. Unerlaubte Truppenaufstockungen oder illegale Einfuhr von Waffen finden in Hungnam nicht statt. Daher ist unsere Kontrolltätigkeit hier positiverweise auf ein Minimum reduziert. Freuen wir uns darüber. Im Süden soll es ja ganz anders zu- und hergehen, die Amerikaner haben wohl einiges zu verbergen, wie man hört.»

Von der schwedischen Seite her klingt Gelächter. Der Hauptmann steht auf, hebt nun kurz seine Hand, wartet, bis das Lachen verebbt, und entgegnet: «Ich danke für Ihre Begrüssung, Herr Oberstleutnant. Was den Süden angeht: Ich komme gerade aus Taegu und kooperierte dort eng mit unseren schwedischen, polnischen und tschechoslowakischen Kollegen. Ich muss Ihnen mitteilen, dass insbesondere Ihre sozialistischen Kollegen auf dem Airfield Taegu problemlos in jede Kiste und in jedes Dokument hineinschauen durften. Die Amerikaner ermöglichten es ohne jeden Widerstand.» Der Gefreite lacht hämisch, richtet sich auf und wirft laut ein: «Ihre sozialistischen Kollegen lugten in jeden Kampfjetarsch hinein, der sich ihnen bot, ich war dabei, ich kanns bezeugen!» Der Hauptmann macht eine beschwichtigende Geste und fährt fort: «Danke für die etwas rustikale Umschreibung eines Fakts, Warrant Officer.» Er fährt fort. «Dazu hatten Ihre Kollegen Einsicht in jede Dispositionstabelle, in jeden Flugplan, in jede Munitionskiste, in jeden Frachtbrief. Sie haben sich auch Informationen beschafft, die – ich sage das ohne jede Polemik – nicht unbedingt zu Ihrem Auftragsspektrum gehörten, wenn Sie verstehen, was ich meine.» Er blickt die Polen und die Tschechoslowaken herausfordernd an, danach linst er kurz und mit entschuldigendem Lächeln zur polnischen Übersetzerin herüber. Jene errötet und senkt verlegen lächelnd den Kopf, ihre Kollegen werfen sich Blicke zu und flüstern. Der Hauptmann fährt fort: «Liebe Kollegen, Sie wollen doch nicht ernsthaft behaupten, dass die Armee der heldenhaften Demokratischen Volksrepublik Korea und deren freiwillige Freunde und Unterstützer aus der Volksrepublik China keinerlei Nachschub an Material benötigen? Keine Mannschaften austauschen und zurück in die Mandschurei schicken? Wie viele Chinesen sind noch im Land? Eine Drittelmillion, sagte mir ein Kollege in Panmunjom, ein Nordkoreaner, so nebenbei. Und da soll es keine Verschiebungen geben, keine Züge, die fahren? Keine Flugzeuge oder Geschütze oder andere Waffensysteme, die repariert, verlegt oder gewartet werden müssen? Ich bin erstaunt, meine Herren.»

Der auf der gegenüberliegenden Seite sitzende sehr junge tschechoslowakische Major beugt sich, die Arme auf dem Tisch verschränkt, nach vorne und erwidert: «Es ist genau so, wie Sie sagen, werter Kollege, es gibt in den NNITs nichts zu kontrollieren. Züge fahren ab und zu in Sinanju. Da sind keine Transporte. Ihre Leute dort können das bezeugen. In Sinuiju gibt es einen Hafen mit etwas Verkehr. Dort sind die Teams aktiv und haben zu tun. In Manpo ist auch ein Bahnhof, der wird für Truppentransporte benutzt, Ihre Leute haben dort schon Kontrollen vornehmen können, soweit ich informiert bin. Dasselbe in Chongjin. Es läuft alles normal und in geordneten Bahnen. Wo kein Rauch ist, ist auch kein Feuer. Beruhigen Sie sich.»

Der Hauptmann steht auf: «Danke für diese aufschlussreiche Antwort. Dann mache ich folgenden Vorschlag.» Er blickt erneut in die Runde. «Sagen Sie bitte Ihrem Verbindungsoffizier und den Chinesen Folgendes: Ich möchte als neuer Postenchef unserer Delegation heute den Flugplatz in Hungnam inspizieren und mich von den hehren Absichten der beiden Volksarmeen persönlich überzeugen lassen. Ich möchte diesen positiven Umstand, dass keinerlei Kontrollen hier in Hungnam nötig seien, dokumentieren und vermelden können. Damit wäre beiden Seiten gedient – bestimmt auch Ihren Führern, die sicherlich bestrebt sind, der Welt ihre pazifistische Einstellung dadurch zu beweisen, dass sie höchstmögliche Transparenz zulassen, oder?» Der tschechoslowakische Major, ein kettenrauchender, junger Mann mit scharfgeschnittenen Zügen und stahlblauen Augen, steht auf. «Ich finde, wir könnten die Idee des Hauptmanns aufgreifen. Wenn mein polnischer Kollege nichts dagegen hat – und natürlich auch nicht unsere schwedischen Freunde –, dann würde ich jetzt zu den

Liaison Officers der Demokratischen Volksrepublik Korea und zu den Chinesen gehen und diesen Antrag vorbringen. In Ordnung?» Die Polen nicken zustimmend, die Schweden schütteln skeptisch die Köpfe, sagen jedoch zu. Der junge Tschechoslowake öffnet die Tür und geht rasch hinaus.

Vier Stunden später stehen der Hauptmann und die Delegierten aus dem kleinen Land mit allen anderen Members der Kontrollkommission in einer grossen, kalten Halle des Flugplatzes Hungnam vor einem Dutzend Holzkisten. Weit oben an der Decke klafft ein grosses Loch, verkrümmtes Blech hängt bedrohlich herab, man sieht den blauen Himmel. Der Hauptmann bittet den nordkoreanischen Verbindungsoffizier zu sich, er möge als Stichkontrolle bitte eine der Kisten öffnen. Dieser studiert aufmerksam ein aufgeklebtes Dokument auf der Holzkiste, dreht sich um und sagt: «Das geht leider nicht. Der Inhalt ist geheim.» «Gut», erwidert der Hauptmann. «Dann werden wir unserem Sekretariat in Panmunjom per Telegramm übermitteln, es werde vermutet, dass am Flugplatz in Hungnam geheime Waffen in grossen Holzkisten gehortet werden, deren Besitz und potenzielle Verwendung mehrere Paragraphen der Waffenstillstandsvereinbarung verletzen könnten. Wir erstatten diese Meldung ohne die zum vornherein budgetierte Nichtkooperation der polnischen oder tschechoslowakischen Delegation. Ich denke, dass sich Presseorgane auf der ganzen Welt dafür interessieren werden.» Er dreht sich um und will weggehen.

«Moment.» Der Nordkoreaner bittet den Hauptmann, kurz zu warten, dreht sich seinerseits um und trabt Richtung Ausgang. Sie stehen rauchend eine Weile in der kalten Halle herum, der Wind lässt die losen Blechteile des kaputten Daches laut scheppern. Die Tschechoslowaken und die Polen bilden eine eigene Gruppe und rauchen ebenfalls – ausser der Übersetzerin, die etwas abseits steht. Kurz darauf kommt der nordkoreanische Oberstleutnant energisch schreitend zu ihnen zurück. «Ich habe eine gute Nachricht. In diesen Kisten sind neue Steueranlagen aus China für unsere Düngerfabrik. Sie haben das Gebäude bestimmt gesehen, es befindet sich in Sichtweite Ihres Camps.» «Danke für diese Information. Sie ist für uns insofern obsolet, als dass wir diese Elemente nur als harmlos und ungeeignet für den kriegerischen Einsatz einschätzen können, wenn wir den Inhalt auch sehen können. Dazu müssten wir diese Kisten öffnen.» Der Nordkoreaner lächelt unsicher, schüttelt den Kopf und erwidert: «Das geht nicht. Es ist Ihnen untersagt, in diese Kisten zu schauen. Vertrauen Sie uns, es sind Steueranlagen, also Wirtschaftsobjekte, und sie unterstehen einer gewissen Geheimhaltung.» Der Hauptmann nickt verständnisvoll und schlendert zu anderen Kisten. Er zeigt mit seiner behandschuhten Hand auf die eine, blickt auf und fragt: «Was ist da drin?» «Das sind auch technische Apparaturen zum Betreiben der Düngerfabrik. Sie kamen vor ein paar Tagen mit dem Flugzeug aus Shenyang.» Der Hauptmann kaut auf der Unterlippe und überlegt. Der polnische Oberstleutnant schlendert von hinten an ihn heran, zeigt auf die Kisten und sagt: «Jetzt lassen Sies mal gut sein, Kollege. Vertrauen Sie doch einfach unseren hiesigen Partnern. Da ist zivile Technologie drin, zum Wohle des Volkes. Diese Fabrik wurde schliesslich von Ihren amerikanischen Freunden mittels Bomben schwer zerstört. Es gibt keinen Auftrag, in wirtschaftlichen Belangen bei unserem Partner herumzuschnüffeln.» Der Hauptmann lacht. «Das sagen ausgerechnet Sie?»

Der schwedische, hünenhafte Oberstleutnant, der sich bisher seltsamerweise zurückgehalten hat, meldet sich zu Wort. «Was solls. Eine Meldung machen wir hier nicht, weil unsere sozialistischen Kollegen sowieso opponieren. Vergessen wir diese Kisten. Panzer sind es nicht, Kampfflugzeuge auch nicht. Dazu ist die Küstenlinie Nordkoreas Abertausende von Kilometern lang; wenn die was reinschmuggeln wollen, machen sies bestimmt nicht hier. Ein Kindergarten ist das. Lassen Sie uns gehen. Ausserdem müssen wir unsere Lucia-Feier vorbereiten.»

Der Hauptmann bedeutet dem Schweden gestisch, kurz noch dazubleiben, und blickt auf den Leutnant. «Was meinst du?» Der Leutnant wiegt den Kopf hin und her und erklärt: «Vor einem Monat sollte ein mobiles Inspektionsteam auf dem Airfield in Uiju – das ist ein Flugplatz nahe der mandschurischen Grenze bei Dandong – untersuchen, ob nach dem Waffenstillstand verbotenerweise ganze Kampfjets und Ersatzteile aus China nach Nordkorea geschmuggelt wurden. Der amerikanische Geheimdienst hatte herausgefunden, dass in Uiju in Kisten verpackte, brandneue MiG-15 rumstanden, zusammen mit Ersatztriebwerken. Die Neutralen aus den sozialistischen Ländern weigerten sich, das zu untersuchen. Als sie schlussendlich einwilligten und die Teams dort ankamen, war alles weg. Sie wollten nun rausfinden, ob die Jets vor oder nach dem Waffenstillstand eingeführt worden waren, und verlangten entsprechende Dokumente vom Flugplatzkommandanten. Der weigerte sich, sie herauszugeben. Die Tschechoslowaken und die Polen schlugen darauf vor, eine Meldung zu verfassen, die bezeugte, dass die Jets schon vor dem Waffenstillstand dort standen, also legal dort waren. Wir weigerten uns, wie auch die Schweden. Es gab ein Patt und somit keine Meldung ans MAC. Ausser Spesen nichts gewesen.»

Der Hauptmann überlegt kurz und nickt. Die polnischen Offiziere blicken den Leutnant kopfschüttelnd an. Darauf setzen sich alle in Bewegung Richtung Ausgang. Kurz bevor der Hauptmann die Halle verlässt – alle andern sind schon draussen –, hält er für die polnische Übersetzerin die stählerne Tür offen. Sie zwinkert ihm kurz zu, hebt fast etwas entschuldigend ihre schmalen Schultern und hastet an ihm vorbei.

Am späteren Nachmittag – die Sonne steht bereits tief über dem Golf von Hungnam – steht der Gefreite aus dem kleinen Land vor dem Backsteinhaus betreten auf der obersten Stufe der hölzernen Treppe, die ins Büro der Delegation mündet. Er verkörpert die Lucia und trägt einen vor wenigen Minuten fertiggebastelten weissen Kranz mit langen, weissen Kerzen. Zwischen den Kerzen sind braune Zweige fixiert, die die fehlenden Tannenzweige mehr schlecht als recht repräsentieren. Weisse Papierbändel hängen kringelnd vom Kranz herunter auf seine Schultern, dazu ist der Gefreite in ein Leintuch eingehüllt und trägt ein mit einem weissen Tuch drapiertes Holzbrett, auf dem sechs Tassen mit dampfendem Tee stehen. Daneben steht der hünenhafte, schwedische Oberstleutnant und agiert als Sternenjunge. Auch er hat sich eine Art Leintuch-Toga umgehängt und trägt einen aus Papier und Karton gebastelten, stark zugespitzten, weissen Hut auf dem Kopf. Auf jeder Seite des hohen Hutes sind fünf grosse, goldene Sterne aufgeklebt. Dazu hält er etwas unbeholfen eine grosse, blecherne Teekanne. Der Schwede singt nun das Lucia-Lied. Der Gefreite versucht, das nur halbwegs gelernte Lied im Chor mit dem Oberstleutnant zu singen. Kurz darauf scheinen dem Gefreiten die schwedischen Vokabeln auszugehen und er beginnt, die schwedischen Wortimprovisationen mit italienischen auszutauschen – die einfache Melodie beherrscht er mittlerweile. Hauptmann, Wachtmeister, die Polen, die Tschechoslowaken, die Nordkoreaner und die Chinesen lachen lauthals über die Darbietung und prosten fleissig Richtung Bühne mit dem von den Schweden grosszügig verteilten Aquavit. Bei den Chinesen und den Nordkoreanern glaubt der Hauptmann nebst Amüsement auch eine gewisse Fassungslosigkeit in Anbetracht der skurrilen Darbietung auszumachen.

Der hohe chinesische Offzier mit der braunen Schirmmütze tauscht einen kurzen, ungläubigen Blick mit dem Hauptmann und nähert sich ihm. «Ist das ein christlicher oder ein animistischer Brauch?», fragt er den Hauptmann in holprigem Englisch. «Ich denke, es ist beides», antwortet der Hauptmann. «Unser Tannenbaum stammt ja auch aus vorchristlichen Zeiten – gilt aber als christliches, mit Weihnachten und der Geburt Jesu verknüpftes Requisit.» Der Chinese wiegt anerkennend den Kopf. Er dreht sich ganz gegen den Hauptmann und spricht etwas leiser. «Wir entschuldigen uns für den kleinen Zwist auf dem Flugplatz. Ich kann Ihnen versichern, es sind effektiv technische Geräte zum Betreiben der Fabrik. Vertrauen Sie uns.» Der Hauptmann lächelt. «Vertrauen ist gut, Kontrolle wäre besser.»

Der Chinese schmunzelt und nickt anerkennend. «Sie kennen Ihren Lenin.» Der Hauptmann lacht. «Nein. Aber ich weiss, wer Lenin war.» Der Chinese bleibt stehen. «Erzählen Sie.» Der Hauptmann fährt fort: «In der Nähe der Stadt, in der ich arbeite, gibt es einen langgestreckten, hohen Hügelzug mit Wäldern. Dort befindet sich ein kleines Dorf mit Bauernhäusern und einer Kirche. Da hat Lenin gehaust, bevor er nach Russland zurückkehrte. Er wohnte pikanterweise gleich neben der Kirche.» Der Chinese lacht laut. «Ich weiss. Dort wurde ein Manifest verabschiedet. Trotzki war auch dabei. Dazu ein Sozialist aus Ihrem Land, der hatte dies alles ermöglicht.» Der Hauptmann nickt. «Richtig. Aber ich habe seinen Namen vergessen.» Der Chinese fasst den Hauptmann am Ärmel: «Wir sind Ihrem kleinen Land sehr verbunden und sind erfreut über die Zusammenarbeit.» Die beiden spazieren etwas weg. «Aber Sie sind doch eher ein Maoist, Herr Kollege, oder?» Der Hauptmann fürchtet im selben Moment, seine Frage könnte etwas naiv ausgefallen sein. Der Chinese bleibt stehen. «Ich denke, schon. Aber die Lehren unseres grossen Vorsitzenden beruhen auf den Schriften Lenins und Stalins. Es gibt sicherlich Unterschiede. Wir sind nicht expansionistisch eingestellt wie die Sowjets. China wird nie ein anderes Land angreifen.»

Der Hauptmann bleibt kurz stehen. «Ihre Freiwilligenarmee hat doch den Krieg hier entscheidend beeinflusst. Das nennt man Expansion.» Der Chinese lächelt. «Ich verstehe, was Sie meinen. Wir mussten unseren Freunden beistehen gegen die expansionistischen Kräfte der Amerikaner. Korea ist schliesslich unser direkter Nachbar. Wir haben eine gemeinsame Grenze. Was für Nachbarn hat Amerika? Mexiko und Kanada, soweit ich informiert bin. Amerika sollte sich um seine Nachbarn kümmern. Und nicht über Ozeane hinweg Völker mit Bomben terrorisieren.»

Sie laufen schweigend weiter. Vor einem kleinen, schmucken Gebäude halten sie an. «Herr Hauptmann, Sie spielen Schach, oder?» Der Hauptmann nickt überrascht. «Ja. Woher wissen Sie das?» Der Chinese zuckt mit den Schultern. «Ich wusste das nicht. Ich ging davon aus.» Er zeigt auf das Gebäude. «Spielen wir eine Partie? Ich lerne Schachspielen zurzeit. Wir Chinesen spielen allerdings lieber das Go-Spiel. Kennen Sie es?» «Nein. Ich habe nichts gegen eine Schachpartie. Mein Arbeitstag ist zu Ende – allerdings ohne wirkliches Erfolgserlebnis.»

Sie lachen beide und steigen die Treppe zum Gebäude hoch. In einem simpel eingerichteten, fast spartanisch zu bezeichnenden Raum – ein Tisch, zwei Stühle, eine hölzerne Liege, eine Wolldecke, eine herunterhängende Glühbirne und eingerahmte Bilder von Mao-Tse-Tung und Tschu-En-Lai – setzen sie sich. Der Major holt ein grosses Schachbrett hinter dem Schrank hervor und öffnet einen leinenen Sack mit Figuren aus Stein. Anschliessend spielen sie. Der Hauptmann gewinnt nach zwanzig Zügen mittels raffinierter Turm/Springer-Kombination. Der Chinese ist verblüfft und blickt den Hauptmann anerkennend an. «Ich muss noch viel lernen.» Der Hauptmann schüttelt den Kopf. «Sie spielen nicht schlecht. Lassen Sie uns analysieren.» Während einer Stunde erklärt der Hauptmann, was sein Gegenüber für Fehler gemacht hat und wo dieser oder jener Zug optimaler gewesen wäre. Später hebt er den Kopf. «Herr Offizier, darf ich Ihnen die Unsterbliche zeigen? Diese Partie aus dem Jahre 1851 zwischen dem Deutschen Andersen und dem Balten Kieseritzky endete nach 22 Zügen. Schauen Sie hin.» Der Chinese bejaht begeistert.

Darauf spielt der Hauptmann die gesamte legendäre Partie auswendig nach, der Chinese beobachtet fasziniert, wie derjenige, der mit Weiss spielt – also Andersen –, am Ende einen Läufer, daraufhin seine beiden Türme und als vorletzten Zug sogar seine Dame opfert – und dennoch gewinnt! «Das ist grossartig. Mit wenig Mitteln das Maximum erreichen. In China sagt man: Wo eine Tür offen ist, da dränge dich hinein. Diese Tür war allerdings winzig. Grossartig. Ich schlage vor, wir spielen jeden Tag Schach, sofern es Ihre Arbeit zulässt.» Der Hauptmann nickt, der Chinese schaut ihn lächelnd an. «Als Gegenleistung bringe ich Ihnen Go bei, unser altes strategisches Umzingelungsspiel.»

Der Chinese versorgt die Schachutensilien und holt ein anderes, stärker gemustertes Brett hervor und einen Sack mit zahlreichen weissen und schwarzen runden Steinen. In den nächsten Stunden unterrichtet der hohe chinesische Offizier den Hauptmann aus dem kleinen Land im uralten Strategiespiel Go. Spät in der Nacht spielen sie die erste Partie, die der Chinese mit Leichtigkeit gewinnt. Danach trinken die beiden mehrere Wodkas, schlürfen heissen Grüntee aus feinsten Porzellantassen, kauen bröselnde Biskuits und genehmigen sich am Schluss süsslichen, chinesischen Kirschlikör.

Zufrieden wankt der Hauptmann gegen Morgengrauen zu den Backsteinhäusern seiner Delegation zurück. Vor dem seinigen hält er kurz inne. Es ist still. Aus einem der Häuschen dringen Schnarchgeräusche. Lautlos und wie ein Schatten taucht der kleine nordkoreanische Wachsoldat hinter dem Haus auf. Sie begrüssen sich stumm mit einem Schulterklopfen, der Hauptmann klaubt eine Zigarette hervor und offeriert sie dem blutjungen Koreaner. Danach rauchen sie schweigend, am Horizont, hinter den verschneiten Bergen, zeigt sich bereits ein rötlicher Streifen am Himmel.

Am nächsten Morgen – wie erwartet sind keine Meldungen betreffend möglicher Kontrollen vonseiten der Verbindungsoffiziere eingetroffen – beschliessen alle Teams, vor dem Schwedenhaus ein Pingpongturnier zu veranstalten. Der Hauptmann – noch etwas betäubt von der letzten Nacht mit dem Chinesen – kann seine Fähigkeiten nicht wie gewohnt abrufen und landet abgeschlagen hinter dem Leutnant auf dem neunten Platz von zwölf Teilnehmenden. Der kleine Koch gewinnt knapp im Final gegen die flinke Polin.

Am frühen Nachmittag beschliesst die Delegation aus dem kleinen Land, einen Ausflug in die Hügel zu machen. Ein Nordkoreaner verlangt den Hauptmann zu sprechen. Sie treffen sich im Büro der Delegation des kleinen Landes. «Es tut mir leid, Kollege, aber eine Wanderung in die umliegenden Hügel ist wegen Minengefahr strikt untersagt. Wir sind um Ihre Sicherheit besorgt. Sie dürfen in den Hafen, wenn Sie wollen.» Der Hauptmann runzelt die Stirn, geht zum Fenster und bittet den Koreaner, nach draussen zu schauen. «Ich habe gestern eine ganze Gruppe von Soldaten gesehen, die dort oben auf dem

Kamm seelenruhig patrouillierten. Ich gehe davon aus, dass Sie Ihr Personal kaum in ein Minenfeld schicken, oder? Ich denke, das Leben Ihrer Soldaten ist ungleich mehr wert als dasjenige der hier hausenden Langnasen aus dem dekadenten Westen, oder?» Der Nordkoreaner lächelt verlegen. «Wenn Ihre Soldaten dort oben gefahrlos rumturnen dürfen, dann können wir das auch. Ich gehe jetzt dort hoch. Sollten wieder Soldaten, statt uns bewachend zu begleiten, uns den Weg versperren, kontaktiere ich den Chinesen. Ich will allerdings nicht wegen jedem Detail zum Vertreter Ihrer Schutzmacht rennen müssen.»

Der Nordkoreaner zögert, geht mit raschen Schritten hinaus und ruft das Wachpersonal. Ein paar Minuten später marschieren der Hauptmann, der schwedische und der tschechische Major, die polnische Übersetzerin und der Koch den Hügel hoch, vor und hinter ihnen stapfen die jungen nordkoreanischen Wachsoldaten mit, darunter auch der Junge, der den Hauptmann in Sachen Meeresfrüchte initiiert hatte. Auf halber Strecke, nach ungefähr zwanzig Minuten, beschliessen der stark schwitzende Tschechoslowake und der ebenfalls vorzeitig erschöpfte Pole, wieder umzukehren, einzig die polnische Übersetzerin marschiert munter weiter. Nach einer halben Stunde erreichen die Delegierten den ersten Aussichtspunkt und schauen hinunter auf die weit unter ihnen liegende, geschwungene Bucht von Hungnam und den langen Pier, der den Hafen in zwei Hälften spaltet. Ein kalter Wind bläst, auf den abfallenden Grashängen klebt stellenweise Reif an den ausgetrockneten braunen Halmen. Der Hauptmann sitzt etwas abseits und hat eine Karte Hungnams vor sich ausgebreitet. Er sieht nach, wie weit gesteckt die offizielle Grenze des Port of Entry Hungnam ist und ob sie alle noch etwas weiter nordwärts dem Hügelzug entlang spazieren dürften. Es sieht auf der Karte, dass es sich kaum lohnt, sie hätten bloss noch etwa dreihundert Meter zum Weiterspazieren. Er faltet die Karte zusammen und steckt sie wieder in seine Uniformtasche.

«Na, Sie Spion? Studieren Sie die Umgebung, um später ein Land mit Meeranschluss erobern zu können?» Die Polin steht neben ihm, will sich setzen, er steht sofort eilfertig auf und bietet ihr seinen Mantel als Unterlage an, doch sie schüttelt den Kopf, zieht ein Taschentuch hervor, legt es sorgfältig auf einen breiten Stein und setzt sich.

«Sie sollen vor ein paar Tagen am Hafen, als Sie weit draussen mit dem jungen Koreaner standen, zum ersten Mal das Meer gesehen haben. Stimmt das?» Sie blickt ihn mit einem leicht spöttischen Ausdruck an. «Nein.» Er grinst. «Ich habe schon im September in Hawaii im Pazifik gebadet.» Die Polin blickt ihn von der Seite an. «Ich verstehe, Sie Schlaumeier.» Er sieht, dass ihre Lippen ein natürliches Rosa ausstrahlen, sie trägt kein Rouge, er hatte sich bei der ersten Sitzung geirrt. Die Polin wendet sich ihm zu und stützt sich fast etwas kokett mit der Hand auf einem Stein ab. Er spürt, wie eine Art Nervosität allmählich von ihm Besitz nimmt. «Sie sind Polin, ja?» Sie nickt. «Ihr Englisch ist exzellent. Man könnte meinen, Sie seien Engländerin.» Die Polin lächelt. «Ich bin Polin, effektiv. Ich habe allerdings sieben Jahre in England gelebt. Mein Bruder war Pilot in der Division 303 bei der Royal Airforce. Polnische Freiwillige. Wir waren im September 1939 nach dem Einmarsch der Deutschen in Polen über Helsinki und Stockholm nach London geflüchtet. Ich war im Krieg Funkerin bei der Flugabwehr in Folkestone, danach Übersetzerin bei der Airforce in Duxford. Ich sah dort jeden Tag meinen Bruder. Es war Krieg, aber trotzdem war es meine bisher schönste Zeit. Mein Bruder wurde 1943 in einer Spitfire über dem Kanal abgeschossen. 1946 kehrte ich zurück. Ich begann zu studieren und unterrichtete Englisch und polnische Literatur in Breslau.

In dieser Zeit trat ich der Polnischen Vereinigten Arbeiterpartei bei.»

Der Hauptmann nickt. «Dann sind Sie Kommunistin?» Die Polin nickt nachdenklich. «Ja. Durchaus.» Der Hauptmann blickt sie von der Seite an. «Das klingt nicht sehr überzeugend.» Die Polin lächelt und streicht sich eine Locke aus dem Gesicht. «Wir hatten uns grosse Hoffnungen gemacht. Wir träumten von einem neuen, gerechten und menschlicheren Sozialismus. Was bei uns unter dem jetzigen Staatschef Boleslav Bierut einkehrte, war jedoch purer Stalinismus. Wir übernahmen die Staatsdoktrin desjenigen, der zusammen mit Hitler unser Land schon vor Ausbruch des Krieges aufgeteilt, will sagen: verkauft hatte – Väterchen Stalin.» Sie blickt um sich und lacht bitter. «Das behalten Sie bitte für sich. Überhaupt – alles, was ich Ihnen hier erzähle, ist ein guter Grund, mich zu verhaften und in ein Umerziehungslager zu stecken.» Der Hauptmann späht ebenfalls kurz in die Runde. «Darauf können Sie sich verlassen. Wenn man mich fragt, was wir da oben beredet haben, werde ich sagen, dass wir über die arroganten Schweden getrascht haben, dann über Pingpong und die koreanische Küche.» Sie lachen beide. «Gut.» Die Polin nickt dem Hauptmann zu.

Sie schauen schweigend um sich. Der Koch und der schwedische Major sitzen nahe beieinander auf einem Felsen und zeigen sich gegenseitig begeistert Familienfotos. Die nordkoreanischen Wachsoldaten hocken dreissig Meter weiter auf einem Felsvorsprung, schwatzen angeregt, lachen und rauchen. «Eine Frage, Madame.» Der Hauptmann wendet sich wieder der Polin zu. «Warum sind all Ihre polnischen Kollegen so jung und verfügen über übertrieben hohe militärische Grade?» Die Polin blickt über die Bucht und spricht, ohne den Hauptmann anzuschauen.

«Kennen Sie Katyn?» Der Hauptmann stutzt und überlegt. «Nein, tut mir leid. Ist das ein Politiker?» Die Polin schüttelt den Kopf und sinniert eine Weile. «Nein. Katyn ist ein Ort in Westrussland, in der Nähe von Smolensk. Dort, im Wald von Katyn, erschoss der sowjetische Geheimdienst NKWD 1940 nach der Besetzung Ostpolens über viertausend junge polnische Offiziere. Innerhalb weniger Monate brachten die Russen – beziehungsweise Stalins Schergen – in der ukrainischen und in der weissrussischen Sowjetrepublik weitere fünfundzwanzigtausend polnische Offiziere, Kader, Intellektuelle und Polizisten um. Sie haben praktisch unsere halbe Intelligentzija ausgelöscht.» «Waren das nicht die Deutschen?» Der Hauptmann runzelt die Stirn. Ihre Antwort kommt vehement: «Oh nein. Angelastet haben es die Russen logischerweise den Deutschen, ja, das NKWD produzierte sogar sogenannte hieb- und stichfeste Beweise. Die Welt glaubt deshalb noch heute an die sowjetische Version des Massakers. Wie Sie, mein Lieber. Wir Polen kennen aber unsere Russen und wissen, wem wir dieses Massaker zu verdanken haben. Ich habe Freunde, die das bezeugen können, sogar zwei Offiziere, die überlebt haben. Die Russen haben es getan. Irgendann wird die Welt die Wahrheit erfahren.»

Die Polin reisst ein Büschel trockenes Gras aus und wirft es in die Luft, wo es vom kalten Wind alsogleich zerstreut wird. «So ist das, Hauptmann. Deswegen haben wir keine reiferen Offiziere zurzeit. Und den jungen, die wir haben, gab man aus Prestigegründen höhere Grade. Ausserdem hat man sie politisch geschult. Sie wurden für ihren Einsatz hier sogar drei Monate lang gedrillt.» Der Hauptmann lacht. «Wir hatten eine Woche Vorbereitung, aber nicht wirklich einsatzspezifisch.» Die Polin entgegnet erstaunt: «Wirklich? Zurück zu unseren jungen Offizieren: Der Oberstleutnant ist genau so einer.

Eigentlich ein netter Kerl, aber indoktriniert und völlig unerfahren. Ein Parteisoldat.» Der Hauptmann blickt die Polin überrascht an. «Wie können Sie als Vertreterin Polens hier arbeiten, ohne dass Ihre kritische Einstellung durchsickert? Wie halten Sie das aus?» Die Polin blickt den Hauptmann ernst an. «Gute Frage, Hauptmann. Sagen wir mal: Ich bin loyal und Mitglied der Partei. Dazu lebt meine ganze Familie in Polen. Ich muss also vorsichtig sein. Dennoch hatte ich gehofft, in Panmunjom oder in südlichen Ports of Entry arbeiten zu dürfen. Dort dürfen aber nur die ganz Zuverlässigen wirken.» Die Polin lächelt. «Die Unsrigen wissen ganz gut, wen sie wohin schicken können. Mir misstrauen sie. Ich könnte ja vielleicht geneigt sein, die Seiten zu wechseln.»

Es herrscht kurz Stille. «Private Gespräche mit westlichen Offizieren sind übrigens verboten.» Die Polin lacht. «Man hat mir auch untersagt, in kulturellen Darbietungen westlicher Nationen mitzuwirken.» Der Hauptmann erwidert: «Seien Sie froh, nicht als Lucia fungiert zu haben, das war peinlich.» Sie lacht. «Ja, das stimmt – bei allem Respekt vor dieser schwedischen Tradition. Diese Skandinavier sind merkwürdige Leute, harte, unnachgiebige Verhandler, sehr selbstbewusst, manchmal richtig aggressiv, besonders wenn sie getrunken haben. Aber dieses Lucia-Fest war schon grenzwertig.»

«Was halten Sie eigentlich von uns, den Bergbauern aus den Alpen?» Der Hauptmann blickt die Polin erwartungsvoll lächelnd an. Sie überlegt kurz und hebt den Kopf. «Darf ich direkt sein?» «Das hoffe ich doch», antwortet er rasch. Sie blickt kurz aufs Meer hinaus, dreht sich dann zu ihm. «Ihr seid nett und nachgiebig. Ihr seid höflich, zivilisiert, aber manchmal zu weich, zu gutmütig für diesen Job, zu kompromissbereit. Ihr seid relativ rasch überfordert, habt keine Erfahrung, das spürt man. Vielleicht auch, weil ihr unvorbereitet ins kalte Wasser habt springen müssen. Ihr glaubt an das Gute im Menschen, an Gerechtigkeit. Das ist nett, bringt aber speziell hier niemanden weiter. Wir halten uns ans Schlechtestmögliche, ganz im Sinne von: Der Mensch ist dem Menschen ein Wolf. Alles darüber hinaus ist ein willkommener Bonus. Das wärs, Hauptmann. Aber ich mag euer Wesen.»

Sie lachen beide und starren danach minutenlang aufs Meer. In der Ferne, weit über der Bucht von Hungnam, nähert sich schnell eine graue Regenwand. Der Wind frischt auf, immer stärkere Böen dreschen abgeplattete Schneisen in die unter ihnen liegenden grasigen Abhänge des Hügels. Sie schlagen beide ihre Mantelkragen hoch. Die Wachsoldaten rufen und gestikulieren, Major und Gefreiter stehen auf, der Hauptmann gib der Polin die Hand, sie richtet sich an ihm auf und schenkt ihm einen kurzen, durchdringenden Blick. Meine Knie werden weich, denkt der Hauptmann, im wahrsten Sinn des Wortes – oder kommts vom Sitzen? Er stolpert kurz darauf fast etwas hilflos hinter der flinken Polin den schmalen Bergweg herunter. Es fängt zart zu schneien an. Als sie nach einem sturzfreien Wettlauf nach unten Richtung Camp schlussendlich schweratmend vor der Baracke der Polen ankommen und sich der Hauptmann mit einem Augenzwinkern diskret von der Polin verabschiedet, regnet es in Strömen. Er blickt hoch zum Hügel, wo sie gerade herkommen. Der niedrige Grat ist mittlerweile weiss eingeschneit und verschwindet im selben Augenblick im Nebel.

Später findet im Haus der Chinesen das Bankett zu Ehren des neuen Postenchefs aus dem kleinen Land statt. Nach zahlreichen, teils pathetisch, teils nüchtern gehaltenen Reden über Völkerfreundschaft, den Weltfrieden und die Errungenschaften des Sozialismus setzen sich die Delegierten an einen langen, hölzernen Tisch im Garten der chinesischen Delegation und essen. Es gibt gebratene Gans, verschiedene, fremdartige Gemüse, geräucherte Austern, Krebse und gekochten Wels aus dem Fluss Sonchon. Dazu servieren die Chinesen dampfenden Reis, süssen Wein aus der Provinz Yünnan, verschiedene zuckergesättigte Liköre und karaffenweise Wodka.

Schon früh werden der leutselige Wachtmeister und der kleine Gefreite vom Leutnant leise ermahnt, nicht allzu viel zu trinken, die Ehre des Landes sei auf dem Spiel, Exzesse schadeten ihrer Mission und ihrer Glaubwürdigkeit. Der Wachtmeister verzieht sein Gesicht, hebt sein Glas und prostet dem Leutnant provokativ zu. Er hatte bemerkt, dass jener auf seinen Knien Unterlagen lagerte und sie zwischen den Gängen studierte. «Du mit deinem Ehrgeiz. Jetzt leg mal deine Papiere auf die Seite, lass Arbeit Arbeit sein, nimm ein Glas, schenk ein, wünsche uns Gesundheit und trink. Du lebst nur einmal.» Der Leutnant blickt mit einem säuerlichen Lächeln in die Runde, füllt demonstrativ sein vor ihm stehendes Glas mit dampfendem Tee und prostet den beiden zu. Wachtmeister und Koch blicken sich gegenseitig an und verziehen resignierend ihre Gesichter. Weiter weg unterhält sich der Hauptmann mit dem Chinesen.

Ab und zu späht er zum anderen Ende des langes Tisches und wechselt einen kurzen Blick mit der Polin. Sie sitzt mit ihren Kollegen zusammen, weitab von den Schweden und von der Delegation aus dem kleinen Land. Als sie sich später auf der Holzveranda des Hauses kreuzen – der Hauptmann hatte sich nach draussen begeben, um kurz frische Luft zu schnappen –, huscht die Polin an ihm vorbei und winkt ihn hastig in eine dunkle Ecke. Sie wirft einen gehetzten Blick um sich und flüstert: «Jemand hat meinem Vorgesetzten, dem Oberstleutnant, mitgeteilt, wir hätten oben auf dem Berg eine private Diskussion geführt. Ich habe das bestätigt und musste rapportieren, worüber wir gesprochen hätten. Ich habe ihm gesagt, was wir vereinbart hatten. Danach kriegte ich einen scharfen Verweis. Wir dürfen nicht mehr miteinander reden. Sonst schicken sie mich zurück in ein Schulungs- oder Umerziehungslager.» Der Hauptmann runzelt die Stirn. «Haben die Nordkoreaner das gemeldet?» Die Polin schüttelt missmutig den Kopf. «Ich weiss es nicht. Vielleicht hat es jemand von unten mit dem Feldstecher gesehen. Was weiss ich. Gute Nacht, Hauptmann.» Sie gibt ihm einen hastigen Kuss auf seine linke Wange und verschwindet eiligen Schrittes hinaus in die regnerische Nacht.

Der Hauptmann kehrt wie betäubt zurück in den Esssaal. Das Dessert wird serviert. Es werden eingemachte Früchte gereicht und Wodka. Der Hauptmann setzt sich hin, füllt sein Glas und trinkt es in einem Zug leer. Er trinkt ein zweites Glas und daraufhin noch ein drittes. Er sieht nicht, dass der Leutnant ihn von weitem missbilligend beobachtet. Er steht auf, eilt nach draussen, raucht eine Zigarette und horcht in die Nacht. Der Regen hat aufgehört, ein fahler Sichelmond hängt über dem weissen Hügelzug. Er drückt die Zigarette aus und geht zurück in den Saal.

Die Nordkoreaner präsentieren anschliessend einen Kriegsfilm. Der Hauptmann blickt angewidert auf die Leinwand. Er hätte nie gedacht, dass man solch fürchterliches Machwerk in aller Ernsthaftigkeit einer Öffentlichkeit zeigen kann. Er hatte bereits etliche Laientheaterstücke gesehen, meist mit Darstellern, die, sobald sie auf einer Bühne standen, fatalerweise meinten, man müsse möglichst deutlich zeigen und illustrieren, was man als Figur fühle und tue. Dieser gute Wille resultierte meist im outrierten Spiel stark überzeichneter Figuren, die mit rollenden Augen und unnatürlichen Gesten Theater mit «Ein-Theater-Machen» verwechselten und sich so verhielten, wie sie es im normalen Leben niemals tun würden.

Was er allerdings in diesem nordkoreanischen Kriegsfilm sieht, ist drastischer. Ohne jegliche Distanz zum Geschehen auf einer Bühne ruht hier die Kamera direkt auf den Antlitzen heftig schmierender Schauspieler. Die bedenklichsten Darsteller sind die im Film agierenden, permanent blutrünstigen und mordenden Amerikaner, wie der Hauptmann amüsiert feststellt. Er lehnt zum schwedischen Major hinüber und tuschelt: «Wo haben die um Gottes willen die westlichen Schauspieler her? Die spielen ja fürchterlich.» Der Major kichert. «Wahrscheinlich Russen.» «Russen?» «Natürlich. Soldaten, Instruktoren, Ingenieure, Techniker, die in Nordkorea arbeiten. Meinst du, Amerikaner würden sich zu so was hergeben?» Der Hauptmann lehnt sich nach vorne zum nordkoreanischen Oberstleutnant, hält seinen Mund an dessen Ohr und flüstert kühn: «Verehrter Kollege, sind die Amerikaner in diesem Film russische Schauspieler?» «Nein. Wie kommen Sie darauf?», antwortet der Nordkoreaner lächelnd nach hinten gewandt. «Das sind echte US-Amerikaner. Sie wollten nach dem Gefangenenaustausch bei uns in der Demokratischen Volksrepublik bleiben und sich für den Frieden und gegen das imperialistische Treiben ihres ehemaligen Vaterlandes engagieren.» Der Hauptmann dankt dem Nordkoreaner und rapportiert den Inhalt leise seinem schwedischen Nachbarn. Der Major lacht lauthals heraus, der Nordkoreaner dreht sich erzürnt um und blickt den Schweden missbilligend an. Danach wendet er sich wieder nach vorne und schüttelt den Kopf. Der Major kichert weiter.

Sie verfolgen nun auf der Leinwand einen amerikanischen Vernehmungsoffizier, der brüllend und mit übertrieben aufgerissenen Augen einen jungen Nordkoreaner im Schein einer herunterhängenden Glühbirne ins blutige Gesicht schlägt. Der schwedische Major beugt sich zum Hauptmann und flüstert: «Vielleicht sind es wirklich amerikanische Kriegsgefangene, die diese Typen spielen mussten. Sie haben sie mit vorgehaltener Kalaschnikow gezungen, mitzumachen. Willst du nicht filmen, du kapitalistischer Hundesohn, wirst du erschossen. So sinngemäss agieren sie auch.»

Sie grinsen beide. Der Film endet damit, dass nordkoreanische Soldaten die Imperialisten aus Amerika in eine Schlucht jagen und dort mit Flammenwerfern und Maschinengewehrsalven vernichten. Die Kamera wandert minutenlang über die entstellten Gesichter toter amerikanischer Soldaten und Offiziere, manche haben grotesk aufgerissene Augen oder Münder, der Hauptmann sieht entstellte Glieder, verrenkte Körper, halbverbrannte, noch schwelende Leichname. Erst nach langen Sekunden realisiert er, dass die Aufnahmen teilweise echt sind. Er hat aufgrund der schlechten Qualität des Schwarzweissfilms den Übergang von der Fiktion zur Dokumentation nicht richtig mitbekommen.

Ich bin wohl etwas zu betrunken, denkt er. Er wendet den Blick von der Leinwand ab, spürt aufsteigende Übelkeit. Er steht leise auf und hastet nach draussen, rennt zu einer im Dunkeln kaum erkennbaren Baugrube und erbricht dort ins Schlammwasser. Danach kehrt er in die Baracke zurück, äugt in die Küche. Es ist niemand dort, er geht rasch hinein, wäscht sich die Hände und spült den Mundraum. Er tritt wieder in den Zuschauerraum ein, setzt sich und blickt auf den Boden. Der Major blickt ihn amüsiert von der Seite an. Erst als pompöse Musik und Chöre einsetzen – das emotionale Gleitmittel drittklassiger Filme –, äugt der Hauptmann erneut auf die Leinwand und realisiert erleichtert, dass der Film wieder ins Fiktive abgedriftet ist. Die Hauptfigur, ein sehr junger und hübscher Soldat, kehrt zurück in sein Dorf und findet dort seine Jugendliebe, die er dann auch gleich heiratet. Die letzte Einstellung zeigt, wie das junge Paar im Profil, Kopf an Kopf und Schulter an Schulter, im Hintergrund Reisfelder und Ochsengespanne, in eine riesige untergehende Sonne starrt und ein seltsames Lächeln über ihre Gesichter huscht.

Spätsommer 1982

Klackklack, klackklack, klackklack. Die Personen, die heute unterhalb seines Zimmers Tischtennis spielen, müssen Könner sein. Er starrt an die Decke und hört konzentriert zu. Die Geräusche des auf der Tischplatte aufprallenden Pingpongballs aus weissem Zelluloid sind rapider und verraten einen markant höheren Schlagrhythmus als neulich. Wer ist das bloss? Klubspieler? Er lauscht dem peitschenden Knall zu, der vom Aufschlagen des Balls am Schläger herrührt, sowie dem blitzschnellen Konter mittels Vorhandschlag. Er nimmt auch das trockene Klatschgeräusch bei einem gelungenen, aus dem Handgelenk generierten Rückhandschlag wahr; dann den dumpfen Knall bei der Abwehr, wenn der vom Smash beschleunigte Ball in einer hohen Ellipse zurückschiesst, mit einem trockenen Plopp auf die gegnerische Tischplatte auftrifft und – meist mit viel Drall angeschnitten – schräg wegspringt, nur sehr schwer zurückzuspielen, wenn nicht mit Gegendrall gekontert oder hart retourniert wird. Er lauscht. Klackklack, klackklack. Dann wiederum Rhythmuswechsel. Klackklackklackklack. Die sind gut, denkt er und lächelt. Wie damals die kleine Koreanerin, die tagelang den Kies harkte, meist schwieg und ihn immer auf rätselhafte Weise musterte. Die wurde ja wahrscheinlich erschossen, damals. Jahrzehnte hatte er kaum an sie gedacht. Er hatte sie vergessen, wie manches andere. Und jetzt schwebt sie plötzlich quer über seine innere Leinwand, sucht ihn heim, verdrängt das Naheliegende. Miss Pingpong? Er blickt genauer hin. Nein, das ist sie nicht.

Ist es nicht seine Frau? Er sinniert. Damals, als er seine zukünftige Gattin zum ersten Mal im Schummerlicht des Tanzlokals sah – dieses Gesicht, diese Persönlichkeit, diese Kraft und Anmut –, erinnerte sie ihn sofort an die kleine Koreanerin aus

Taegu. Ein rundes Gesicht, volle Lippen, lockige Haare, ein grosser, geschwungener, schöner Mund, braune, aufmerksame und gescheite Augen. Die Figur kräftig, weiblich, agil, das Wesen nachgiebig und wach. Miss Pingpong und seine Frau waren sich ähnlich – in ihrer Art zu reden, sich zu bewegen, ihr unglaublicher Charme, den sie versprühten. Seine Frau spielte zeitlebens allerdings nie Pingpong. Sport war ihr ein Gräuel, sie mochte eher kontemplative Spaziergänge und ausgedehnte Liegestuhlsitzungen auf dem einheimischen Balkon und weigerte sich kategorisch, sich ins Gebirge zu begeben, wie er es liebte. So verfügte jeder über seine eigenen Biotope, man musste schliesslich nicht alles zusammenlegen, jedem das Seine.

Oder ist es die Frau mit dem Essen? Diejenige mit der weissen Haube? Oder die dunkle Frau mit dem Lappen und dem Besen? Er fühlt Wärme in seiner Brust aufsteigen, als er eine kühle Hand auf seiner heissen Stirn wahrnimmt. Er kann sich allerdings nicht bewegen, aber er möchte diese Hand fassen, streicheln, dieser unbekannt vertrauten Person durch die Haare fahren und die Wange, ihren Hals, ihre Hände berühren. Er spürt, dass es nicht mehr geht. Er hat keine Macht mehr über seine Glieder und Muskeln. Er muss sich die Handlungen denken. Das Hirn schmerzt bei selbigem Denken wie ein verklemmter Rückenmuskel beim Aufheben einer schweren Last. Er verzieht sein Gesicht, beisst sich auf die Lippen. Allmählich lässt der dumpfe Schmerz im linken Teil seines Schädels nach. Er atmet erleichtert aus, versucht sich zu entspannen.

Später, es sind Minuten oder auch Stunden, schreckt er auf. Im Zimmer ist weissliches Licht, die Luft ist kühl, das Fenster wohl offen. Er hört ein elektrisches Summen und spürt, dass das Bett sich auf seiner Kopfseite hebt und seinen Oberkörper hochstemmt, wie von Geisterhand. Dann sieht er die Frau, die neben ihm sitzt und den Schalter betätigt. Er glaubt sie zu kennen. Aber wer ist sie? Er sieht, dass sie spricht, denn ihre Lippen bewegen sich. Doch er ver-

steht nichts. Später steht das weibliche Wesen auf und kommt zurück an sein Bett. In ihren Händen hält die Frau einen Rasierpinsel, auf dem sich Schaum türmt – wie der auf der schmackhaften Meringue thronende Schlagrahm. Sie setzt sich auf den Bettrand, führt den Pinsel an sein Gesicht, weicher Schaum trifft auf Haut, klebrig und kühl. So salbt sie sein ganzes Gesicht ein. Die Frau bückt sich nach hinten, fasst eine Rasierklinge, blickt konzentriert auf seine Wange und zieht sorgfältig das Messer über seine Haut. Er hört nichts. Doch das vertraute Kratzen der Klinge, das Geräusch eines über Bartstoppeln gleitenden Rasiermessers ist ihm vertraut. Abertausende Male hat er sich rasiert in seinem Leben.

Er schnuppert. Stammt dieser zarte Geruch nicht von seiner Frau? Riechen scheint zu funktionieren. Er starrt die Frau an. Dann sieht er und begreift allmählich: Diese Frau ist seine Gemahlin, die Frau seines Lebens, sein Mensch. Es ist sie. Sie ist da, an seinem Bett. Seine Frau. Auf einmal ist der Schmerz weg, wie weggefegt. Alles löst sich, etwas verströmt in ihm. Er fühlt sich nun wie das Meer, das nach dem Sturm den Strand freigibt. Eine friedliche Stille stellt sich ein, es ist, als hörte man wiederum die Möwen kreischen, auch das Schwappen der allerkleinsten Welle. Leben regt sich, Krabben und Würmer durchstossen den nassen, schweren Sand, das Meer ist flaches Quecksilber. Wolkenalleen säumen den Horizont, nur eine leichte Brise kühlt die Stirn. In der Natur kehrt Ruhe ein – vorerst. Er entspannt sich, seine Nacken- und Wangenmuskeln lösen sich. Er will ihre Hand fassen, doch nichts passiert. Sein Arm liegt auf der Bettkante und rührt sich nicht. Er starrt seinen Arm an – und dann sie. Sie blickt ihn an, lächelt, versteht und streicht über seine Wange. Dann arbeitet sie weiter, hebt seinen Kopf am Kinn sanft empor, rasiert ihm den Hals, die Kinnpartie, die Wangen, die Mundwinkel, die paar Haare unterhalb der Unterlippe, danach die Region zwischen Oberlippe und Nase. Er verkrampft sich. Da *schnitt er sich – bedingt durch seine zahlreichen Lachfältchen – immer wieder in die Haut.*

Seine Frau arbeitet vorsichtig, wohl wissend um die Gefahr. Schliesslich entnimmt sie ihrer Handtasche eine feine, kleine Schere und beschneidet die aus seiner Nase ragenden Haarbüschel. Er spürt die Spitze der Schere an der Innenhaut seines Nasenflügels und muss ein Niesen unterdrücken. Danach verfällt er in eine seltsame Starre und blickt mit weit geöffneten Augen an die Zimmerdecke. Kurz danach spürt er das feuchtheisse Tuch über dem ganzen Gesicht. Er schaudert, geniesst und entspannt sich wiederum. Es ist nicht ihr Parfum, das er nun riecht, es ist ein anderer, vertrauterer Geruch. Er schnuppert wieder. Dann begreift er. Der herbe und süssliche Duft stammt von seinem Rasierwasser, es ist seine eigene, unverwechselbare – wenn auch artifizielle – Essenz. Er benutzt die Marke seit seiner Jugendzeit. Das Parfum steht ihm nahe, dieser Duft, das ist er. Sie massiert mit der Essenz seine Wangen und sein Kinn. Daraufhin zieht er genüsslich die Luft durch die Nasengänge. Das bin ich, denkt er. Ich lebe, bin noch da. Ich kann mich riechen. Es gibt mich.

Seine Frau hatte ihm einst gebeichtet, sie sei im Bus auf der Fahrt in die Stadt neben einem Mann mit exakt demselben Parfum gestanden und sei dadurch etwas nervös geworden. Sie hätte sich unauffällig gedreht, dann den Mann verstohlen aus den Augenwinkeln gemustert, dieser hätte es aber leider gemerkt und sie während des Rests der Fahrt unverhohlen angestarrt. Zum Glück sei der Mann vor ihr ausgestiegen.

Nun blickt er zu ihr und kann ihr nichts sagen. Sie sitzt wieder auf der Bettkante, spricht zu ihm und hält seine Hand. Er lächelt zufrieden. Sie greift unters Bett, holt den Schalter und drückt einen Knopf. Das Summen ertönt wieder, er und das Bett senken sich wiederum, sein Kopf wird immer schwerer, ergibt sich der Erdkraft und versinkt allmählich im weichen, weissen Kopfkissen.

Er fühlt die Hand seiner Frau auf der Wange, er blickt zu ihr hoch, schliesst erleichtert die Augen und schläft ein.

Die Frau steht auf und schliesst das Fenster. Es ist still im Zimmer, hörbar sind nur noch seine regelmässigen Atemzüge. Sie behändigt lautlos ihren Mantel, zieht ihn an, ergreift ihre Handtasche, löscht das Licht, öffnet die Tür, blickt noch einmal lange zurück auf ihren Mann, schliesst dann leise die Tür und geht.

Winter 1953/54

Der Hauptmann steht über vier lebenden Enten, die mit zusammengebundenen Beinen am Boden liegen, und schiesst einem Tier nach dem andern mit seiner Ordonnanzpistole in die Brust. Die Schüsse hallen peitschend laut in seinen Ohren, er riecht den scharfen Pulverdampf und den Gestank verbrannten Schmierfetts aus dem Pistolenlauf. Wann hatte er die Waffe das letzte Mal benutzt? Genau, damals in der Kaserne, bei der Einweisung vor der grossen Reise.

Sie hatten das Geflügel vom nordkoreanischen Verbindungsoffizier fürs Weihnachtsfest erhalten. Der Hauptmann späht mit zusammengekniffenen Augen nach unten. Zarte Daunen haben sich beim Schuss von den Enten gelöst, sie schweben nun langsam nach unten und bedecken den Boden. Die Tiere zucken und vibrieren, einzelne Flügel flattern ruckartig weiter, Blut fliesst pulsierend aus den Schusslöchern und versickert im Sand. Neben dem Bäumchen, in sicherem Abstand an die von der Sonne bestrahlte, warme Hauswand angelehnt, beäugen ihn argwöhnisch Leutnant, Wachtmeister und Koch. Der Hauptmann steckt seine Pistole ins Halfter, fasst beidhändig je zwei Tiere an ihren Füssen, hebt sie hoch, beschaut sie leicht angewidert und geht mit ihnen auf den Koch zu. «Weil du es nicht machen wolltest, grosser Meister, musste ich das übernehmen. Ich bin Beamter, ich weiss nicht, ob man das so macht, das Töten von Geflügel. Vielleicht sollte man ihnen den Kopf abhacken, keine Ahnung. Da, nimm.» Er übergibt dem Koch die warmen, leblosen Enten. Der Koch fasst die Tiere mit beiden Händen, Entenblut fliesst seinen Ärmel runter, in seinem Gesicht spiegeln sich Widerwille und Ekel, aber auch Faszination. Der Hauptmann bewegt sich Richtung Baracke und ruft: «Die Enten putzen und ausnehmen – das musst nun du machen. Wünsche frohes Kochen. Wir machen jetzt mit den Tschechoslowaken eine Inspektion im Fischerhafen. Danach ist Sitzung mit den Schweden wegen der verfluchten Fotofrage und anschliessend gehts ans Schmücken des Weihnachtsbaums und an die Geschenke.»

Gegen Abend tippt der Hauptmann einen Rapport auf der altertümlichen Schreibmaschine. Die dreistündige Kontrolle des Fischerhafens hatte wie erwartet nichts eingebracht, ausser etwas Bewegung für Beine und Gemüt. Er hatte den Ehrgeiz, undeklariertes Rüstungsgut zu finden und zu melden, längst abgelegt. Selbst die oft hartnäckigen Schweden machten, was Sinn und Erfolg der Kontrollen anging, einen immer resignierteren Eindruck. Ihre gemeinsame Präsenz hier war nunmehr zu einem symbolischen Akt degradiert. Wenn irgendetwas Substanzielles mittels Schiffsverkehr eingeführt würde, täten dies die Nordkoreaner bestimmt nicht vor den Augen ihrer Teams, sondern nachts und in deren Abwesenheit. Dabei fällt dem Hauptmann ein, dass der grösste Seehafen Nordkoreas – das an der westlichen Küste gelegene Nampo – absurderweise kein Port of Entry ist. Das heisst, dass die Chinesen oder die Sowjets dort ohne jedes Risiko Panzer, Raketen, Haubitzen oder Kampfjets einführen können, um Nordkorea erneut für einen Angriff auf den Süden hochzurüsten.

Er schüttelt den Kopf und denkt nach. Es ist das erste Mal in seinem Leben, dass er einen Einsatz und sein Wirken als sinnentleert und überflüssig empfindet. Nicht dass er etwas dagegen hätte, tagelang Canasta, Rommé, Pingpong oder sein geliebtes Bridge zu spielen – zähneknirschend auch Volleyball –, sich in der Baracke mit dem ominösen Chinesen in spannungsreichen Schachpartien oder komplexen Go-Spielen zu keilen, schöne Spaziergänge auf dem Hügel oder an den Hafen zu unternehmen, nein, das kam einem unterhaltsamen Ferienlager gleich.

Auch die interessanten Diskussionen mit den eigenen Leuten oder mit fremden Offizieren, der Austausch über diverse Weltanschauungen und politische Hintergründe waren von unschätzbarem Wert, das mochte er nicht missen. Unter dem Strich langweilte er sich aber und hatte das Gefühl, er vergeude nunmehr seine Zeit. Denn das oft etwas krampfhafte Bestreben, leere Zeiträume mit den zitierten Aktivitäten künstlich aufzufüllen, hatte etwas Ermüdendes, zuweilen Skurriles. Man war gezwungen, den Tag totzuschlagen, und musste sich die Waffen dazu erfinden. Man hatte eine Aufgabe und hielt deren Wichtigkeit irgendwie hoch bis ins Lächerliche.

So fühlt sich wohl der Ruhestand an, denkt der Hauptmann. Jeder erdenklichen, marginalen Tätigkeit wird eine artifizielle Wichtigkeit eingeräumt. Vielleicht war das richtig und ergab im Nachhinein trotzdem Sinn. Halte deine Männer auf Trab, beschied ihm einst ein weiser Oberst in einem Wiederholungskurs, nichts ist problematischer als unterbeschäftigte Leute, die kommen sonst auf dumme Gedanken. Davor waren auch sie hier in Hungnam nicht gefeit. Einer der Kuriere aus dem kleinen Land, ein hochgewachsener, bereits etwas älterer Leutnant, der aus Kaesong kam und wegen schlechten Wetters nicht weiter nach Chongjin fliegen konnte, hatte bei ihnen übernachtet. Das kam häufig vor, dass sie in Hungnam gestrandete Kuriere, Besucher oder Offiziere auf Inspektionstour beherbergten. Sogar ein schwedischer General war vorbeigekommen, blieb aber nur ein paar Stunden. In dieser Hinsicht war Betrieb. Das ging manchmal so weit, dass der Koch proviantechnisch mit all den zusätzlichen Gästen überfordert war.

An einem Bankett der Nordkoreaner zu Ehren Stalins, der an einem 18. Dezember geboren worden war, trank dieser dünne Kurierleutnant etwas über seinen Durst und verstieg sich zu einem bizarren Toast auf den nunmehr seit über einem halben Jahr toten sowjetischen Diktator. Der nordkoreanische Oberstleutnant hatte zuvor taktisch geschickt mit dem Wodkaglas zur Ehrung des kleinen Landes, das sich im Weltkrieg heldenhaft gegen das nazistische Deutschland bewährt hatte, aufgerufen, hatte sich nach dem Namen des damaligen Generals erkundigt und zu einem Toast auf Letzteren angesetzt.

Ein Toast auf den Massenmörder Josef Stalin von einem Leutnant ihrer Delegation – das war hochgradig peinlich. Massregeln konnte man den Leutnant jedoch nicht, aber später fand sich in Panmunjom ein Brief im Sekretariat der NNSC, der diese Episode rapportierte und das Verhalten des jungen Mannes scharf kritisierte. Wer den Bericht geschickt hatte, wusste der Hauptmann nicht. Er nahm an, der eifrige Leutnant hatte sich dazu bemüssigt gefühlt.

Dazu kamen Streitereien mit den Schweden, sie waren praktisch an der Tagesordnung, wobei der jüngere schwedische Major in Hungnam weit weniger konfliktorientiert war als sein zuweilen tölpelhafter, angriffiger Kollege, der Oberstleutnant. Die Tschechoslowaken und insbesondere die Polen schienen eine Präferenz für sich in die Länge ziehende Sitzungen zu haben. Sie liebten es, Nichtigkeiten auf das Tapet zu bringen, unnötige Traktanden anzusetzen, formale Unstimmigkeiten anzuprangern und Irrelevantes hochzustilisieren. Sie hatten eine ausgesprochene Neigung zu überrissener Dramatik. Ausserdem verstanden sie sich – zusammen mit den Chinesen und den Nordkoreanern – meisterhaft darauf, jeden Ansatz von Verdacht, illegales Rüstungsgut könnte versteckt worden sein, in langen, peniblen Diskussionen im Keime zu ersticken. Es war erschöpfend und quälend, mit den Kollegen aus dem Osten zu arbeiten, auch wenn der persönliche Kontakt zu Einzelnen von ihnen durchaus bereichernd sein konnte.

Nichts hasste der Hauptmann jedoch mehr als unnötige, überflüssige Konfrontation. Daraus resultierte seiner Meinung nach jedes Übel. Er, der Harmonie liebte und Spannungen mied, hatte in seiner militärischen Ausbildung schmerzhaft lernen müssen, dass die Welt per se nicht harmonisch aufgebaut ist, dass Krach zum Leben gehört wie Essen und Schlafen. Er war mehr als einmal überfordert worden durch üble Streitereien bis hin zu körperlichen Auseinandersetzungen mit übermotivierten, streitsüchtigen und oft auch betrunkenen Offizierskollegen. Das hatte dazu geführt, dass er, wo auch immer möglich, den harmonischen Weg wählte und Gespräche jeder Konfrontation vorzog. Dass dies gegen die gewieften und schlauen Kommunisten nicht immer das probate Mittel war, hatte er nur zu oft erfahren müssen.

Im Hafen war ihm, dem Wachtmeister und den beiden etwas unnahbaren, aber durchaus freundlichen Offizieren aus der Tschechoslowakei von den Nordkoreanern zum ersten Mal erlaubt worden, die Pier zu betreten. Sie waren bis ganz hinausgelaufen und hatten dort wiederum im seichten Ebbewasser schöne Seesterne geerntet, die der Funker und Wachtmeister stolz in seiner Manteltasche versorgt hatte. Der Hauptmann wandte sich seinem östlichen Kollegen zu und erkundigte sich nach der polnischen Übersetzerin. Der tschechoslowakische Oberstleutnant furchte die Stirn und radebrechte in rudimentärstem Englisch, jene sei nicht mehr da, es käme aber bald Ersatz. Danach wandte er sich abrupt ab.

Der Hauptmann hielt den Offizier am Ärmel fest. «Was heisst das, sie ist nicht hier? Wo ist sie denn?» Der Tschechoslowake stapfte ein paar Schritte zur Seite, machte eine abwehrende Geste und meinte unwirsch.: «Sie ist nicht mehr da. Reicht Ihnen diese Information nicht?» «Nein», erwiderte der Hauptmann. «Das reicht mir nicht. Wir haben sehr gut mit ihr zusammengearbeitet.» «Ich weiss.» Der Oberstleutnant blickte den Hauptmann ruhig an. «Viel zu gut.» Der Hauptmann schüttelte ärgerlich den Kopf und rief: «Wie meinen Sie das?» Der Tschechoslowake drehte sich um, machte ein paar Schritte und blieb noch einmal stehen. «Mischen Sie sich nicht in unsere Angelegenheiten. It's not your business.» Der Tschechoslowake marschierte danach entschlossen von dannen. Der junge Major blickte den Hauptmann leicht betreten an, hob entschuldigend die Schultern und folgte seinem Vorgesetzten auf dem steinernen Pier Richtung Fischerhafen.

Zurück im Camp, trug die Auswahl des kleinen Landes – das waren er, der Leutnant, der Koch und der Funker – ein Volleyballspiel gegen die Tschechoslowaken aus. Sie spielten auf einem kleinen sandigen Platz, unweit der Baracken, am Fusse des Hügels, den er unter anderem mit der Polin bestiegen hatte. Chinesen und Nordkoreaner formten das Publikum und applaudierten beiden Mannschaften bei jedem gewonnenen Punkt begeistert zu, ja sie klatschten und johlten zwischendurch wie eine Schar übermütiger Kinder. Die Spieler aus dem kleinen Land hatten keine Chance, die Tschechoslowaken waren viel zu versiert in dieser Sportart. Der Hauptmann hatte Volleyball nur sporadisch im Gymnasium gespielt, er mochte Volley nicht besonders, nannte es einen Mädchensport. Er bevorzugte Einzelsportarten, da war man zu hundert Prozent selber verantwortlich, wenn man versagte oder wenn es nicht lief. Er wäre nur zu gerne alleine gegen den tschechoslowakischen Oberstleutnant angetreten, am liebsten in einem Boxkampf, da hätte er die aufkommenden Hassgefühle gegenüber der sozialistischen Delegation in Sachen Verschwinden der Übersetzerin weit besser abbauen können.

Der nordkoreanische Wachsoldat tritt scheu in ihr Schreibbüro. Er begrüsst den Hauptmann mit einem kurzen, vertrauten Nicken. Er trägt eine Rolle Papier, einen dicken Industriepinsel und zwei kleine Behälter mit Farbe. Er hält die Tür mit dem einen Fuss offen, balanciert auf dem anderen und bedeutet dem Hauptmann, er solle kurz in den Gang schauen. Der Hauptmann steht auf und linst am Nordkoreaner vorbei um die Ecke. Er lächelt anerkennend. Er hatte dem jungen Wachsoldaten gegenüber erwähnt, dass sie für das Weihnachtsfest zwei kleine Tannenbäume bräuchten und etwas Papier, das sie bemalen könnten, um es als Weihnachtsschmuck oder Geschenkpapier zu verwenden. Nun sieht er es. Die Bäumchen sind da, lehnen fest verschnürt an der Wand im Gang. Er nickt befriedigt. Der junge Nordkoreaner breitet daraufhin die Papiere auf dem Boden aus und beginnt, sie grossflächig mit blauer und roter Deckfarbe zu bemalen.

Kurz darauf betritt der Wachtmeister den Raum und legt einen Stapel Silberpapier auf den Tisch. «Da, Chef, wir haben Schokolade von unseren Liebsten zugeschickt bekommen. Wie die es rechtzeitig bis hierher geschafft haben, weiss ich nicht, aber wir haben die Schokolade nun in Zeitungspapier eingewickelt, das Silberpapier hier ist zum Schmücken des Tannenbaumes bestimmt. Nicht ablecken! Dazu kriegen wir kleinere Reisgarben von den Nordkoreanern, Kerzen und sonstigen Krimskrams, damit kann man zusätzlich dekorieren. Die Kerzenhalter auf dem Tannenbaum müssten wir hingegen selber basteln, hiess es vonseiten der Roten. Ich schlage vor: Wäscheklammern.» Der Hauptmann erwidert: «Ich werde mit den nordkoreanischen und chinesischen Verbindungsoffizieren in einer Stunde nach Hungnam fahren, um Dinge einzukaufen, die sich als Geschenke an die Delegationen eignen könnten. Sie bezahlen für uns in lokaler Währung, wir begleichen später mit Dollars. Ich schau mal.» Der Wachtmeister nickt. «Chef, noch was, so nebenbei. Ich fliege morgen Nachmittag zurück nach

Kaesong.» Der Hauptmann hebt den Kopf. «Wer kommt an deiner Stelle?» «Ein schwedischer Funker.» «Hoffentlich ist das jemand, der seinen Job so gut ausübt wie du.» Der Wachtmeister nickt dankend. «Auf Ende Jahr gesellt sich noch ein Leutnant von der Repatriierungskommission NNRC in Panmunjom zu uns, den darfst du dann zum Oberleutnant brevetieren, Chef.» Der Wachtmeister verlässt den Raum, der Hauptmann tippt weiter an seinem Rapport. Auf dem Boden sitzt gebeugt der junge Nordkoreaner und bemalt das Papier geduldig mit Farbe. Ab und zu wechseln die beiden einen kurzen Blick, nicken stumm und lächeln.

Am Nachmittag des Weihnachtstages stürmt der Koch ohne anzuklopfen in das Zimmer des Hauptmanns. Dieser richtet sich erschrocken im Bett auf. «Chef, du hättest nicht mit deiner Pistole einfach so in die Enten reinschiessen sollen. Du hast die Brustbeine und andere Knochen getroffen, das ganze Fleisch ist nun von Knochensplittern durchsetzt. Wie soll ich das kochen und wie wollen wir das essen?» Der Hauptmann setzt sich an den Bettrand, seine Haare stehen wild zu Berge, er hatte in der letzten Nacht bis um vier Uhr morgens mit den Schweden und dem Wachtmeister Bridge gespielt. Dazu hatten sie Unmengen von Bier und Wodka vernichtet. Nun schüttelt er mürrisch den Kopf. «Die Enten? Essen? Mit Messer und Gabel. Wie denn sonst?» Er holt seine Schuhe unter dem Bett hervor und schlüpft hinein. «Sag den Leuten, sie sollen vorsichtig sein und die Enten nicht einfach runterschlingen, sonst rasselt es danach auf der Toilette.» Der Koch lacht laut heraus. Der Hauptmann schnürt gebückt seine Schuhe und blickt daraufhin hoch. «Du warst es, der den Enten nicht den Hals umdrehen oder den Kopf abschlagen wollte.» «Tut mir leid, Chef.» Der Koch schaut betrübt und will gehen. Der Hauptmann steht auf, knöpft sein Hemd zu, steigt in die Offiziershosen, hält den Koch am Ärmel zurück und klopft ihm auf die Schulter. «Entschuldige. Du machst das schon. Alles wird gut. Pick die Knöchelchen raus, so gut es geht, und wer dann noch stirbt, ist selber schuld. Was gibt es sonst noch zu essen?» «Wir haben Fisch gekriegt, eine Art Dorsch. Ich öle ihn ein, salze, pfeffere und stecke ihn in den Ofen. Dazu mache ich Reis mit fein gehackten, eingemachten Gurken plus gebratene Kartoffeln. Zum Dessert gibt es eine Art Schwarzwäldertorte, das allerdings ohne Gewähr. Dazu haben uns die Roten nebst den Fischen und Enten auch Wein, Wodka und Bier organisiert.»

Am Weihnachtsabend zeigen sich die Schweden beglückt und berührt ob der von den Delegierten des kleinen Landes gebastelten und vom Leutnant gekonnt etikettierten und verpackten Geschenke. Sie erhalten im Gegenzug von den Schweden äusserst wertvolle Manschettenknöpfe aus massivem Gold, mit eingeprägten «Tre Kronor», den hehren Symbolen des schwedischen Königreichs. Polen und Tschechoslowaken schenken Gebäck und feinstes Porzellan aus Böhmen. Von den Chinesen erhält jeder Delegierte ein kleines Album mit wertvollen chinesischen Briefmarken.

Die Chinesen blicken zufrieden auf die Beschenkten, die mit grossen Augen Alben durchblättern. Sie hatten im Vorfeld geschickt herausgefunden, dass speziell Wachtmeister und Koch in ihrem Privatleben leidenschaftliche Philatelisten waren. Der Hauptmann bedankt sich bei allen Delegationen überschwänglich für die geschmackvollen und hochwertigen Geschenke, gleichzeitig denkt er beschämt an die in ihrem Küchenschrank gelagerten Suppenbeutel – ursprünglich die offiziellen Weihnachtsgeschenke aus dem Vaterland.

Später begeben sich alle – ausser Chinesen und Nordkoreanern – ins Schwedenhaus, das wesentlich geräumiger ist als die Unterkünfte der anderen Delegationen. Gleichentags war eine

Maschine aus Kaesong gelandet mit einem Pater aus dem kleinen Land. Dieser – ein grosser, grauhaariger und zurückhaltender Mann – steht nun auf, wischt sich den Mund mit einer weissen Papierserviette und hält in schönem Englisch eine kurze, besinnliche Rede zum Thema Weltfrieden, Heimat und Glauben. Alle klatschen und singen danach «Heilige Nacht».

Später tischen die Schweden Schinken und Brot aus ihrem Land auf, verteilen Gläser und zaubern mehrere Aquavitflaschen hervor. Pater und Leutnant stehen kurz darauf vom Tisch auf, verabschieden sich und suchen noch vor Mitternacht ihre Zimmer auf. Der Hauptmann sitzt neben dem schwedischen Oberstleutnant, zögert zuerst, prostet ihm dann jedoch zu. «Skol!» Er trinkt sein Glas leer und schenkt sich ein neues ein. Kurz darauf gesellt sich der polnische Oberstleutnant zu ihnen und knallt eine Flasche mit wässriger Flüssigkeit auf den Holztisch. «Zubrowka! Meine Herren, nur für Männer.» Im Innern der Flasche sieht man einen langen, dünnen Grasstängel. Der Pole ignoriert ihre leicht ablehnende Haltung und schenkt den beiden unbeirrt ein Glas voll ein. «Trinkt, Kameraden, trinkt. Polnischer Wodka. Besser als der russische, viel besser.» Der Schwede nickt erstaunt und kippt ein Glas. «Guter Wodka. Warum soll er besser sein?» Der Pole schluckt, wischt sich den Mund. «In Russland ist es zu kalt. Der Weizen hat dadurch weniger Geschmack. Unser Weizen schmeckt besser. Dazu dieses Hälmchen Büffelgras aus der Bialowiecka, meine Lieben – und du schwebst im Glück. Trink nie russischen Wodka, das ist schlechte Chemie.» Der Pole grinst übers ganze Gesicht und kippt ein weiteres Glas. Der Hauptmann kostet. «Ausgezeichnet. Sehr aromatisch. Aber den Wodka eurer Schutzmacht, der Sowjets, kritisieren – ist das nicht riskant?» Er nimmt erneut die Flasche und füllt verschmitzt grinsend erneut sein Glas. Der Pole steht unvermittelt auf, salutiert und deklamiert theatralisch: «Sehr riskant. Arbeitsbesserungslager! Workuta! Karaganda! Dawai, towarischtsch! Sibirja!» Danach setzt er sich wieder, lehnt sich zu den beiden und flüstert: «Ich hasse die Russen, sie haben meinen Vater umgebracht. Alles ist besser in Polen, alles. Das Essen, die Menschen, die Frauen!» Er schwenkt sein Glas, Tropfen davon fallen auf den Uniformärmel des schwedischen Oberstleutnants. «Und der Wodka sowieso!» Jener lehnt herüber und stellt sein Glas ab. «Frauen? Du bist gut. Ihr hattet eine tolle Frau in eurer Delegation, die Übersetzerin. Wo habt ihr sie hingeschickt? In ein polnisches Straflager?» Der Pole schüttelt missmutig den Kopf, seine Augen sind mittlerweile etwas glasig. «Sie ist nach Hause gereist wegen Zusatzschulung.» «Dass ich nicht lache! Zur Umerziehung, Kollege, oder? Was hat sie verbrochen?» Der schwedische Oberstleutnant legt seine Hand auf des Polen Ärmel, dieser wischt sie ärgerlich weg. «Umerziehung? Das machen nur Russen. Im Gulag! Haben wir nicht. Wir Polen machen nur Schulung! Zusatzschulung. In Warszawa. Sie ist dort. Es geht ihr gut. Don't worry.»

Er hebt sein Glas und trinkt erneut. Der schwedische Oberstleutnant meint spöttisch: «Ich glaube dir kein Wort, werter Kollege. Ihr habt die Frau abserviert und wahrscheinlich an die Wand gestellt, ihr verdammten Roten.» Der Pole verharrt, blickt kurz zum Schweden, steht langsam auf und wankt zu ihm hinüber. Er wirkt auf einmal äusserst ruhig. Er beugt sich zu ihm nieder und sagt leise: «Wir sind Polen, wir sind Menschen, keine kommunistischen Monster, du schwedisches Arschloch.» Der Schwede steht ruckartig auf und verabreicht dem Polen blitzschnell eine schallende Ohrfeige. Dieser wankt zurück, stolpert rückwärts über einen Stuhl und fällt flach auf den Boden, will sich jedoch wieder erheben. Im Nu werfen sich Hauptmann, Wachtmeister, der Koch, der schwedische sowie der polnische

Major zwischen die Streithähne. Sie verharren schweratmend, halb stehend, halb liegend und ineinander gekeilt, bis ihr Atem sich beruhigt hat.

Danach entflechten sich die Männer, stehen langsam auf und setzen sich erneut – ausser den beiden Polen. Der Oberstleutnant torkelt, das Blut von der Nase wischend und mit eisernem Griff vom Majorskollegen an den Armen gehalten, an den süffisant dreinblickenden Schweden vorbei Richtung Türschwelle. Es herrscht betretenes Schweigen. Kurz darauf kehrt der junge polnische Major zurück, bleibt ruhig vor den Zurückgebliebenen stehen und sagt: «Ich entschuldige mich in aller Form für das Verhalten meines Vorgesetzten.» Er salutiert, macht rechtsumkehrt und marschiert aus dem Saal.

Am letzten Tag des Jahres 1953 landet auf dem grasbewachsenen Flugfeld in Hungnam ein anderer Leutnant aus dem kleinen Land. Er hastet in sportlichem Tempo die Treppe herunter und schüttelt Hauptmann, Leutnant und Koch herzlich die Hand. Sein Händedruck ist überaus kräftig, seine Gestalt könnte man hünenhaft nennen, er trägt eine grosse Brille mit dünnem Rahmen, seine Lachfalten sind ausgeprägt, was ihm die Aura eines grossen, ernsthaften Kindes verleiht. Der Hauptmann findet ihn sofort sympathisch. Der neue Leutnant blickt sich nach der Begrüssung um, rennt mit grossen, ungelenken Schritten zu den nordkoreanischen Soldaten, die das Flugzeug entladen, spricht kurz zu ihnen, eilt danach ans Heck des Flugzeugs, inspiziert die bereits ausgeladenen Güter, springt unvermutet in den Bauch der grün gestrichenen Lisunow und verschwindet aus dem Sichtfeld der Delegation. Hauptmann und Koch schauen sich amüsiert an. Sekunden später springt der neue Leutnant unter den irritierten Blicken des nordkoreanischen Personals wieder aus dem Flugzeug, trabt den Delegierten aus dem kleinen Land triumphierend entgegen, in der Hand einen Eishockeystock schwenkend. «Jungs! Schaut her. Habe ich für euch mitgebracht. Hockey! Wir haben immer morgens auf den gefrorenen Rice Pads, den Reisfeldern in Panmunjom, Hockey gespielt, auch internationale Matchs. Leider nur morgens. Ab elf Uhr schmolzen die Felder wegen der aufkommenden Wärme. Tschechoslowaken und Polen hatten die Ausrüstung bereits in ihrem Fundus, wir hingegen mussten aus Japan Schlittschuhe, Stöcke und Pucks kommen lassen. Schön, nicht?» Er präsentiert stolz seinen Schläger und überreicht ihn dem Koch. Dieser posiert wie ein jubelnder Torschütze, der Stock überragt den Koch um einige Zentimeter. Die Nordkoreaner stehen im Kreis rund um die Delegierten aus dem kleinen Land und staunen stumm.

«Eishockey wird hier nicht gehen», meldet sich nüchtern der Leutnant. «Reisfelder hat es nur ausserhalb des Port of Entry. Da ist Off Limits.» Der neue Leutnant lacht. «Wir finden schon eine Fläche. Die besprizen wir abends mit Wasser. Am Morgen haben wir schönes Eis.» Sie laufen los zu den russischen Jeeps. Der neue Leutnant marschiert begeistert neben den Delegierten. Als er sich auf dem Rücksitz neben den Koch setzt, sagt dieser zum Neuangekommenen: «Hockey? Das kannst du am Morgen in meinem Zimmer spielen, der Boden ist gefroren.» «Gefroren? Wieso? Habt ihr keine Heizungen hier?» «Doch», antwortet der Hauptmann, der vorne neben dem nordkoreanischen Fahrer sitzt. «Wir haben Fussbodenheizung. State of the art. Nachts heizen sie aber nicht, sie sparen Kohle. Morgens, wenn der Boy den Boden mit Wasser aufgenommen hat, musst du aufpassen, dass deine nackten Fusssohlen nicht anfrieren. Ich wäre allerdings froh, wenn du für deine Schiessübungen mit dem Puck nicht gegen meine Zimmerwand hämmern würdest.»

Später sitzen sie alle zusammen in der Küche ihres Camps und trinken chinesisches Bier. Der neue Leutnant prostet allen zu. «Ich bin gespannt, wies bei euch läuft. Man hört so einiges.» «Was hört man denn?», fragt der Hauptmann. Der neue Leutnant kaut ein Stück Brot. «Dass es nichts zu tun gibt. Dass man euch nicht kontrollieren lässt.» Der Koch schneidet Entenfleisch in Streifen und blickt über die Schulter zurück. «Ein Märchen! Wir sind rund um die Uhr beschäftigt. Gell, Schneewittchen?» Der Hauptmann blickt betont ernst in die Runde und nickt. «Stimmt. Heute ist das Neujahrs-Volleyballturnier, das kontrollieren – beziehungsweise dominieren – wie vor Weihnachten die Tschechoslowaken, vorgestern gab es eine Bridge Party mit den Schweden, die gewann ich, das Canasta-Turnier haben der Koch und der Leutnant gewonnen, bei Rommé gewinnen immer die Schweden, beim Schach wiederum ich, beim Pingpong die Polen, an Weihnachten hatten wir einen Boxkampf zwischen einem Polen und einem Schweden, Abbruch in der ersten Runde nach technischem Knock-out und Intervention des Ringrichters. Bankette und Einladungen gibt es hier am Laufmeter, wir bestreiten jede Woche eine anstrengende, völlig obsolete Kontrolle des Hafens und des Flugplatzes. Wir pflegen ebenfalls intensiv die Völkerverständigung unter Zuhilfenahme lokaler und internationaler Spirituosen. Wir haben alles unter Kontrolle und sind komplett ausgelastet.»

Am Abend brevetiert der Hauptmann den Leutnant zum Oberleutnant. Es ist Usus in der Armee des kleinen Landes, dass man fünf Jahre nach der Brevetierung zum Leutnant – teilweise nach Absolvierung gewisser Kurse – automatisch den Grad eines Oberleutnants erhält. Der frischgebackene Oberleutnant hatte wohlwissend einen zusätzlichen goldenen Leutnantsstreifen für seine Mütze – im Jargon «Spaghetti» genannt – im Gepäck mitgebracht und hatte sie vom Koch, der nun in Hungnam zum ersten Mal in seinem ursprünglichen Schneiderberuf gefordert wurde, sauber an die feldgrüne Kopfbedeckung nähen lassen.

Nun prangen deren zwei an seiner Mütze. Er setzt sie auf, wird beglückwünscht und muss als Nichtraucher eine dicke Zigarre rauchen.

Später sitzen der Hauptmann und der frischgebackene Oberleutnant gemütlich auf verschlissenen Ledersesseln in ihrem Aufenthaltsraum und parlieren. Der Hauptmann pafft nun ebenfalls eine Zigarre, die Luft im Raum ist rauchgeschwängert. Zwischen einzelnen Zügen nippen Hauptmann und Oberleutnant an einem chinesischen Likör. Der Leutnant hatte das Zimmer bereits kurz nach der Brevetierung verlassen. «Dieser Hügel hinter den Häusern – kann man da wirklich hinauf?» Der Oberleutnant zieht an seiner Zigarre, deren Spitze glüht rot. Der Hauptmann hüstelt und antwortet: «Wir waren einmal dort. Ausnahmegenehmigung. Wir müssten wieder fragen.» «Dann mache ich das. Ich muss trainieren, der Hügel ist ideal.» «Was trainierst du denn?» Der Hauptmann hebt interessiert den Kopf. «Langlauf. Ich muss in Form bleiben, muss mich bewegen. Sonst werde ich grantig.» Der Hauptmann nickt. «Frag den Verbindungsoffizier der Nordkoreaner. Oder lauf einfach los. Ich weiss von nichts. Sie werden dich kaum erschiessen. Und sonst sorgen wir für deine Witwe.» Der Oberleutnant lacht. «Ich habe nur eine Brieffreundin. Aber die gehe ich nach diesem Auslandseinsatz besuchen, darauf kannst du dich verlassen. Es hat viel zu wenig Frauen hier. Trostlos!»

Sie rauchen weiter und schweigen eine Weile. Der Hauptmann fragt: «Du warst bei der Neutral Nations Repatriation Commission, also beim Austausch der Kriegsgefangenen, dabei – oder?» Der Oberleutnant nickt. «Ja. Da habe ich Sachen gesehen, sag ich dir.» «Was denn?» Der Hauptmann dreht mit einem Ruck seinen Sessel in Richtung Oberleutnant und schaut ihn interessiert an. «Ich habe gesehen, dass die nordkoreanischen und chinesischen Kriegsgefangenen – jedenfalls diejenigen, die zurück in den Norden wollten, das waren bei weitem nicht alle – recht gut von den Amerikanern und den Südkoreanern ernährt und mit Kleidern ausgestattet worden waren, bevor man sie austauschte. Kurz vor Passieren der Grenze, noch vor dem Empfang durch die eigenen Leute auf der anderen Seite im Norden, rissen sich die Gefangenen auf den offenen Lastwagenflächen die Kleider vom Leib, schmissen sie auf die Strasse, kratzten sich gegenseitig Brust und Rücken blutig, verletzten sich mutwillig, um ein paar hundert Meter weiter der anwesenden Presse und somit der Welt zu zeigen, wie widerwärtig sie vom Süden und von den Amerikanern behandelt worden waren. Das war beeindruckend.» Sie schweigen, der Hauptmann nickt ein paarmal nachdenklich mit dem Kopf. Des Oberleutnants fröhliches, offenes Gesicht hat sich gewandelt, dessen Haut ist fahl und blass geworden. Er fährt jedoch weiter: «Im Lager der Kriegsgefangenen, das die Inder bewachten, waren drei Koreaner, die verdächtigt wurden, eingeschleuste Spione aus dem Norden zu sein. Eines Tages waren sie tot. Es gab eine Gerichtsverhandlung, die Inder haben sie gekonnt durchgezogen. Dann passierte auch etwas im Spital der Kriegsgefangenen. Patienten griffen die Vertreter Polens und der Tschechoslowakei an, unsere Leute und die Schweden verschonten sie. Die Inder erschossen zwei Patienten. Aber da war ich nicht dabei.»

Der Oberleutnant steht unvermittelt auf und wankt bleich Richtung Ausgang. Der Hauptmann horcht eine Weile hinaus und lächelt mitfühlend. Der Oberleutnant kehrt kurz darauf zurück, füllt ein Glas mit Wasser, trinkt es aus, setzt sich auf einen Küchenstuhl, wischt sich den Mund abschliessend mit einem Taschentuch und schüttelt den Kopf. Sein Gesicht hat wieder die ursprüngliche Farbe angenommen. «Ich sollte nicht rauchen, ich bin es nicht gewohnt.» «Tut mir leid, das wusste ich nicht.» Der Oberleutnant macht eine beschwichtigende Geste. «Damals bei den Pfadfindern war es schlimmer. Ich wurde in Brennnesselbüsche geworfen und musste meinen eigenen Urin trinken. Dann doch lieber Zigarre.»

Um sieben Uhr abends isst die Delegation. Es kommen frische Krebse direkt vom Fischerhafen und wiederum vier Enten auf den Tisch, diesmal ohne lästige Knochensplitter, die Nordkoreaner haben die Tiere bereits getötet und ihre Köpfe abgetrennt. Zum Dessert serviert der Gefreite eine Art Crêpe Suzette und, zur Überraschung aller, süsse Kastanien. «Ich mag Kastanien. Bei uns heissen sie Marroni. Ich habe die Nordkoreaner danach gefragt und machte mir null Hoffnung. Eine Stunde später waren die Kastanien da. Sind zwar in Zuckersirup eingemacht, also geliert und kommen aus China, aber sie schmecken gut, oder?» Die bereits satten und ausser dem Leutnant schon recht beschwipsten Delegierten nicken und stimmen ein dreifaches Hoch auf den Koch an. Später stehen sie in den von den Nordkoreanern zur Verfügung gestellten Lammfellmänteln vor dem Haus des kleinen Landes und rauchen in der Eiseskälte.

Sie begeben sich danach ins Schwedenhaus; der dortige Major hat alle zu Canasta und Rommé eingeladen. Nach einer kollektiven Niederlage gegen die Nordländer, die sie durch ausgiebigen Genuss von Aquavit mit Erfolg zu verarbeiten vermögen, kehren alle Delegierten gegen Mitternacht in ihre Behausungen zurück. Dort werden emsig Neujahrswünsche ausgetauscht und mit chinesischem Schaumwein unterlegt. Danach serviert der Koch zur Überraschung aller ein heimisches Käse-Fondue, das er mit grossem Improvisationstalent aus verschiedenen Käsen, die teilweise auf veschlungenen Wegen per Kurierflugzeug nach Hungnam gelangten, plus eigenen Milchproduktebeständen gebraut hat. «Der Weisswein ist etwas süss, stammt aus der Provinz Yünnan, der Knoblauch ist einheimisch und zu scharf, anstelle von Maizena habe ich Reismehl genommen, Muskatnuss gab es nirgends, ich ersetzte es mit weissem Pfeffer und Kümmel, statt Kirsch oder Grappa ist russischer Wodka drin, das Brot habe ich selber gebacken, man möge mir die Qualität verzeihen. Ich bin Schneider von Beruf.»

Zwei Stunden später sitzen alle Delegationen in einem rudimentären, jedoch hübsch und liebevoll geschmückten Saal des chinesischen Hauses und harren der Dinge, die nach Meinung ihrer Verbindungsoffiziere in Bälde gezeigt würden. Sie starren gespannt auf die Bühne. Zuerst betreten nordkoreanische Frauen in heimischer Tracht die improvisierte Bühne und intonieren im Chor melodiös-sentimentale, den Hauptmann an alpine Gesangstraditionen gemahnende, langatmige Lieder. Später tritt ein chinesischer Sänger auf und singt mit einer ausgereiften, timbrierten Tenorstimme pathetische Revolutionslieder aus der Zeit der maoistischen Revolution. Er wird abgelöst durch einen nordkoreanischen Zauberer, der gekonnt verschiedenste Gegenstände nicht nur verschwinden lässt, sondern komplett transformiert dem staunenden Publikum präsentiert. Aus einer weissen Taube entsteht unter einem Seidentuch urplötzlich ein rosafarbener Vogel. Dasselbe schafft der Zauberer auch mit einem filigranen Porzellankrug und einer Topfpflanze aus Kunststoff. Höhepunkt: Aus einem braunen Huhn wird ein schwarzer Hahn. Die Delegierten sind hingerissen und applaudieren kräftig. Kurz darauf betritt eine Akrobatiktruppe aus einer grenznahen chinesischen Stadt die Bühne und zeigt atemberaubende Nummern, in denen halbnackte, ausgeprägt muskulöse und kleine Männer allein durch Muskelkraft und Balance immer neue Körpertürme auf die Bretter zaubern. Zeitweilig trägt ein junger Artist gleichzeitig drei andere ineinander verschlungene Männer, die auf dessen Kopf den Handstand machen oder mittels Hebelwirkung seitwärts balancierend sich an ihn klammern. Er, die tragende Figur, steht sogar nur auf einem Bein, kurz darauf nur noch auf der Fussspitze – die Zuschauer schaudert es. Zu guter Letzt steigt der ominöse chinesische Offizier auf die Bühne, heisst die ausländischen Delegationen in einer langen Rede willkommen und liest daraufhin emphatisch Verse aus dem Buch «Die Kunst des Krieges» aus der Feder seines – wie er es der Menge verkündet – Lieblingsautors Sun-Tse. Ein kleiner, bebrillter Übersetzer steht neben dem Hünen und liest ab Blatt eine adäquate Übersetzung in holprigem, doch verständlichem Englisch.

«Wie wärs anschliessend mit einer Schachpartie?», fragt der Chinese den Hauptmann später. Dieser verneint höflich. «Das würde mir sehr entsprechen, Kollege Offizier. Aber ich habe schon dem schwedischen Major versprochen, ihm eine Revanche in unserem Bridgeduell zu gewähren. Er will mich unbedingt schlagen.» «Aber es wird ihm nicht gelingen, oder?», ergänzt maliziös lächelnd der Chinese. «Nein. Es wird ihm nicht gelingen.» Der Hauptmann lächelt höflich. «Wenn Sie Bridge wie Schach spielen, verehrter Kollege, wird es ihm bis in alle Ewigkeit hin nicht gelingen», sagt der Chinese mit sanfter Stimme.

«Hören Sie, verehrter Kollege.» Der Chinese macht ein ernstes Gesicht. «Ich möchte Sie etwas fragen. Das folgende Gespräch sollte aber unter uns bleiben.» Der Hauptmann nickt, der Chinese fasst ihn am Ellbogen und führt ihn nach draussen. Es ist eiskalt. «Wir erhalten nächste Woche hohen Besuch von einer führenden Persönlichkeit der Demokratischen Volksrepublik Korea. Diese Person will unbedingt jemanden aus Ihrem Land kennenlernen. Wäre es Ihnen möglich, sich mit jener Person zu treffen? Der Ort wäre noch zu bestimmen. Wir würden einen Übersetzer stellen, natürlich. Wenn Sie wollen, für Französisch-Koreanisch, ich habe gehört, dass Französisch Ihre Muttersprache ist. Aber auch Deutsch ist kein Problem.» «Danke für die Ehre, werter Kollege. Wie heisst er denn, dieser Koreaner, was macht er und was wünscht er von mir?» «Noch so gerne würde ich Ihr Anliegen beantworten, ich bin jedoch nicht befugt und viel zu unbedeutend, um den Namen und die Funktion derjenigen Person in den Mund zu nehmen. Vertrauen Sie mir. Diese hochinteressante Person wird Ihnen lediglich ein paar Fragen stellen. Damit hat es sich. Ich danke Ihnen für Ihre Bereitschaft.» Der Hauptmann nickt bestätigend, bedankt sich, salutiert ansatzweise und kehrt – begleitet vom Chinesen, der ihm väterlich die Hand auf die Schultern legt – zurück ins warme Gebäude.

Am Neujahrstag schläft der Hauptmann drei magere Stunden, seine Bridgeduelle mit dem schwedischen Major hatten bis acht Uhr morgens gedauert und ab elf Uhr muss er, zusammen mit allen andern Postenchefs, Geschenke der Verbindungsoffiziere an ihre Delegationen in Empfang nehmen. Nach der Bescherung im Haus des kleinen Landes ist ein Apéro im Schwedenhaus angesagt. Daraufhin begeben sich die Delegierten nach einem kurzen Mittagessen – der Koch hat eine aus seiner Heimat stammende Nudelspeise improvisiert und die Sauce mit lokalen Gewürzen aufgewertet – ins Tschechenhaus, wo ihnen überraschenderweise ein völlig unpolitischer, höchst unterhaltsamer und hervorragend gespielter Film vorgeführt wird: die tschechoslowakische Märchenkomödie «Der Kaiser und sein Bäcker». Erschöpft begeben sich alle danach zurück in ihre Zimmer, um vor dem abendlichen Bankett noch ein wenig zu schlafen.

Das Bankett gerät zu einem opulenten, bacchantischen Schmaus. Sechsundzwanzig veschiedene Speisen werden serviert und dementsprechend wird auch getrunken: chinesische

Süssweine, nordkoreanischer Likör, tschechoslowakisches Pilsener, schwedischer Aquavit, polnischer Wodka, amerikanischer Whisky. Was daraufhin geschieht, liest der Hauptmann später im Tagebuch-Protokoll der Delegation, das turnusgemäss seit einem knappen Monat vom nüchternen Leutnant geführt wird:

«Ab zehn Uhr abends setzen der schwedische Major, der Hauptmann, der Oberleutnant und der schwedische Warrant Officer – der neue Funker – das Fest im Haus des kleinen Landes fort. Der Hauptmann legt sich aber bald schlafen. Die anderen trinken, zerschlagen Gläser, Scheiben, Christbaumkugeln, Stühle, urinieren in die Stube, werfen Öfen um, wecken die Schlafenden und finden das lustig.»

Etwas später, gegen Ende des Monats, wird der Hauptmann einen vom Oberleutnant mit Schreibmaschine geschriebenen Zettel vorfinden, der an besagter Tagebuchstelle angeheftet ist. Der Eintrag lautet folgendermassen:

«Die Schweden offerierten diese Party in ihrem Haus, sie fand nur dort statt. Drei Gläser gingen zu Bruch, wovon eines dem schwedischen Major gehörte. Eine schon zerbrochene Türscheibe haben wir geflickt. Eine Christbaumkugel wurde zerbrochen, aber am frühen Abend beim Pingpongspiel. Einer setzte sich in den schon defekten Bürosessel, fiel rückwärts um und riss dabei den Ofen mit. Leider wurde dem bereits schlafenden Leutnant ein kurzer Besuch des schwedischen Majors abgestattet. Der Leutnant war nicht an dieser Party. Es ist nichts geschehen. Es war ein private Einladung im Schwedenhaus. Die Behauptung, in die Stube uriniert zu haben, ist eine erfundene Lüge. Das Vorgehen des Leutnants qualifiziere ich als äusserst unkameradschaftlich.»

An gleicher Stelle findet sich später der in perfektem Französisch gehaltene Zusatzeintrag des Hauptmanns: «Das Vorstellungsvermögen des Leutnants scheint noch mehr zu überschwappen, als es die erwähnten Gläser vermöchten. Die rapportierten Fakten treffen nicht zu und sind übertrieben.» Der Zettel ist nebst der Unterschrift des Hauptmanns auch mit den Signaturen des schwedischen Majors und des neuen Funkers versehen.

«Was ist geschehen, Hauptmann?» Der Chinese blickt besorgt auf das Schachbrett und zieht daraufhin zögernd seinen Läufer von der Grundlinie ab. Der Hauptmann überlegt kurz, schnappt sich den nunmehr ungeschützten Bauern des Chinesen und schaut auf. «Was soll geschehen sein?» Der Chinese senkt seinerseits den Kopf und blickt resignierend auf seine geschwächte Stellung. Er hat bereits Dutzende von Partien gegen den Hauptmann aus dem kleinen Land gespielt, doch jener hat bisher jede gewonnen. Ihn dünkt, der Offizier aus dem kleinen Land habe zuweilen sogar absichtlich schlechter gespielt, um ihm, dem Anfänger aus dem Reich der Mitte, einen Erfolg zu ermöglichen. «Es wäre schade, wenn unser gutes Verhältnis durch solche Ereignisse getrübt würde.» Der Hauptmann stutzt. «Sprechen Sie die Silvesternacht bei den Schweden an?» «Ja. Ihr Leutnant hat sich bei mir entschuldigt. Er hat mir gesagt, er würde diesbezüglich auch einen Bericht über diesen diplomatischen Zwischenfall an ihre NNSC schicken müssen.» Der Hauptmann runzelt die Stirn. «Diplomatischer Zwischenfall? Spinnt der?» Der Chinese schweigt. «Diese Ereignisse wurden massiv übertrieben. Dass der Leutnant darüber einen Bericht schrieb oder schreiben musste, entzieht sich meiner Kenntnis. Wer hat das veranlasst?» Der Chinese lächelt und schüttelt den Kopf. «Wir nicht. War wohl eine freiwillige Aktion. Vielleicht ist Ihr junger Kollege etwas übereifrig, wer weiss?»

Der Chinese macht ein betont betrübtes Gesicht. «Dennoch, es wurden Gläser und Teile der Infrastruktur, die Ihnen unsere Gastgeber von der Demokratischen Volksrepublik Korea unentgeltlich zur Verfügung gestellt hatten, in Mitleidenschaft gezogen.» Der Hauptmann lacht. «Beruhigen Sie sich, werter Kollege. Diese Gläser wurden nicht böswillig kaputtgemacht. Es ist Brauch bei den Schweden, anlässlich von Feierlichkeiten Gläser fallen zu lassen, beziehungsweise Letztere nach hinten zu werfen, auf dass die Scherben Glück bringen mögen. Die Gläser werden natürlich ersetzt. Ein Stuhl war bereits kaputt und der Ofen schlecht fixiert und positioniert, einmal musste er umfallen. Dummer Zufall. Die restlichen Details sind frei erfunden.» Der Chinese schüttelt bekümmert den Kopf. «Ob Gläser willentlich zerbrochen werden oder von selbst fallen, ist unwichtig. Es wurde Volksgut zerstört.»

Der Hauptmann überlegt, ergreift seine Dame und positioniert sie ins direkte Umfeld des gegnerischen Königs. Der Chinese hebt den Kopf, runzelt die Stirn und stöhnt leise. Der Hauptmann hakt nach. «Darf ich Sie daran erinnern, dass Ihre sowjetischen Brüder dem Brauch mit den Gläsern und somit der Volksgutvernichtung noch weit destruktiver frönen als die Schweden?» Der Chinese lächelt und starrt den Hauptmann nachdenklich an. «Guter Zug, Hauptmann.» Darauf senkt er den Blick. «Sehe ich das richtig, dass Sie mich mitleidlos mit dem nächsten Zug schachmatt setzen?» Der Hauptmann grinst. «Wenn Sie mir versprechen, diese blöden Silvesternacht-Ereignisse zu vergessen, und sich bei Ihren nordkoreanischen Kollegen einsetzen, dass wir unsere Spaziergänge ausdehnen können bis ins Zentrum von Hungnam, ohne dass Ihre Kollegen dauernd Sicherheits- oder Gesundheitsgründe zu deren Verhinderung vorbringen, dann vergesse ich diesen Zug und setze Sie erst später schachmatt.» Der Chinese kichert und blickt danach ostentativ traurig auf seine Stellung. Der Hauptmann doppelt nach: «Bis mindestens zum Liberation Park möchten wir uns frei bewegen können. Und wir möchten ungehindert fotografieren dürfen. Wir haben diese nervtötenden, endlosen Verhandlungen über die Fotofrage mit Ihren Verbindungsoffizieren satt.» Der Chinese überlegt lange und nickt anschliessend. «Ich schaue, was ich machen kann.»

Der Hauptmann blickt dem Chinesen nun direkt ins Gesicht. «Wer hat hier in Hungnam eigentlich das Sagen? Sie oder die Nordkoreaner?» Der Chinese lächelt. «Die Verantwortlichen der Demokratischen Volksrepublik Korea sind völlig frei in ihren Entscheidungen. Wir sind nur bescheidene, freiwillige Helfer im Hintergrund.» Sie lächeln und nicken einander wiederholt zu. Du bist mir ein Heimlichfeisser, denkt der Hauptmann. Ihr Chinesen seid hier die Chefs und ihr sagt den Nordkoreanern unmissverständlich, wo es langgeht, so ist es doch. Ungefähr so, wie die Amerikaner es mit den Südkoreanern treiben. Der helfende Griff des freundlichen Nachbarn schien streckenweise etwas gar eisern. Er hatte in Hungnam nie das Gefühl gehabt, dass Nordkoreaner und Chinesen gerne kooperierten. Oft hatte er beobachtet, dass die Nordkoreaner in Abwesenheit der Chinesen sich offener, lustiger gaben.

Der Chinese späht kurz aus dem Fenster und fährt fort: «Der Liberation Park ist eine gute Idee. Es ist ein neutraler Ort, ideal für das Zusammentreffen der nordkoreanischen Führungspersönlichkeit mit Ihnen – Sie erinnern sich an meine Anfrage, hoffe ich?» Der Hauptmann nickt bestätigend. Der Chinese lächelt befriedigt. «Der Platzkommandant hat mich gebeten, dieses Treffen zu ermöglichen. Die involvierte Person, die extra für Sie aus Pyöngyang anreist, drängt auf dieses Treffen. Ich denke, es wird in drei Tagen stattfinden, wir werden alle dort sein. Ihre Delegation wird sich im Liberation Park in der Nähe aufhalten dürfen. Somit wird Ihr Treffen nicht auffallen.»

Der Chinese blickt daraufhin konzentriert auf seine Schachstellung und blickt auf. «Habe ich noch eine Möglichkeit, das Matt abzuwenden, verehrter Kollege?» Der Hauptmann schüttelt bekümmert den Kopf. «Gut. Dann beenden wir doch dieses erneute Trauerspiel.» Der Chinese kippt seinen König mit dem gekrümmten Zeigefinger, die Figur fällt, rollt und balanciert anschliessend auf dem Schachbrett noch etwas hin und her. Sie geben sich die Hand, stehen auf, der Chinese öffnet dem Hauptmann die Tür, jener behändigt seinen Lammfellmantel, die Handschuhe und die Mütze und marschiert forsch hinaus in die eisige Kälte.

Winter 1953/54

«Ich bin hocherfreut und stolz, einen Offizier und Repräsentanten ihres Landes hier in Hungnam kennenlernen zu dürfen.» Der Hauptmann neigt dankend sein Haupt. Der grossgewachsene Nordkoreaner hält seine Hand fest und wirft einen kurzen Seitenblick auf den neben ihm stehenden kahlen Dolmetscher, der in exzellentem Deutsch eifrig übersetzt. «Ich habe sehr wenig Gelegenheit, interessante Menschen aus Europa kennenzulernen. Wir bewundern Ihr Volk und fühlen eine geistige Verwandtschaft. Sie haben dem nazistischen Terror in Europa getrotzt wie wir der wildgewordenen Soldateska des faschistischen Japans.» Der Nordkoreaner drückt die Hand des Hauptmanns noch etwas fester. «Ihr Land ist gebirgig und klein wie das unsrige. Saubere Flüsse entspringen den Bergen und in den Tälern arbeitet emsig der ehrliche Bauer für Fortschritt, Nahrung und Wohlergehen. In den Städten giesst, hämmert und biegt der Arbeiter den Stahl, der allerlei Zwecken dient: der Erleichterung des Alltags, der Konstruktion von Transportmitteln und der Fertigstellung von Waffen, die der kleine Staat braucht, um sich vor grösseren Feinden zu schützen. Auch hatten Sie in dunklen Zeiten einen starken Führer. Er besass ein Pferd und lenkte Ihr Land durch die Wirren einer unguten Zeit. Sie sind wie wir. Auch ich habe ein Pferd.» Er lächelt den Hauptmann an. Dieser verbeugt sich, murmelt etwas Unverständliches und schafft es schliesslich, seine Hand in geduldiger Kleinarbeit von derjenigen des Nordkoreaners zu lösen.

Sie stehen beide am Rande des Liberation Park in Hungnam unter einer riesigen Föhre. Etwa hundert Meter weiter, dicht vor einem mit koreanischen Kalligrafien geschmückten, circa zehn Meter hohen, weiss getünchten Obelisken, stehen seine Kameraden. Daneben erblickt er die Schweden, die Tschechoslowaken, die Polen. Sie alle diskutieren und fotografieren emsig. Der Himmel ist leergefegt und tiefblau. Auf dem Boden liegt eine Handbreit hoch pulvriger, feinster Schnee. Der Chinese steht etwas abseits, hält zum Hauptmann und seinem Gesprächspartner höflich Distanz.

Der mysteriöse Nordkoreaner, der vor dem Hauptmann steht, trägt eine hellbraune Pelzmütze und einen exquisiten Geschmack verratenden hellbraunen Mantel. Der Kragen des Mantels ist ebenfalls aus Pelz, der Hauptmann vermutet Nerz oder Dachs. Das Antlitz seines Gesprächspartners ist, im Gegensatz zu den mageren und markant kleineren Nordkoreanern, aufgeschwemmt, beinahe feist. Die Wangen sind von der Kälte zart gerötet, die Augen zu feinen Schlitzen verengt. Die Lippen sind wulstig, doch filigran und bewegen sich mit stupender Geschmeidigkeit, wie auch das flinke Augenpaar. Die Zähne des Mannes glänzen unnatürlich weiss. Sein Gesichtsausdruck kann als offen und freundlich bezeichnet werden, das Lächeln als charmant – und dennoch wirkt es undurchdringlich, denkt der Hauptmann. Er blickt unauffällig auf die Schuhe des Mannes. Es sind elegante, schwarze Lederschuhe, glattpoliert und mit kräftigen Gummisohlen ausgestattet. Die Hände des Nordkoreaners sind breit, die Finger kurz und wurstig, verraten jedoch eine überraschende Behändigkeit – dieselbe, die der Hauptmann früher in Konzertsälen bei untersetzten Geigensolisten aus Osteuropa immer wieder beobachten durfte. «Zigeunerfinger!», hatte ihm einmal die Schwester seines besten Freundes im Parkett des Kasinos ihrer kleinen Stadt zugeflüstert. «Zigeuner sind die besten Violinisten!»

Den Nordkoreaner umringen drei unscheinbare Männer in taubenblauen, hochgeschlossenen Anzügen und ein älterer, in eine grüne Uniform gewandeter Offizier, dessen Brustpartie mit unzähligen Orden bedeckt ist. Sie alle halten sich in respektvoller Distanz, ein Notizbüchlein in der einen Hand, in der anderen einen gezückten Bleistift. Die Männer scheinen keine einzige Bemerkung des Nordkoreaners verpassen zu wollen, ihr äusserlicher Gestus trieft vor Devotheit und Servilität.

«Verehrter Freund, hören Sie zu.» Der Nordkoreaner legt unvermutet seine rechte Hand auf die Schulter des Hauptmanns. «Unser junger Staat, die Demokratische Volksrepublik Korea, wird nach dem Aggressionskrieg der imperialistischen Mächte unter der Führung der USA in Bälde einen wichtigen Platz in der Weltgemeinschaft einnehmen. Wir sind daher auf zuverlässige und starke Freunde angewiesen. Solche, die uns helfen, einen modernen Industriestaat aufzubauen, wie auch eine effiziente Rüstungsindustrie. Wir haben viele Feinde. Dazu braucht es einen verlässlichen Partner in Sachen Finanzen und wirtschaftliche Kooperation. Der Ruf Ihrer Banken ist legendär. Die Qualität Ihrer Industrie ebenfalls, seien es nun Uhren, Maschinen, Lokomotiven oder beispielsweise Ihre berühmten Fliegerabwehrkanonen, alles herausragende Produkte, die bekannt und weiterum geschätzt sind und gut verkauft werden, nicht?»

Der Hauptmann nickt. «Schön. Aber was wollen Sie von mir? Ich bin kein Waffenhändler», erwidert er. Der Nordkoreaner prustet los und stösst mit geballter Faust dem Hauptmann spielerisch in den Bauch. «Das weiss ich doch! Nichts will ich, mein Freund, gar nichts. Ich will Sie kennenlernen und als Freund gewinnen.» Er zwinkert dem Hauptmann zu, setzt eine interessierte Miene auf und spricht nun auffallend leiser. «Wie ich erfahren habe, arbeiten Sie als Staatsbeamter und wohnen in der Hauptstadt Ihres Landes, ist das richtig?» Der Hauptmann stutzt erneut und zögert mit der Antwort. «Das ist richtig. Aber woher wissen Sie das?» «Keine Angst, mein Lieber.

Wir sind wie neugierige, unschuldige Kinder. Wir wollen unsere Freunde möglichst gut kennenlernen, das ist alles. Es ist eine Frage des Vertrauens. Machen Sie sich keine Sorgen.» Er senkt seine Stimme und schlendert näher an den Hauptmann heran. Sein Atem riecht entfernt nach Knoblauch, denkt der Hauptmann. «Wir dachten nur, wenn Sie beim Staat arbeiten, dann könnten Sie sich vielleicht mit einflussreichen Leuten Ihrer Regierung in Verbindung setzen. Die Demokratische Volksrepublik Korea hat die Absicht, in absehbarer Zeit in Ihrem Land eine Botschaft zu eröffnen, zwecks Vertiefung der gegenseitigen Beziehungen, zur Intensivierung unseres Aussenhandels und zum Aufbau kultureller, finanzieller und auch militärischer Synergien. Ausserdem sind wir interessiert, unseren Kindern und Enkeln später die bestmögliche Ausbildung zukommen zu lassen. Verstehen Sie?» «Durchaus», antwortet der Hauptmann. «Ich habe aber weder spezielle Beziehungen zu Politikern, Wirtschaftsführern, Bankdirektoren noch zu Pensionatsleitern, geschweige denn zu Waffenfabrikanten.» «Aber das macht doch nichts, mein Freund! Das macht gar nichts! Es hätte ja sein können. Ich halte Sie für eine wichtige Person, ganz ohne Zweifel.» Der Nordkoreaner legt seine glatte Stirn in Falten, zieht die Augenbrauen sorgenvoll zusammen und blickt den Hauptmann etwas traurig an. «Darf ich Ihnen ein paar zusätzliche Fragen stellen? Schlagen Sie mir das bitte nicht ab, mein Freund.» Der Hauptmann nickt. «Kein Problem. Schiessen Sie los.»

Danach beantwortet der Hauptmann Fragen zum Schulsystem des kleinen Landes und bejaht die Anfrage des Nordkoreaners, ob Kinder aus fremden Ländern und andern Kulturkreisen problemlos in ein Schuljahr einsteigen könnten – vorausgesetzt, sie würden die deutsche oder die französische Sprache lernen oder bereits beherrschen. Er gibt dem Nordkoreaner bereitwillig

Informationen, was es seiner Meinung nach braucht, um im kleinen Land ein Bankkonto zu eröffnen, und ob Letzteres auch wirklich sicher und ausreichend geschützt sei. Er erwähnt das Bankgeheimnis. Dann berichtet er von der Lage der Hauptstadt und der Lebensqualität dort, erzählt dem Nordkoreaner vom grünen Fluss, in dem man im Sommer kilometerweit schwimmen könne, von den nahen Bergen und den Wander- und Klettermöglichkeiten, von grossen Theatern und Orchestersälen, von klaren Seen mit alten Dampfern, von der vom Krieg unversehrten Altstadt mit ihren engen Gassen, ihren Arkaden und den Sandsteinhäusern, bewohnt von Patriziern, vom Adel und von den Gewerblern. Er beantwortet Fragen zum Regierungssystem, zur Polizei und zur allgemeinen Sicherheit. Danach verharren sie. Hoch über ihnen kreist ein Raubvogel. Ein Blick genügt dem Hauptmann. Ein Rotmilan. Er schüttelt den Kopf und zündet sich eine Zigarette an.

Der Nordkoreaner blickt eine Weile konzentriert auf den Boden und scharrt nervös mit seinen Schuhen im Pulverschnee. Urplötzlich schaut er auf und vollführt einen überraschenden Hopser in Richtung Hauptmann. «Was denken Sie, verehrter Freund? Was kostet Ihrer Meinung nach eine einzelne Einheit Ihrer hochwertigen Oerlikon-35mm-Zwillings-Flugabwehrkanone?» Der Hauptmann muss ein Lachen unterdrücken. «Ich sagte, ich bin nicht Waffenhändler. Ich kenne allerdings diese Fliegerabwehreinheit, ja.» «Sie haben sie im Krieg eingesetzt gegen die deutschen Bomber?» Der Nordkoreaner wirkt auf einmal viel geschäftiger, pragmatischer und authentischer als vorher. Er zögert wieder mit der Antwort. «Nein. Die 35mm-Zwillingskanone wurde erst vor drei, vier Jahren entwickelt und wird bei uns und anderswo erst jetzt in Dienst gestellt. Warum fragen Sie?» «Wir sind mit den Batterien unserer sowjetischen Freunde nicht ganz zufrieden. Wir haben gehört, die Ihrigen seien viel effizienter und technisch weiter entwickelt. Was würden so an die hundert Einheiten dieser Kanone kosten? Was meinen Sie?» Der Hauptmann schüttelt den Kopf. «Ich habe keine Ahnung. Schicken Sie einen Brief an den Hersteller.»

Der Nordkoreaner bleibt abrupt stehen und blickt den Hauptmann unvermittelt kalt an. «Das ist eine exzellente Idee, mein Freund, das werden wir tun.» Der Hauptmann lächelt. «Meine Präsenz hier bei der NNSC ist theoretisch dem Gegenteil gewidmet. Wir sind da, um eine weitere Aufrüstung zu verhindern.» Der Nordkoreaner blickt nachdenklich durch ihn hindurch und beisst auf seine Lippen. «Natürlich, Sie haben vollkommen recht. Ich bin völlig einverstanden mit Ihnen. Es muss ein Ende haben, diese Waffenschwemme, keine Frage.» Er entfernt sich ein paar Schritte, dreht dem Hauptmann den Rücken zu, fasst sich ans Kinn und blickt gen Himmel.

Eine Weile bleibt es still, die vier notiznehmenden Männer stehen unterdessen in grösserem Abstand zu ihnen, in der Ferne hört der Hauptmann einige seiner Kameraden laut lachen. Er macht nun ein paar rasche, entschlossene Schritte in Richtung des Nordkoreaners. Der Begleiter mit der Uniform hebt sofort den Kopf, seine Hand zuckt blitzschnell zum ledernen Pistolenhalfter. Der Nordkoreaner dreht sich um, macht eine beschwichtigende Geste, sein Begleiter hebt entschuldigend beide Hände hoch und entfernt sich wieder.

«Darf ich fragen, wer Sie sind?», fragt der Hauptmann. Der Nordkoreaner blickt ihn mit hochgezogenen Augenbrauen an und breitet theatralisch die Arme aus. «Ich bin ein unwürdiger Diener meines Volkes.» «Aber Sie scheinen etwas von Waffen zu verstehen», entgegnet er und zwinkert mit den Augen. Der Nordkoreaner zeigt ein strahlendes Lächeln. «Natürlich. Ich musste es lernen.» «In welcher Funktion, wenn ich fragen darf?» Der Mann lacht. «Sie dürfen, verehrter

Freund. Ich nahm am Befreiungskrieg gegen die Japaner teil. Pochonbo, sagt Ihnen das etwas? Nein? Sagt Ihnen Stalingrad etwas?» Der Hauptmann nickt irritiert. «Also. Ich war Soldat der Roten Armee und kommandierte später als Major eine koreanische Einheit in Wyatskoye - ein Ort bei Chabarowsk am Amur. Unweit von hier. Schöne Gegend, exzellenter Fisch, attraktive Frauen. Ich habe viele sowjetische Freunde.» Er starrt nun den Hauptmann betont streng an. «Mein lieber Freund, ich erzähle Ihnen zu viel.» Danach lacht er lauthals und schlägt mit seiner rechten Hand kräftig auf die Schulter des Hauptmanns, sodass jener heftig husten muss. Die Begleiter schütteln sich vor Lachen. Als der Nordkoreaner schlagartig eine drohende Miene aufsetzt, dazu eine herrische Geste macht, verstummen sie sogleich und entfernen sich mit gebeugten Köpfen. Der Hauptmann blickt ihnen nach. Weiter oben, zwischen Bäumen und Häusern sowie auf deren Dächern erspäht er im Gegenlicht der gleissenden Sonne Umrisse uniformierter Männer mit Kalaschnikows.

Auf dem Spaziergang zurück zu ihren Baracken fällt dem Hauptmann das veränderte Verhalten der nordkoreanischen Wachsoldaten auf. Sie blicken auffällig oft zu ihm hin und tuscheln unentwegt zusammen. Als er den einen spontan fragt – es ist der junge Wachsoldat, Muschelsucher und Seeigelknacker –, was der Grund dafür sei, schweigt der junge Mann, senkt den Kopf, verneigt sich tief vor dem Hauptmann und entfernt sich in ehrerbietiger Haltung von ihm. Dieser grinst, schüttelt den Kopf und marschiert weiter Richtung Camp.

Später sitzen sie alle zusammen in der Küche. «Was war das für ein Kerl?», fragt der Oberleutnant den Hauptmann. «Ein Wichtigtuer. Gut genährt, bestens gekleidet. Wahrscheinlich aus höheren Politkreisen.» Er zuckt mit den Schultern. Der Leutnant meint: «Nomenklatura. Eindeutig. Die kuschten alle vor ihm, selbst von weitem war das ersichtlich.» Der Hauptmann rapportiert sein Gespräch, alle nicken stumm. Später streckt der Koch seinen Kopf herein und ruft: «Essen, Kinder!» Sie stehen alle auf und verlassen die Küche in Richtung Esszimmer.

«Und? Was hast du vor? Bleibst du in Korea oder gehst du nach Hause?», fragt der Koch den kleinen Leutnant. Er rührt in einer grossen Pfanne Reis, sie – Hauptmann, Oberleutnant und Leutnant – sitzen am Tisch und warten auf das Essen. Es ist das letzte Mal, dass sie in dieser Formation zusammen speisen. Der Leutnant wird am Nachmittag den Flieger zurück nach Kaesong bei Panmunjom besteigen und im Süden anderweitig eingesetzt werden. Er antwortet: «Ich werde bei der NNSC verlängern, keine Frage. Bis wann, weiss ich allerdings nicht. Mir gefällt die Arbeit in diesem Spannungsfeld. Ich könnte ewig hier bleiben.» Der Koch füllt ein Glas mit chinesischem Weisswein und stellt es vor den Leutnant; dieser verzieht angewidert das Gesicht.

Der Hauptmann nickt zustimmend. «Es ist immer dankbar, als quasi Unbeteiligter, als Beobachter an den Bruchstellen der Weltgeschichte gut gesichert in Abgründe zu starren.» Die drei andern Delegierten schauen überrascht auf. Der Hauptmann fügt trocken bei: «Glücklicherweise profitieren wir vom Luxus der neutralen Meinungsbildung. Wir sind nie involviert. Uns passiert nie was. Wir dürfen leicht erregt und risikolos an internationalen Konflikten und Spannungsfeldern schnuppern, viel reisen, viel erleben, Einblicke haben, uns bereichern. Das alles auf Kosten von Papa Staat. Ein Privileg!»

Der Leutnant blickt den Hauptmann mit hochgezogenen Augenbrauen an. Sie lachen alle. Der Koch schüttelt den Kopf, schlendert hinter den Leutnant, bleibt dort stehen, fasst mit beiden Händen dessen Schultern und zeigt auf das volle

Glas Weisswein. «Leutnant! Austrinken! Das ist ein Befehl! Es ist dein letzter Tag. Gönne uns die Ehre und trink einen Schluck auf uns, die wir hier im gefährlichen kommunistischen Norden die Stellung halten, während du in den warmen Süden flüchtest, du Verräter.» Alle lachen laut heraus. Der Leutnant zögert, hebt das Glas und nippt kurz an dessen Rand. Der Koch schlägt mit seiner Hand dezidiert neben dem Leutnant auf den Holztisch, dieser zuckt zusammen. «Austrinken, habe ich gesagt! Ex und hopp! Nur kosten bringt Unglück!» Der Leutnant duckt sich und trinkt das Glas in einem Zug leer. «So ist brav.» Der Koch tätschelt die Schulter des Leutnants. «Endlich gönnst du dir was.»

Der Koch serviert danach zufrieden Huhn mit Reis und eingemachten, zusätzlich in Öl gedünsteten Kohl. Der Oberleutnant putzt mit der weissen Stoffserviette seine dampfbeschlagene Brille und blickt zum Leutnant. «Ich werde wohl auch länger in Korea bleiben. Bis zum Sommer möchte ich durchhalten.» Er wendet sich dem Leutnant zu. «Was machst du dann, wenn du wieder zuhause bist, Leutnant?» Der kleine Leutnant überlegt kurz. «Weiterstudieren.» «Was denn?» «Nationalökonomie. Später Kriminalistik.» Der Oberleutnant blickt überrascht von seinem Teller auf: «Wieso?» Der Leutnant wischt sich mit der Serviette den Mund. «Ich möchte irgendwann für unseren Nachrichtendienst arbeiten. Wenn möglich, auch beim amerikanischen FBI.» «Warum genau?» Der Koch lacht heraus. «Willst du Spion werden? Superman?» «Nein.» Der Leutnant legt ruhig sein Besteck nieder, das Huhn lässt er unberührt im Teller stehen. «Ich will mithelfen, den internationalen Kommunismus einzudämmen. Man muss seine Infiltrationstechniken studieren. Hier in Korea gibt es praktischen Anschauungsunterricht. Zuhause lese ich auch regelmässig sowjetische Publikationen, Nachrichten, Pressemitteilungen – in Deutsch, natürlich. Man muss die Organisationen und Zellen, die auch bei uns unter einem Deckmantel wirken, infiltrieren und aushorchen. Augen und Ohren auf.» Der Hauptmann nickt. «Kenne deinen Feind. Altchinesische Strategie. Sun-Tse.» Der Leutnant blickt überrascht auf den Hauptmann. «Genau. Ich will viele Polizeiorganisationen in aller Welt besuchen. Scotland Yard, zum Beispiel. Oder die Franzosen.» Sie alle nicken beeindruckt, der Koch hüstelt und rollt verschwörerisch mit den Augen.

Der Oberleutnant steht grinsend auf und sagt: «Wie heisst das neue Buch von Ian Fleming? James Bond ist doch dieser Agent. Du bist also nicht im Auftrag unserer Majestät unterwegs, sondern im Namen unseres Bundesrats, Mister Bond.» Der Koch lacht, räumt den Teller des Leutnants ab, spiesst das Stück Huhn mit einer Gabel auf und legt es auf einen separaten Teller. «Wenn du nicht anständig isst, Leutnant, wirst du keinen einzigen Kommunisten fangen. Alkohol tut dir übrigens gut. So viel hast du noch gar nie geredet. Wir lernen dich erst jetzt so richtig kennen.»

Der Leutnant lächelt, steht auf, legt seine Hand auf die Schulter des Kochs. «Danke für die Belehrung. Ich sag jetzt nicht: Schuster, bleib bei deinen Leisten. Eher sollte ich sagen: Schneider, bleib bei deinem Nähzeug, oder?» Der Koch starrt den Leutnant verständnislos an, dieser tippt lässig mit dem rechten Zeigefinger an seine Stirn und verlässt die Küche. An der Türschwelle dreht er sich nochmal um und ruft Richtung Oberleutnant: «Das Buch von Ian Fleming heisst Casino Royale.»

Frühherbst 1982

Dieses schmale, schöne Gesicht, die dunklen Augen, die strenge Frisur, das gekonnt geschnürte Chignon? War das seine Frau? Nein. Seine Frau hatte braune, warme Augen und ein volles, weiches Gesicht. Seine Frau besuchte ihn auch nicht nachts in diesem Zimmer, nur tagsüber oder abends, wenn die Besuchszeiten es zuliessen. Diese Frau hier war jemand anderes. Er starrt in die Dunkelheit und versucht zu erkennen. Nur das Lämpchen über der Tür glimmt grün. Von draussen kein Laut, obschon das Fenster leicht geöffnet ist.

Später ahnt er es. Dann weiss er es. Es ist seine Mutter, die sich im Traum über ihn gebeugt, ihre kühle Hand auf seine Stirn gelegt und ihn aufmerksam angeschaut hatte. Sie war die Schönste in der Stadt, hatte ihm der Vater einst vertraulich zugeflüstert, ich musste sie nehmen, deine Mutter. Und er hatte ihm, dem Sohn, verschwörerisch zugezwinkert – wie es Männer zu tun pflegten. Er empfand unbändigen Stolz. Seine schöne Mutter, die Handarbeitslehrerin und Buchbinderin. Die Schönste! Mein Vater musste sie nehmen!

Nun liegt er im Bett, apathisch, die Augen weit geöffnet, und ist unansprechbar. Er war vor dem frisch aufgeworfenen Grab des Vaters zusammengebrochen, man hatte ihn eilends nach Hause transportiert. Er hat allerdings keine Grippe, auch keine Lungenentzündung. Der ihm unbekannte Notarzt untersucht ihn nun gründlich. «Der Bub hat nichts. Aber er ist schwach. Seine Seele leidet. Ist etwas passiert?» Die Mutter erklärt es dem Arzt – erst stockend, dann weinend. Von ihrem toten Mann und dessen Vorgeschichte: Arbeitslosigkeit, Verzweiflung, Scham. Dann die Andeutungen, mit allem Schluss zu machen, es habe sowieso alles keinen Sinn. Das aufgehängte Seil im Dachboden. Die vielen Gespräche, die Aufmunterung. Licht am Ende des Tunnels. Hoff-

nung! Darauf, völlig überraschend, die Selbsttötung, die Schwefelsäure, die sich stetig durch den Körper frass, ihren Mann von innen verätzte, quasi auflöste. Die Ärzte konnten nichts tun. Dann das dreitägige, qualvolle Verenden des Ehemanns im Spital.

«Er ist verreckt, nicht gestorben», schreit die kleine Tante verzweifelt von der Küche her. Der Arzt erschrickt, die Mutter beschwichtigt. Und erzählt weiter, mechanisch, unaufhaltbar. Die Familie, die Nachbarn, das Gerede. Selbstmord ist Schande. Ein Tabu. Nunmehr dieser Schatten auf der Familie. Dann der Bub, der seinen sterbenden Vater im Spital unbedingt sehen will. Sie, die Mutter, die sich dagegen stemmt, der Bub, der zuhause tobt, eingeschlossen in seinem Zimmer – zu seinem Schutz? Die Mutter ist sich nicht mehr sicher. Dann das Begräbnis, an dem nur ganz wenige Leute teilnehmen. Die vorangehende kalte Andacht in der leeren Kirche, der teilnahmslose Pfarrer. Der stille Bub, immer die Hand der kleinen Tante suchend, kreidebleich, tapfer, die Miene undurchdringlich. Dann sein plötzlicher, stiller und sanfter Fall auf den feuchten Grasboden vor dem Grab, auf dessen Grund nun der tote Vater liegt, kalt, für immer eingeschlossen in einer Holzkiste, umgeben von schwerer, gleichgültiger Erde. Die allesamt schwarz angezogenen Verwandten. Der penetrante, künstliche Duft der Blumen auf dem kleinen, kümmerlichen Kranz. Duft mutiert zu Gestank. Faule Eier, wabernde Dämpfe, Schwefelsäure. Ihm wird schlecht. Alles dreht sich, es wird dunkel.

Schwefelsäure. Er denkt zurück an seine letzte Nacht in Hungnam vor der geplanten Abreise nach Panmunjom, die dann um eine Woche verschoben werden musste. Im Tagebuchprotokoll hatte der Oberleutnant, der als Nachfolger des Leutnants dieses nun führte, geschrieben: Der Hauptmann bleibt bei uns, ihm ist nicht gut.

Dabei war er total besoffen gewesen. Nicht transportfähig. Reiseuntauglich. Den Tagebucheinträgen der Delegation oblag immer ein gewisser Euphemismus. Es musste nicht alles drinste-

hen, sagten die Männer untereinander. «Es wird überall gesoffen, also, was solls?» Der Oberleutnant ist wirklich ein netter, unkomplizierter Kerl.

Er, der Hauptmann, hatte mit dem Oberleutnant und dem Koch gezecht. Der Oberleutnant war an selbigem Tag spontan und ohne Gesuch auf den Hügel hochgerannt, zwecks Lauftraining, mitten hinein in ein nordkoreanisches Manöver mit Schiessübungen und Granatenwürfen. Sie hatten ihn zurückgebracht, vier ernste, nordkoreanische Wachoffiziere mit Maschinenpistole, er wurde glattwegs der Spionage bezichtigt. Der Hauptmann musste beim ominösen Chinesen antraben. Eine schlimme Sache, flüsterten die Polen und die Tschechoslowaken bei der vorangehenden Sitzung.

Der Chinese lachte darob, lud den Hauptmann zu einer Partie Schach ein und verlor sie. Danach tranken sie Süsswein und Wodka, er wankte später zurück in die Baracke, fand dort Koch und Oberleutnant in trauter Zweisamkeit im Aufenthaltszimmer bei einer Tasse Tee vor. Erleichtert ob des Ausgangs dieses erneuten diplomatischen Zwischenfalls – Störung eines nordkoreanischen Manövers durch ein trainierendes NNSC-Mitglied – öffnete der Hauptmann eine Flasche amerikanischen Four Roses Bourbon Whisky. Sie leerten die volle Flasche in einem Zug, danach machten sie sich an die restlichen Vorräte chinesischen Likörs heran. Dies gab ihm, dem bereits volltrunkenen Hauptmann, definitiv den Rest. Koch und Oberleutnant schleppten ihn mühsam zu zweit in seine Kammer, zogen ihn bis auf die Unterhosen aus, legten ihn ins Bett und deckten ihn zu.

Frühmorgens wachte er auf, er fror. Er richtete sich auf, zog Socken und Schuhe an. Der Boden war mit einer dünnen Eisschicht bedeckt; er hatte nicht bemerkt, dass der Boy Letzteren bereits aufgenommen hatte. Draussen zeigte sich das Morgengrauen. Er schlurfte halbbetrunken zur Toilette, um zu urinieren.

Er hörte Geräusche, in der Toilette hantierte jemand. Er öffnete vorsichtig die Tür und erschrak. Über dem Klosett war der nordkoreanische Boy beschäftigt, mit einer Flasche stinkender Säure den Kalk im Abfluss wegzuätzen. Er schnupperte. Schwefelsäure. Sofort eilte er nach draussen, erbrach gegen das magere Bäumchen, das er sonst oft mit Wasser begossen hatte, urinierte gegen die Holzwand, torkelte halb besinnungslos zurück in die Küche, behändigte die nächstbeste Flasche und trank sie halbleer. Es war polnischer Wodka. Er schwankte zurück in sein Zimmer, setzte sich auf sein Bett, erbrach nochmal auf den Boden, fiel nach hinten, rollte sich zusammen und zog die Decke über den Kopf. So fand ihn morgens der Oberleutnant – zwei Stunden vor der Abreise in den Süden.

Winter 1953/54

«Wie gehts?»

«Gut. Und selber, Schneewittchen?»

«So weit gut.»

«Und? Wie wars nach Taegu?»

«Interessant.»

«Du warst in Hungnam, nicht?»

«Ja. Und du?»

«Manpo am Yalu.»

«Das ist ganz oben, vis-à-vis von China, oder?»

«Exakt. Ich traf Mao-Tse-Tung.»

Der Hauptmann lacht. «Gratuliere. Ich Kim-Il-Sung.»

Der Major prustet laut heraus. «Und? Viel zu tun gehabt, Schneewittchen?»

«Nichts. Und ihr?»

«Nichts.»

Der Major und der Hauptmann sitzen an der Theke des Swiss Club und trinken japanisches Bier. Der Major macht einen müden Eindruck, dem Hauptmann scheint, als ob sein Offizierskollege fast ein wenig geschrumpft sei. Um die beiden herum sitzen zahlreiche andere Offiziere aus aller Herren Ländern, sie trinken meist Bier und essen Snacks. Der Hauptmann erblickt inmitten einer Gruppe den Soldaten, der ihm einst Anregungen gab, wie er die Anteilscheine gestalten könne. Er lächelt ihm zu, nickt und grüsst, indem er an eine imaginäre Mütze tippt. Der Soldat macht eine entschuldigende Geste, zeigt demonstrativ mit dem Arm auf den Innenraum des Klubs, streckt mit anerkennender Miene seinen rechten Arm und dreht den Daumen nach oben. Der Hauptmann formt stumm mit seinen Lippen einen Dankesgruss, lächelt den Soldaten nochmal an, wendet sich danach wieder dem Major zu und führt sein Bierglas an den Mund. Der Major – die Arme auf dem Tresen aufgestützt – blickt ihn von der Seite an.

«Wann fliegst du heim, Hauptmann?»

«Ende Februar. Und du?»

«Auch Ende Februar.»

«Was machst du vorher?»

«Kurier nach Chongjin, drei Tage. Dann Ferien in Japan. Du auch?»

«Kurier nach Inchon, dann auch Japan, ja.»

«Als unifomierter Tourist und auf Kosten der Amis.»

Der Hauptmann lacht. «Genau.»

«Was machst du in Japan? Tokio, Nikko, Nara, Kyoto? Die obligaten Tempel?»

«So ungefähr. Ich besuche auch Atami. Kleine Küstenstadt.»

«Wieso?»

«Es sei schön dort, sagte man mir.»

«Wer sagt das?»

«Kapitän Kanichi. Ein Freund.»

«Aha. Und danach?»

«Hawaii, San Francisco, Washington, New York.»

«Alles in der Uniform. Wird nicht so heiss sein, diesmal.»

Sie lachen beide. Der Hauptmann steht auf, gibt dem Major zu verstehen, dass er die Toilette aufsuchen will. Er bewegt sich Richtung Tür. Der Major schnippt mit den Fingern und bittet ihn, sich nochmals zu setzen. Der Hauptmann furcht misstrauisch die Stirn und setzt sich wieder. Der Major blickt ihn an, sein Blick hat sich geändert. Er wirkt hellwach.

«Eine Frage, Hauptmann. Was sagtest du damals beim Anstellungsgespräch, als ich dich fragte, woran dein Vater starb?

«Krebs.»

«Was für ein Krebs war das?»
«Keine Ahnung. Ich war dreizehn.»
«Dreizehn. Stimmt. Ich erinnere mich. So alt ist mein Sohn.»
«Wieso fragst du?»
«Einfach so. War nur so eine Frage. Los, Schneewittchen, geh Pipi machen.»

Der Hauptmann bleibt sitzen, blickt den Major mit forschendem Blick an, der Major weicht nicht aus, hält dem Blick stand. Irgendwann prosten sie sich zu und zwinkern mit den Augen. Danach schweigen sie lange, trinken und rülpsen leise. Das japanische Bier ist eiskalt, leicht und bekömmlich.

Der Hauptmann schaut sich noch einmal um. Am vorigen Tag hatte er den Swiss Club nur schemenhaft in der Dunkelheit gesehen, es herrschte Nebel in Panmunjom. Das Gebäude schien aussen braun oder grau gestrichen worden zu sein – so erschien es ihm jedenfalls in der Dunkelheit – und es war langgestreckt, einem Quonset nicht unähnlich. Drinnen war es gemütlich. Wappen und Fahnen hingen an den Wänden, auch etliche Landschaftsbilder mit Bergen und Seen. Über dem Kühlschrank schwebte ein gerahmtes Bild des Weltkrieg-Generals aus dem kleinen Land, dessen Porträt er einst gezeichnet hatte. Ob es der Porträtierte noch immer besass?

Der Hauptmann hatte die Fertigstellung des Swiss Clubs nicht selber erleben dürfen. Er sprach lange mit dem Barverantwortlichen, seinem Nachfolger, und trank dabei seinen Lieblingswhisky. «Die Bar läuft gut», versicherte jener. «Es kommen alle – die Amerikaner, die Südkoreaner, die anderen UNO-Nationen, vom Soldaten bis zum General. Und die Unsrigen, natürlich! Die Bar ist eine Insel der Glückseligen in einem Meer von Misstrauen und Machtlosigkeit. Und eine Goldgrube für die Mission.» Der Barmann lachte. «Ich übertreibe natürlich.» Der Hauptmann nickte zufrieden. Die Anteilscheine waren alle ausbezahlt worden. Jeder, der in die Bar investiert hatte, hatte sogar einiges mehr zurückerhalten, als er zuvor zu zahlen bereit gewesen war.

Der Hauptmann legt eine Dollarnote auf die Theke, klopft dem Major auf die Schulter und eilt nach draussen, Richtung Toilettenhäuschen. Durch den Nebel scheint schüchtern die Sonne. Er spaziert entspannt auf dem verschlungenen Weglein, ein paar Steinplatten wackeln, später knacken unter seinen Füssen trockene Pinienzweige. Unvermutet hört er einen schrillen Schrei. Er bleibt stehen, grinst und blickt hoch. Es ist nichts zu sehen. Lange sucht er den Himmel ab und dreht sich dabei ein paarmal um die eigene Achse. Im selben Augenblick fällt sein Blick auf die Bar. Hauptmann Schneewittchen lacht laut heraus. Der Swiss Club ist rundum rot.

Winter 1953/54

Ein paar Hundert Kilometer nordwestlich des Bikini-Atolls beisst Hauptmann Schneewittchen in fünftausend Metern Höhe über dem Pazifischen Ozean genüsslich in eine Banane. Die zweistöckige Maschine, in der er sich befindet, ist nachts in Guam auf den Marianen gestartet und fliegt nun via nördliche Marshall-Inseln über die Datumsgrenze hinweg nach Honolulu auf Hawaii.

In Europa ist es noch immer der 28. Februar um 18.45 Uhr, hierzulande nunmehr der 1. März 1954. Der Hauptmann fliegt zurück in die Vergangenheit, er wird den Tag verlieren, den er sechs Monate zuvor für gewonnen geglaubt hatte, als er krank, erschöpft und unbarmherzig von Propellermaschinen nach Westen geschleudert wurde. Sie waren damals alle der Sonne entflogen und als über den Weiten des Pazifiks der Pilot per Lautsprecher aus dem Cockpit das Überfliegen der Datumsgrenze vermeldete, hatten sie ihre Uhren jubelnd vorwärts gestellt und sich mit den in PX-Shops erhandelten Bierdosen eifrig zugeprostet.

Er blickt nach links, über die Schulter des Piloten durch die leicht verschmierten Cockpitfenster hindurch. In nördlicher Richtung sind dunkle, ambossförmige Gewitterwolken zu sehen, ab und zu flammen in den schwarzblauen Wolkenwänden grossflächig mäandernde Blitze auf. Das nahende Gewitter sorgt mit seinen auf- und abfallenden Luftmassen für immer stärkere Schwankungen. Die Maschine bebt, sackt zuweilen nach unten, wird wiederum wie von unsichtbarer Faust abrupt hochgestemmt, der stählernde Rumpf scheint ob dieser schmerzhaften Umklammerung zu ächzen, zu stöhnen. Doch die Maschine wehrt sich, bäumt sich auf, kämpft, giert und rollt.

«Wir müssen etwas nach Südosten ausweichen, Richtung Bikini in den nördlichen Marshall-Inseln!», schreit im Motorenlärm der amerikanische Captain zum neben ihm sitzenden Hauptmann aus dem kleinen Land. «Keine Angst, wir bringen dich, Peace Officer, heil nach Hause!» Er haut dem Hauptmann kräftig mit der rechten Hand auf die Schulter, so dass diesem die Bananenschale aus der Hand gleitet und auf dem Metallboden zwischen den Flugzeugsitzen liegen bleibt. Der Hauptmann erschrickt, bückt sich, sucht und hebt die Schalen auf und schaut sich nach einem Abfallbehälter um. Der hinter dem Flugkapitän auf seine Instrumente starrende Navigator steht auf, klaubt dem Hauptmann die Schalen aus der Hand und wirft sie neben sich in einen Plastikbehälter. Der Hauptmann nickt dankend und dreht sich nach vorn.

Er war eingeladen worden, auf dem Kopilotensitz Platz zu nehmen, als er nach dem Start auf der Insel Guam seinen Sitz verliess, vorsichtig nach vorne wankte, ein Treppchen hochstieg und neugierig ins geräumige Cockpit linste. Die riesige Globemaster II war exakt dasselbe Flugzeug, das ihn sechs Monate zuvor auf dem Flug von Hawaii über Wake Island nach Tokio übers Meer getragen hatte. Er hatte den Flieger am Vortag in Guam an einem grossen Rostfleck neben der Registrationsnummer auf der Seitenflosse des Hecks identifiziert und wiedererkannt. Auf gelbem Untergrund prangte der schwarze Schriftzug «Pacific» auf der Heckflosse.

Hinter ihm sassen noch drei weitere Besatzungsmitglieder. Der Kopilot stellte sie als Radio Operator, Navigator und Flight Engineer vor. Daraufhin bat der Kopilot, der sich als First Officer vorgestellt hatte, den Hauptmann höflich, es sich doch auf seinem Kopilotensitz bequem zu machen. Er nickte, setzte sich auf den rechten Sitz, parkierte seine Füsse nach einem Hinweis des Captains sorgsam links und rechts der beweglichen, stählernen Pedale und schnallte sich umständlich an. Das Gurtsystem war ein völlig anderes als dasjenige, das hinten den Passagieren zur Verfügung stand. Speziell war eine runde, grosse Öse auf Magenhöhe, in die die einzelnen Gurten – diejenigen über die Schulter oder die vom Gesäss her – reingesteckt wurden. Es war keineswegs leicht, dieses Verschlusssystem auf Anhieb zu verstehen. Der Kopilot half ihm, sodass der Hauptmann bald darauf das komplexe System durchschaute. Er schob die letzte stählerne Steckzunge in die Öse, atmete auf und blickte vergnügt umher.

Der Pilot hatte ihn gefragt: «Sie sind heute der Einzige dieser Korea-Friedenstruppe, den wir zurückbringen in die USA. Haben die Gooks alle andern Friedensengel gefressen? Oder reist ihr alle nunmehr über die Philippinen und Indien nach Hause, was ja weitaus kürzer wäre?» Der Captain lachte laut, die Besatzung tat es ihm nach. Der Hauptmann hatte geantwortet: «Ich hätte am 25. Februar ab Tokio fliegen sollen. Da flogen viele zurück, zuerst in die USA und dann weiter nach Europa. Ich war auch auf der Liste, lag aber in Tokio krank im Da-iti-Hotel und hatte recht hohes Fieber. Weil ich auf dem Hinweg bereits ziemlich krank hingeflogen war und mir eine Grippe die Hinreise ruiniert hatte, wollte ich dies vermeiden und die Rückreise unbedingt geniessen. Ich habe gebeten, erst am 27. Februar fliegen zu dürfen, da gab es Transporte nach Hawaii. Diese Option wurde mir jedoch zuerst verwehrt, ich habe aber insistiert und man hat es dann bewilligt, allerdings über Guam. Dort musste ich in einem Motel übernachten. Das war gleichzeitig ein Bordell – ich habe kein Auge zugetan.»

Die Besatzungsmitglieder lachten allesamt, der Hauptmann fuhr fort. «In Hawaii werde ich meine Kameraden vielleicht wieder treffen. Auf dem Hinweg hatten wir Oahu und Honolulu kurz besichtigen dürfen, wir sind auf einen Pass hochgefahren, haben Pearl Harbour besucht und ich habe in Waikiki gebadet.» Der Kapitän nickte anerkennend. «Gutes Programm. Letzte Woche waren wir auf Wake Island, wir fuhren mit einer Offiziersjacht raus in den Pazifik. Starke Dünung, mindestens vier Meter hoch. Wir fingen drei Marlins, vier Tunas, mehrere Bonitos und einen Blue Shark. Wir hatten drei Kisten Bier an Bord. Yeah.»

Er hatte daraufhin wieder durch das seitliche Cockpitfenster hinunter auf das Meer gestarrt, wo weder Fischerboote, Frachter noch sonst etwas Menschgemachtes zu erblicken war. Das Meer schien leblos, gab sich als graugrüne, nicht enden wollende Wasserwüste, deren Grenze am Horizont mit dem dunstigen Himmel übergangslos verschmolz. Er fühlte eine grosse Müdigkeit und kurz darauf döste er ein, hing schlaff in den Gurten, die Besatzungsmitglieder schauten sich vielsagend an und lächelten.

Der Hauptmann wacht auf. Er spürt, wie sich das Yoke – die stählerne Steuereinheit des Fliegers, einem Autolenkrad nicht unähnlich – zwischen seinen Knien hin- und herbewegt. Auch die Pedale schleifen unangenehm an seinen Füssen, wie von Geisterhand gesteuert. Er blickt umher und grüsst nickend die Piloten. Danach beugt er sich vor, doch die Gurten halten ihn straff. Er schafft es, sie zu lockern, nimmt seine Feldflasche aus seiner auf der Stahlkonsole ruhenden Tasche und trinkt das fahl schmeckende Wasser. Danach späht er umher. Er fühlt sich durch den kurzen Schlaf seltsam erfrischt.

Der Captain leitet eine leichte Rechtskurve ein. Danach erklärt er dem Hauptmann aus dem kleinen Land die verschiedenen Fluginstrumente. Dieser hört interessiert zu, bis sich der Pilot abwendet und der auf seinen Knien liegenden Karte widmet. Der hinter ihm sitzende Flight Navigator steht nun aufrecht in der Kabine und hantiert mit einem Metallgestell. «Das ist ein Sextant», ruft der Captain neben ihm, «so was hat schon Kolumbus verwendet. Keine Ahnung, ob das stimmt, aber das alte Teil hier funktioniert prächtig. Im Moment geht dies allerdings nicht, wir bräuchten freie Sicht auf den Himmel. Die anderen Instrumente genügen aber vollkommen, wir gehen nicht verloren, don't worry.» Er grinst und zeigt nach aussen, die Maschine fliegt durch grauen, dampfförmigen Brei, durchsetzt von Licht, Schatten und Wolkenlücken. Der Hauptmann nickt lächelnd, dreht seinen Kopf nach vorne und starrt auf die dräuenden Wolken, die majestätisch an den Cockpitfenstern vorbeiziehen. Er lehnt sich unwillkürlich auf die eine oder die andere Seite, wenn die Maschine mit ihren Flügelspitzen die wattigen Wolkenränder anritzt, er weicht den riesigen Gebilden antizipierend aus, simuliert Neigung, Schwer- und Zentrifugalkraft und turnt geschmeidig auf dem Kopilotensitz umher. Die Piloten tauschen amüsierte Blicke. Navigator und Funker grinsen. Wieder stürmt ein Wolkenturm auf ihn zu, er neigt zur Seite, lauert, wartet, passt sich an, er weiss um die Kräfte, die da wirken. Die Globemaster sackt nach unten, die Wolke zieht haarscharf vorbei. Der Hauptmann lehnt sich nach vorne und breitet die Arme aus.

Er ist das Kind, das auf selbstgebastelten, primitiven Seifenkisten aus Tannenholz auf der steilen Strasse Richtung See rast und sich in den Kurven nach innen lehnt, den Fuss nach unten presst, bis die Schuhsohle auf dem rauen Teer zu rauchen beginnt. Unten an der Seestrasse wartet wie gewohnt der Dorfpolizist, sie werden einer nach dem andern nach Hause geleitet, wo es ein Donnerwetter absetzt und eine kleine Busse, die der Vater dem Polizisten bezahlt.

Eine knarrende Stimme plärrt aus einem Lautsprecher. Der Captain drückt einen Schalter, rückt seinen Kopfhörer, der vorher nur zur Hälfte an seinem Kopf hing, wieder akkurat zurecht und murmelt ein paar unaufgeregte, kurze Sätze in das Mikrofon. Die Mannschaft hört aufmerksam mit, tauscht vielsagende Blicke. Der Pilot sagt zum Hauptmann: «Die Wetterfrösche hatten vor dem Abflug in Tokio zwischen Guam und Hawaii eine aktive Kaltfront von den Aleuten her gemeldet, also von Norden. Schau her.» Er zeigt dem Hauptmann die zerknitterte Karte mit allerlei unverständlichen Symbolen, Zahlen und Linien, wohl eine Wetter- oder eine Flugkarte. «Wir sollten wettertechnisch etwas südlicher fliegen», fährt der Pilot fort. «Aber sie wollen uns nicht südlicher fliegen lassen, diese Idioten, sie schwafeln über irgendein gesperrtes Gebiet in den nördlichen Marshall-Inseln bei Bikini. Ich fliege aber nicht weiter westwärts in diese Suppe hinein, zurück nach Guam ist wegen der Gewitter auch nicht ratsam. Wenn wir raus aus der Falle wollen, müssen wir diese Zone bei Bikini halt ein bisschen anritzen. Weiss der Teufel, was die dort wieder anstellen. Wahrscheinlich wieder mal ein hochgeheimes Navy-Manöver, aber nur deswegen riskiere ich nicht meine Maschine und den wertvollen Peace Officer!» Er lacht laut, drückt seine Steuereinheit weiter leicht nach rechts, der Riesentransporter neigt sich träge in die gewünschte Richtung, verliert etwas an Höhe, der Hauptmann spürt, wie der Bananenbrei im Magen zurück in die Speiseröhre drängt und sein Herz urplötzlich vehement in den Hals hochklopft. Er mag dieses Gefühl. Bei seiner einzigen dienstlichen Überfahrt vor ein paar Monaten von Fukuoka nach Pusan in Korea war er der Einzige gewesen, der in der aufgewühlten Tsushima-Strasse mit dem japanischen Kapitän heissen Saké und andere teuflische Getränke teilte. Die anderen Passagiere siechten seekrank in ihren Kabinen vor sich hin oder standen an der Reling und erbrachen in die Japansee.

Der Captain dreht sein Yoke wieder etwas zur Mitte, zieht

den Flieger etwas hoch, schraubt an einem Rad an seiner rechten Seite und betätigt verschiedene Schalter. Daraufhin nimmt er etwas Gas zurück, indem er die vier Hebel auf der Mittelkonsole mit seinen Fingerspitzen um einen Fingerbreit zurückzieht. Die Summtöne der Motoren kriegen eine leicht dunklere Note. «Du musst nach hinten», ruft der Captain, «es wird etwas humpty dumpty. Ich brauche jetzt den First Officer.» Der Hauptmann stemmt sich aus dem Sitz und lässt dem Kopiloten Platz, der sich – eine glühende Zigarette im verkniffenen Mundwinkel haltend – an ihm vorbeizwängt, auf den linken Sitz fallen lässt, die Kopfhörer über die Mütze stülpt, den Sitz mit einem lauten Rattern zurückstellt und sich anschnallt.

Die Turbulenzen nehmen zu, die beiden Piloten zurren ihre Gurten fester an den Körper, der Hauptmann setzt sich hinter dem Kopiloten auf den freigewordenen Sitz und schnallt sich nach einem auffordernden Nicken des Captains eiligst wieder an. Die Maschine zittert, ringsum sind nur noch schwarze Wolkenwände zu sehen. Der Captain blickt hinüber zu seinem Kopiloten, sie wechseln ein paar unverständliche Worte, daraufhin stösst der Pilot die vier Hebel in der Mittelkonsole fast ganz nach vorne, die Motoren brüllen auf und singen danach auf einer höheren Halbtonstufe weiter. Die Globemaster ächzt und stampft, Wogen aus Luft fallen über sie her, doch der Flieger taumelt zuverlässig durch das tobende Gewitter. Der Hauptmann verspürt keine Angst, nur unendliche Faszination, er atmet tief ein, auf seinem schweissbedeckten Gesicht glänzt ein feines Lächeln.

Der Transporter schraubt sich nun Richtung Südosten durch die unruhige Luft, die Bewölkung lockert allmählich auf, zwischen einzelnen, grossen Cumuli öffnen sich immer breitere, bis an den Horizont sich staffelnde Wolkenalleen. Wie eine Ehrengarde säumen wattige Wolkentürme ihren

Weg, sie gleiten vorbei, sekundenschnell wechseln sich Schatten und grelle Sonnenstrahlen in der Kabine ab, der Hauptmann spürt die unvermittelt sich ausbreitende Wärme auf seiner Haut. Nach wenigen Minuten ist das Cockpit lichtdurchflutet. Die Besatzung klappt unzählige Storen herunter, vor der Fluzeugnase erstreckt sich die Horizontlinie, ein scharfer Schnitt trennt nun Himmel und Meer. Der tonnenschwere Flieger liegt jetzt wie auf Schienen auf einem festen Luftbett. Der Himmel blaut, das Meer ist ein flaschengrüner Teppich, an einen umgekippten Pastis auf dem Beizentisch gemahnend, denkt der Hauptmann. Der Kopilot dreht sich um und ruft ihm zu: «Wir fliegen nach Südosten, Kurs 120 Grad, Richtung nördliche Marshall-Inseln, Bikini-Atoll. Später, in zwanzig Minuten, Kurs 10 Grad Richtung Johnston Reef und Hawaii.» Der Hauptmann nickt und strahlt weiter.

Nach wenigen Minuten beginnt im Süden der Himmel gelb zu leuchten, ja zu flimmern, er mutiert zu einer grellweissen, zitternden Wand. Die Sonne schmilzt, zerfliesst und verschwindet. Die ganze Besatzung starrt sprachlos nach rechts durch die Cockpitfenster. Ihre Gesichter sind die von ungläubigen Buben – gelöst, entspannt, die Münder weit offen. Im Cockpit ist es urplötzlich still, die Motoren verstummen, die Propeller stehen starr, der riesige Flieger hängt wie an Fäden aufgehängt bewegungslos am Firmament. Alle verharren und blicken gebannt nach Süden.

Eine riesenhafte, pilzförmige Wolke schiesst über einem weisslichen Meer hoch in Richtung Weltall, unablässig die Form ändernd und sich mit unbeschreiblich anmutiger Kraft immer weiter hochdräuend. Mein Gott, denkt der Hauptmann in besorgter Heiterkeit, das ist ja ein ganz böser Fliegenpilz. Das ist ein hochgiftiges Exemplar aus der Familie der Wulstlinge – eine Amanite panthère! Er blickt fasziniert auf das Spektakel. Minuten vergehen. Der Pilz scheint am Rande des Weltalls sein Emporquellen nun sanft abzubremsen, die ausfransenden Hutränder dehnen sich horizontal, rollen und stülpen sich übereinander. Mit majestätischer Eleganz sackt der Pilz immer kraftloser in sich zusammen, seine Ränder beugen sich devot wie die schneebeladenen Zweige einer Trauerweide, sie fallen träge nach unten. Der Pilz wird grau, dann schwarz und hängt irgendwann gottergeben über dem flaschengrünen Meer. Quelle immense trompette de mort, denkt der Hauptmann.

Der Himmel wechselt von Orangerot zu dunklem Violett. Tief unten im schäumenden Meer erspäht der Hauptmann ein auf schwarzen Wogen hilflos tanzendes Schiff, dessen Bug immer wieder in die Gischt eintaucht. Der Kahn trägt eine Flagge am Hauptmast, auf weisser Fläche prangt eine runde, blutrote Sonne. Vorne am Bug erspäht er den Namen des Schiffes: Hikawa Maru. Er lächelt. Herr Kapitän! Hier spricht Hauptmann Schneewittchen! Ich war in Ihrem Städtchen am grossen Meer, am Pazifik, ich war in Atami. Sehr hübsch dort. Nun bin ich da oben, schauen Sie hoch! Kapitän Kanichi! Wenn Sie es sind, gute Fahrt! Banzaï! Er lacht und fühlt eine Art Glück. Der Himmel irrlichtert und die stählerne Röhre, in deren gläserner Frontpartie er sitzt, sticht hinein in eine grosse, weisse Wolke, gleitet sanft in einen Tunnel voll vibrierender Helligkeit.

Frühherbst 1982 (Epilog)

Das Allerletzte, was er sieht, sind die im Luftzug der halb geöffneten Zimmerfenster sanft wehenden, weissen Vorhänge. Draussen senkt sich die hereinbrechende Nacht, und ein gewaltiges Abendrot prangt über der Altstadt. Immer weiter entfernt sich das vertraute Geräusch aufspringender Pingpongbälle, bis jäh ein greller Schrei ertönt und alsogleich wieder verklingt. Er hebt den Kopf. Wohin fliegst du, mein Freund? Hoch zu den Wolken? Nach Hause? Wo könnte das sein? Er horcht, die Augen weit aufgerissen, bis es eingenachtet hat und ihn die Dunkelheit umhüllt. Es glimmt nur noch das kleine, grüne Lämpchen über der Tür. Stille holt ihn ein. Er hält kurz die Luft an und verharrt. Jetzt. Kurz darauf atmet Hauptmann Schneewittchen aus, und alles wird weit und weiss.

Mein Dank geht an:

Dario Kuster
Alex Neukomm
Christian Birchmeier
Rudolf von Werdt
Toni Oesch
Roland Röthlin
Ernst Stegmann
Gottfried Weilenmann
Eva-Maria Bühler
Henri Buser †
Elvira Ludwig
Willy Ludwig †
Erziehungsdirektion des Kantons Bern
Kultur Stadt Bern